当代比较文学

Contemporary Comparative Literature

第七辑

Volume VII

陈戎女　主编

華夏出版社
HUAXIA PUBLISHING HOUSE

图书在版编目（CIP）数据

当代比较文学.第七辑/陈戎女主编.--北京：华夏出版社有限公司，2021.5
ISBN 978-7-5080-8691-0

Ⅰ.①当… Ⅱ.①陈… Ⅲ.①比较文学 Ⅳ.①I0-03

中国版本图书馆 CIP 数据核字(2021)第 081630 号

当代比较文学（第七辑）

主　　编　陈戎女
责任编辑　刘雨潇
责任印制　刘　洋

出版发行　华夏出版社有限公司
经　　销　新华书店
印　　刷　北京九州迅驰传媒文化有限公司
装　　订　北京九州迅驰传媒文化有限公司
版　　次　2021 年 5 月北京第 1 版
　　　　　2021 年 5 月北京第 1 次印刷
开　　本　787×1092　1/16
印　　张　19.5
字　　数　272 千字
定　　价　58.00 元

华夏出版社有限公司　地址:北京市东直门外香河园北里 4 号　邮编:100028
网址:www.hxph.com.cn　电话:(010)64663331(转)

目　录

学术访谈

Contents

编者的话

陈戎女

2021 年，一开年就是不平静的 1 月。

1 月，新冠疫情在中国多地抬头，河北、东北三省、北京和上海陆续出现新冠确诊病例，石家庄等多个城市封城，各地倡导原地过年，20 世纪 80 年代改革开放后年年春节前准时出现的春运大军 2021 年春节不复现，令人欣喜的是由于防控及时有力，2 月中国各地的疫情已得到遏制。美国当地时间 1 月 6 日，国会大厦遭到特朗普支持者（后美媒称为暴徒）冲击，中断了国会确认总统大选结果的会议，引发寰宇震惊。1 月，世界各地居高不下的新冠确诊病例数累计突破了一亿，死亡病例超二百万，显然世界性疫情仍在高位，远没有结束。

人类与新冠病毒鏖战了一年，疫苗也如期上市，但狡猾的冠状病毒在变异，在突破人体免疫功能。后疫情时代，新冠病毒与人类可能继续“亲密接触”，各自寻找生机：到底是病毒弱化不再致命在人体中潜伏成为常驻病毒，还是人类以生物、医学和社会治理的各种措施“剪除”之而后快，未来还充满不确定性。

新冠疫情中，全网特别关注各地公布的流行病学调查（简称：流调）。起初，流调是为了疫情溯源和防控的需要，公布出来是为了满足公众对疫情的知情权，但是公众在此之外读出了别的东西——流调堪称疫情中的中国社会调查报告。

一方面，从流调可以看出城市治理水准的高低：流调及不及时，反映出城市管理的效率如何，比如河北省在2021年1月初疫情突发后流调迟迟不推出造成了网上的一波舆情；流调隐去病例的年龄和性别，只提轨迹不提人，反映出城市管理的人性化，如1月底上海和北京对流调报告的改进，做到了疫情信息公开和保护公民隐私两不误。

另一方面，流调无意间扮演了社会调查的角色，网友们通过流调“重蹈覆辙”，追踪那些与你我一样平凡，但不幸被确诊、被密接的人在城市、在乡村真实踏出的足迹：12月的一个成都确诊者穿梭在公园、美甲店、麻辣烫和酒吧，看起来活得很安逸，但事实上这是她身为酒吧工作人员的需要；一位北京确诊者白天在顺义和海淀之间通勤50公里上班，晚上带娃和复习考研，被确诊时在宁波出差；河北有多位足不出户被确诊的老年人是在家里被不知不觉传染；吉林省的那位一传一百多的超级传播者，多次往返黑吉两省做养生馆培训，几十位密接被感染。这些几十字、百来字的枯燥轨迹报告，让中国底层生活像树叶上的叶脉般凸显，如果不带偏见去阅读，它们就好似中国社会的显微镜，显微镜下的芸芸众生，是努力工作认真生活的普通中国人。

了解和洞悉时代、社会和人，另有一途，就是读书、思考和研究。回到本辑。

本辑重点推出“莎士比亚研究”栏目，研究莎剧的意义自不待言，本栏目的两篇论文呈现的是20世纪末至21世纪初莎学研究中两种新的研究路径及其观念的碰撞。玛格丽特·德·格蕾西亚和彼得·斯塔利布拉斯1993发表的长文《莎士比亚文本的物质性》是莎学中堪称“书籍史”研究转向风向标的重量级论文，该文质疑和挑战了四百年来莎士比亚研究的根基，即莎剧文本不具备我们以为的那种同一性，莎剧多重文本的可能性使莎学研究产生了根本性变化，即从概念上重新界定，到底什么是莎士比亚的一部作品。对于如此颠覆性的观念及其研究路径，爱德华·佩赫特的《消极的欲望：物质研究及其不满》称其为“物质主义研究”，并指出物质主义研究会带来彻底的学科转向：放弃文学研究，转向书籍史。他表达了众多莎学研究者的担忧：莎士比亚将不会被视作一个作者，而是被视作早期现代印刷业的产物，这无异于打着复原莎剧原貌的旗号，行的是矮化和贬低莎士比亚之实。佩赫特提出，物质主义的风险是纯粹消极欲望的表达，“瓦解文本本身成了目的”，而在当下，这种动机占据了莎士比亚批评实践最有影响力的中心。

这两篇论文，不仅让读者诸君看到莎学中的传统研究和书籍史研究的取向之争，也促使我们思考，新的物质主义研究取向如何在丰富对传世经典的阐释的同时也不至于自断其根、自毁长城，这样的经验中国人在五四之后已有过深切的体会。哈罗德·布鲁姆曾说莎士比亚是西方正典的核心，起码是近代以来的核心，西方人对于莎士比亚的理解和拆解不只是他们的事情，其中的辩论和辩护对于我们理解西方（以及中国）正典也有重要的借鉴意义，我们欢迎国内学者就此撰文表达意见。本刊之前已刊发过哈罗德·戈达德的《理查二世》和黄小轩的《“劣本”不劣——关于〈哈姆莱特〉Q1戏剧艺术性的研究》，以后也会持续跟进莎学研究。感谢本栏目的设计者王柏华老师和复旦翻译团队。

“古典学与中世纪研究”推出两篇研究焦点比较特别的论文。大卫·约翰逊的《赫西俄德对塔耳塔罗斯的描述（〈神谱〉行721–819）》专门研究《神谱》中关于“地下神界”的一百多行诗，这一百多行诗对于理解赫西俄德和古希腊人的宇宙观很紧要，但并不好读，诗行中矛盾和重复处甚多，约翰逊采用了比较稳健和尊重古典作品的解读方式，既不同意删去所谓篡插的内容，也不同意增添赫西俄德没有提供的地形关联，该文通过分析描述塔耳塔罗斯的神话和语词，探讨了地下世界可能的地形构造及其功用，赫西俄德通过对塔耳塔罗斯的多样性描述，呈现出古风时期的诸多观念和想象：宇宙的起源和巩固、宙斯的统治，以及昼夜、睡眠与死亡的往复循环。梅笑寒的《特里斯丹的竖琴——基于思想史对特里斯丹传统的一个再考量》以竖琴的意象贯穿全文的讨论，串联起对中世纪罗曼司《特里斯丹与伊瑟》和思想史的考察，读来颇多清新之感。该文着重分析了作为乐器的竖琴与人物身份（如器具化身份、混同身份、平行身份等）、形象、命运、言说如何相互关联，罗曼司的人物塑造、情节推进，以及竖琴对逻各斯的转述，阐述了从史诗到罗曼司的叙事性文学整体趋向世俗化的特征。

“经典新译”栏目推出的是16世纪英国政治思想家理查德·胡克的《论宗教改革的政治后果（上）》，这是于1593—1648年间出版的胡克皇皇巨著《论教会政治体的法则》的“序言”，因“序言”较长，分为两次刊出，本辑先刊出“序言”的第一部分。胡克的《论教会政治体的法则》的写作宗旨乃是为英国君主制辩护，在“序言”中，胡克回顾了当时欧洲的宗教改革的观念和做法，他对路德、加尔文和英国的宗教改革者的批判态度跃然纸上，其原因既是宗教的也是政治的，清教徒意图彻底颠覆英国政制，分裂作为整体的英格兰“政治体”。如何理解胡克这部书，“序言”是一个很好的观察窗口，以译者的话说，“序言”是“胡克对16世纪英国，乃至欧洲面临的政教危机的诊断”。补充一句，译者姚啸宇博士已经以一己之力翻译了《论教会政治体的法则》全书，“序言”先行在本刊刊出，以飨读者。

“经典与阐释”栏目推出三篇论文。庞德研究在比较文学和文学理论研究中早已屡见不鲜，而刘燕和邵伊凡的《〈比萨诗章〉中的汉字书写与视觉图形特征》选取的是视觉图形艺术和汉字诗学的新颖研究视角，讨论《比萨诗章》中，汉字的儒家经典分别以字、词、句的图形方式，给异域读者形成的视觉冲击力。同时，庞德拆分与重组关键汉字，嵌入现代英语诗歌，建立起汉语与英语诗行之间的对比、叠加、并置与互文性关系，这对于英语读者和汉语读者均是一种生趣盎然的诗学和艺术试验，也为我们重新理解庞德及其汉字诗学另拓了一条门径。盛海燕的《布鲁克斯关于诗歌复杂性结构的批评方法》深入分析了美国新批评的核心人物克林斯·布鲁克斯，布鲁克斯的诗学术语系统中“结构”一词有多层含义，如对立关系、平衡、复杂性、准确传达诗人思想、整一性等，结合他剖析艾略特《荒原》的著名长文《荒原：神话的批评》，可以说布鲁克斯的诗评是新批评从理论到具体方法的重要推进，而他的《荒原》批评实践则有助于我们理解现代诗歌经典的复杂结构及其多层反讽和悖论。顺便提醒一下读者诸君，盛海燕博士翻译的布鲁克斯《荒原：神话的批评》，2018 年已发表在本刊第三辑。赵雁风的《古希腊戏剧在日本的跨文化编演——以蜷川幸雄的〈美狄亚〉舞台呈现为中心》呈现了日本舞台上的古希腊戏剧的戏剧美学和跨文化交融。蜷川幸雄是以使用跨文化方式编演西方经典名剧而著称的戏剧导演，1984 年的《美狄亚》是他经历戏剧转向后导演的首部在海外公演的作品，舞台上融入了大量的日本传统文化元素（如服装、舞台结构、音乐等），但演绎的仍是美狄亚这个经典人物及其戏剧冲突。除了舞台分析，该文回顾历史，挖掘了 20 世纪 50 到 80 年代日本戏剧的发展历程对蜷川幸雄的戏剧之路的形成动因和影响，以及两位日本导演铃木忠志与蜷川幸雄的“大异”和“小同”，为我们理解东方舞台上差异化的跨文化戏剧实践提供了不少耐人寻味的细节与精要的诠释。

“学术访谈”栏目是李会芹对谷亦安导演的一篇访谈《哈罗德·品特在中国舞台上的演出——谷亦安访谈录》，上海戏剧学院的谷亦安曾翻译和导演英国戏剧大师哈罗德·品特的《背叛》（演出了两百多场）和《尘归尘》，他如何以学者型导演的方式诠释和呈现中国舞台上的品特戏，我们又如何理解这种跨越中英的戏剧美学和文化底蕴的剧场艺术，都值得一窥究竟，简言之，谷亦安的品特戏从翻译、改编和演出全方位地展现了当代话剧在跨越之旅中经历的蜕变。

整体上第七辑的学术译文比重仍比较大，而且译文非常精彩，感谢投稿给本刊的译者以及为译文质量把关的审校：吕祉萩、徐顺懿、张译仁、李璇、姚啸宇、王柏华、杨诗卉。本辑的出版受北京语言大学梧桐创新平台项目资助（中央高校基本科研业务费专项资金，项目批准号19PT06)。感谢本辑的助理编辑：陈秀娟、杨诗卉。感谢华夏出版社的王霄翎女士和刘雨潇女士的合作与支持。

2020年12月，北京语言大学比较文学与世界文学的学科发展取得了一项重大突破，获批历史上第一个国家社科基金重大项目“中外戏剧经典的跨文化阐释与传播研究”，本人为首席专家。这个选题前期经过北语校级重大项目的孵化，我们前后花了将近两年的时间斟酌选题内容。中标的重大项目以跨文化和比较戏剧的视野和方法，研究中外戏剧经典的跨文化之旅和传播效果，探讨戏剧跨越国家、文明，以及跨越文本和舞台的界线后生发出的价值和意义。该项目基于中外戏剧现象的“翻译改编－阐释研究－舞台演出－传播效果”的系统研究，通过由外向中、由中向外双向驱动的阐释和传播展开，特别关注戏剧对异国和异国人的塑造和再现，同时从理论层面阐发戏剧在跨文化阐释与传播中的思想资源、研究范式转换等核心问题。

围绕这个国家社科基金重大项目的研究，本刊将在未来重点推出相关的专刊和专栏，推动学术界关于跨文化视域下的中外戏剧经典的阐发和探讨。为此，本刊郑重发出稿约，希望海内外专攻比较戏剧的专家，有兴趣做跨文化戏剧的年轻学者们惠赐大作，学术论文和经典研究的译文均可。

2020年是举国艰难的一年。《当代比较文学》在克服重重困难后，迎来了发展的契机，其中的重要时刻值得记录在此：2020年辑刊被中国知网数据库收录（从2019年第四辑开始全文上网)，2020年被南京大学和中国社会科学研究评价中心主办的中文学术集刊网收录（网址 https：//3c. nju. edu. cn/xsjk/index. php/home/Article/detail/name/zz/id/0000014331）。2021年将迎来本刊发展的重要一年，未来可期。

岁寒，然后知松柏之后凋也。

2021. 02. 08 初稿

2021. 03. 08 定稿

莎士比亚研究

莎士比亚文本的物质性*

玛格丽特·德·格蕾西亚　彼得·斯塔利布拉斯　著

吕祉萩　徐顺懿　译　王柏华　审订

内容摘要　多重文本的发现重新界定了莎士比亚文本的基本范畴：并不存在所谓的“原件”或“真正的”莎士比亚，研究者需要返回并重估那些被现代标准版抹杀的早期现代文本的物质痕迹和社会实践。本文从作品、单词、人物、作者、纸

---

* 原文“The Materiality of the Shakespearean Text”载于 *Shakespeare Quarterly*, Vol. 44, No. 3 (Autumn, 1993), pp. 255 – 283。——译注

这篇论文起初是兰德尔·麦克劳德等（Randall McLeod, Random Cloud, Random Clod）的一部论文集的前言，这部论文集让我们受益无穷，我们尤其参考了其中的以下文献：Randall McLeod, “Spellbound: Typography and the Concept of Old – Spelling Editions”, *Renaissance and Reformation*, n. s., 3 (1979), pp. 50 – 65; “Unemending Shakespeare's Sonnet 111”, *Studies in English Literature*, 21 (1981), pp. 75 – 96; “UNEditing Shak – speare”, *Sub – stance*, 33/34 (1982), pp. 26 – 55; Random Cloud, “The Psychopathology of Everyday Art”, *Elizabethan Theatre*, 9 (1986), 100 – 168; “The Marriage of the Good and Bad Quartos”, *Shakespeare Quarterly*, 33 (1982), pp. 421 – 431; “ ‘The Very Names of the Persons’: Editing and the Invention of Dramatick Character” in *Staging the Renaissance: Reinterpretations of Elizabethan and Jacobean Drama*, David Scott Kastan and Peter Stallybrass, eds. New York and London: Routledge, 1991, pp. 88 – 96; and Random Clod, “Information on Information”, *TEXT*, 5 (1991), pp. 241 – 281。

张五个方面，考察莎士比亚文本的不稳定性、可变性和异质混杂性。留存在早期文本书页上的这些文本特征及其背后的社会实践无法被现代的正确性与可理解性所规训，正是它们见证了莎士比亚文本流变的特殊历史。

关键词 莎士比亚 物质性 多重文本

The Materiality of the Shakespearean Text

Margreta de Grazia; Peter Stallybrass

Abstract: The discovery of multiple - text issue has called for a need to reconceptualize the fundamental category of a work by Shakespeare. "The thing itself" or the "authentic" Shakespeare is itself a problematic category. The researchers need to go back and reevaluate these earlier material traces which were smoothed away by modernization and emendation. This paper aims to draw attention to the instability, fluidity and heterogeneity of the Shakespearean text. These features which cannot comply with modern notions of correctness and intelligibility bear witness to the specific history of the texts they make up.

Key words: Shakespeare, materiality, multiple - text

两百多年来《李尔王》(*King Lear*)只有一个文本；1986 年牛津版《李尔王》变成了两个文本；1989 年随着《1608—1623 年〈李尔王〉全集》(*The Complete King Lear* 1608—1623)的出版，又增加为（至少）四个。文本数量的增加，导致莎士比亚研究不再是从前的研究了。这并不仅仅因为相比过去，我们现在可以看到更多莎士比亚的作品——比如存在多个版本的《李尔王》；如果仅仅是对经典的简单扩充，我们并不需要重新思考如何准备文本以及如何阐释文本的问题。莎士比亚研究不再是从前的研究了，因为长久以来被视为理所当然的信条，即作品的自体同一性，现在却受到了质疑。对于我们面前的文本对象的基本状况，我们已无法达成共识。一个还是多个？这种不确定性的重要性怎么高估都不为过。毕竟，同一性和差异性是感知的基础，是我们区分此物和彼物的方式。因此，存在多重文本（multiple - text）的可能性实际上产生了一种根本性的变化：它们不仅是对莎士比亚作品（Shakespeare's works）的扩充，而且需要从概念上重新界定一个基本范畴——什么是莎士比亚的一部作品（a work by Shakespeare）。

多重文本引起的最明显的问题之一，就是对编辑传统的不满日益增强。18 世纪的编者因为用一部合成的《李尔王》代替了 17 世纪的多部《李尔王》而受到指责，而后来的编者则因为重复了前辈合成的文本而被指控。随之而来的是对编辑的整体贬损，就好像编者一直在用虚假的莎士比亚冒充真实的莎士比亚。然而，另一件事情却没有受到重视：文学批评家在多大程度上想当然地使用了那些合成文本的术语，而正是这些术语让莎士比亚在 18 世纪得以复制并持续复制下去。当编者检验着、辩护着他们的选择之时，批评家们则动辄想当然地认定他们所使用的文本是有根有据的。近年来解读莎士比亚的两种主导模式——形式主义与历史主义——都对手头的文本确信无疑，比如英格兰的亚历山大版（the Alexander edition in England）和美国的河畔版（the Riverside edition in America）。这两种批评方法都想当然地假定其研究对象的同一性，却没有意识到这种假定将彻底颠覆其研究方法。形式主义者呼吁关注文学语言的细微之处，却不考虑现代版中的细节可能是印刷厂实践的产物。历史主义把莎士比亚作品中的某种散漫结构追溯到 16 世纪晚期和 17 世纪早期，却忽略了它们在多大程度上可能是 18 世纪的产物。[①] 对文本

---

① 然而，莉亚·马库斯在她的研究中坚持历史的时间性和文本的特殊性之间的关系。参见 Leah Marcus, *Puzzling Shakespeare: Local Reading and its Discontents*, Berkeley, Los Angeles, London: University of California Press, 1988, esp. pp. 43 - 50；以及 "Levelling Shakespeare: Local Customs and Local Texts", *SQ*, 42 (1992), pp. 168 - 178。

对象的疏忽导致两种批评模式皆陷入方法论上的悖论：形式主义者细读印刷文本，仿佛它们就是作者的创作；历史主义者以时代错位的方式阅读启蒙运动时期的文本，仿佛它们就是文艺复兴时期的话语。

当编辑与批评都牢牢抓住产生于18世纪传统的现代文本不放，我们还能求助于什么？我们能求助的似乎只有第一对开本和早期四开本，但它们并不因为就是“事物本身”（the thing itself）便丝毫没有受到后代的干预与污染。所谓的“事物本身”，或者说真正的莎士比亚，本身就是值得商榷的概念，它基于一种本原的和在场的形而上学（a metaphysics of origin and presence），而这正是后结构主义教导我们要怀疑的东西。（事实上，正是为了寻找这个幻想中的怪物，编辑工作从一开始就陷入困境。）回归早期文本并不意味着接近一个有特权的“原作”（original）①；正相反，对现代读者来说，它恰恰是一种妨碍。现代化过程与编辑的校勘试图抹去的文本特征仍然顽固地挡在路上，妨碍我们戳破透明的幻觉——即文本背后存在着某个理想的“原作”。②

---

① Gary Taylor in the “General Introduction” to *William Shakespeare: A Textual Companion*, Stanley Wells and Gary Taylor with John Jowett and William Montgomery, Oxford: Clarendon Press, 1987, pp. 3-7.

② 托马斯·坦塞尔对这种目录学和解释学模式做出了颇有影响力的论证，他坚持认为作品是一种抽象的语言实体，并不“存在于纸本或声音中”：“无论坚持哪一种作者概念，阅读和倾听活动，也就是通过目前呈现的一个文本（或多个文本）以接收一种来自过去的信息，都必然意味着努力去发现那个藏在背后的作品。”见 G. Thomas Tanselle, *A Rationale of Textual Criticism*, Phila.: University of Pennsylvania Press, 1989. p. 18。坦塞尔对潜层作品的探索近似于斯蒂芬·奥格尔所说的对“本真的”（authentic）莎士比亚的渴望：“它假定文本是另一物的再现或具体化，而表演者或编辑的任务正是要揭示这个另一物。”参 Stephen Orgel, “The Authentic Shakespeare”, *Representations*, 21 (1988), pp. 1-25, esp. p. 24。然而，与坦塞尔理想化的“作品”（work）不同，奥格尔的“剧本”（script）总是受到历史、剧场和偶然的编辑改动的影响。另见保罗·韦尔斯汀对这一问题的讨论，即一个特定的版本会如何驱动他所定义的“对某种叙事的渴望”，最终导致文本批评误入歧途。见 Paul Werstine, “Narratives About Printed Shakespeare Texts: ‘Foul Papers’ and ‘Bad’ Quartos”, *SQ*, 41 (1990), pp. 65-86, esp. p. 82。

这些特征正是本文讨论的重点：旧的字体和拼写，不规则的行和场景划分，标题页和其他副文本（paratextual matter），以及文本疑难（textual cruxes），它们共同构成了我们所说的“文本的物质性”。[①] 而在标准版中，这些特征要么被丢弃，要么被改造得面目全非。它们只固执地留存在早期文本的书页上，坚持被看到（being looked *at*），而不是被看穿（seen *through*）。这些文本特征对现代规范的拒绝，见证了它们所创造的文本的特殊历史。这段历史是如此特殊，以至于它根本无法被现代的正确性和可理解性所规训。虽然现代版把这些特征当作陈旧过时的东西抛在一边，但是对开本和四开本使我们能够正视现代的“莎士比亚”的显著特征和一系列早期现代戏剧文本的显著特征之间的历史差异。

关注这些早期的物质痕迹并不意味着沉溺于古物研究。这些更古的形式，作为活跃的中介，推动我们质询现代的形式。在遭遇现代的实践和理论时，早期文本的物质性会对它们进行质疑，揭示出它们也同样是一段特定的、具有偶然性的历史。这使我们能够正视自己的历史处境。比如，这篇文章的物质性完全不是在复制莎士比亚的早期文本的物质

① 在20世纪上半叶，新文献学家（New Bibliographers）仔细研究了早期莎士比亚文本的物质性，但这仅仅是为了发现理想化的莎士比亚。参见 Margreta de Grazia, “The Essential Author and the Material Book”, *Textual Practice*, 2 (1988), pp. 69 – 86; Anne – Mette Hjort, “The Interests of Critical Editorial Practice”, *Poetics*, 15 (1986), pp. 259 – 277; Hugh Grady, *The Modernist Shakespeare: Critical Texts in a Material World*, Oxford: Oxford University Press, 1991, pp. 57 – 63。保罗·韦尔斯汀（Paul Werstine）的观点也与这一话题紧密相关，他探讨了新文献学家对“草稿纸”（foul papers）的依赖，即他们所谓的作者的原始草稿。见以下两篇文章：Paul Werstine's “Narratives” and “McKerrow's ‘Suggestion’ and Twentieth – Century Shakespeare Textual Criticism”, *Renaissance Drama*, 19 (1989), pp. 149 – 173。又见泰伦斯·霍克斯的研究，他讨论哲学上的唯心主义和宗教上的神圣追寻与这种文献学追寻之间的共鸣，参见 Terence Hawkes, *That Shakespeherian Rag: Essays on a Critical Process* London: Routledge, 1986, pp. 74 – 76。

性，即使引用的是莎士比亚的作品，即使引用的是1623年版的第一对开本。我们对莎士比亚的全部引用不仅使用现代字体，而且还默默地进行修订，比如把长s变成s，把一些us变成vs，把一些vs改成us。我们这样做的原因是，尽管我们承认了早期现代文本的特殊性，但我们无意让这种幻觉永久化，似乎我们在呈现“原初的”或是“未经编辑的”文本，无论是古旧的档案形式还是新鲜的拟像（simulacral）形式。即使我们能说服自己，我们曾有过“原初的”或是“未经编辑的”文本，我们仍然无法证实它的存在，而只不过是确证了那些认识论范畴的持久性，这些范畴使我们相信它的存在。

这篇文章试图质询后启蒙时代理解莎士比亚的四个主导性的基本范畴。从单一作品（*work*）开始，直到分散的单字（word）。接着，我们将继续讨论这两个表意单位的表面来源：统一角色（unified *character*）与自主的作者（autonomous *author*），前者发出语言，后者享有作品的归属权。这一过程颠倒了弗雷德里克·詹明信（Frederic Jameson）所定义的“历史法庭的动力学”（dynamics of the historical tribunal）。① 它并非用现在的标准评判过去的形式，更像是让过去的形式来考验现在的标准。

一、作品

如上所述，最近关于《李尔王》文本的争论引发了对这部作品的同一性的质疑。② 从18世纪开始，编者普遍认为无论是1608年四开本

---

① 关于这个令人费解的过去与现在的辩证性反转及其价值的讨论，参见Frederic Jameson，“Marxism and Historicism”，in *The Ideologies of Theory*：*Essays* 1971－1986，2 vols.，Minneapolis：University of Minnesota Press，1988，Vol. 2，p. 175。

② 1976年，迈克尔·沃伦（Michael Warren）发表了一篇开创性论文，他认为四开本《李尔王》与对开本《李尔王》是两个单独的文本，并指出，还有三位学者也同时且独立持有这种观点。有两本书引起了人们对这个问题的普遍关注：Steven Urkowitz，*Shakespeare's Revision of King Lear*，Princeton，N. J.：Princeton University Press，

中的《李尔王》还是1623年对开本的《李尔王》，都无法完美地再现莎士比亚真正写下的《李尔王》文本。因此他们试图通过两个文本的异文合并以重现真正的作家原件。然而自1976年以来，一群令人印象深刻的文献学家开始坚决反对18世纪的文本合并行为，认为四开本《李尔王》和对开本《李尔王》应被视作彼此分离的两个戏剧文本。因此在1986年牛津版《莎士比亚集》中，过去只以一个剧本呈现的《李尔王》被印刷成为两个作品。在1989年出版的《1608—1623年〈李尔王〉全集》中，迈克尔·沃伦（Michael Warren）把这部戏剧整理为四个互相独立的影印本：1608年的四开本《编年史》（the 1608 quarto *True Chronicle Historie*），1619的四开本《编年史》（the 1619 quarto *True Chronicle History*），1623年的对开本《悲剧集》（the 1623 Folio *Tragedie*），以及沃伦自己完成的《平行文本》（*Parallel Texts*）——他把1608年和1623年的两个文本进行了合并。① 事实上，四个文本还只是保守的统计；因为除了最后一个影印本由装订成册的纸张构成，另外几部的纸张都是散页，这些材料可以分别组成更多的文本单元，由此可以想象《李尔王》的版本数量可能会有指数级增长。作品本身不具有同一性的问题不仅仅发生在《李尔王》这里：最近出版了《哈姆雷特》的三个不同版本，《奥赛罗》与《特洛伊罗斯和克瑞西达》也可能会出

1980和Gary Taylor and Michael Warren's collection of essays, *The Division of the Kingdoms: Shakespeare's Two Versions of King Lear*, Oxford: Clarendon Press, 1983。这两篇文章被收录在William Shakespeare, *The Complete Works*, Stanley Wells and Gary Taylor, gen. eds., Oxford: Clarendon Press, 1986。关于这场论争的概括，参见Grace Ioppolo, *Revising Shakespeare*, Cambridge, Mass.: Harvard University Press, 1991, pp. 1-5 and pp. 163-167。

① 沃伦指出："这本书展示了'李尔王'这个词条本身的问题。这里的《李尔王》并不仅仅只是一部单纯戏剧，经过净化的、驯服的、经过加工的，以便于消费。" Michael J. Warren ed., *The Complete King Lear 1608-1623*, Berkeley: University of California Press, 1989, p. vii.

版多文本的对照版。①

正如《李尔王》的几个标题所表明的那样，这里其实有多个不同的名称和多个文本，而编者一直认为这只是一部作品。戏剧的不同题目不仅体现在标题页上，它同样影响了这部戏剧在伦敦出版业公会②登记簿中的条目，比如1608 年的四开本就被登记为“莎士比亚先生所撰写的李尔王历史……”（Mr Wllm Shakespeare his historye of King Lear...）。就这个例子而言，戏剧所属的文类，甚至也是可变的，1608 年的四开本题名是“编年史”（Chronicle Historie），放在“历史”（historye）类目；而对开

① Paul Bertram and Bernice W. Kliman ed., *The Three - Text Hamlet: Parallel Texts of the First and Second Quartos and First Folio*. AMS Studies in the Renaissance 30, New York: AMS Press, 1991.《哈姆雷特》《奥赛罗》《特洛伊罗斯》与《李尔王》的多文本对照的现代版本，均由上面提到的 1986 年牛津版的编者整理。又参见 Stanley Wells and Gary Taylor, “The Oxford Shakespeare Re - viewed by the General Editors”, *Analytical and Enumerative Bibliography*, n. s., 4 (1990), pp. 6 - 20。关于文本不稳定性的整体介绍，参见 E. AJ. Honigmann, *The Stability of Shakespeare's Texts*, London: Edward Arnold, 1965 和 Stephen Orgel, “What is a Text?” in Kastan and Stallybrass, eds., *Staging the Renaissance: Reinterpretations of Elizabethan and Jacobean Drama*, pp. 83 - 87。关于《李尔王》文本的问题，参见 Taylor and Warren, eds. *The Division of the Kingdoms: Shakespeare's Two Versions of King Lear*, Oxford: Clarendon Press, 1983。关于单部戏剧的文本不稳定性的问题：《哈姆雷特》问题可参考 Barbara Mowat, “The Form of *Hamlet*'s Fortunes”, *RenD*, 19 (1988), pp. 97 - 126; Joseph F. Loewenstein, “Plays Agonistic and Competitive: The Textual Approach to Elsinore”, *RenD*, 19 (1988), pp. 63 - 96; Paul Werstine, “The Textual Mystery of *Hamlet*”, *SQ*, 39 (1988), pp. 1 - 26。《特洛伊罗斯》问题可参考 Taylor, “*Troilus and Cressida*: Bibliography, Performance, and Interpretation”, *Shakespeare Studies*, 15 (1982), pp. 99 - 136。《亨利五世》问题可参考 Taylor, *Three Studies in the Text of “Henry V”*, Oxford: Oxford University Press, 1979。更多关于修正主义的讨论，可参考 Wells and Taylor, *Textual Companion*, pp. 16 - 18; Taylor, “Revising Shakespeare”, *TEXT*, 3 (1987), pp. 285 - 304; and Ioppolo, *Revising Shakespeare*, 各处。

② 在莎士比亚时代，印刷和出版由伦敦出版业公会（Stationers' Company）垄断。如果要出版一本书，必须在登记簿中登记其书名，并支付一定的费用，这使他们获得了该书的版权。伦敦出版业公会的记录提供了关于早期出版的重要信息。——译注

本则被归为“悲剧”（Tragedie）。[①]在伦敦出版业公会登记簿的条目中，仅仅依靠标题，人们并不能确定究竟是哪一个文本和它对应。比如我们无法确定1608年5月20日布朗特（Blount）登记的《泰尔亲王伯利克里的故事》（*The booke of Pericles prince of Tyre*）究竟保护的是哪部著作的版权。他是否有权复制在1609年出版的戏剧《虽然稍晚但是更受欢迎的，传说中的泰尔亲王伯利克里的冒险寻宝历史……》（*The Late And much admired Play, Called Pericles, Prince of Tyre. With the true Relation of the whole Historie, adventures, and fortunes of the said Prince...*），或是乔治·威尔金斯（George Wilkins）在1608年出版的中篇小说《泰尔亲王伯利克里，戏剧亲王伯利克里中的真实历史》（*The Painfull Adventures of Pericles Prince Tyre. Being the true History of the Play of Pericles*），还是1607年劳伦斯·吐温（Laurence Twine）重印的散文体传奇故事《阿波罗尼奥斯王子的痛苦冒险》（*The Pattern of Painful Adventures... That Befell unto Prince Apollonius*）？它能否保护布朗特对一些已经消失的文本所保有的权利；或者它能确实保护布朗特对上述所有文本的印刷权吗？

就像上文所列举的《李尔王》和《泰尔亲王伯利克里》，为了归属作品的所有权，一个剧本的题目可以指涉题目相似的多个不同文本，即使这些不同的题目可以区分出它们不同的文类。而第一个登记这个标题的人可能被当成未来所有题目相似的不同文本的实际所有者（de facto owner）。彼得·布莱尼（Peter W. M. Blayney）指出，布朗特和雅格加德（Jaggard）在确认第一对开本戏剧的署名权时，似乎就遇到了这个问题。[②] 例如记录显示，他们不得不为匿名作者的《驯悍记》（*The Ta-*

---

① 关于对开本作品的文类划分的可变性，参见 Orgel, “Shakespeare and the Kinds of Drama”, *Critical Inquiry*, 6 (1979), pp. 107 – 123；关于它们在18世纪版本中的可变性，参见 de Grazia, *Shakespeare Verbatim*, Oxford: Clarendon Press, 1991, p. 149, n. 42。

② Shakespeare, *The First Folio of Shakespeare*, Washington, D. C.: The Folger Shakespeare Library, 1991, p. 2.

ming of a Shrew, 1594）和《约翰的麻烦重重的统治》（*The Troublesome Reign of John*, 1591）的版权进行谈判，以确定这两部戏剧的标题属于莎士比亚的《驯悍记》（*The Taming of the Shrew*）和《约翰王》（*King John*）。与此类似，人们怀疑匿名作者的《莱尔王》（*King Leir*）和莎士比亚的《李尔王》（*Lear*）并不是两部完全无关的文本。

正如一个标题可以指向多个文本，一个文本也可以用多个标题来指称。因此在 1607 年出版的戏剧《托马斯·怀亚特爵士的著名历史》（*The Famous History of Sir Thomas Wyatt*）中，标题页上标明作者为托马斯·德克尔（Thomas Dekker）和约翰·韦伯斯特（John Webster）。而在亨斯洛（Henslowe）的日记中，这部戏剧被称为《一部称作简女士的戏剧》（*A playe called Ladey Jane*）和《瑞贝尔的征服》（*the playe of the overthrowe of Rebelles*）。[①] 因此在早期的现代印刷作品中，标题和文本的混淆似乎很常见，这正是麦肯齐（D. F. McKenzie）所说的“不一致的常态”（the normality of non – uniformity）。[②]

---

① Gerald Eades Bentley, *The Profession of Dramatist in Shakespeare's Time*, 1590 – 1642, Princeton, N. J.: Princeton University Press, 1971, pp. 203 – 204; *Henslowe's Diary*, R. A. Foakes and R. T. Rickert ed., Cambridge: Cambridge University Press, 1961, pp. 218 – 219.

② 麦肯齐发明了这个短语，他讨论是什么因素决定印刷厂平均水准的变化，参见 D. F. McKenzie, “Printers of the Mind: Some Notes on Bibliographical Theories and Printing – House Practices”, *Studies in Bibliography*, 22 (1969), pp. 1 – 75, esp. pp. 8 – 13。彼得·布莱尼也注意到了有规律出现的不规律性，他描述 1608 年《李尔王》四开本校样和印刷顺序问题，参见 Peter Blayney, *The Texts of King Lear and their Origins*, *Volume 1: Nicholas Okes and the First Quarto*, Cambridge: Cambridge University Press, 1982, pp. 89 – 218。马里恩·特鲁斯代尔讨论了文艺复兴时期戏剧和印刷厂实践中反复出现的不统一性以及新文献学在处理这一问题上的不足之处，参见 Marion Trousdale, “Diachronic and Synchronic: Critical Bibliography and the Acting of Plays” in *Shakespeare: Text, Language, Criticism: Essays in Honour of Marvin Spevack*, Bernhard Fabian and Kurt Tetzeli von Rosador eds., Hildesheim, Zurich, New York: Olms – Weidmann, 1987, pp. 304 – 314 与 “A Second Look at Critical Bibliography and the Acting of Plays”, *SQ*, 41 (1990), pp. 87 – 96。

即使编者考虑到早期出版物的文本和标题的多样性，这种不一致性（nonuniformity）依旧很难在莎士比亚作品的现代版本中体现出来。文本的确切名称究竟是如何出现的？当一个剧本面临多重文本的问题时，文本之间需要出现多少异文（variants）才可以选择用多文本的形式印行？简而言之，标题与文本自身的真实性都不确定时，或者至少和我们眼前所见的不同时，复制品如何能忠实于标题或文本呢？在莎士比亚的时代，机械印刷与抄写一样，都是在复制文本的同时改变对象文本，这也给后结构主义学者提供了一个特别具体的研究对象，即每次重复本身就能够制造差异。

矛盾的是，虽然现代照相技术使我们能够快速而相对廉价地复制文艺复兴时期印刷厂的劳动密集型产品，使我们能够在不重排铅版（re-setting type）的情况下制造摹本，但这种新技术与它所要复制的文艺复兴时期的“原作”（original）是完全不相容的。没有唯一的“原作”，也就没有所谓的原真性（authenticity），因为后者正依赖于前者。正如瓦尔特·本雅明在讨论机械复制问题时所观察到的：“原作的在场是原真性这一概念存在的先决条件。”① 斯蒂芬·奥格尔（Stephen Orgel）在他的批评著作和编校的作品中都提到，原真性这一概念并不适用于被想象为“不稳定的、可无限修改的剧本”。② 正如奥格尔所坚持的，表演一直被认为具有延展性和渗透性；剧本“本质上是不稳定的，并且会随着表演者临时的决定而变化”。③ 即使不考虑剧场的偶然性，考虑到书

① Walter Benjamin, *Illuminations*, trans. Harry Zohn, New York: Shocken Books, 1969, p. 220.

② Stephen Orgel, “The Authentic Shakespeare”, p. 24; see also his “What is a Text?” in Kastan and Stallybrass, eds., *Staging the Renaissance: Reinterpretations of Elizabethan and Jacobean Drama*.

③ Stephen Orgel, “Shakespeare Imagines a Theater”, *Poetics Today*, 5 (1984), pp. 549 – 561, esp. p. 558. 关于文本在历史与现在所产生的各种变化，参见 Orgel, “The Authentic Shakespeare”；奥格尔的未刊手稿“Acting Scripts, Performing Texts”也讨论了这个问题。

籍史专家们所命名的（也许对文艺复兴时期而言未免过早）“印刷品的稳定性”，剧本的文本仍旧是临时的。

莎士比亚第一对开本的剧本是印刷文本不稳定的本质的最好例证，因为它比其他任何早期的现代出版物都更需要编辑工作的介入。① 1968年，查尔顿·欣曼（Charlton Hinman）出版了1623年第一对开本的诺顿摹本（1968 Norton facsimile of the 1623 First Folio），它展示了剧本文本在印刷厂生产实践中的可变性。② 因为在印刷过程中，印刷厂会对样张进行校正，经过校正的样张常常会与未经过校正的样张不经鉴别地组合在一起，所以很可能不存在两本完全相同的对开本。关于对开本的多版本问题，彼得·布莱尼近期提出了一种新的可能，以解释第一对开本不同复本之间的不同：这可能是因为出版社在获得《特洛伊罗斯和克雷西达》的出版权时出现了延迟，1623年成功出售的第一对开本包含“三种不同的印次”，一个缺少《特洛伊罗斯》，一个包括《特洛伊罗斯》，还有一个剧本既包括《特洛伊罗斯》也包括《特洛伊罗斯》序幕。③ 正如欣曼乐于承认的那样，诺顿本是“一次理想的再现”，“几乎可以肯定，它完成了在其他任何第一对开本的复本中都没有实现的任务”。④ 这份现代摹本来自福尔杰图书馆（Folger）的30份复本，它被

① 彼得·布莱尼（Peter Blayney）认为：“事实上，18世纪以前印刷的所有英文书，每个复本之间都在一定程度上有所不同。”（*First Folio*, p. 15）1990年4月，麦克劳德（McLeod）在宾夕法尼亚大学的一次演讲中指出，贺林希德的《编年史》（Holinshed's *Chronicles*）的复本之间存在严重的不统一；复本以不同的顺序和不同的插入方式装订在一起，换言之，编年史中不存在统一的叙事。

② Charlton Hinman, ed., *The Norton Facsimile: The First Folio of Shakespeare*, New York: W. W. Norton, 1968.

③ 正如布莱尼所说，第二版还包括《罗密欧与朱丽叶》最后一页的两份副本，其中的第二页是用手划掉的。参见 Shakespeare, *First Folio*, pp. 21 – 24。

④ Charlton Hinman ed., *The Norton Facsimile: The First Folio of Shakespeare*, p. xii. 也可以参考 G. Thomas Tanselle, “Reproductions and Scholarship”, *SB*, 42 (1989), pp. 25 – 54, esp. p. 37。

用来代表“原始版本的印刷者所认为的理想复本”。① 这种“理想的再现”见证了一个不可能目标的达成，即精确再现一个从未拥有单一或固定形式的文本。此外，正如加里·泰勒（Gary Taylor）所评论的那样：“摄影技术作为媒介本身，如同其他媒介一样，也会传递信息，而它所传达的信息是：你看到的一切都是真实的、准确的、可靠的。”② 看似最适合复制文本材料的摹本，最终仍旧只能选择复制多个原本之中的一个版本。摹本赋予复本的特殊细节以神圣的地位，将出版时相当多变的形式实体化。照片影印本中止了早期四开本和第一对开本在印刷方法和语义上的文本流变特征。在《1608—1623 年〈李尔王〉全集》中，迈克尔·沃伦通过显示早期现代印刷实践中普遍存在的文本增生现象，有意抵制了这种中止。具有讽刺意味的是，莎士比亚的现代版本在某种程度上也同样地不稳定：尽管它们的目标是再现“理想文本”，但几个世纪以来，它们的数量和多样性几乎与早期剧本的不稳定程度不相上下。

在确定莎士比亚正典时，第一对开本作为“首要权威性”的地位也同样是成问题的。③ 1619 年，在托马斯·派维尔（Thomas Pavier）首次尝试出版莎士比亚的“作品集”时，这个合集被认为是与众不同的。④ 如果不是宫内大臣写信禁止“国王剧团”（King's Men）的戏剧在未经许

① Hinman, ed., *The Norton Facsimile*: *The First Folio of Shakespeare*, pp. xxii - xxiii. 在为《1608—1623 年〈李尔王〉全集》准备摹本时，迈克尔·沃伦遵循了欣曼的先例。参见 Marion Trousdal's discussion of *Folio* reproduction in “A Trip Through the Divided Kingdoms”, *SQ*, 37 (1986), pp. 218 - 223。也可以参考 Marion Trousdale, “A Second Look at Critical Bibliography and the Acting of Plays”, pp. 91 - 92 and 94。

② Wells and Taylor, *Textual Companion*, p. 4.

③ E. K. Chambers, *William Shakespeare*: *A Study of Facts and Problems*, 2 vols., Oxford: Clarendon Press, 1930, Vol. 2, p. 207.

④ 关于派维尔（Pavier）该次尝试的详情，参见 Chambers, *William Shakespeare*: *A Study of Facts and Problems*, Vol. 1, pp. 133 - 137 和 W. W. Greg, *The Shakespeare First Folio*: *Its Bibliographic and Textual History*, Oxford: Clarendon Press, 1955, pp. 9 - 16。

可的情况下出版，莎士比亚的正典可能是1619年派维尔的四开本，而不是1623年布朗特和雅格加德的第一对开本。那样的话，《莎士比亚全集》本来有可能包括：《伯利克里》，《一部约克郡悲剧》（*A Yorkshire Tragedy*），《约翰爵士老城堡生活的真实而光荣的历史的第一部分》（*The first part of the true and honorable history of the life of Sir Iohn Old - castle*），再加上对开本的三十六部戏剧中的七部戏剧。1664年，另一位17世纪的印刷商试图重新定义莎士比亚的作品范畴：除了第一对开本和第二对开本的三十六部戏剧之外，在第三对开本的第二版中，菲利普·切特温德（Philip Chetwinde）不仅增加了《伯利克里》的剧本，还增加了另外七部新戏剧。其中的四部戏剧，即《伯利克里》《一部约克郡悲剧》《伦敦浪子》（*The London Prodigall*）和《老城堡中的约翰爵士第一部》（*1 Sir John Oldcastle*），在早期的四开本中已被认作莎士比亚作品；剩下的三部戏剧，即《可悲的洛克林悲剧》（*The Lamentable Tragedie of Locrine*）、《托马斯·克伦威尔勋爵生平的真实历史》（*The True Chronicle Histories of the whole life and death of Thomas Lord Cromwell*）和《清教徒或是寡妇》（*The Puritane or Widow*），此前被认为是威廉·桑普森（William Sampson）的作品。① 五十

---

① Chambers, *William Shakespeare: A Study of Facts and Problems*, Vol. 1, pp. 532 - 537. 当牛津大学博德利图书馆（Bodleian Library）收到第三对开本时，他们提议用这部新的、更“完整”、更具权威性的经典替换第一对开本（Blayney, *First Folio*, p. 34）。17世纪的书单也暗示了莎士比亚经典的暂时性：在《粗心牧羊人》（*The Careless Shepherd*, published by Richard Rogers and William Ley in 1656）的名单上，《爱德华二世》《爱德华三世》和《爱德华四世》都被认为是莎士比亚的作品；在《旧法》（*The Old Law*, printed by Edward Archer in 1656）的名单上，《巴黎的传讯》（The Arraignment of Paris）、《机会》（The Chances）、《穆塞多罗斯》（Mucedorus）、《霍夫曼》（Hoffman）、《埃德蒙顿的快乐魔鬼》（The Merry Devil of Edmonton）和《希罗尼莫》（Hieronimo）的两个部分都被认为是莎士比亚的作品，然而《爱的徒劳》（Loves labor lost）被认为是威廉·桑普森（William Sampson）的作品；在威廉·桑普森的作品清单中，《汤姆·泰勒和他的妻子》（Tom Tyler and his Wife, 1661）和《两位高贵的亲戚》（The Two Noble Kinsmen）被认为是弗莱彻个人的作品。参考 W. W. Greg, “ttribution in the Early Play - Lists 1656 - 1671”, *Edinburgh*

多年间，“新”莎士比亚经典取代了“旧”版本，因为1685年的第四对开本和罗威1709年的版本（Rowe's 1709 edition）都因袭了它；直到1725年时，教皇删除了其中的“新”剧本，但在1728年的版本中把它们重新收入（单列一卷）。

第三对开本是一个有启发意义的例子，展现了如何根据以前的标题页归属来构建作者权：尽管很多剧本的归属存疑，但因为莎士比亚的姓名或是姓名的首字母出现在标题页上，所以它们都被认为是莎士比亚的作品。17世纪的出版商，比如切特温德，他们似乎更关心作品曾经的版本是什么样的，而非剧本的作者是谁。布朗特和雅格加德努力和伦敦出版业公会协商登记，以获得未问世作品的出版权，以及他们与其他出版商协商出版的作品版权，从中可以发现出版商们必须确保抢在戏剧被纳入正版之前获得复制权。有人认为《伯利克里》之所以被排除在对开本以外，并不是因为人们不确定这部戏剧是不是莎士比亚的作品，而是由于布朗特和雅格加德对这部作品的所有权受到了质疑。① 自18世纪以来，确定是否属于莎士比亚作品主要通过看剧本中是否留有莎士比亚写作的痕迹（风格、韵律、用词等）。然而像对开本这种出版物，选定作品的原则很大程度上基于这组剧本与剧团和出版商协会之间的关系。

二、单词

复制品出现的问题不仅仅只针对一部“作品”而言（它的标题，文本以及它所属的文本合集），同时也指向那些成倍数地构成了复制品

Bibliographical Society Transactions, 2（1938 – 1945）, pp. 303 – 329。

① 正如上文所述，《特洛伊罗斯和克瑞西达》被排除在1623年对开本的一些早期版本之外，这无疑是因为布朗特和雅格加德直到最后一刻才成功地获得了印制权；《理查二世》和《亨利四世》也发生了类似情况，《理查三世》则差点因为这个原因而无法出版（Blayney, *First Folio*, pp. 2 – 4 and pp. 17 – 21）。

的极小单元：个别的“单词”。①无论是在现代早期，还是在现代，在生产文本的过程中，这类问题总会引发关注，因为谬误必须被揪出并加以修正。人们普遍认为如果在对开本或四开本中出现了一个错误的单词，那一定是一起意外事件造成的：作者打瞌睡了，排字工人失误了（“sleeepe”“womandood”“inough”），又或者是在印刷过程中一个字母破损了。② 但是，在建立确切的勘误标准之前，想要鉴别作品中的错误是不是意外造成的，十分困难。在书写规范被确立之前，即在词汇与语法标准化之前，人们该依据何种标准来甄别书中的不规则形式（irregularity）或“疑难”（crux）呢？这并不是说文艺复兴时期的英格兰不存在拼写错误，仅仅是当时的勘误表条目（*errata* entries）就足以证明标准的存在；而是指我们如今判定为异常的东西，对一位文艺复兴时期的读者来说，可能在字面上看却是再“标准”（*typical*）③ 不过的了。

让我们来看看《麦克白》中的一个既引人注目又为人熟知的例子。在本剧大多数的版本中，女巫们把自己称为“weird sisters”④，编辑者们所提供的脚注将这个单词与古英语中的“*wyrd*”或“命运”（fate）联系到了一起。但是在对开本中我们却找不到对应的单词。相反，我们

---

① 在 16 与 17 世纪，“one”这个单词本身就有许多繁杂的变体，其呈现形式有“an”“ain”“yane”“oon”“own”“oowne”“won”“wone”“woon”“wan”“o”“oo”“on”，同时也有“one”。（难怪斯宾塞会选择用正字法更为稳固的拉丁语来为自己作品中坚定不渝的角色尤娜 Una 命名。）

② 值得关注的是，关于此类破损字，珍妮·艾迪生·罗伯茨（Jeane Addison Roberts）在“‘Wife’or‘Wise’——*The Tempest* 1. 1786”，*SB*，31（1978），pp. 203 – 208 中提出了一个极为有意思的案例。关于这一解读中的洞见，遗留问题及重新挖掘的意义，参见 Stephen Orgel，“Prospero's Wife”，*Representations*，8（1984），pp. 1 – 13。

③ 这里使用了一个双关语：typical（标准的、典型的）的词根 type 就是印刷中使用的刻板。——译注

④ “weird sisters”，中译本通常译作“命运三女神”。——译注

却看到了“weyward Sisters”以及“weyard Sisters”。麦克白夫人在麦克白的来信中所读到的正是“these weyward Sisters”，班柯所梦见的也正是“the three weyward sisters”。《牛津英语词典》（OED）将“weyward”记录为“weird”一词在文艺复兴时期的可能拼法；也就是说，它支持编者处理后的现代读法，将“weyward”视为“weird”。这样的话，编者似乎已经把这个单词的拼写正确地现代化了。然而，事实证明《麦克白》是这种拼写的唯一例证；而《牛津英语词典》将这两种形式视作同一个词，它唯一的权威来源是西奥博尔德（Theobald），他在1733年将“weyward”印刷为“weird”。换句话说，这位18世纪的编辑者不仅建构了文本编辑传统，而且还建构了可供人们质询这一传统的检索工具（比如说《牛津英语词典》的词条）。

对开本中的“weyward”还有另一种校正的可能性，它可以被转写为现代形式“wayward”（“反复无常的”），《麦克白》中的赫卡忒（Hecate）使用的正是这一形容词。[①] 这是一个简单的元音变化，但却能引发显著的语义变化，把女巫们从魔法与预言世界（这是由西奥博尔德的“weird”而引起的联想）转移到另一个方向：反常（perversion）与游移不定（vagrancy）。对此，《牛津英语词典》确实提供了除莎剧以外的先例，它们也将“wayward”拼成了“weyward”（16世纪早期还出现了“*weywarde*”的拼法）。不过这并不能排除未经记载的“weird”拼写的可能性。尽管《牛津英语词典》的正字法历史（orthographic history）足够详尽，引用了《麦克白》这一唯一例证来说明“weyward”可能是“weird”之意；文艺复兴时期的读者们仍然有可能持有另一种读

① William Shakespeare, TLN 130 (1.3.32), 355 (1.5.8), 596 (2.1.20). [此后引用莎士比亚戏剧原文皆只列出行号缩写，不再列出作者名称。——译注] 除了有特殊注明的地方，本文中所有引自莎士比亚戏剧的内容与全剧行号都遵循欣曼（Hinman）所编辑的版本，其后的括号中是剧幕、场景与行号，引自 *The Riverside Shakespeare*, ed. G. Blakemore Evans, Boston: Houghton Mifflin, 1974。

法，因为他们总能在手抄本与印刷本中碰到稀奇古怪的拼写。[①] 在没有诸如《牛津英语词典》这类词汇工具书的帮助下，他们又根据什么来勾销这一拼写的可能性呢？

“weyard”这个单词在对开本的《麦克白》中出现了三次：“the weyard Women”“the weyard Sisters”和“the Weyard Sisters”。[②]《牛津英语词典》再次引用了《麦克白》，表明它首次运用了这个词。这一单词的形态与《牛津英语词典》中“weird”的其他同源词——“wyrde”“wyerde”“weard”相近，这或许能够支撑西奥博尔德对“weird”的选择，尤其当人们考虑到这部戏剧的史料来源：贺林希德《编年史》中有关邓肯和麦克白统治时期的记载。在贺林希德的史书中，女巫们（the witches）被描述为“司掌命运的姐妹（the weird sisters），她们是（就像你认为的那样）命运女神，不然就是山林仙女或仙子（在木刻版画中她们都令人吃惊地穿戴整齐）。[③] 但是在放弃“weyward”与“weyard”，而偏向使用“weird”一词的时候，现代编者已经做出了预设，那便是所指（signified）逆向统摄能指（signifier）的场域。因为当人们把《麦克白》中的称谓名号与贺林希德史书中的称谓名号进行对比时，就会发现能指的场域实则是一种差异的场域。在此场域内，“真正的词源学”被正字法游戏所替代，它允许（也的确无法阻止）能指相互交融，也允许合成出不断更新的词源。在对开本中，为命运三女神命名的那些能指所开启的也正是这种语言学上的犯错倾向，而正如诸多新近解读所提及的那样，这一倾向与能指自己

---

① 朗多姆·克洛德（Random Clod）注意到现代词典是如何成为“编者的军团”的。他还观察到，在莎士比亚的时代并没有莎士比亚的编者（“Information upon Information”），前述内容引自无页码的鸣谢页，p. 248。

② TLN 983 (3. 1. 2), 1416 (3. 4. 132), 1686 (4. 1. 136).

③ Raphael Holinshed, *The Firste volume of the Chronicles of England, Scotlande, and Irelande*, London: Lucas Harrison, 1577, “The Historie of Scotlande”, p. 243.

密切相关。① “weird/wyrd” 这一词语的校勘是一个诡异的反讽（an uncanny irony），就好像编者偏爱多元决定论（overdetermination）而不是不确定性（indeterminacy），从而采纳命运三女神这一读法，而非其更难预测的表兄妹们/同源词。但是无论用怎样的形容词来描述女巫，如对开本中的“weyward”和“weyard”，以及《编年史》中的“weird”，它们都并不为后世严格的单一正字法所框定，相反，它们隶属于一个尚未被词法条例规训的语义场，它容纳语言的漂移。

在这一相同的语言场域内，还有另外一个单词“气”（air）——对开本中写作“ayre”②，三个女巫和她们的幽灵每次都消失其间，这个单词在这部剧中被重复了很多次，超过了莎士比亚的任何一部其他作品。女巫们自“气”（air）中来，又从“气”（air）中去，带来了“继承人”（heirs）的消息，歌颂着麦克白与班柯：麦克白将会称王，但是班柯的后裔将接过王位，这是一个令人不安的推论，其宗族的延续不合常理，这也迫使麦克白下令斩除班柯及其后代，不过后者侥幸逃脱，麦克白便又再次向女巫发问，得到的回答却与之前别无二致。“班柯的后裔会不会在这一个国土上称王？”③ 女巫们通过搬上一场注定成真的预演来重复她们的预言：班柯的子孙绵延不绝地出现，直至世界末日。同样，根据先前的描述，这一预言也毫无逻辑可循（比如，麦克白似乎是

---

① 因为在近期对《麦克白》的研究中，有论者将命运三女神与其能指所体现出的语言冗余和不确定性的特点联系了起来，参见 Harry Berger, Jr.,“The Early Scenes of *Macbeth*: Preface to a New Interpretation”以及 Stephen Mullaney,“Lying Like Truth: Riddle, Representation and Treason in Renaissance England”，两篇文章均引自 *English Literary History*, 47 (1980), pp. 1 – 31 and pp. 32 – 47；还可参见 Terry Eagleton, *William Shakespeare*, Oxford and New York: Basil Blackwell, 1986, pp. 1 – 8；以及 Janet Adelman, *Suffocating Mothers: Fantasies of Maternal Origin in Shakespeare's Plays, Hamlet to The Tempest*, New York and London: Routledge, 1992, pp. 130 – 146。

② 在早期现代英语中，air 和 heir 都可拼写为 ayre。——译注

③ TLN 1646 – 1647 (4. 1. 102 – 103). [本文所引莎士比亚作品的中文翻译，皆参考朱生豪译本，不再单独加注。——译注]

不可战胜的），而且麦克白再次加害的也并非班柯的后裔，而是麦克德夫的“儿女和一切有血缘之亲的不幸的人们”。① 不像麦克德夫和班柯，麦克白从未有过有关血脉会永垂不朽的预言（“我自己的子孙却得不到继承”②），因此他没有统治未来的权力。事实上，麦克白用女巫们的虚幻承诺取代了另一个预言，即班柯的子孙将绵延不绝。这一点显示在他对麦克德夫的最后吹嘘中，他把不可战胜的气（air）归功于他自己的变幻莫测的魔法（charm），而不是班柯的后裔（heirs）获得继承权：

> 你要使我流血，正像用你锐利的剑锋在空气（Ayre）上划一道痕迹一样困难。让你的刀刃降落在别人的头上吧，我的生命是有魔法保护的……③

麦克白的男子气概也是有缺陷的，其描写中常常伴有恐惧的心理，比如当他想象自己谋杀国王时，恐惧便涌上他的心头：现代版本中写道“可怖的印象，使我毛发悚然”；然而在对开本中，“my Heire”释放了语义，起着双重的效果，表明麦克白的男子气概与苏格兰王朝双双经历着不安的动荡。“头发”（Hair）与“后裔”（heir）也近乎超现实地结合在了一起，在本剧的最后一场戏中，老西华德得知自己的后裔小西华德“像一个男子汉”一样战死了，这时，他以如下语言表明他能经受得住这个消息：“要是我有像头发一样多的儿子，我也不希望他们得到一个更光荣的结局。”④ 最后，麦克白对于诸国王现身后的反应也是一个绝佳的例子，“air”“heir”与“hair”对我们来说是三个不同的单词，但仅一个词便可将三者的语音与语义融合起来：

---

① TLN 1705 – 6（4. 1. 152 – 153）.

② TLN 1054（3. 1. 63）.

③ TLN 2448 – 2451（5. 8. 9 – 12）. ［英文引文中的着重标记，中文用不同字体表示。——译注］

④ TLN 246（1. 3. 135）.

你太像班柯的鬼魂了；下去！你的王冠刺痛了我的眼珠。怎么，又是一个戴着王冠的，你的头发（haire）也跟第一个一样。第三个又跟第二个一样。①

Thou art too like the Spirit of Banquo: Down:
Thy Crowne do's seare mine Eye - bals. And thy haire
Thou other Gold - bound - brow, is like the first:
A third, is like the former.

当然，现代的版本必须从这三个现代词语中做出抉择，“头发”②是普遍的选择。但是对开本的“haire”把这三种可能性（以及它们之间的语义联系）都囊括其中。

诚然，我们需要从“头发”（hair）这一选项移向“空气”（air）了，这个词并不是指女巫们翱翔徘徊的迷雾，而是指王者的高贵神气（noble air of majesty），就如以前人们使用的“debonair”一词的含义一样。麦克白震惊于继任者们一模一样的王者神气；这样一来，就可以避免目前的荒诞读法，即麦克白注视着继承者们一模一样的高贵头发。我们同样也不能排除“后裔”（heir）这一选项，显然，长得像班柯的是他那一长列后裔，他们彼此间也都很像；此外，当“后裔”与“头戴金冠的”（Gold - bound - brow）这一换喻用法并置时，句子

① TLN 2488（5.9.9），2496 - 2497（5.9.14 - 15）. 马胡德（M. M. Mahood）在 *Shakespeare's Wordplay*, London: Methuen, 1957, p. 141 中也对这几句台词发表了评论。

② 约翰逊（Samuel Johnson）提出了“空气”这一选择，而斯蒂文斯（Steevens）支持这一看法，并引用了《冬天的故事》中的句子，尽管他并没有注意到“后裔”这一用法所起的支撑作用：“你那样酷肖你的父亲，跟他的神气一模一样（要是我现在还不过二十一岁，我一定会把你当作了他），叫你一声王兄”（5.1.127 - 128）；参见 *Macbeth: A New Variorum Edition of Shakespeare*, ed. H. H. Furness, Philadelphia: J. B. Lippicott, 1873。我们还要向杰米·赛杰（Jamie Saegar）表达感谢，他在未发表的文章中阐述了“hair/heir/air”这三个同音异义词。

所产生的效果最佳。无论此类语义的变动与滑行对于现代的鉴赏力来说是多么变幻无常，文艺复兴时期的文本是鼓励这一做法的。一个能允许“头发”以“hair”“heir”“heire”“heere”与“here”的形态出现，也允许“后裔”以“heir”“aire”“are”“haire”与“here”的形态出现的文本将会对所有可能出现的流动（runnings）保持开放：中间插入（run - ins），连续编排（run - ons），超出篇幅（runovers），额外选择（runoffs）。我们将拼写现代化时，需要保留语义的滑移（slippage）。弗雷德森·鲍尔斯（Fredson Bowers）与斯坦利·韦尔斯（Stanley Wells）都承认这是一项代价高昂的要求。但就算对开本或四开本的拼写方式被保存了下来，这依然无法解决问题，因为事实上，现代读者已经将编者对文本所做的加工内化了。现代正字法系统已经执掌了阅读过程，当他们看到对开本中的“Heire”时会自动将其修正，这样“hair”的可能性就被排除在外了。因此，摹本与旧的拼写法所组成的印刷版也很成问题，因为在那些文本中，现代的语言范畴也是流动的，它们会将先前以语音、拼写与语义之可塑性为代表的系统擦去。①

但是一个小的语词细节有多少意义呢？可能有人认为并没有很多，但是文本在字面意义上就是由这样的细节组成的。当编者举棋不定时，他们会寻找某一个正确的单词；在“weird”这个案例中，编者推测这个单词来源于莎士比亚所运用的史料。但彼时用于区分“weyard/weyard/weird/wayward”，并把它们分为四个分离的、互不兼容的词汇单位的界线还尚未划出，也没有成系统地复制出来。在词典确立这些界线以前，

---

① 参见 Fredson Bowers, *On Editing Shakespeare*, Charlottesville: University Press of Virginia, 1966, pp. 155 - 165 以及 *Essays in Bibliography, Text, and Editing*, Charlottesville: University Press of Virginia, 1975, pp. 289 - 295；还可参见 Stanley Wells, *Modernizing Shakespeare's Spelling*, Oxford: Clarendon Press, 1979。

同源词在语音及正字法上都是模糊的，并不会有属于后词汇(post－lexical)①界定意义上的考量，而它们在后来则会因此分离。② 无论是贺林希德还是莎士比亚，还是某个特定的抄写员或排字工人决定了某个单词的特定形式，其重要性都比不上在语言前规则或生成阶段时这一单词的形变能力。③ 这一能力又恰恰阻碍了人们重构（retrieve）正确单词的计划，因为需要重构的是一整个语义场，而非独个单词，而我们的语言范畴在试图阐明语义场的过程中却抹去了它。取而代之的是一个规范化的文本，它的依据是编者对文本意图的看法，这一文本为我们从更大的语义场中选出了某一个单词。在现代版莎剧中，文艺复兴时期可变的能指消失了，在语言学层面（也在认知层面）上，“weird”不再捉摸不透；在文献学层面（也在谱系学层面）上，“heir”不再飘忽不定。

三、人物

在近期一篇文章中，小哈里·伯杰（Jr. Harry Berger）颠倒了人物批评的传统逻辑。这一悠久的批评传统开始于蒲柏（Pope），布雷德利

---

① 后词汇（post－lexical）：词汇音系学（lexical phonology）的术语，其音系理论分为词汇规则（lexical rule）和后词汇规则（post－lexical rule）两个层次，前者仅适用于词内，而后者的规则运作超越词的界限，并利用句法的结构。简而言之，后词汇规则指的是在上下文和语流中，跨越单词边界发生的语音形态变化。——译注

② 关于单词间界线的不确定性，参见 de Grazia，“Homonyms Before and After Lexical Standardization”，*Shakespeare Jahrbuch*，127（1990），pp. 143－156；以及 Peter Stallybrass，“Shakespeare，the Individual，and the Text”，in *Cultural Studies*，Lawrence Grossberg，Cary Nelson，and Paula Treichler，eds.，New York and London：Routledge，1992，pp. 593－610。

③ 关于口头语的生成与限制阶段，参见 John Earl Joseph，*Eloquence and Power：The Rise of Language Standards and Standard Languages*，London：Frances Pinter，1987；针对莎士比亚对英语生成阶段所作的贡献的描述（可能有所夸大），参见 Bryan A. Garner，“Shakespeare's Latinate Neologisms”，*ShStud*，15（1982），pp. 149－170。

(A. C. Bradley) 将它发展到了顶峰，一直到20世纪，这一传统也仍然存在，弗洛伊德的精神分析法尤其能够解释传统中性格先于语言的批评方法。在剧本中的人物出现以前，他们就被想象成一些已经形成并且独立于剧本之外的存在物，而角色所操用的语言则能够反映经验与心理的历史。伯杰却颠倒了传统的人物批评逻辑，他认为戏剧人物的性格是语言的结果，并依赖于语言存在："说话者的性格是语言的结果而非原因……"对于批评家来说，这种颠倒具有重要的方法论意义：符号学分析必须先于精神分析，或者更具体地说，"说话者只有在提到童年时，才真正拥有童年"。① 伯杰的批评基于拉康强调主体性在话语中的建构，但它也可以依托更多的理论背景。

在一部现代版戏剧中，剧中人物的名单通常放在剧本之前，这意味着角色先于他们的表演而存在。然而，莎士比亚的第一批读者却没有接收到这样的暗示，因为在莎士比亚生前出版的四开本戏剧中并不包含角色名单；对开本36部戏剧中只7部出现了角色名单，而且人物名单每次都出现在剧本之后，而非之前。② 在阅读的过程中，读者只能自己划分出角色身份之间的界线，建构（或未能建构，或拒绝建构）起"独立"的个体。因为尚未建立起固定的戏剧程式，所以无法把一系列戏剧人物纳入统一的规范，读者不得不自己理解并辨别这些角色，包括角色的地位、家庭、性别、年龄，甚至包括剧团设定的特殊人物。

---

① Jr. Harry Berger, "What Did the King Know and When Did He Know It? Shakespearean Discourses and Psychoanalysis", *South Atlantic Quarterly*, 88 (1989), pp. 811 - 862, esp. pp. 813 and 823.

② 正如芭芭拉·莫瓦特（Barbara Mowat）所指出的那样，其中的四个戏剧人物是基于拉尔夫·克莱恩（Ralph Crane）的抄本，而拉尔夫本人可能模仿了琼森版的对开本，在琼森对开本中，每部戏剧前都会先安置演员名单。参"Nicholas Rowe and the Twentieth - Century Shakespeare Text", forthcoming in the *Proceedings of the Fifth World Shakespeare Congress*, Tokyo, August 1991。琼森的对开本总体上参照了之前传统戏剧的翻译本，由此赋予了自身经典的定位。参考 Orgel, "Shakespeare Imagines a Theater", and de Grazia, *Shakespeare Verbatim*, pp. 33 - 37。

虽然许多复辟时期出版的莎士比亚的戏剧单行本都包括了人物表，但第一个给每部戏剧都加上人物清单的是尼古拉斯·罗（Nicholas Rowe）于1709年出版的《莎士比亚戏剧》（*the play of Shakspeare*）。① 因此作为罗的直接继承者，亚历山大·蒲柏（Alexander Pope）是第一个会在每部剧作前列出戏剧角色名单的编者——这或许正是他解释莎士比亚作品中人物个性的原因。在1725年版的序言中，尽管模仿这一概念本身就贬低了诗人的独创性，但蒲柏坚持认为其他作者都在模仿模仿品："如果有哪个作家配得上'原创'这个称号，那就是莎士比亚"，"他笔下的人物就是天性（Nature）本身，因此荒谬地认为这些角色是对天性的模仿，就是一种伤害"。蒲柏断言："莎士比亚的每一个角色都是一个独立的个体，就像在生活（Life）本身里一样。"戏剧中的每个台词都是如此独特，即使没有台词前缀（speech prefixes），也能辨别出那个说话人是谁。②

早期的文本不仅没有角色名单，还缺少另一种能够确定角色稳定身份的现代文本标记：统一的命名法。在早期文本中，舞台指示、台词前缀和文本本身中对角色的称呼都可能不同。在阅读对开本中《科利奥兰纳斯》的舞台指示时，读者可能会需要辨别罗马人民（或罗马各类人民?）的各种名称："反叛的公民""平民""人民""乌合之众"和"一群公民"。③ 如果多头怪兽"海德拉"（Hidra）的名称发生了变化，那么"过于绝对"的科利奥兰纳斯（Coriolanus）的名称也会随之改变，他的名字里包括了"Mar.""Mart.""Martius.""Cor.""Cori.""Co-

---

① Mowat, "Nicholas Rowe".

② Alexander Pope, "Preface to Edition of Shakespeare (1725)", 援引自 *Eighteenth Century Essays on Shakespeare*, ed. D. Nichol Smith, Glasgow: James MacLehose and Sons, 1903, pp. 47 – 62, esp. p. 48。也可参见 Cloud, "The very names of the Persons".

③ TLN 2 (1.1.1), 1552 (2.3.154), 1950 (3.1.228), 1993 (3.1.262), 3053 (4.6.128).

rio.”“Coriol.”“Com.”以及“Mene.”。[①] 在《麦克白》中，我们同样发现对三姐妹（the Three Sisters）的指称也遭遇了多名称的游移。虽然舞台指示把5.3和5.5中的“Seyton”与5.4和5.6中的“Seyward”区分得很清楚，但是台词前缀再次混淆了这种清晰的区分：Seyton曾经是“Seyt.”，但其他时候是“Sey.”；在5.4中，Seyward从“Syew.”变为了“Syw.”，最后变成了“Sey.”；在5.6中，她的名字只以“Sey.”的形式出现。命名的不稳定性不仅发生在单个文本中，也发生在“同一”部戏剧的不同“版本”之间。在《罗密欧与朱丽叶》舞台指示中，Q1版中出现的是“仆从进来”（Enter Servingman）；Q2版中出现的是“威尔·坎普进来”（Enter Will Kemp）；F1版中出现的是“彼得进来”（Enter Peter）。[②] 在Q2版《罗密欧与朱丽叶》的单篇文本中，现代版中的“凯普莱特夫人”（Lady Capulet）被分成了“Ca. W.”“Capu. Wi.”“La.”“M.”“Mo.”“Old La.”“Wi.”和“Wife”。在舞台指示中，她还额外增加了两个名字：“夫人”（Madame）和“家里的夫人”（Lady of the House）。[③]

在《牛津莎士比亚导论》（*Prolegomena for the Oxford Shakespeare*）一书中，罗纳德·麦克洛（Ronald B. McKerrow）提出了一种双重策略：编辑首先应该限制这种文本增生（“在《罗密欧与朱丽叶》中，用‘父亲’代替‘凯普莱特’，用‘母亲’代替‘凯普莱特夫人’”），再将其删除：

> 这能够在遵循不规则的原始文本的同时，避免读者在阅读过程中产生不必要的混乱。毕竟这些台词前缀仅仅只是展示说话对象的

---

① 在TLN 1086（2.1.179），现代版本将“Com.”修改为“Cor.”，但是TLN 1962（3.1.237）把“Mene.”修改为“Cor.”。

② Shakespeare, *An excellent conceited Tragedie of Romeo and Juliet*（Q1）；*The Most Excellent and lamentable Tragedie, of Romeo and Juliet*（Q2）；*THE TRAGEDIE OF ROMEO and JULIET*（F1, TLN 2680 [4.5.101]）.

③ 自相矛盾的是，在所谓“劣等四开本”（Bad Q1）中，“凯普莱特夫人”的台词前缀并不是那么四分五裂。在1.3中我们发现台词前缀“W:”与“Wife:”，以及“M:”与“Moth:”。参考Cloud，“The very names of the Persons”。

标签，我认为编辑的明确职责是把它们视为标签并确保这些标签的整齐与统一。①

“毕竟”（after all）和“仅仅”（merely）的修辞确定了编辑的“明确职责”（clear duty），编辑应当确保文字的统一性、清晰性与易读性。奇怪的是，一些文艺复兴时期的戏剧手稿表明，先有台词，后有角色。例如，威廉·朗（William B. Long）指出：“很可能所有说话人的名字都是在《伍德斯托克的托马斯》（*Thomas of Woodstock*）这部剧本写完之后才加上去的（在戏剧实践中这并不是什么罕见的做法），大部分是由作者（Hand S）加上去的，但也有很多是另外两人加上去的（Hands A 和 B）。”② 而蒲柏关于莎士比亚人物独特性的理论，很难解释另一个被普遍认为是由莎士比亚完成的戏剧对白，这个例子记载在《托马斯·莫尔爵士手稿》（*The Booke of Sir Thomas More*）中，我们会再次回到这个作品。“other”“oth”和“o”，这些类属性前缀被归为莎士比亚之手；以专有名称（如“Geo bett”“betts clow”和“william”等）来替代之，则被归属于后人之手。③

当戏剧中的人物命名被统一之后，伊丽莎白时代和詹姆士时代戏剧书籍和手稿的可变性就逐步消除了。此外，即使不进入文本—表演的论争，也可以有把握地提出，这种人物的不稳定性并不局限于书面文本或印刷文本。在舞台上，演员人数的成倍增加也可能会破坏角色的稳定性。《坎比斯的生活，一部充满欢笑的悲剧》（*A lamentable tragedy mixed ful of pleasant mirth, conteyning the life of Cambises*）的标题表明，这部戏剧的种类是模糊不定的，它标题页中的“角色划分”（division of the partes）也混淆了人物

---

① Ronald B. McKerrow, *Prolegomena for the Oxford Shakespeare: A Study in Editorial Method*, Oxford: Oxford University Press, 1939, pp. 56 - 57.

② William B. Long, “ ‘A bed / for Woodstock’: A Warning for the Unwary”, *Medieval & Renaissan England*, 2 (1985), pp. 91 - 118, esp. p. 96.

③ 参见 Wells and Taylor, *Textual Companion*, 这一抄本来自 the *Booke of Sir Thomas More*, 其中的 147 行手稿被认为是由莎士比亚亲笔完成的（pp. 463 - 467）。

的同一性：8 个演员需要完成 38 个角色的演出。“一个男人”饰演的角色包括“Lord”“Ruf”“Commons Cry”“Commons complaint”“Lord smirdis”和“Venus”。因此，一个演员可以同时扮演贵族和平民，既有专有名词也有普通名词，囊括男性和女性。① 如果我们把视野扩展到文本之外，我们会发现，不仅“单个”（single）人物的身上发生了姓名的增殖，恰好相反，一个符号被重复使用以指代不同的人。露丝·鲁博斯基（Ruth Luborsky）和伊丽莎白·英格拉姆（Elizabeth Ingram）的《木刻英文书，1536—1603 年》（*English Books with Woodcuts, 1536—1603*）就收录了许多作品，它们循环使用了相同的木刻插画以描绘不同的历史人物和艺术形象。② 例如，1577 年版的贺林希德《编年史》就用 212 个剪影制作了 1026 幅图像。书中用同样的统治者形象来描绘贾菲特（Japhet）、玛根的库内代伊（Cuneday of Margan）、维提乌斯（Vectius Velanus）和比提纳克斯（Pertinax）。这一统治者形象在另一出版物中被再次使用：在兰卡凡的卡拉多克（Caradoc of Llancarfan）的《坎布里亚的历史》（*The Historie of Cambria*, 1582）中，它被用以描绘“卡拉多克之子特拉汉”（Trahaern the sonne of Caradoc）。1577 年的贺林希德《编年史》又把这幅熟悉的木刻画当作苏格兰詹姆斯六世（未来的英格兰詹姆士一世）的肖像，这让后代的资产阶级感到大惑不解，因为他们坚持独一无二的身份概念。③ 现代批评家会加以区分的形象，却在机械复制中合并为一个形象，他们会被加以统一的身份，却被分裂为多种不同的名称。

---

① Thomas Preston, *A Lamentable Tragedy* (London, 1585), title page.

② Ruth Samson Luborsky and Elizabeth Morley Ingram, *A guide to English illustrated books, 1536—1603.* 2 vols, Arizona: ACMRS Press, 1998.

③ Ruth Samson Luborsky, “Connections and Disconnections between Images and Texts: The Case of Secular Tudor Book Illustration”, *Word and Image*, 3 (1987), pp. 74 – 85. 参见 Raphael Holinshed, *The Firste Volume of the Chronicles of England, Scotlande, and Irelande*, “The Historie of Englande”, pp. 1, 20, 66, and 77, 与“The Historie of Scotlande”, p. 505, 以及 Caradoc of Llancarfan, *The Historie of Cambria*, London, 1584, p. 112。

如果四开本和对开本变化的台词前缀中并不存在固定的角色名称，那么同样，角色的性别也不固定，尽管在七个对开本的人物表中，男女性别是分开的。但是这种性别的区分是否像18世纪的戏剧表现得那样绝对呢？在18世纪的剧本中，演员列表前会加上用以区分的“男性”（Men）与“女性”（Women），并用空格把性别与角色名称隔开。如果性别的二元对立如此确定，那么，格尼梅德（Ganymede）或西萨里奥（Cesario）的异装癖还能想象吗？最近许多研究都论证了性别的争议性不仅表现在让男性饰演女性角色的剧场内，同样也发生在医学与解剖学的研究论文中，这些论文把同源的外生殖器归属于男女两性（这导致了自发的性变化），更表现在人们对雌雄同体类别（或者无法分类）的普遍迷恋，遍及从民俗到法律的各种层面。① 最近兰德尔·麦克劳德

① 关于盖论派医学（Galenic medicine），参见 Thomas Laqueur, *Making Sex: Body and Gender from the Greeks to Freud*, Cambridge, Mass.: Harvard University Press, 1990, esp. pp. 63–148。关于性别理论与文艺复兴时期的英国剧院，参见 Stephen Greenblatt, *Shakespearean Negotiations: The Circulation of Social Energy in Renaissance England*, Berkeley: University of California Press, 1988, “Fiction and Friction”, pp. 66–93。关于男性向女性的转变，参见 Patricia Parker, “Gender Ideology, Gender Change: The Case of Marie Germain”, *Critl*, 19 (1993), pp. 337–364。关于舞台上性别转变的影响力，参见 Lisa Jardine, *Still Harping on Daughters: Women and Drama in the Age of Shakespeare*, Brighton, U. K.: Harvester, 1983, pp. 9–36; Laura Levine, “Men in Women's Clothing: Anti–theatricality and Effeminization from 1579 to 1642”, *Criticism*, 28 (1986), pp. 121–143; Phyllis Rackin, “Androgyny, Mimesis, and the Marriage of the Boy Heroine on the English Renaissance Stage”, *PMLA*, 102 (1987), pp. 29–41; Stephen Orgel, “Nobody's Perfect, or Why Did the English Stage Take Boys for Women?”, *SAQ*, 88 (1989), pp. 7–29; Jean Howard, “Crossdressing, the Theatre, and Gender Struggle in Early Modern England”, *SQ*, 39 (1988), pp. 418–440 以及 Marjorie Garber, *Vested Interests: Cross–Dressing and Cultural Anxiety*, New York and London: Routledge, 1992, pp. 21–40 and pp. 118–127。关于文艺复兴时期的雌雄同体现象，参见 Ann Rosalind Jones and Peter Stallybrass, “Fetishizing Gender: Constructing the Hermaphrodite in Renaissance Europe”, in *Bodyguards: The Cultural Contexts of Gender Ambiguity*, Julia Epstein and Kristina Straub, eds., London and New York: Routledge, 1991, pp. 80–111。

(Randall McLeod) 在威廉·范·德·帕斯 (Willem van de Passe) 雕刻的詹姆士一世和他的家庭版画作品中，发现了一个引人注目的争议性实例。[①] 随着皇室家庭的变化，詹姆士一世的家庭版画同样进行了改动，但这种变动并不像我们所想象的那样。雕刻家并没有重新雕刻每个孩子来展示其成长与成熟，而是把哥哥姐姐的身体让给更小的一批孩子（以此为新来的孩子腾出空间）。个性化的身体不是代表个人，而是象征家庭内部的关系场所。在这种情况下，性别甚至也会向空间让步，所以现在穿长裤的人是年轻的公主路易莎（Louisa)，之前则是她的哥哥毛里求斯（Mauritius)。

同样的性别滑动也表现在莎士比亚那些众所周知的"主人和情妇" (Master Mistris) 十四行诗里，并且不仅限于第20首。在1609年出版的四开本十四行诗中，有超过五分之四的十四行诗并没有指明收受者的性别。[②] 因此在把它们转录成手稿集或普通书籍的过程中，17世纪的读者可以自由选择将这些作品献给男性还是女性。[③] 在编订1640年的作品集《诗集：威尔·莎士比亚绅士所作》(*Poems: Written by Wil. Shake-speare. Gent*) 时，约翰·本森 (John Benson) 正是运用了这样的自由，这个集子收入了十四行诗的大部分，在一首十四行诗中，他把男性代词

---

① 这份作品提交于1990年8月举行的格拉斯哥国际徽章大会 (the International Emblem Conference)，这幅雕刻作品的名称为 *Triumphus Iacobi Regis Augustaeque Ipsius Prolis*，完成于1622至1624年间，并于1625年重新雕刻。

② 在他没有发表的论文《想象力》(*Imagination*) 中，兰德尔·麦克劳德指出，一直到第19首十四行诗，收受人的性别才被确定为男性，而在下一首中，性别再次含糊不清。

③ 比如在五个17世纪的手抄本中，十四行诗的第二首标题为《献给一位即将死去的少女》(*To one that would die a maid*) (Gary Taylor, "Some Manuscripts of Shakespeare's Sonnets", *Bulletin of the John Rylands University Library of Manchester*, 68 [1985], pp. 210-246, esp. p. 217)。很显然，在马龙的1780年版本出现之前，人们普遍认为，大部分十四行诗是献给一位情妇的，参考 de Grazia, *Shakespeare Verbatim*, p. 155, n. 57。

改为女性代词，在另外两首诗歌中，他将阳性名词改为中性名词。[①] 此外，本森把这些十四行诗分为几组，其中四组的标题，特别指定献给一位心爱的女性，然而在四开本中，这些诗歌所献对象的性别本来并不确定。本森改造过的诗集确立了一个延续到1780年的传统，而埃德蒙·马龙（Edmond Malone）的无标记版本则确立了另一种甚至更加持久的传统。[②] 马龙虽然溯源至1609年的四开本，最终却选择取消了原作中非特指代词所保留的选择权。就像18世纪的戏剧人物一样，马龙的注解（第一次出现在序言中，并在第126首诗之后反复出现）确定了文本中的“人物”的数量、性别和身份。它断言：“献给W. H. 先生（Mr. W. H.），无论此人是谁；以下126首诗都是为他而作。剩下的28首诗则献给一位女士。”[③] 为了遮掩马龙所指认的男性恋人的“丑闻”，学者们忙不迭地将这位恋人的性别“固定”（fix）为女性。于是，发生了声名狼藉的1796年威廉·亨利·爱尔兰（William Henry Ireland）作假案，其中包括一封伊丽莎白一世写给莎士比亚的信，他试图以此“证明”十四行诗是献给这位女皇的。[④] 乔治·查默斯（George Chalmers）虽然承认爱尔兰的文件是伪造的，但在两部长篇著作中，他都在为爱尔兰辩护，认为莎士比亚的恋人是伊丽莎白一世。

---

① 本森对十四行诗做了很小的改动，可人们普遍指控他为了保护莎士比亚的声誉而对原作进行了删减或“洗白”，对此的解释和描述，参考 de Grazia，“The Scandal of Shakespeare's Sonnets”, *SS*, 45（1993）, pp. 35 –49。

② 关于本森的1640年版本在18世纪前和整个18世纪（甚至之后）的重印及其对1690年对开本的取代，参见 Hyder Edward Rollins, *A New Variorum Edition of Shakespeare*: *The Sonnets*, Philadelphia: J. B. Lippincott, 1944, Vol. 2, pp. 29 –36。马龙的版本最早出现在 *Supplement to the Edition of Shakespeare's Plays Published in* 1778 *by Samuel Johnson and George Steevens in Two Volumes*, London, 1780, Vol. 2。

③ Edmond Malone and James Boswell ed., *The Plays and Poems of William Shakespeare*, 10 vols., London: Baldwin, 1790, Vol. 10, p. 191.

④ William Henry Ireland, *Miscellaneous Papers and Legal Instruments under the hand and seal of William Shakespeare*, London: Egerton, 1796.

尽管查默斯的辩护是歇斯底里的恐同反应，但他以足够的力量表明，马龙的性别的“确定性”（certainties）立场是没有根据的。为了支持自己古怪的观点，查默斯正确地指出，“在伊丽莎白统治时期，最伟大的语言学家和哲学家都既以男性也以女性来称呼这位女王”；更确切地说，他指出，代词“his”在文艺复兴时期不仅被广泛用于指代中性（现代学者对此早已了解），还被广泛用于指代女性：

> “His”“her”和“him”常被混用：人称代词“his”常用来表达中性意义；同样，“him”在那个时代也常用来代表“it”……我想，我们的语法学家尚未注意到，在那个时代，代词“his”不仅用于指代中性，同样也指代阴性。①

具有讽刺意味的是，若想证明查默斯的观点，“his”和“her”是可以互换的，最好的证据恰恰见于马龙整理的《冬天的故事》《爱的徒劳》与《皆大欢喜》。对此，马龙仔细地做了说明，他使用“his”来表示“her”，有时是因为印刷错误，有时则源于莎士比亚的习惯性做法（“我们的作者经常享有这样的特许权”）。② 尽管我们可以怀疑查默斯的动机和证据，但他确实证明，编者在 1780 年所享有的“最终的”

---

① George Chalmers, *An Apology for the Believers in the Shakspeare - Papers*, London: Egerton, 1797, pp. 53 - 54, and *A Supplemental Apology for the Believers in the Shakspeare - Papers*, London: Egerton, 1799, pp. 68 - 69. 关于爱尔兰与查默斯的性别变形，参见 Stallybrass, “Editing as Cultural Formation: The Sexing of Shakespeare's Sonnets”, *Modern Language Quarterly*, 54 (1993), pp. 91 - 103。

② Edmond Malone and James Boswell ed. , *The Plays and Poems of William Shakespeare*, Vol. 3, p. 230. 加里·泰勒找到了伊丽莎白时代古文字学和正字法混乱的根源：伊丽莎白时代的秘书抄写的字母“s”常常无法与字母“r”进行区分，而在现代的拼写体系中，“her”中间的字母常常会被误写为“i”，所以“hir”与“his”实质上是两个相同的单词，只有在文化语境中才能区分。参 Gary Taylor, “Textual and Sexual Criticism: A Crux in *The Comedy of Errors*”, *RenD*, 19 (1989), pp. 195 - 225, esp. p. 217 and n. 17。

(definitive) 许可，对男性和女性做出何种程度的区分。也正是由于编者的许可，十四行诗中的说话者被认定为“威廉·莎士比亚”，而不是本森在 1640 年假设的泛指的男性情人。如果马龙对角色性别的裁定看起来没有本森那么专横，这可能是因为他的编辑仍左右着我们现在对于十四行诗的阅读。

正如近期关于性别建构的著作所表明的，任何对性别问题的严格裁定从历史的角度来看可能都是轻率的。在早期现代欧洲，异性恋和同性恋都不是作为类别而存在，原因很简单，性别的标准和偏差在当时都尚未被规定。① 马龙对十四行诗所做的在后代看来无可争议的男女二元结构的划分，在莎士比亚的时代还没有真正成型。除了双性模型，托马斯·拉克尔（Thomas Laqueur）还记录了在文艺复兴时期产生的盖伦式单性模型（the Galenic one-sex model）。按照这种模式，女性被视为不完整的男性，然而，正如斯蒂芬·奥格尔最近提出的，这种模式在赋予男性高于女性特权的同时，也威胁到了男性的身份，因为有可能“我们在本质上都是真正的女性”。② 此外，人们只需翻一翻那个时期的官方语法书，就会发现性别不是一种或两种，而是许多种：威廉·莉莉（William Lily）的《语法》（*Grammar*）是莎士比亚时代学校唯一使用的拉丁语语法教材，书中把名词分为七种性别，包括男性、女性、中性（非男性或女性）、可疑性别（男性或女性）和兼具男女两性（男性和女性）。西蒙·福尔曼（Simon Forman）在他的病人记录中使用“it”来同时指代男孩和女孩，这或许可以解释上述任何一

---

① 参考 Michel Foucault, *The History of Sexuality*, *trans. Robert Hurley*, 2 vols., New York: Pantheon, 1978, Vol. 1 和 Alan Bray, *Homosexuality in Renaissance England*, London: Gay Men's Press, 1982。

② Stephen Orgel, "Call Me Ganymede: Shakespeare's Apprentices and the Representation of Women"，未出版的手稿。同样参见 Laura Levine, "Men in Women's Clothing: Anti - theatricality and Effeminization from 1579 to 1642", *Criticism*, 28 (1986), pp. 121 - 143。

种分类。① 在文艺复兴时期，如果把性别当作塑造人物的前提，那么它就需要有足够的灵活性来适应其种种结构，它们可能比男性/女性的二元结构更统一也更多样。

从戏剧到解剖学再到语法：我们的研究范围显然已经超出了文本的物理范围，而研究的目的则是证明现代批评家更多地依靠标准的戏剧人物名单来构建角色，而不是根据多变的台词前缀与流变的非性别代词。而这一研究范围本身已经说明了我们所关注的文本材料的效果。现在我们习惯于依托文本来探究和想象复杂的角色性格，但这可能会导致我们远离那些更为敏感并且同样错综复杂的个人（非）身份标记。如果乔纳森·高德伯格（Jonathan Goldberg）的说法正确，那么在文艺复兴时期“并不存在像碑文那样对人物（human character）的重视”,② 我们需要确保自己研究的是文艺复兴时期的而不是现代的“人物刻画”(charactering)。

---

① Simon Forman, *A Shorte Introduction of Grammar*, London, 1567, sig. A6. 参见伊丽莎白·皮滕格（Elizabeth Pittenger）对文艺复兴时期教育学如何抵制语法和“自然”性别之间同源性的尖锐评论：“Dispatch Quickly: The Mechanical Reproduction of Pages”, *SQ*, 42 (1991), pp. 389 – 408, esp. pp. 400 – 401。我们要感谢芭芭拉·崔斯特（Barbara Traister）对福尔曼无差别性别代词的观察，参考她即将出版的 *Window on Elizabethan London: The Papers of Simon Forman*。

② Jonathan Goldberg, “Hamlet's Hand”, *SQ*, 39 (1988), pp. 307 – 327, esp. p. 316. 高德伯格在《文本属性》一文中提到：“在两个版本的《李尔王》中，不同的角色可能说相同的台词，同一个角色（两个名字完全相同的角色）可能说出不同的台词，这种现象恰恰可以证明，莎士比亚笔下的人物，作为文本意义的中心，从根本上说是不稳定的。”参 Goldberg, “Textual Properties”, *SQ*, 37 (1986), pp. 213 – 217, esp. p. 215。同样可参见 Goldberg, *Writing Matter: From the Hands of the English Renaissance*, Stanford: Stanford University Press, 1990。高德伯格将人物追溯到日常的字迹深度中，这是物质笔迹学（material graphology）研究，可以说他几乎推翻了近三个世纪的“人物/字符研究”（character 在英文里既指人物也指文字、字符——译注），包括解构了过去对于内部性（interiority）概念的理解，“所谓的内部性指的仅仅是在石头或者蜡上雕刻字符的物理深度”(p. 314)。

四、作者

我们的后启蒙批评传统认为，作者高踞于上文讨论的诸范畴之上或超越了它们：他产出单词，塑造人物，并创作文本，这构成了他的作品集。但上述所有的例证都支持这样一个简单而深刻的洞见："无论作者可能做什么，他们都没有写书。"[①] 出版商（Stationers）构建了对开本经典（以及其他相互较量的合集）；之后的编者在每个戏剧文本的开头都加上了人物名单；排字工人为"命运姐妹"（weyard sisters）一词排了版。这些中介（agents）也在生产"莎士比亚"时出了一份力。

从他的名字开始讲起：钱伯斯（E. K. Chambers）原本记录了八十三种各异的拼法，为什么最终却选用了"Shakespeare"这一唯一的形式呢？[②] 尽管那六个所谓的亲笔签名也不一致，但没有一个是用"e"将他姓氏中的两个音节拆开："Willm Shaksp""william Shakspe""Wm Shakspe""william Shakspere""Willm Shakspere""William Shakspeare"。[③] 为什么手稿中的"Shak"变成了印刷本中的"Shake"？兰德尔·麦克劳德（Randall McLeod）认为当排字员将 k 与长 s 并置且以斜体印刷时，这些字母便会逐一扭曲或断裂，因为这两个字母通常会铅字重叠（例如，每个字母的形体都会出格，超出到后面那个小字体）。[④] 为防止破损

---

① Roger E. Stoddard, "Morphology and the Book from an American Perspective", *Printing History*, 17 (1987), pp. 2 – 14；此处引自 Roger Chartier, "Texts, Printing, Readings" in *The New Cultural History*, Lynn Hunt, ed., Berkeley: University of California Press, 1989, pp. 154 – 175, esp. p. 161.

② Chambers, *William Shakespeare: A Study of Facts and Problems*, Vol. 2, p. 371.

③ Chambers, *William Shakespeare: A Study of Facts and Problems*, Vol. 2, pp. 504 – 506.

④ Randall McLeod, "Spellbound: Typography and the Concept of Old – Spelling Editions", *Renaissance and Reformation*, n. s., 3 (1979), p. 60. 十四行诗标题页处的作者名称有两个确定的版本，其中第一个 *e* 和最后一个 *e* 互换了位置，该讨论参见

(以及随之而来的罚款),一位排字工人会在 k 与长 s 中插入一个无意义字符。于是,容易造成印刷困难的"Shakspeare"就变成了斜体字中的"Shak - speare""Shakespeare",甚至是"Shake - speare"。即便当印刷字体是罗马体而非斜体的时候,印刷厂将 k 与长 s 分开的习惯往往也会保留下来。所以,1608 年版的《李尔王》标题页上印有罗马字体标题"M. William Shak - speare",而 1609 年的十四行诗集则印有"SHAKE - SPEARES"。① 作者名称的标准化拼写并非出自作者之手,而是源自印刷厂的出版物,这反映的也不是个人在探询身份问题时的投入,而是折射出保护印刷字体的经济因素的考量。②

作者权(authorship)几乎并非作者的建构,因为在这里,作者的姓名形式恰恰是印刷厂的产物。③ 正如杰罗姆·麦甘(Jerome McGann)

麦克劳德的论文"A Technique of Headline Analysis, with Application to *Shakespeares* Sonnets, 1609", *SB*, 32 (1979), pp. 197 - 210。

① 马龙尝试用据说是真迹的"Shakspeare"来取代这一"赝品"的拼写法,但是 1864 年的环球版(紧随于剑桥版)重新使用了对开本中的拼写,并使它成为标准写法,事实上这也成为全球遵循的标准。

② 关于签名的固有特性及其与科技的不兼容性,参见高德伯格(Goldberg)对"Hamlet's Hand"的评价。一种德里达式的对形而上学的图像投资以及一种历史取向的批评,参见高德伯格 *Writing Matter* 的第一章与最后一章。

③ 关于作者身份是如何通过印刷厂运作而产生的问题,参见约瑟夫·勒文施泰因对于斜体字与权威/作者身份之关系的解释:"有人可能会说,作者,现代拥有专著权的作者,起源于印刷字体",参 Joseph F. Loewenstein, "*Idem*: italics and the genetics of authorship", *Journal of Medieval and Renaissance Studies*, 20 (1990), pp. 205 - 224, esp. p. 224。针对莎士比亚的作者身份与引号(往往与斜体字交替使用)之关系,格蕾西亚也提出了相关的论述,参见 de Grazia, "Shakespeare in Quotation Marks", *The Appropriation of Shakespeare: Post - Renaissance Reconstructions of the Works and the Myth*, Jean I. Marsden, ed., New York and London: Harvester Wheatsheaf, 1991, pp. 57 - 71。将莎士比亚的名字视为印刷装饰品的论述,参见 Jeff Masten, "Textual Reproduction: Collaboration, Gender, and Authorship in Renaissance Drama",

所说，“我们对孤单的作者那催眠般的迷恋”让我们忽视了文学作品的生产在何种程度上“是社会的和体制化的事件”，而非单一的个体的创作。① 不可思议的是，我们过于执着，竟然对显示在戏剧文本标题页上的诸多版权方视而不见：首先且一成不变的是图书销售商（他们拥有文本）；其次是印刷厂（当它们不同时是书商的话）；第三是通常可以看到但并非总是一成不变的剧团，它们首次排演了戏剧，后面总会紧跟着一个说明：这部戏剧取得了多大成就；最后才是作家。② 相比之下，作家的地位无足轻重，这种情况对莎士比亚而言尤为突出。在 1600 年以前出版的戏剧中，八部中有七部在初印时都未署名。③ 即使在 1600 年之后，当署名经常出现时，这也是出版商用来宣传的一种手段；正如 1622 年关于四开本《奥赛罗》的书信中所证实的：“作者的名字就足以使书大卖。”直到斯图亚特王朝复辟时期，印刷厂仍持续为

University of Pennsylvania Ph. D. dissertation, 1991, chap. 3。关于参与作者身份构建的其他印刷厂因素，参见利娅·马库斯（Leah Marcus）在 *Puzzling Shakespeare*, pp. 1－32 中讨论的第一对开本问题，以及格蕾西亚在 *Shakespeare Verbatim*, pp. 14－48 中对该问题的论述。同时参见以下勒文施泰因的论文：“The Script in the Market-place”, *Representations*, 12（1985）, pp. 101－114；“For a History of Intellectual Property: John Wolfe's Reformation”, *English Literary Renaissance*, 18（1988）, pp. 389－412；“Plays Agonistic and Competitive”；“The Archaeology of Miltonic Genius: Bacon and Jonson on Pursuit of Property”，这篇论文于 1989 年 8 月发表在波士顿的哈佛大学英语学会上；以及他即将出版的 *The Authorial Impression. Intellectual Property in the English Renaissance*。

① Jerome McGann, *A Critique of Modern Textual Criticism*, Chicago: University of Chicago Press, 1983, p. 100.

② 正如马里昂·特劳斯代尔所说：“尤其是戏剧文本……不能简单将其归纳为只有一位作者或一个文本，因为它们在本质上是标题页中所描述的集体成果。”（Marion Trousdale, “A Trip”, p. 223）

③ 在这八部戏剧的初版本中，仅《爱的徒劳》在标题页上署了莎士比亚的名。1597 年，《理查二世》与《理查三世》在印刷时并未署名，但是在 1598 年，这两部戏剧的第二个版本都声称莎士比亚是作者。然而，《理查二世》的作者身份的声明在同年第三版中消失了。

非对开本的戏剧冠上莎士比亚之名，显然它持续有效地发挥着作用。① 正如人物角色的名字一样，剧作家的姓名本身就是一个印刻在书中的可变的物质符号，而非一个固定的本质，不可察觉地潜藏于文本背后。

不仅作者姓名的正字写法源自印刷厂，作者姓名的语义指涉也是如此。在二十多年前，本特利（G. E. Bentley）就表明，若不注意出版业的操作，便会误读标题页上的作者姓名。本特利将标题页及伦敦出版业公会登记条目与亨斯洛（Henslow）的日记进行比对，他发现，作品的署名与实际的酬金支付方并不一致。② 尽管一部戏剧在出版时可能只会署上一位作者的名字，但正如我们所提及的那样，多位作者都因他们做出的贡献而收到酬金。因此，关于这本书是谁写的，标题页上的名字并不能给我们提供完整的信息，甚至也无法提供准确的信息，即使是著名的戏剧也往往如此。③ 名字的作用是由行业协会决定的，它的成立是为

---

① Chambers, *William Shakespeare: A Study of Facts and Problems*, Vol. 1, pp. 537－538.

② Bentley, *The Profession of Dramatist in Shakespeare's Time, 1590—1642*, pp. 200－206.

③ 根据本特利所说："甚至于对这些文献所进行的仔细阅读也表明了在1590至1642年间，多达半数的戏剧都是通过合作而写成的，在莎士比亚时期，如果亨斯洛的日记可以充当索引，那么将有三分之二都是合作剧本。"（Bentley, *The Profession of Dramatist in Shakespeare's Time, 1590—1642*, pp. 204－205）尽管本特利的结论还有待考证，它们对莎士比亚研究的影响仍未开始显现，除了斯蒂芬·奥格尔屡屡否认那一不证自明的假设——从莎士比亚时期直至我们的时代，文本的权威性来源于作者以及剧团与印刷厂所做出的种种非著作者规定的操作。重视本特利和奥格尔的益处，可以参见Scott McMillin, *The Elizabeth Theatre and The Book of Sir Thomas More*, Ithaca, N. Y., and London: Cornell University Press, 1987，以及Jeff Masten, "Beaumont and/(n) or Fletcher: Collaboration and The Interpretation of Renaissance Drama", *ELH*, 59 (1992), pp. 337－356。马斯滕（Masten）在即将出版的*Textual Intercourse: Collaboration and Authorship in a Homosocial Context*中，提出了16与17世纪单人作者权与多人作者权之间产生的争执，同时也分析了由此产生的实际及理论影响。

了监管并审查图书交易的方方面面。从文本来源而非作家身份的角度，也即从国王剧团而非莎士比亚的角度来考量标题页上的归属权以及伦敦出版业公会登记簿条目，或许是有助益的。① 在这里还必须认识到，是剧团规定了如何使用莎士比亚的名字，因为我们必须承认，正是剧团把手稿卖给出版商，并在编排戏单时为宣传演出而署上了他的名字。从任一传统角度来看，选用他的名字或许并没有反映出他的作者身份，而是反映出他在该剧团的多项职能（担任剧作家、演员、股东）中的核心地位，更何况他唯独忠于那家剧团，仅为它进行创作。② 作者的名字并未将作品与一个单一的行动主体（agent）或“独家创作者（onlie be-getter)”绑定在一起，而是把作品与一个生产与再生产的网络联结了起来。③ 这样的功能并非是反常的，正如近来对早期的相互重合的著作归属模式的讨论所表明的那样。正如戈尔德施密特（E. P. Goldschmidt）对中世纪书籍的说明，彼得·比尔（Peter Beal）对文艺复兴手稿的说明，以及桑德斯（J. W. Saunders）和亚瑟·马若蒂（Arthur Marotti）对诗歌杂集的说明，文本中的署名指向了若干生产性作用——这不仅是针对作者身份（在当时它本身就是一个可被深度模仿的活动）而言，还是在说抄写员、校订者、汇编者、观众、谱曲家、圈内人士等人起到

① 禁止印发国王剧团（King's Men）戏剧的法令一向被认为是针对莎士比亚戏剧而出台的，这一认知不容忽视，比如说剧团总是与作家相等同；关于此类合并误解的批评，参见 Roslyn Lander Knutson, *The Repertory of Shakespeare's Company*, 1594—1613, Fayetteville: University of Arkansas Press, 1991, pp. 1 - 14。

② 关于莎士比亚一直忠诚地为一家剧团供稿，参见 Bentley, *The Profession of Dramatist in Shakespeare's Time, 1590—1642*, p. 279。其中仅有一个例外，署名为博蒙特（Beaumont）与弗莱彻（Fletcher）的戏剧，同时也属于国王剧团（Bentley, *The Profession of Dramatist in Shakespeare's Time*, *1590—1642*, p. 35）。

③ 关于作者权具有的功能，参见 Michel Foucault, “What is an Author?”, in *Language*, *Counter - Memory*, *Practice*, ed. and trans. by Donald F. Bouchard, Ithaca, N. Y.: Cornell University Press, 1977, p. 123。

的作用。①

不过，正如近期新诠释学所表明的那样，莎士比亚研究者最不愿意放弃的范畴正是这唯一的以及统一的作者身份。一部戏剧有多个文本，这个认识据说开启了莎士比亚研究领域的一场革命，因此不断受到追捧。展示标准的《李尔王》文本是在18世纪建构起来的，并由此导向一个必然的结果，其他的多文本戏剧也同样遭到了文本合并，复合文本古老神圣的传统被打破了。加里·泰勒发表了一系列文章，格雷丝·约波洛（Grace Ioppolo）在1992年发表了《修订莎士比亚》（*Revising Shakespeare*），此后，莎士比亚研究者便再也不能想当然地坚持标准莎士比亚文本的统一性与完整性了。对于读者与编者来说，这一影响是积极的（从两种意义上来说），又是令人不安的。在迈克尔·沃伦编辑的多个《李尔王》文本中，他迫切倡导人们要对文本细节进行“差异化的阅读”（differential reading），而这恰恰动摇了本篇论文所探讨的几个范畴：固定的能指、单一的文本、统一的角色。

不过，令人惊讶的是，作者这一范畴仍未从本质上受到动摇，虽然它如今更多地与不断根据剧团条件而做出修改的行为联系在一起，而非从灵感闪现的角度进行思考。在20世纪初的数十年间，尽管新文献学

---

① 参见 E. P. Goldschmidt, *Medieval Texts and Their First Appearance in Print*, London: Printed for the Bibliographical Society, 1943 (for 1940); J. W. Saunders, “From Manuscript to Print: A Note on the Circulation of Poetic MSS”, in the Sixteenth Century, *Proceedings of the Leeds Philosophical and Literary Society*, 6 (1951), pp. 507 - 528; Arthur F. Marotti, “Malleable and Fixed Texts: Manuscript and Printed Miscellanies and the Transmission of Lyric Poetry in the English Renaissance” 以及 “Manuscript, Print, and the English Renaissance Lyric”, 两篇文章都收录于 *New Ways of Looking at Old Texts: Papers of the Renaissance English Text Society 1985—1991*, W. Speed - Hill ed., Binghamton, N. Y.: Medieval & Renaissance Texts & Studies, 1993, pp. 159 - 173 and pp. 209 - 221, 以及他的 *Manuscript, Print, and the English Renaissance Lyric*, Ithaca, N. Y. Cornell University Press, 即将出版; Peter Beal, *Times Literary Supplement*, 3 January 1986, p. 13。

家认识到了物质文本的复杂性以及寻找未受污染的原始文本的困难程度，事实依然如此。然而，正如近期多位学者所评论的，当新文献学家开始更起劲地致力于研究作者手迹的时候，他们对于物质性的强调就遭到了背叛，所谓作者的手迹不过是他们所说的“草稿纸”（foul papers），这个词语本身就证明了人们对纯粹幻想式与理想化状态的设想是虚妄的。① 通过这一超验能指，新文献学避开了两代分解主义者（Disintegrationists）造成的破坏。分解主义者曾在科学测量分析的基础上把大部分作品归功于莎士比亚之外的手笔（更早的作家、合作者、校订者，等等）。② 他们对无数非作家之手进行了考察，最终将对开本传统消耗殆尽，而此时，新文献学家对单一作家之手的预设，又使它从一开始就得以完整地留存了下来。

关于对莎士比亚笔迹的虔诚崇拜，斯科特·麦克米林（Scott McMillin）研究了一个引人注目的例子，也就是《托马斯·莫尔爵士》的手稿，一份出自六人之手的手稿。③ 这个独一无二的样本，作为整个经典背后的那个想象中的作者的唯一的手迹，成为新文献学家的珍宝。然而，同样有些尴尬的是，这所谓的莎士比亚创作剧本的唯一记录，证明的并不是他的作者身份，而是他的合作者身份。研究内容随后变成了鉴定莎士比亚的笔迹及其与另外五份笔迹的差异。此处有一个特别的挑战，其中一份笔迹（笔迹 C），与莎士比亚的笔迹（笔迹 D）相像，尤其在有些地方，笔迹 C“可能在模仿笔迹 D 的笔迹”。④ 正如麦克米林指出的那样，尽管两者很相近，新文献学家认为笔迹 D 属于一位“剧作家”，而笔迹 C 则仅仅属于一位“剧场职员”，这一分类支持了其他

① Werstine, “Narratives”, p. 72, n. 24, and p. 81.

② Hugh Grady, “Disintegration and Its Reverberations”, *The Appropriation of Shakespeare*, pp. 111 – 127.

③ 麦克米林的研究参见 McMillin, *The Elizabeth Theatre and The Book of Sir Thomas More*。

④ Wells and Taylor, *Textual Companion*, p. 461.

一系列的等级秩序——天才/抄工，脑力/手工，主人/奴隶。[①] 麦克米林觉察到，这种政治学贯穿于手稿的分析研究，表现了如下的偏见："把天才的特权赋予作家，同时认定那些负责文学之物质条件的人——比如说演员，还有抄工、出版商及造纸商等——或多或少都是可鄙的。"[②] 牛津版《莎士比亚全集》有意识地再现了这种偏见；它将属于笔迹D的书页单独挑选出来，加以转录并编校，其方式"就好像它是一部遗失著作的残片"。[③]

宣称在《托马斯·莫尔爵士》手稿里找到了莎士比亚手稿的看法本身，其实建立在一个不稳定的基础上，特别是它假设，在那被归属于莎士比亚手迹的147个诗行中，可以追寻到莎士比亚签名的手迹（以及写在其中一个签名前的"出自我"［by me］)。经过近期学术界的详审，莎士比亚签名的"作者权"其实是多重衍生的。在《公共档案中的莎士比亚》(*Shakespeare in the Public Records*) 一书里，简·考克斯（Jane Cox）论及那六个留存下来的所谓"被验证的"(authenticated) 签名，她这样写道：

> 只需看一眼，即可明显看出，这些签名（除了那两个出现在购买黑衣修士区房屋契据上的签名）并不属于同一个人。几乎每一个字母都以不同的方式书写……谁也猜不准，此处复制的这些签名哪

---

① 可以对比迈克尔·布里斯托尔对新文献学家的点评，他们将理想的作家文本与唯利是图的工作场所中的演员及印刷工进行区分："至关重要的分界线正是那根将脑力劳动与体力劳动范围分割开来的线。" 参 Michael Bristol, *Shakespeare's America, America's Shakespeare*, London and New York: Routledge, 1990, p. 106。

② McMillin, *The Elizabeth Theatre and The Book of Sir Thomas More*, p. 154. 同样，韦尔斯汀注意到，在文本背后寻找一个统一的行动主体的渴望是由"对某一特定叙事的渴望生产出来的，它产出了特定的个体——孤独的作家或孤零零的演员，目的是让他们独自负担最多元现象的生产。作为评论家，20世纪的我们在阅读戏剧时从来都将它们视为联合体；通过对建构统一执行者与印刷文本源头的换喻过程，这些联合体确保了其在文本批评中的一席之地" (Werstine, "Narratives", p. 82)。

③ Wells and Taylor, *Textual Companion*, p. 461.

一个是真迹。

考克斯的“看一眼”本身就很可疑，因为它假定在“真实的”签名中存在一套统一的标准，但这在文艺复兴时期绝非常态。① 但至少她的论述指出，将莎士比亚的所谓“真实的”签名视为鉴定其亲笔书写内容的安全起点是有问题的。此外，她对16世纪遗嘱的详尽分析让鉴定问题更加复杂，因为她观察到那些签名中“几乎没有任何原件”。例如，在莎士比亚的遗嘱得到验证的同一个月内，大主教法庭通过的五十五份遗嘱中，有“无数目击证人伪造签名的案例”。就莎士比亚的遗嘱而言，很有可能：

> ……写下遗嘱的职员“伪造”了签名。直到1667年出台《防止欺诈法》(the Statue of Frauds)，此前根本不需要在遗嘱上签署立遗嘱者的签名。那一时期的手册指明了民法博士所推崇的形式，即一份遗嘱应在每一页上签名并同时有人从旁作证，但事实上任何一种形式都可被接受，只要它看上去能真正代表将死之人的遗愿……签名之神圣不可侵犯的合法性并没有完全确立下来……遗嘱经执行人宣誓而得到验证，仅此而已，除非某一利益方提出了异议，在此类情况下，目击证人将会接受调查。后来，一直到17世纪，笔迹专家才开始受雇于法庭。②

---

① Cox, “Shakespeare's Will and Signature” in *Shakespeare in the Public Record Office*, David Thomas, ed., London: Public Record Office, 1985, p. 33. 关于对统一规范设想的批评，参见 Goldberg, *Writing Matter*, pp. 241 – 243。彼得·布莱尼（Peter Blayney）向我们指出了尼古拉斯·奥克斯（Nicholas Okes）的秘书签名（secretary signature）与斜体签名的巨大区别；参见他的 *The Texts of King Lear*, pp. 225 and 229。

② Cox, “Shakespeare's Will and Signature”, p. 34. 考克斯的研究似乎能够为舍恩鲍姆提供他所需要的证据，由此支持以下论点：在伊丽莎白时期（以及其后的时期），“立遗嘱人的姓名可能会由另一个人的签名代替”。参 S. Schoenbaum, *William Shakespeare: Records and Images*, New York: Oxford University Press, 1981, p. 98。

由此可见，莎士比亚的签名本身可能就是一种合作领域，而不是单独个体的私有财产。

将六个不同的签名构建为一个单一的亲笔签名的做法，与从多个文本中建构起一部戏剧的做法，两者不可谓不相似：多归一。新文献学大胆抵制这个具有瓦解性力量的差异性传统。互不相同的文本——甚至是“劣等四开本”——如今都可以被视为独立自主的文本，且应当受到文本上以及批评上的关注。所以，同样，原先在文本中被视为对原文的背离而遭抛弃的重复与反常，如今可被视为作者的改写而得到保留。但是，求助于作者的修订以解释文本的不一致性就好比求助于病理学来解释笔迹的不一致性：必须承认，一只修订的手（a revising hand）或一只颤抖的手（a palsied hand）包含许多只手（multitudes）。① 对多重文本及异文段落的承认又被修正论削弱了，它将最终把打散的及疏松的文本再次统一起来并重新加以规范：以修订的莎士比亚之名，所有文本间的（intertextual），以及文本内部（intratextual）的变体都被一网打尽了。

莎士比亚会修改文本的看法，的确为如何看待他的作者身份问题带来了一个重大转变：他曾经被视为一位即兴创作的作家，永不停笔，不会在纸上留下迟疑的墨点，而如今他则是一位更加深思熟虑的作家，会根据反复的思考、事后的添加，以及新的剧院情况，来修改一些段落和整部文本。但是，这个转变并没有表面上看起来的那么激进。它不过是用浪漫主义时代的一类天才模式取代了另一类而已：根据现存的历史记录，诗人华兹华斯与济慈都不断修改手稿，它取代了诗人是即兴的凭灵感而创作的虚构幻想。为了抹去非作者的功劳，人们想象莎士比亚自己与自己合作，他自己就是一个团队。② 保罗·韦尔斯汀提醒我们注意所

---

① 关于莎士比亚每况愈下的健康状况以及在签署遗嘱时不稳定的手有诸多诊断，参见 S. Schoenbaum，p. 99。

② 关于对“群体作者身份”的文化抵制，参见 Bristol，*Shakespeare's America*，*America's Shakespeare*，pp. 118 – 119。

有被排除在视线之外的其他行动者："［莎士比亚的］文本是开放的、可穿透、可修改的文本，不仅他自己可以，诸多剧院内及剧院外的代笔人、剧院注解人、改编者、修订者（他们有可能进行增删）、审查员，以及排字工人和校对员也都可以。"①

因此，所谓"修订者莎士比亚"（Shakespeare the reviser）的观点或许恰恰可被用于削弱它所坚持的主张，使批评家能够回归后启蒙时代的范畴，就算他们否认那些建立并维系了那些范畴的编辑传统。诚然，它轻易就协助了作家—作品（Man - and - Works）批评，因为每一个多元文本都组成了一个微缩版的经典，能通过其中的每次修改追踪到作家人生的及艺术上的发展；阐释文本的根据也就由此拓宽，每次重写都为挖掘式的深入性阅读提供了额外的土壤，正如福柯所预见的那样，这"或多或少总是心理学意义上的"。② 尽管我们掌握的档案资料足以将它驱散，但我们仍处在风险之中，因为无法摆脱对单一作者那种催眠般的迷恋。

不过，新文献学为我们提供了能够质询这种迷恋的途径。加里·泰勒为牛津版《莎士比亚全集》的文本选择进行了辩护，认为它有意挑选了那些距离"所谓的私人文本"最远的文本，而它们能够更全面地捕捉到戏剧（"所有文学形式中最社会化的一种"）的合作样貌。③ 在他近期有关托马斯·米德尔顿（Thomas Middleton）的创新性研究中，泰勒甚至更加明确地表示米德尔顿不仅仅"为我们提供了一种无法回避的生产文本的合作模式"，我们现在还应当以米德尔顿为根据来编辑莎士比亚，而非以相反的方式操作。④ 换句话说，我们应当重新思考莎士

① Werstine, "Narratives", p. 86.

② Foucault, "What is Author?", p. 127.

③ Wells and Taylor, *Textual Companion*, p. 15. 同时可参见 Jerome McGann, *The Textual Condition*, Princeton, N. J.: Princeton University Press, 1991。

④ Gary Taylor, "The Renaissance and the End of Editing" in *Palimpsest: Editorial Theory Across the Humanities*, George Bornstein, ed., Ann Arbor: University of Michigan Press, 1993.

比亚，运用我们关于合作写作、合作印刷，以及文本生产的历史偶然性的最新知识。

五、纸张

如果说在我们与这项计划之间存在一个障碍的话，那就是这样一种意识：莎士比亚的价值存在于别处，在文本的内部区域，而不是在记录于纸面上的那些印刷实践之中，也就是皮埃尔·马舍雷（Pierre Macherey）所说的“深度假设”（postulate of depth）中。① 其实，这正是标准的现代版本所鼓励的诠释方法，其易读性营造出一种莎士比亚是可以通过文本被看到的假象，近期罗歇·沙尔捷（Roger Chartier）把这种假象称为“读者拥有的无意识的并且具有误导性的想象，他们认为自己与文本的关系是透明的，也是纯粹智识的”。② 干净且熟悉的文本表面允许阅读畅通无阻地进行，直到超过事物，一直深入事物的核心——深入莎士比亚的“意义”（meaning）。因此，标准版提倡的是表面与深度的二元对立论，其中前者导向了后者。维系该二元对立论的是劳动分工，这也是杰罗姆·麦甘所说的“分裂（the schism），当前文学研究的特征”。③ 编者探讨文本外部的表面，而文学评论家则探究其内部的意义。

但是当我们拒绝把深度（depth）视为分析的对象时，我们同时需要改变对表面（surface）的理解。表面与深度一样，都受困于外部/内部、形式/内容、表象/真相的二分法。若要找到一个能更有效地使文本

---

① Pierre Macherey, *A Theory of Literary Production*, trans. Geoffrey Wall, London and New York: Routledge & Kegan Paul, 1985, p. 81.

② Roger Chartier, "Meaningful Forms", *Liber*, 1 (1989), 8 – 9, esp. p. 8.

③ Jerome McGann, "The Monks and the Giants: Textual and Bibliographical Studies and the Interpretation of Literary Works" in *Textual Criticism and Literary Interpretation*, Jerome e, ed., Chicago and London: University of Chicago Press, 1985, p. 187.

概念化的方法，或许只能诉诸形而上学之外的领域，即实体书本身的材料：纸张（paper）。的确，纸张的关键属性——它的吸墨性——避开了二分法。多亏了其吸墨性，墨水的黑点才有可能渗透纸张。此外，纸张保留了大量劳作与变形的痕迹。在莎士比亚的年代，纸张的诞生要归功于拾破烂的人，是他们收集了用来生产纸张的布料（它本身就是床单与衣物的残存物）。在破布变成那些"料"（stuff），又经过捞纸工、抄纸工与揭纸工的劳动之后，床单在书籍的纸张中开启了新生。伊丽莎白时期的作家们还能够想象书籍内页重新变为有用的纸——用来包扎杂货商品或点烟草，这些用途对他们来说是稀松平常的。①

因此，正如任何一本文艺复兴时期的书籍一样，莎士比亚的文本在物质的循环中处于一个临时性的地位，这一循环囊括了极其多样的劳动者。正如一位 18 世纪的佚名诗人所写：

破布造就了纸
纸造就了钱
钱造就了银行，
银行造就了贷款，
贷款造就了乞丐，
乞丐造就了

---

① 参见 Ben Jonson, *Discoveries*, no. 732, in *The Complete Poems*, ed. George Parfitt, London: Penguin Books, 1975, p. 392。同时参见他的 Epigram III, "To My Bookseller"。关于纸张的多种用途，参见 Thomas Nashe, "The Induction to the Dapper Mounsier Pages of the Court", *The Unfortunate Traveller* in *The Works of Thomas Nashe*, ed. Ronald B. McKerrow, 5 vols., London: Sedgwick and Jackson, 1910, Vol. 3, p. 207。在解读"关于纸张的非正式现象学"这一论述中，乔纳森·克鲁表示纳什（Nashe）是第一位（根据《牛津英语词典》的记载）用"page"来指代印刷纸张的学者，参 Jonathan Crewe, *Unredeemed Rhetoric: Thomas Nashe and the Scandal of Authorship*, Baltimore: Johns Hopkins University Press, 1982, p. 69。

破布。[1]

同时，正是破布（字面意义上的）造就了莎士比亚这位民族吟游诗人（National Bard）的作品，而这些破布本身就是国际资本主义工业的异质产品。破布四处漂游，从全欧洲范围内收集而来，又在法国与意大利的强大的造纸业工厂中得以加工。起初，毫无疑问，英格兰纸张稀缺的原因正是其境内没有任何重要的亚麻布工业，这意味着莎士比亚的文本（正如大多数文艺复兴时期的其他英格兰文本一样）有着“异国”本体（body）。[2] 在威廉·普林（William Prynne）眼中，这还

---

① 达尔德·亨特在书中前言部分引用了该诗，参 Dard Hunter, *Papermaking: The History and Technique of an Ancient Craft*, 2d ed., rev. and enl., New York: Knopf, 1947。16、17 世纪时，针对破布出口的抗议证明了破布在造纸过程中的核心地位。由理查德·托特利（Richard Tottly, 1585）和弗朗西斯·温德班克（Francis Windebank, 1640）提出的抗议，参见格雷格书中的引用，W. W. Greg, *A Companion to Arber*, Oxford: Clarendon Press, 1967, p. 38 and p. 354。

② 关于纸张制作与进口，参见 D. C. Coleman, *The British Paper Industry 1495—1860: A Study in Industrial Growth*, Oxford: Oxford University Press, 1958。科尔曼（Coleman）注意到对羊毛产业的保护以及气候问题阻碍了英格兰的亚麻布工业发展。16 世纪晚期和 17 世纪早期，英格兰书籍所使用的大多数纸张都来自法国（pp. 17 - 18）。关于德国城（Germantown）中纸张与亚麻布生产之间的关系，理查德·弗雷姆在其《宾夕法尼亚缩影》（Richard Frame, *A Short Description of Pennsylvania*, Philadelphia, 1692）一诗中写道：

> 一桩买卖为另一桩带来雇佣的人力，
> 所以我们可以说每桩买卖都是兄弟；
> 从亚麻破布里造出来上好的纸，
> 第一桩买卖让第二桩得以延续……
> 所以那亚麻，起初从土地里萌发，
> 先是亚麻布，然后纱线，然后得开始
> 同样的编织，他们费尽苦力地纺纱。
> 还有，当我们的背上好好地穿戴，
> 有些同样的，依旧那么褴褛与破烂；
> 然后从这些破布中诞生了我们的纸。

是一个奢侈的文本。“莎士比亚的戏剧，”他对第二对开本如此抱怨道，“是用最好的皇冠纸印刷的，远比大多数圣经用的纸要好。”① 印刷所里也使用其他那些不怎么奢侈的“异国”品：那些日后将会成为经典文本的语言是用墨水印刷而成的，而这墨水不仅混合了诸如杜松胶、亚麻籽油和炭黑这样的原料，而且还有印刷厂工人的尿液残留，他们每天晚上用尿液浸泡皮套，这个皮套用于上墨的墨球。② 这些物质性的实践即使被注意到，也会被忽略，让位于超验的“文本”，而“文本”则被想象为作者头脑的产物。

把文本的抽象性视为作者的精神，还有一个后果便是：抹去了编辑

One Trade brings in imployment for another,
So that we may suppose each Trade a Brother;
From Linnin Rags good Paper doth derive,
The first Trade keeps the second Trade alive
So that the Flax, which first springs from the Land,
First Flax, then Yarn, and then they must begin,
To weave the same, which they took pains to spin.
Also, when on our backs it is well worn,
Some of the same remains Ragged and Torn;
Then of these Rags our Paper it is made.

18 世纪与 19 世纪早期，美国常见的水印“SAVE RAGS”（救救破布）形象地勾连起拾破烂者与阅读之间的联系。参见 Dard Hunter, *Papermaking in Pioneer America*, pp. 24, 18。

① William Prynne, *Histrio – Mastix*, London, 1633，未标页码的前言，此处引用与威廉·雅格加德所编辑的第一对开本相参照，见 William Jaggard, *Shakespeare Bibliography*, New York: Frederick Ungar, 1959, p. 495；以及与马库斯的文章相参照，见 Marcus, *Puzzling Shakespeare: Local Reading and its Discontents*, p. 2。不过，彼得·布莱尼曾在谈话中向我们指出，用昂贵的皇冠纸印刷的正是第二对开本。

② George Walton Williams, *The Craft of Printing and the Publication of Shakespeare's Works*, Washington, D. C.: Folger Books, 1985, p. 48；同时参见 Colin H. Bloy, *A History of Printing Ink, Balls, and Rollers 1440—1850*, London: Adams and Mackay, 1967, p. 53。

中的合作过程。在马龙所固定下来的传统中，编者隐藏在作者身后。编者无处不在；但是，无论在哪里编者都仅仅被置于二等席位。正如斯蒂芬·奥格尔所表明的那样，恰恰是生产“真实的”莎士比亚的观念成了异质莎士比亚增殖的主要推动力。加里·泰勒的《再次发明莎士比亚》（*Reinventing Shakespeare*）一书正是为这种增殖提供了一部文化史。① 芭芭拉·莫瓦特（Barbara Mowat）针对《哈姆雷特》的讨论也令人信服，她阐述了真实性的追求与文本增殖之间的悖论：

> 被一种渴望复原莎士比亚所写的《哈姆雷特》的冲动所驱使——试图替换那些因演员删改或印刷工失误而丢失的片段，试图复原多管闲事的演员或无能的印刷工造成的单词篡改，试图把《哈姆雷特》从先前的编者手中释放出来并出版莎士比亚自己的《哈姆雷特》（无论是他的初稿文本还是他的定稿文本，总之无论何种情况都得是他的文本），从罗威（Rowe）开始一直到希巴德（Hibbard），编者们都在寻找莎士比亚的语言，其结果就是有多少编者，就有多少《哈姆雷特》。②

在呈现“真正的”莎士比亚时，编者们将编辑行为本身抹去，使之成为一种（合作的）生产过程。新开本、什么该被包含在内、什么该被排除在外、排列顺序、机构标准、润笔，以及正字法，都构造出了新的莎士比亚。

有什么理由不这样做呢？正如我们所讨论的那样，如果没有“原版”，就不能怪罪之后的版本下降或失败了，因为没有一个固定的标记点可以用来测量它们比之原来下滑了多少。或者，也可以指控它们的堕

---

① Orgel, “The Authentic Shakespeare”; Taylor, *Reinventing Shakespeare: A Cultural History, From the Restoration to the Present*, New York: Weidenfeld and Nicolson, 1989.

② Mowat, “The Form of *Hamlet*'s Fortunes”, p. 117.

落，只要它们并不承认时间带来的压力以及编辑过程中不可避免的社会及政治利益的纠葛，而声称自己才是真正的莎士比亚文本，却又总是制造出别的东西。并没有什么内在的理由不出版一部现代化的、翻译后的、改写的“莎士比亚”。重要的是，这是我们所能拥有的全部了，因为在新的文本生产系统内部进行阅读时，出版于现代早期的对开本与四开本中的物质符号本身必然会产生不一样的意思。

斯蒂芬·布斯（Stephen Booth）版十四行诗的优点之一就在于它在视觉上展示了两种不同模式下的文本转写的差距：1609 年的四开本和现代版的“转写”（transcription）。[①] 书籍中缝将两个文本分开，显示印刷厂字母表、省略符号的使用（以及由此导致的物品所有权的标记）、标点符号、正字法、语法，以及排字机械之间的差异性。沃伦在《〈李尔王〉全集》中收录的摹本打开了存在于 17 世纪自身内部的，范围更加宽广的文本可能性，这一范围包括不同的印刷作品以及一部印刷作品的多种形式。它那三份未经装订的《李尔王》（Q1、Q2 和 F1）在每一份之后都附有未经校正的或已经校正的书页，这便允许读者，实则也是诱哄读者，把书页以任一数量及任一形式组装起来。

或许我们应当设想自己正处于一个至关重要的位置，身处于这个伟大的文献学分裂之中——无论是缝合，如布斯的书籍中缝，还是松散，如沃伦的散页——都置身于历史差异性的空间之中。或许这可以把我们的注意力从内在于文本中的孤独的天才（solitary genius）身上移开，它一度从机械和剧场的复制手段中被剥离出来。毕竟，那些复杂的社会活动曾经塑造了，并仍然在塑造着莎士比亚文本那具有吸收性的表面

---

① William Shakespeare, *Shakespeare's Sonnets*, edited and with analytic commentary by Stephen Booth, New Haven: Yale University Press, 1977. 布斯暗示自己的“转写”复制了四开本，对此的批评，参见 John Barrell, “Editing Out: The Discourse of Patronage in Shakespeare's Twenty-Ninth Sonnet” in *Poetry, Language and Politics*, Manchester: Manchester University Press, 1988, pp. 18 –43。

(absorbent surface)，这位天才毕竟只是一个贫乏的、幽灵般的东西。或许，恰恰是这些实践活动才应当成为我们努力研究的对象以及我们欲求的目标。

作者简介：

格蕾西亚（Margreta de Grazia），美国宾夕法尼亚大学英语系教授，主要研究领域包括作为历史与文化现象的莎士比亚，近代主体性与作者概念的生成，早期现代文本的生成，莎士比亚的世俗化。著作有《莎士比亚逐字逐句》（*Shakespeare Verbatim*, 1991），《缺了哈姆雷特的哈姆雷特》（*Hamlet without Hamlet*, 2007）等。

斯塔利布拉斯（Peter Stallybrass），美国宾夕法尼亚大学英语系教授，主要研究领域包括文学文化理论与文本物质性的历史。著作有《僭越的政治学与诗学》（*The Politics and Poetics of Transgression*, 1986），《文艺复兴时期的服装与记忆材料》（*Renaissance Clothing and the Materials of Memory*, 2001）等。

译者和审校者简介：

王柏华，复旦大学中文系比较文学与世界文学副教授，出版专著《中外文学关系论稿》、编著《狄金森诗歌读本》、译著《中国文学思想读本》等。通讯地址：上海市邯郸路220号复旦大学中文系；邮编：200433。

吕祉萩，复旦大学中文系比较文学与世界文学专业在读硕士研究生。通讯地址：上海市邯郸路220号复旦大学；邮编：200433。

徐顺懿，复旦大学中文系比较文学与世界文学专业在读硕士研究生。通讯地址：上海市邯郸路220号复旦大学；邮编：200433。

消极的欲望：物质研究及其不满*

爱德华·佩赫特　著　张译仁　译　王柏华　审订

内容摘要　格蕾西亚和斯塔利布拉斯的《莎士比亚文本的物质性》是莎士比亚物质研究的典范之作，引发了实质性的讨论和争议。有学者认为两位作者陷入他们所批判的观念论传统中，也有学者认为他们的证据不足以支撑其论证。他们实际上把文学研究变成了印刷史研究。他们关注形塑文本的“复杂的社会活动”，肯定平民和群体价值，仿佛是民主的，实际上，这种研究为精英的利益服务，因为印刷史研究的学术资源掌握在少数特权者手中。与之相反，浪漫主义文学批评建立在观者和接受者的基础上，反而真正实现了作品的“民主潜力”。

关键词　莎士比亚　物质研究　新文本主义　浪漫主义

* 本文节译自爱德华·佩赫特的《当代莎士比亚研究：失落的浪漫主义》一书第二章。参 Edward Pechter, “Negative Desire: Materialism and Its Discontents” in *Shakespeare Studies Today: Romanticism Lost*, New York: Palgrave Macmillan, 2011, pp. 53 - 84。——译注

Negative Desire: Materialism and Its Discontents

Edward Pechter

Abstract: "The Materiality of the Shakespearean Text" by Margreta de Grazia and Peter Stallybrass is one of the leading articles of the materialist Shakespeare studies which have the exemplar importance. It generates substantial controversy and discussions. Some scholars claim that it collapses disappointingly into the idealist traditions it sets out to dismantle, while others maintain that their conclusions are not justified by their evidence. It implicitly advocates a project of book history instead of literary study. It looks beyond the page to complex social practices that fashion the text, which at first appears to be a democratic manoeuvre. On inspection it is elitist because the scholarly resources for this research are restricted to a privileged few. By contrast, the Romanticism literary study is founded on the beholder's share, and first realizes the democratic potential of Shakespeare.

Key words: Shakespeare; Materiality; New Textualism; Romanticism

在第一章中，我追问过为什么我们一直无法回归美学；但现在也许更应该问一问，为什么经受如此多的失望后，我们仍在勉力为之。学科惯性（disciplinary inertia）必定再次成为问题，现在它拉动的方向与它早先推动的方向相反：它不是阻止我们回归美学，而是阻止我们放弃这个计划。（正如库恩所说，人文主义者往往什么也不丢弃。）但惯性不是事情的全部真相。我们之所以持续努力，是因为激发努力的问题持续存在：批评兴趣扩展得太广，继而丧失了分析的焦点。在反思"知识帝国主义"——它让我们得以"阐释其他学科的主题"——时，乔纳森·卢斯伯格（Jonathan Loesberg）质疑了其中"只是稍加掩饰信心"：我们"或许可以在没有帮助的情况下，通过对一本议会蓝皮书的文学解读，或是对报纸上某起轰动性刑事审判的解释，来同时完成许多学科的工作。”[①] 正如简·盖洛普（Jane Gallup）所说：“我们已经成为业余的，或者说是自封的文化史学家”；如果没有“历史学方法的专业训练”，就不能指望我们“能几乎和历史系的同事一样好地”进行历史分析。[②]

这些担忧让我们回到了开始的地方：对于包罗万象的术语（如文化、理论）能否提供学科稳定性或一致性的争论——正如格林布拉特（Stephen Greenblatt）所说，这种学科的稳定性或一致性，是“创新性批评实践的支柱”。[③] 但是，格林布拉特和格尔茨（Clifford Geertz）以及詹明信（Fredric Jameson）等人警告：不要对日趋流行的批评实践期望过高。以下这些晚近的说法反映出人们对现状感到失望，他们发现格林布拉特等人早先的警告不幸被证实。

例如，2006 年应邀为《现代语言协会会刊》（*PMLA*）[④]“理论与方法”栏目撰稿的托里尔·莫伊（Toril Moi）认为：“今天这么多女性主义著作只产生了一些冗长而老套乏味的观点。”这一事实“不仅仅是女性主义理论的问题，在非女性主义理论中，这种疲惫感同样普遍，感觉四周充斥着缺乏新意的理论‘意见’（*doxa*）”。[⑤] 第二年，在主持《现代语言协会会刊》关于“后殖民理论的终结”圆桌讨论时，帕特里夏·耶格尔（Patricia Yaeger）宣称，我们正在经历“当下后殖民研究带来的疲惫感”。[⑥] 这种挽歌式的祛魅倾向遍布在目前的研究中，这是语

---

① Jonathan Loesberg, “Cultural Studies, Victorian Studies, and Formalism”, *Victorian Literature and Culture* 27 (1999), p. 538.

② Jane Gallup, “The Historicization of Literary Studies and the Fate of Close Reading”, in Rosemary G. Feal, ed., *Profession* 2007, New York: MLA, 2007, p. 183.

③ Stephen Greenblatt, *Greenblatt Reader*, edited by Michael Payne, Oxford and Malden: Blackwell publishing, p. 11. 引自该书的文化（culture）一章。——译注

④ 即 Publications of the Modern Language Association of America。——译注

⑤ Toril Moi, “‘I Am Not a Feminist, But…’: How Feminism Became the F-Word”, *PMLA* 121 (2006), p. 1735.

⑥ Patricia Yaeger, “Editor's Column: The End of Postcolonial Theory? A Roundtable”, *PMLA* 122 (2007), p. 633.

境主义转向（contextualist turn）以来批评兴趣左右摇摆的特征。以令人叹为观止的速度，热情的扩张变成惩戒式的紧缩，然后又重新投入再度复燃的欲望中。

这个过程似乎始于20世纪80年代初的某个时候；恰逢格林布拉特出版了《文艺复兴时期的自我形塑》（*Renaissance Self - Fashioning*），詹明信出版了《政治无意识》，对历史主义的公开兴趣开始异军突起。将自己（或他人）视为历史主义者，不管是新历史主义或是其他历史主义，并且与“永远历史化！”（Always historicize）的口号相联系，成为一时的风尚，詹明信将这个口号铺展为“所有辩证思想的一个绝对的、甚至是‘跨历史’的要求”。① 如此这般令人拍案的修辞出现在异常的表达中，如奥格尔②的“真实天性”（true nature）、“历史上的准确”（historically accurate）和“本质上的……真实”（essentially... real）等表述就是从这一时期开始的。尽管几乎没人有能力遵循詹明信的理论装备及其庞杂而细微的复杂性，并以此方式来“历史化”；也没有任何关于新历史主义或其他历史主义的意义或价值的共识；但卡罗琳·波特（Carolyn Porter）在20世纪80年代接近尾声时提出的问题“我们已然是历史主义了吗”，是任何希望建立批评权威的人不得不问的问题。③

---

① Fredric Jameson, *The Political Unconscious*: *Narrative as a Socially Symbolic Act*, Ithaca, New York: Cornell University Press, 1981, p. 9.

② 斯蒂芬·奥格尔（Stephen Orgel），斯坦福大学英语系教授，致力于文艺复兴时期的文学、剧场、艺术史、书籍史等领域的跨学科研究。他是新文献学（New Bibliography）的批评者；他认为早期印本是不稳定的、不断变化的：作为剧本，它们随着演出条件和演出团队而变化，而剧作属于剧团，它们可以不经作者同意而更改剧本。——译注

③ Carolyn Porter, “Are We Being Historical Yet?”, *South Atlantic Quarterly* 87 (1988), pp. 743 - 786. 在这篇文章中，她评估了新历史主义者的研究成果，认为新历史主义正在逐渐成为最新的学术正统，尤其是在文艺复兴研究中。同时，新历史主义为长期以来非历史导向的文学研究，提供了必要的补充和修正。不过，对于她在文章标题中提出的问题“我们已然是历史主义了吗”，她的回答是否定的。——译注

然后，历史主义退场了。卡里斯玛就像安东尼所爱的赫拉克勒斯一样，抛弃了历史；[①] 历史（*the historical*）用以确立共同信念——“以此印记，你将得胜”（*in hoc signo vinces*）的迷人光晕，就像它出现时一样，突然消失了。或者说，它像灵魂转世一样，转移到了另一个地方。政治（*the political*）逐渐成为阐释工作中一个新的黄金标准。在 1980 年代末和 1990 年代初，政治学（*politics*）成为一个举足轻重的词。路易·阿尔都塞（Louis Althusser）和劳拉·穆尔维（Laura Mulvey）在我们的脚注中大量出现；我们对询唤（interpellation）[②] 和本真的能动性（authentic agency）[③] 这样的概念感到困惑；出版物中充斥着政治信念的宣言（“永远政治化!”）或对其缺失的指责，以《……的政治》之类的标题显示出其煽动性。

在这一时期，莎士比亚研究者常常宣称他们的作品对性心理和社会政治秩序产生了直接影响。瓦莱丽·特劳布（Valerie Traub）设想，既然“禁止乱伦或同性恋”是“武断的政治建构，因此是可以改变的”，那么我们可以“解构和重塑焦虑（anxieties），是焦虑约束和规范了情欲生活”，我们希望“通过这种方式，在社会结构中，为开辟情欲多样性空间的事业做些力所能及的贡献”。[④] 玛格丽特·格蕾西亚（Margreta de Grazia）认为，通过“完全展现从启蒙运动晚期至今将莎士比亚如此有效地再生产的体制（scheme）……它所满足的需要就可以得到承认，

---

① 此处化用莎士比亚《安东尼与克莉奥佩特拉》第四幕第三场：这是安东尼所崇拜的赫拉克勒斯！现在离开他了（' Tis the god Hercules, whom Antony loved, Now leaves him.）——译注

② 询唤（interpellation）是阿尔都塞的术语，出自《意识形态和意识形态国家机器》（Idéologie et Appareils Idéologiques d'Etat），意识形态通过“询唤”，把个人建构成意识形态的主体。——译注

③ 本真的能动性（authentic agency）可能是劳拉·穆尔维的术语，出处不详。——译注

④ Valerie Traub, *Desire and Anxiety: Circulations of Sexuality in Shakespearean Drama*, New York and London: Routledge, 1992, p. 8.

它所忽略的可能性就可以开始被纳入考虑”。① 特劳布承认，对莎士比亚的解构式女性主义分析并不是要根除异性恋正统规范（heteronormativity），而只是做些“力所能及的贡献”，以解开它对我们本能的束缚。而格蕾西亚也明白，质问埃德蒙·马龙②的编校假设，只不过是从席卷我们的现代性的启蒙浪潮中将一条小河改道而已。但是，即使是用这些条件来限制，这类想要带来直接世俗结果的主张，随后都骤然湮灭在更雄心勃勃的过去的背景中，正如我们的注脚中的阿尔都塞和穆尔维一样。

历史和政治批评本身并没有消失；它们继续支撑当前批评实践中一些最令人信服的案例。它们曾经激发振奋人心的信念，然而现在这种信念已经失落了。显而易见，许多类似的替代模式相继登场，在过去三十年中轮番成为主流，但是它们呈现出的令人振奋的优势地位都只是暂时性的。文化和后殖民研究、跨学科研究、女性主义和酷儿理论、新伦理批评和生态批评等等——它们都仍与我们同在，在解释的影响范围上没有减弱。但是，正如那些关于我们正生活在“理论之后”和“后女性主义”以及在“后殖民理论的终结”的阵阵哀歌所显示的那样，这些理论已经失去了激起希望和欲望的力量。它们的解释力并不亚于过去，但它们最初登上批评舞台时那带来无限可能性的销魂的光晕已经耗尽。

---

① Margreta de Grazia, *Shakespeare Verbatim: The Reproduction of Authenticity and the 1790 Apparatus*, Oxford: Clarendon, 1991, p. 13.

② 埃德蒙·马龙（Edmond Malone, 1741—1812），爱尔兰人，莎士比亚文本早期最重要的编者之一，1778 年发表《试确定莎士比亚戏剧的写作顺序》（*Attempt to ascertain the Order in which the Plays of Shakespeare were written*），之后他编辑出版了《莎士比亚作品集》（*Works of Shakespeare*），它影响了之后的莎士比亚现代版本。格蕾西亚在她的研究中指出，马龙的编辑理念反映出启蒙运动下的统一、连续的观念，从而压抑了早期文本的异读和不稳定性，而他的版本又形塑了我们对莎士比亚的理解。——译注

“销魂的”（ravishing）一词是为了让克里斯托弗·马洛的《浮士德博士》（*Doctor Faustus*）进入视野。① 在过去三十多年中，批评兴趣的突然转变，与该剧开头的独白中所表现出的剧烈波动的欲望有着离奇的相似。浮士德毫无保留地投身于一系列的知识追求中，这夸张地表现在他急切地挥舞着一本又一本书，每一本都是为了囊括新近令他“销魂”（ravished）的兴趣对象。但当他发现他兴奋的期望突然变为失望时，他抛弃了他曾不切实际地寄予希望的事业，把他的书一本接一本地扔掉，摆出一副无比厌恶的姿态。

浮士德的赌注比我们更高，而他的处境显然更加绝望。但如果说此处有什么有用的类比的话，那就是“欺骗”（bad faith）这个概念了。可以说，神学意义上的欺骗，决定了浮士德摇摆不定的兴趣；而宽泛意义上的欺骗，既不是神学意义上的，也不是存在主义意义上的，仅仅表示没有任何坚定的批评信念，这也可以解释当前批评活动的不稳定性。从这个角度看，我们准备承担多学科研究时那种卢斯伯格（Loesberg）所看到的“只是稍加掩饰的信心”，倒是颇像它的反面——狂热的虚张声势，由不合理的直觉驱动；失望是其不可避免的或至少是“冗长乏味的”后果。问题未必在于它是一种不自量力的意愿；很可能恰好相反：世界未能提供与知识奇迹相称的兴趣。不管是哪种情况，结果都是不满，是一种坐立不安的不稳定性，它会为永远无法满足的欲望生产新的对象。在下面的几页中，我将这种兴奋和失望的循环命名为：物质研究的不满（materialist discontent）。

---

① 《浮士德博士的悲剧》第六幕：“难道不是他，那个建造忒拜城的乐师，用他和谐的竖琴，那销魂的音色，同我的靡菲斯特一道，奏响了音乐？”（And hath not he that built the walls of Thebes, With ravishing sound of his melodious harp, Made music with my Mephistophilis?）——译注

* * *

1996 年，国际莎士比亚协会（ISA）邀请斯坦利·卡维尔（Stanley Cavell）① 在洛杉矶举行的世界大会上发言。卡维尔是一位哲学家，他对莎士比亚的兴趣虽然很大，却源于他此前对哲学传统的研究。正如他在演讲一开始所说的那样，“我在莎士比亚身上发现了现代哲学怀疑论问题的扩散，正如笛卡尔、休谟、康德以及……后来的维特根斯坦所描绘的那样”② ——这是一组不同于马洛、伯比奇③和詹姆士国王的画面，也不同于任何卡维尔所面对的 ISA 付费会员脑海里可能出现的画面。

作为一个公认的“局外人”④，卡维尔咨询了局内人，来为他的演讲做准备。“我问了几个真正的莎士比亚学者，他们最近在想什么。”卡维尔所说的“真正的莎士比亚学者”可能言不由衷。他声称：“他惊讶地得知，近年来哲学的怀疑论模式如此引人注目地进驻了莎士比亚研究领域。”⑤ 但他一定或多或少地知道，他的哲学发言多么流畅地被翻译成我们的莎士比亚发言。也许它根本就不需要翻译。他于稍后的发言

---

① 斯坦利·卡维尔（Stanley Cavell），美国当代哲学家，哈佛大学荣休教授，研究“日常语言哲学”，代表作《我们所言必所指吗?》（*Must We Mean What We Say*）。同时，他也研究莎士比亚作品中的怀疑论哲学，著有《否认知识：七部莎士比亚剧作研究》（*Disowning Knowledge: In Seven Plays of Shakespeare*）。——译注

② Stanley Cavell, “Skepticism as Iconoclasm: The Saturation of the Shakespearean Text”, in Jonathan Bate, Jill L. Levenson, and Dieter Mehl, eds., *Shakespeare and the Twentieth Century: The Selected Proceedings of the International Shakespeare Association World Congress. Los Angeles*, 1996, Newark and London: University of Delaware Press and Associated University Presses, 1998, p. 231.

③ 理查德·伯比奇（Richard Burbage, 1567—1619），英国演员。他被认为是有史以来莎剧最顶尖的演员之一。——译注

④ Stanley Cavell, “Skepticism as Iconoclasm: The Saturation of the Shakespearean Text”, p. 232.

⑤ Stanley Cavell, “Skepticism as Iconoclasm: The Saturation of the Shakespearean Text”, p. 232.

中评论肯尼斯·伯克（Kenneth Burke）："在这如此有限而明晰的篇幅里，他给予我最为丰厚的精神食粮，关于政治赞美的文学条件和文学赞美的政治含义。"① 卡维尔做的正是许多真正的莎士比亚学者正在做的事情——使用交错（chiasmus）来传达文学兴趣和政治兴趣和谐相融的印象。② 他说的正是我们的语言。

虽然卡维尔可能不需要它，但专家提供给他的信息是值得考虑的，因为它告诉我们局内人所看到的艺术界的最新状况。他们告诉卡维尔，他需要了解最近的两个成果，它们使他自己之前的一些主张"被否定了"。其中一个成果是《李尔王》文本假说的"持续重要性"——四开本和对开本代表的不是同一剧本的两个版本，而是不同的独立实体，其中一本是莎士比亚自己的修订本；而在另一本中，"莎士比亚笔下的'character'一词仅仅意指笔迹（trace of inscription），而不指人物的性格特征（traits of persons）"。③ 鉴于这些建立在新理解而非新知识基础上的发展所带来的深远后果，有人向卡维尔推荐了"玛格丽特·格蕾西亚和彼得·斯塔利布拉斯的《莎士比亚文本的物质性》（The Materiality of the Shakespearean Text）一文"，据说它提出了"所谓新文本主义（New Textualism）的更进一步也更激进的主张"——即"莎士比亚文本不存在。这不是因为一些由于阐释不同必

---

① 肯尼斯·伯克（Kenneth Burke），美国文学理论家和修辞学家，"新修辞学"的代表人物之一，代表作：《动机修辞学》（*A Rhetoric of Motive*）等。——译注

② Stanley Cavell, "Skepticism as Iconoclasm: The Saturation of the Shakespearean Text", p. 239.

③ 1608年四开本的《李尔王》中，character一词仅出现一次，位于第1008行："... though thou didst produce my very character"，其意思是笔迹，对应《新牛津本》的《李尔王》6.70，参William Shakespeare, et al., *Modern Critical Edition*, ed. Gary Taylor, et al., *The New Oxford Shakespeare*, Oxford: Oxford University Press, 2016, p. 2374。1623年第一对开本的《李尔王》，被视作莎士比亚自己的修订本，在其第397行character又出现了一次："You know the character to be your Brothers?"对应《新牛津本》2.56，此处为1608年四开本所无。——译注

然无法相容的花哨理论，而是在字面意义上，作为一种物质的东西，莎士比亚文本并不存在”。①

无论这个提要是否在一定程度上再现了《莎士比亚文本的物质性》中的论点，卡维尔咨询的专家将其性质描述为“激进的”，这无疑是恰当的。以下是这篇文章的开篇：

> 两百多年来《李尔王》（*King Lear*）只有一个文本；1986 年牛津版《李尔王》变成了两个文本；1989 年随着《1608—1623 年〈李尔王〉全集》（*The Complete* King Lear 1608—1623）的出版，又增加为（至少）四个。文本数量的增加，导致莎士比亚研究不再是从前的研究了。这并不仅仅因为相比过去，我们现在可以看到更多莎士比亚的作品——比如存在多个版本的《李尔王》；如果仅仅是对经典的简单扩充，我们并不需要重新思考如何准备文本以及如何阐释文本的问题。莎士比亚研究不再是从前的研究了，因为长久以来被视为理所当然的信条，即作品的自体同一性，现在却受到了质疑。对于我们面前的文本对象的基本状况，我们已无法达成共识。一个还是多个？这种不确定性的重要性怎么高估都不为过。毕竟，同一性和差异性是感知的基础，是我们区分此物和彼物的方式。因此，存在多重文本（multiple - text）的可能性实际上产生了一种根本性的变化：它们不仅是对莎士比亚作品（Shakespeare's works）的扩充，而且需要从概念上重新界定一个基本范畴——什么是莎士比亚的一部作品（a work by Shakespeare）。②

根据两位作者格蕾西亚和斯塔利布拉斯的说法，将《李尔王》分

---

① Stanley Cavell, “Skepticism as Iconoclasm: The Saturation of the Shakespearean Text”, p. 252.

② Margreta de Grazia and Peter Stallybrass, “The Materiality of the Shakespearean Text”, *Shakespeare Quarterly* 44 (1993), p. 255.

解成不同的版本，是为了证实一套新的假定：涉及作者和文本的稳定性、历史复原、文学研究的地位和价值。这些假定正在将批评实践推向学科前沿。这一假设的“赌注”很高：不仅仅关系到多重剧本的文本编辑工作，也不仅仅关系到对《李尔王》的不同部分加以阐释（例如我们如何理解弄人或者奥本尼和埃德加的相对权威），还关系到我们是否应该投身于《李尔王》的阐释工作本身，至少在诺思洛普·弗莱（Northrop Frye）的术语中，（理解）作为一个过程“首先使自己的大脑和感官完全顺从于一部作品对我们的整体影响，然后努力把诸多象征结合起来，以期同时感受到作品结构的整体性”。[①]

作为北美莎士比亚研究的首要期刊《莎士比亚季刊》（*Shakespeare Quarterly*）中的重要文章，《莎士比亚文本的物质性》必然会受到关注，鉴于其影响深远的主张将预示着我们所知道的莎士比亚研究的终结，这篇文章很可能会引起实质性的争议。但即使是卡维尔咨询的专家（是他们推荐了它，以表明真正的莎士比亚学者正在思考什么），也一定会对它引发讨论的数量和强度感到惊讶。在1993年这篇论文发表两年后，格雷厄姆·霍德内斯（Graham Holderness）、布莱恩·拉夫雷（Bryan Loughrey）和安德鲁·墨菲（Andrew Murphy）用了四页篇幅严密地论证：“《莎士比亚文本的物质性》令人失望地陷入了它想要拆解的观念论（idealist）[②] 传统中。”[③] 1996年，迈克尔·布里斯托（Michael Bristol）在《证据必须要多完善?》（“How Good Does Evidence Have to Be?”）中，用三页篇幅严密地论证了，格蕾西亚和斯塔利布拉斯的证据不足以支撑他们的结论。（如果说对霍德内斯等人来说，这篇文章还走得不够远，

---

① Northrop Frye, *Anatomy of Criticism*: *Four Essays*, Princeton: Princeton University Press, 1957, p. 77.

② idealism，有时译作“唯心论”。——译注。

③ Graham Holderness, Bryan Loughrey, and Andrew Murphy, “ ‘What's the Matter?’ Shakespeare and Textual Theory”, *Textual Practice* 9 (1995), pp. 100 – 103.

那么对布里斯托来说，它就走得太远了。)① 1999 年，理查德·莱文（Richard Levin）将《莎士比亚文本的物质性》称为“知名文章”，他想到的就是这些评论文章，其中也包括我的一篇文章，它构成了以下一些我的论述的基础。② 同年，奥格尔（Orgel）和基林（Keilin）的《莎士比亚与编辑传统》（*Shakespeare and the Editorial Tradition*）出版了，这或许是与“真正的莎士比亚学者”最近“在思考什么”这一问题相呼应的最明显的证据。这本文集的编者重新编排了投稿人的文章，不以它们最初发表的时间为序，他们将《莎士比亚文本的物质性》列为首篇，加强了其典范意义的影响。到了 2009 年，鉴于杰弗里·奈特（Jeffrey Knight）不假思索地将该文称为“关于早期现代文学和莎士比亚的物质研究最重要的总结性论述”,③ 显然此文的典范意义已经成为普遍共识。

“物质”（materiality）一词本身肯定与这一影响有很大关系。正如莱文所说，它和它的同源词，materialism 和 materialist,④ “近十五年来，在莎士比亚批评中非常重要”，“出现在四本选集的书名中”，“也出现在两个主要的批评流派选用的名称中”。⑤ 自莱文发表此文以来，物质研究的主导地位有增无减。正如加布里埃尔·伊根（Gabriel Egan）⑥

---

① Michael D. Bristol, “How Good Does Evidence Have to Be?” in Pechter, ed, *Textual and Theatrical Shakespeare: Questions of Evidence*, Iowa City: University of Iowa Press, 1996, pp. 22 – 43.

② Richard Levin, “The Old and the New Materialising of Shakespeare”, in W. R. Elton and John M. Mucciolo, eds., *The Shakespearean International Yearbook* 1: *Where are we Now in Shakespeare Studies?* Aldershot Eng. and Brookfield Vt.: Ashgate, 1999, pp. 87 – 107.

③ Jeffrey Todd Knight, “Making Shakespeare's Books: Assembly and Intertextuality in the Archives”, *Shakespeare Quarterly* 60 (2009), p. 306.

④ 根据上下文，materialism 可译作：唯物论、物质主义、物质研究。正如作者所说，这一组词有很多含义，其意义并不固定。——译注

⑤ Richard Levin, “The Old and the New Materialising of Shakespeare”, p. 87.

⑥ 加布里埃尔·伊根（Gabriel Egan），德蒙福特大学（De Montfort University）教授，莎士比亚文献专家，新牛津版《莎士比亚全集》四位主编之一，著有

于2010年所写到的，如果说“观念论断言现实只是观念的结果”，那么“它的反面——唯物论，几乎在事实上成了现在所有文学研究者默认的假定，它坚持认为宇宙的基本材料是物质，而我们通过它的物质形态来了解它”（强调部分为我所加）。①

正如莱文所看到的那样，赋予“物质主义”（materialism）的“不同含义的数量”非常多，这暴露出，这个词语除了名义上的稳定的可理解性之外，简直一无所成。他用了七页篇幅来揭示“《莎士比亚文本的物质性》一文所宣称的物质主义的失误（slippage）②”。既然此文“作为物质主义运动的宣言汇集了一系列信条”，莱文总结道，总体来说物质主义方案未能为连贯一致的批评实践提供基础。③ 伊根比较同情物质主义，但他也为该词目前使用中的失误感到担忧。如果说“［形而上学和认识论的］两种观念论之间的区别在理论—历史研究中经常被抹去”，那么与它们相对立的各种唯物论之间的区别也是如此。他举的例子是卡维尔咨询的专家所提到的“新文本主义”。在伊根所描述的新文本主义中，“对现存的人工制品的物质性的关注，而不是对创造了它们的观念的关注”，蜕变为一种主张，即不仅这些观念，而且“失传的前代的人工制品”本身也被认为在字面意义上是非物质的（immaterial），也就是说，实际上是幻觉。④ 伊根挖苦地评论道：“对于这样的头脑

《探求莎士比亚的文本：20世纪的编辑理论和实践》（*The Struggle for Shakespeare's Text: Twentieth - Century Editorial Theory and Practice*），系统地梳理了20世纪莎士比亚文本编辑和文献研究的历史。——译注

① Gabriel Egan, “Intention in the Editing of Shakespeare”, in Cary DiPietro, ed., *Shakespeare and Intention.* A special issue of *Style* 44. 3, DeKalb, Ill.: Northern Illinois University Press, 2010, p. 378.

② slippage来自动词slip，本义为滑动、滑倒，引申为失足、打滑、犯错、失误等。——译注

③ Richard Levin, “The Old and the New Materialising of Shakespeare”, pp. 92, 93.

④ 此处的人工制品（artefact）指的是莎士比亚的早期印本，而所谓“失传的前代的人工制品”指的是新文献学（New Bibliography）编校莎士比亚文本时，尝试

（竟被这种显然是非马克思主义的唯物主义的滑稽漫画所吸引）来说，作者手稿的假设状态甚至意味着一种健康的怀疑主义，即怀疑它们在新文献学家（New Bibliographers）的想象之外是否真的存在过。"①

正如莱文和伊根所指出的，"物质主义"目前的功能是命名（或示意）一个包罗万象的兴趣领域，其范围如此之广，以至于缺乏明确的边界。这一领域中的批评家们仅仅由这样一个学科假设联系在一起，即文本是在特定的社会和政治情境中产生的，进而要以此视角加以阐释。从这个角度看，"物质主义"不过是我之前所说的语境主义或世界性的另一种表达而已；但如果历史主义、政治批评、跨学科性研究及生态批评等都可以纳入"物质研究"模式的话，那么"物质主义"就像格林布拉特描述的"文化"一样，可能过于灵活多变，无法充当"创新性批评实践的支柱"。

在下文中，我将沿着莱文和伊根提出的一些建议继续跟进，指出《莎士比亚文本的物质性》中的失误，不仅仅是"物质主义"含义上的失误，还有文章的结论和据说支撑这些结论的证据之间的不一致。然而，在我看来，不一致性与我前面所说的"欺骗"（bad faith）比起来，还不算是真正的问题。欺骗性就在于推动物质研究的信念是如此脆弱。这种脆弱似乎源于这项事业的根本情绪（sentiment）在本质上是自相矛盾的。正如加布里埃尔·伊根所精明地指出的，它与文学研究的"观念论"是"相反的"。物质研究中的观念也许并不合理，但激发这些观念的欲望是消极（negative）而反动的（reactive）；换言之，激发这些观念的是不满（disaffection），这才是根本问题。

* * *

还原的莎士比亚的手稿或是理想化的定本。——译注

① Gabriel Egan, "Intention in the Editing of Shakespeare", p. 379.

一、物质主义的迷误

此文的两位作者将他们的论述分为五个主题，其中前四个主题，“作品”“单词”“人物”和“作者”，据说描述了主要的理解范畴，是它们引发了莎士比亚研究；但他们声称，所有这些范畴都需要重新审视。因此，我们可能自认为一部“作品”存在着稳定性，然而它却是一种在时代错乱中强加给莎士比亚文本的属性，因为它来自后来的版权法传统，在这种传统中，所有权必须与一个确定的和稳定的对象固定在一起。控制着文艺复兴时期印刷品的管理规则（或者不如说左右其特征的印刷实践）则是更加灵活多变的、反复无常的，它们广泛分散在参与制作的各种中介（contributory agents）之中，其广泛分散的程度远远超过我们现在的假设。

两位作者以《麦克白》早期文本为例，以类似的方式论证了“单词”的不稳定性：“彼时用于区分‘weyard/weyard/weird/wayward’，并把它们分为四个分离的、互不兼容的词汇单位的界线还尚未划出，也没有被成系统地复制出来。在词典确立下这些界线以前，同源词在语音及正字法上都是模糊的，并不会有属于后词汇（post - lexical）界定意义上的考量，而它们在后来则会因此分离。”①

他们同样论述了“人物”这一主题：这个词在文艺复兴时期的意思是书写笔迹（handwriting），正如卡维尔咨询的专家告诉他的那样。人物的固定的内在本性观念作为一种不言而喻的存在范畴是后来才普遍流行起来的。尼古拉斯·罗威（Nicolas Rowe）于1709年出版校勘本之前，一般不列戏剧人物表，而台词前缀则是多变的，这表明不应该把人

---

① Margreta de Grazia and Peter Stallybrass, “The Materiality of the Shakespearean Text”, p. 266.

物理解为生产（producing）各种各样可变的文本符号（以“作品”和“单词”来描述），而是被它们生产（produced）。

最终（双重意义上的）的主题是“作者”，对此，这篇文章的策略也是将其归之于不稳定性，它已经占据了我们的头脑。莎士比亚不仅对出版印刷他的戏剧作品没有明显的兴趣；他甚至对更私人的、更可控的利益也没有确立作者的控制。例如，“作者名称的标准化拼写并非出自作者之手而是源自印刷厂的出版物，这反映的也不是个人在探询身份问题时的投入，而是折射出保护印刷字体的经济因素的考量”。① 不清楚莎士比亚是否能想象出我们现在通常归之于他的这种作者控制，因为这个概念又是在很久以后才出现的：“我们的后启蒙批评传统认为，作者高踞于上文讨论的诸范畴之上或超越了它们：他产出单词，塑造人物，并创作文本，这构成了他的作品集。但上述所有的例证都支持这样一个简单而深刻的洞见：‘无论作者可能做什么，他们都没有写书。’”②

那么，如果不研究作者写的书，我们应该研究什么呢？两位作者在文章的第五节也是最后一节回答了这个问题，他们敦促我们放弃过去的习见：“莎士比亚的价值存在于别处，在文本的内部区域，而不是在记录于纸面上的那些印刷实践之中……即实体书本身的材料：纸张。”③紧接着，作者引人入胜地描述了文艺复兴时期的纸张生产：“正是破布（字面意义上的）造就了莎士比亚这位民族吟游诗人（National Bard）的作品，而这些破布本身就是国际资本主义工业的异质产品。”④ 他们

① Margreta de Grazia and Peter Stallybrass, “The Materiality of the Shakespearean Text”, p. 274.

② Margreta de Grazia and Peter Stallybrass, “The Materiality of the Shakespearean Text”, p. 273. 引用斯托达德（Roger E. Stoddard）。

③ Margreta de Grazia and Peter Stallybrass, “The Materiality of the Shakespearean Text”, p. 280.

④ Margreta de Grazia and Peter Stallybrass, “The Materiality of the Shakespearean Text”, p. 281.

随后描述了墨水：

> 不仅混合了诸如杜松胶、亚麻籽油和炭黑这样的原料，而且还有印刷厂工人的尿液残留，他们每天晚上用尿液浸泡皮套，这个皮套用于上墨的墨球。这些物质性的实践，它们即使被注意到，也会被忽略，让位于超验的“文本”，而“文本”则被想象为作者头脑的产物。①

正如作者所说，这确实是“根本性的变化”，他们的研究提议彻底的学科转向：放弃文学研究，转而研究书籍史。是否遵循这一建议的决定因素有很多，但我相信，这不由这两位作者在其例证中所提出的主张来决定。《莎士比亚文本的物质性》中的许多例证，并不像他们所断言的那样，支持所谓“简单而又深刻的洞见，即‘无论作者可能做什么，他们都没有写书’”。这些例证远不能证明这个结论的合理性。相反，两位作者结论先行，他们的例证恰恰是从这个结论中衍生出来的。这些例证仅仅表明，莎士比亚的文本可以作为书籍史的一个方面来研究，而他们引用的“简单而深刻的洞见”正是出自斯托达德的文章。② 而且，如果从这一学科（书籍史）的预设出发来考察这些例证，莎士比亚将不会像在文学研究的预设中那样被视作一个作者，而是被视作早期现代印刷业的产物——也就是说，作为他们自己学科实践的一个现象。

可以肯定的是，他们在另一方面也同样陷入循环论证中。例如，福克斯（R. A. Foakes）③ 详细考察了四开本和对开本《李尔王》之间的

---

① Margreta de Grazia and Peter Stallybrass, “The Materiality of the Shakespearean Text”, pp. 281 – 282.

② 这里指 Roger E. Stoddard, “Morphology and the Book from an American Perspective”, *Printing History*, 17 (1987), pp. 2 – 14.

③ 福克斯，英国学者，莎士比亚和浪漫派文学专家。——译注

文本差异，并声称这些差异并不能证明他们的分解论式的结论的合理性。① 福克斯认为：

> 艺术作品经常被艺术家修改或再创作，并可能存在多个版本，但如果基本结构大致相同，这些版本仍可被视作一部作品的不同变体。《哈姆雷特》和《李尔王》是篇幅宏大的作品，虽然四开本和对开本之间有所不同，修改了一些人物和事件的呈现方式，它们对整部戏剧的构成只造成了某种强调或平衡的影响……艺术效果的概念始于作为结构或模式的整体，其中的细节可能会有很大的不同，就像一幅大型叙事画或一部长篇小说中的变体一样，所以它虽有细微的差别，但并没有本质的变化。②

福克斯基于弗莱所说的文学研究传统（“结构的整体性”“作为结构的整体”），提供了多方面的证据和有力的论点，表明“基本”结构“大致上”的相似性等同于“本质”的同一性（“有细微的差别，但并没有本质的改变”），因此他相对而言并不关心“人物和事件”方面的实质性改动。

但是，只有在服务于其论据和论点的文学研究框架之内，福克斯的证据才是有力的，他的论点才是有说服力的。格蕾西亚和斯塔利布拉斯则基于完全不同的学科预设，他们沿着乔纳森·卡勒（Jonathan Culler）在《符号的追寻》（*The Pursuit of Signs*）中提出的思路：“对个别作品的阐释与对文学整体的理解几乎无关。从事文学研究不是为了对《李尔王》做出另一种诠释，而是为了推进对一种制度，即一种话语模式的惯例和运作方式的理解。”与其寻找连贯的文学文本（正如卡勒所言，它

---

① 参 R. A. Foakes, “*Hamlet*” *versus* “*Lear*”: *Cultural Politics and Shakespeare's Art*, Cambridge: Cambridge University Press, 1993, pp. 99 - 111。

② R. A. Foakes, “*Hamlet*” *versus* “*Lear*”: *Cultural Politics and Shakespeare's Art*, p. 135.

是“我们不需要的一样东西”①)，不如像格蕾西亚和斯塔利布拉斯一样，关注现代早期图书商业的差异化产品。从这个角度看，“weyward”“weyard”“weird”和“wayward”之间的误差，虽然本身是“小的语词细节”（small verbal points），与福克斯所说的可以吸收同化（所以忽略不计）的变体相比微不足道，但格蕾西亚和斯塔利布拉斯认定它们是重要的，因为“文本在字面意义上就是由这样的细节组成的”。②

按照海登·怀特（Hayden White）的说法：

> 像马克思主义和非马克思主义的社会理论家试图做的那样，想在声称本质上价值中立的认知基础之上，就有关历史过程本质的彼此矛盾的观念做出公断，将是徒劳无益的。……马克思主义历史观中关于“历史证据”的理论，既非可以确证的，亦非不可确证的，因为马克思主义和非马克思主义历史观所争论的问题，准确地说是：什么算是证据，什么又不算，资料是如何组织成证据的，以及对于理解当前的社会现实，从这样构成的证据中会得出什么样的意义。③

如果我们用莎士比亚文本的物质研究和文学研究两种模式，来替换马克思主义和非马克思主义的历史观，那么怀特的观点就可以直接转化为我的论点。当然，我们可以把莎士比亚作为印刷厂的商品而不是作为文学文本来研究。问题在于我们是否应该这样做?

---

① Jonathan D. Culler, *The Pursuit of Signs - Semiotics, Literature, Deconstruction*, Ithaca, New York: Cornell University Press, 1981, pp. 5 -6.

② Margreta de Grazia and Peter Stallybrass, “The Materiality of the Shakespearean Text”, p. 266.

③ Hayden White, *Metahistory: The Historical Imagination in Nineteenth - Century Europe*, Baltimore: Johns Hopkins University Press, 1973, p. 284. 中译参考：海登·怀特，《元史学：19 世纪欧洲的历史想象》，陈新译，南京：译林出版社，2004，第 386 页。——译注

格蕾西亚和斯塔利布拉斯在文章中极为含蓄地指出我们应该研究书籍史，这一说法自有其逻辑和历史的优先性基础。如果不是因为印刷技术的发展，莎士比亚就无法成为文学研究的对象。从这个意义上说，莎士比亚作为文学文本的潜在地位取决于书籍史，它们之间就像效果与原因的关系，或上层建筑与基础的关系。这个论点的问题在于，它的力量太大而难以控制。如果说书籍史与文学研究相比更为可取，因为它是更真实的物质主义的学科；那么书籍史与文化人类学相比，仍然是不够真实的物质主义的学科（正如文学研究依赖于书籍史，印刷术的发明也不过是文化演进中的一个事件）。事情并未就此停步，还可以继续向上追溯。既然文化人类学本身就来源于并依赖于进化生物学的物质基础，那么我们在放弃莎士比亚而转向格尔茨之后，就应该放弃格尔茨，进一步转向达尔文。也许这种倒退在逻辑上会终止于中微子和物质的基本相互作用，它们试图解释宇宙的起源。问题的关键是，一旦纯粹的唯物论成为规定知识追求的主要标准，任何一种“人文科学”的工作都必然显得更人文而不是更科学，在“简单而深刻的洞见”面前，我们为不朽的智慧建立的纪念碑①都将被视作由原子和亚原子粒子构成，而它们则由可转换的能量和物质构成。

* * *

如果想精辟地分析（和再现）《莎士比亚文本的物质性》中的这一问题，可以考虑我前面提到的霍德内斯、拉夫雷和墨菲文章中的论点。《“什么是物质?”：莎士比亚与文本理论》（“What's the Matter?” Shakespeare and Textual Theory）由一个叙事构成，在这个叙事中，研究者们不断背弃纯粹唯物论的承诺，滑向一种收缩却持久的观念论。这个叙事

① 此处化用叶芝诗歌《驶向拜占庭》（“Sailing to Byzantium: Monuments of unageing Intellect”）。——译注

从新文献学开始，其倡导者“轻松地调和了对物质的实在性的信心和对其最终超越性的确信”，其原因在于他们假设能够确定作者的意图。①然后，该文讨论了格蕾西亚的另一篇文章《本质的莎士比亚与物质的书籍》（“The Essential Shakespeare and the Material Book”）②，它比《莎士比亚文本的物质性》更早发表。这篇文章虽然意在批判新文献学，但根据霍德内斯等人的说法，它最终却基于“某种‘唯物论’，其意义与它对鲍尔斯（Bowers）的意义差不多……即一种本质上是实证主义的方法，却很容易在不知不觉中不断倒退到……观念论”。③ 同样，“［牛津版］的编辑方法恰恰与新文献学完全相同：它的方法论是唯物论的，却致力于实现观念论的目的，即从文本中脱去柏拉图式的‘印刷的面纱’，以揭示其背后手稿的永恒形式”。④

这一叙述在霍德内斯等人对《莎士比亚文本的物质性》的持续考察中达到高潮。他们认为，这篇文章的“重要性是怎么高估都不为过的”。⑤ 他们以此重复了此文的两位作者宣称其根本性突破时所使用的措辞：《李尔王》文本的多重性所产生的不确定性“是怎么高估都不为

---

① Graham Holderness, Bryan Loughrey, and Andrew Murphy, “ ‘What's the Matter?’ Shakespeare and Textual Theory”, p. 97.

② Margreta de Grazia, “The Essential Shakespeare and the Material Book”, *Textual Practice* 2 (1988), p. 69 - 86.

③ Graham Holderness, Bryan Loughrey, and Andrew Murphy, “ ‘What's the Matter?’ Shakespeare and Textual Theory”, p. 97.

④ Graham Holderness, Bryan Loughrey, and Andrew Murphy, “ ‘What's the Matter?’ Shakespeare and Textual Theory”, pp. 99 - 100. 这段论述中提到的弗雷德森·鲍尔斯（Fredson Bowers）是新文献学的追随者，他试图制定一套方法来确定作者的意图——这一尝试被他描述为“看透印刷品的面纱”（*Textual and Literary Criticism*, p. 18），这一比喻闻名遐迩又恶名远扬。因其带有性暗示色彩，招致霍德内斯、拉夫雷和墨菲的批评，他们以此从性别隐喻的角度批评新文献学的男权色彩。——译注

⑤ Graham Holderness, Bryan Loughrey, and Andrew Murphy, “ ‘What's the Matter?’ Shakespeare and Textual Theory”, p. 100.

过的"。① 但后来证明事实并非如此。因为就像这段令人沮丧的历史中的早期插曲一样，修正的主张被视为重新回到批评的对象中去：两位作者所感兴趣的"早期现代文本的那段'特定历史'"其实是"早期现代文化进程的极其普遍的历史的一部分"，其结果是"最初'顽固地封闭'并限制阐释范围的文本表层突然变成了一扇打开的窗口，它通向早期现代印刷行业的工商业进程，向外指向其背景和关系，指向构成生产过程的'劳动的多样性'"。②

因此，《莎士比亚文本的物质性》同样陷入了非唯物论的欲望之中，即对超越性的欲求，就像霍德内斯等人的叙事开始时所描述的新文献学一样："新文献学与'新文本主义'的后结构主义派别之间似乎存在着潜在的共谋关系，两者都将任何个别文本视为指向比自身更伟大、更完整的东西的路标。唯物论的新文献学对文本表面感兴趣，但致力于挖掘精神深度；而后结构主义的文献学物质研究则仅仅将文本表面视作通向潜在的历史深度的透明窗口。它们彼此相遇，成为奇怪但相容的床伴。"③

但那又该怎么办呢？霍德内斯等人依旧试图实现纯粹的唯物论，即使我们已经否认它存在于《莎士比亚文本的物质性》中。他们认为："需要还原的行动"，④ 其采取的形式是"一种视角，这种视角必然有助于彻底分解那些现代版本，这些版本在《李尔王》或《哈姆雷特》这样的通行标题下流传；它们将独立的文本以奇怪的方式汇编，进而出现

---

① 我将原文中的"低估"（underestimated）改成了"高估"（overestimated），这是一个明显而有趣的错误。

② Graham Holderness, Bryan Loughrey, and Andrew Murphy, "'What's the Matter?' Shakespeare and Textual Theory", p. 102.

③ Graham Holderness, Bryan Loughrey, and Andrew Murphy, "'What's the Matter?' Shakespeare and Textual Theory", pp. 107 – 108.

④ Graham Holderness, Bryan Loughrey, and Andrew Murphy, "'What's the Matter?' Shakespeare and Textual Theory", p. 116.

多重文本化（textualizations），但是各种文本化形式是分离且在某种程度上不可通约的，它们由历史的偶然性生产出来，并在大多数现代编辑实践中不加区别地混同了。简言之，我们需要在总体上将这类文本化还原，因为它们在被现代版本殖民之前就已经存在了。如果我们要区分和辨别每个文本特殊的生产意义的能力，那么一旦我们要将这些文本化还原，就需要……看到（look at）而不是看穿（through）它们”。①

这篇文章最后的几句话几乎按下了我们目前所有的按钮——透视主义、解构主义文本性、历史偶然性、前殖民性和后殖民性，但这些按钮与任何东西都没有联系。把目前文本编辑中被建构出来的东西“分解”，这听起来是一个有趣的计划，但它究竟意味着什么？此前，霍德内斯等人曾热衷于“一项理论运动，它有可能使文本回归历史，并使它们摆脱意识形态建构，正是这个意识形态建构将文本正典化”。② 但由于历史不可避免地被意识形态建构所塑造，因此，要在回归历史的同时摆脱这些意识形态建构的理想，不免自相矛盾。我们无法想象（也许只有在想象中它才有可能实现），这个理论运动究竟会允许什么样的编辑实践。“多重文本化”（textualizations）这个奇怪的术语似乎充满活力地在表演，但只在某个空无一物的空间里，在空荡荡的、实际上不可见的舞台上。这个词大概是指某种产品，如果要将它描述为一个过程，那么单数的“文本化”会更有意义。但由于任何可能被实际生产出来的书籍或文本都必然会进入正典化的再生产过程，这些用新词命名的“文本化”似乎旨在如魔法般创造一个新的，且是矛盾的、超越的存在范畴。

从这个问题的另一方面来看：无论这些“文本化”是什么，我们要如何成功地“看到”而不是“看穿”它们？这一区分再现了之前提

---

① Graham Holderness, Bryan Loughrey, and Andrew Murphy, “‘What's the Matter?’ Shakespeare and Textual Theory”, p. 117.

② Graham Holderness, Bryan Loughrey, and Andrew Murphy, “‘What's the Matter?’ Shakespeare and Textual Theory”, pp. 110–111.

到的一个说法，即“物质主义的文献学”（materialist bibliography）的正当目的是“阅读”（read）早期文本的视觉外观（visual surface），“而不是透过它来阅读（read *through*）”。① 但和“文本化”一样，这种区分也是为了唤起一个只在理论上存在的有名无实的范畴，而这个范畴不能与任何实践活动相对应。问题在于，“阅读”和“透过它来阅读”是一回事。文本只有在“向外指向语境和关系”时，才是有意义的；符号只有在“作为指向比自身更伟大、更完整的东西的路标”时，才是可读的。如果不将文本语境化，那么阅读就不再是公认意义上的阅读。因而，“看到”和“看穿”之间的区分似乎看起来更有意义，但这些完全去语境化了的（decontextualized）对象看上去像什么样子呢？是可见的黑暗吗？是从未照耀过海陆的微光吗？② 这样的文本化不指向任何意义，只不过在那里。③ 霍德内斯等人将唯物论成功地提升到了超越其自身的高度。

由于他们自己与传统美学的“潜在共谋”，《莎士比亚文本的物质性》的两位作者原来并不是自己故事中的英雄（像大卫·科波菲尔一样），只是一个仍在进行的萨迦（saga）中最新的受害者，这个萨迦可以被称为“物质主义的迷误”。这一结果是不可避免的。霍德内斯等人大肆渲染这两位作者的方法和新文献学有着共同的假设，即“文本的意义和价值总是在文本之外”。④ 然而，他们忽略了一个更重要的事实，

---

① Graham Holderness, Bryan Loughrey, and Andrew Murphy, “‘What's the Matter?’ Shakespeare and Textual Theory”, p. 102.

② 此处化用华兹华斯《挽歌诗节》（*Elegiac Stanzas*）中的诗句：“Ah! *then*, if mine had been the Painter's hand, /To express what then I saw; and add the gleam, / The light that never was, on sea or land, /The consecration, and the Poet's dream.” ——译注

③ 化用美国诗人麦克利什（Archibald MacLeish）《诗艺》（*Ars Poetica*）中的句子：“A poem should not mean/But be.” ——译注

④ Graham Holderness, Bryan Loughrey, and Andrew Murphy, “‘What's the Matter?’ Shakespeare and Textual Theory”, p. 107.

即每一种阐释方法——文学研究、文学社会学或任何其他可以想象的文化研究形式——都是从这一假设出发的。如果两位作者的书籍史研究违背了唯物论的原则，那只是说它是一种阐释的方法。如果以彻底的唯物论的荒漠来评判一切，我们谁也逃脱不了它的鞭挞。

二、向我们的职业求爱[①]

霍德内斯等人得出的结论是，我们应该更加努力地去实现纯粹的物质主义。但是现在我所论证的一切都表明，我们应该停止追求这种鬼火一般虚幻的希望，而去选择更为实际的目标。从这个角度看，如果我们回到《莎士比亚文本的物质性》，那么两位作者对书籍史研究的提倡就有了另一种意义。他们最后告诉我们的是，放弃文学研究之后，

> 或许这可以把我们的注意力从内在于文本中的孤独的天才（solitary genius）身上移开，它一度从机械和剧场的复制手段中被剥离出来。毕竟，那些复杂的社会活动曾经塑造了，并仍然在塑造着莎士比亚文本那具有吸收性的表面（absorbent surface），这位天才毕竟只是一个贫乏的、幽灵般的东西。或许，恰恰是这些实践活动才应当成为我们努力研究的对象以及我们欲求的目标。[②]

通过表达对内在于文本中的幽灵般的天才的蔑视，这段尾声申明了物质研究的本体论和方法论的价值。但其更深层的动机则在最后的转折中才得以展现，即从方法论到展望，从我们可以合理期待去认识的对

---

① 此节标题来自作者1997年发表的论文：《向我们的职业求爱，或关于〈莎士比亚文本的物质性〉的非物质性论辩》，参 Edward Pechter, "Making Love to our Employment; or, the Immateriality of Arguments about the Materiality of the Shakespearean Text", *Textual Practice* 11.1 (1997), pp. 51-67。——译注

② Margreta de Grazia and Peter Stallybrass, "The Materiality of the Shakespearean Text", p. 283.

象，到另外那些我们“欲求”达成的目标。这种从知识到欲望的兴趣转向正是我从本书一开始就一直在推崇的，它应该有助于更清楚地了解《莎士比亚文本的物质性》背后的价值观，以及从更普遍的意义上来讲，如今正主导莎士比亚研究的物质主义批评实践的价值观。

这篇文章的中心在于精英与大众之间的分野，即区分赋予天才个体的成就的价值，和赋予公共生产的价值。两位作者明确地站在民众和集体的那一边。他们强烈反对“‘对孤单的作者那催眠般的迷恋’”，这种迷恋“让我们忽视了文学作品的生产在何种程度上‘是社会的和体制化的事件’，而非单一的个体的创作”。[①]《莎士比亚文本的物质性》不断以不同的形式重申这一观点，当代批评界权威学者的观点常常被引以为据——例如，在同一页上迈克尔·布里斯托（Michael Bristol）、斯科特·麦克米林（Scott McMillin）和保罗·韦尔斯汀（Paul Werstine）作为见证人被引述，以支持作者的观点，即作者中心的文学研究观

> 这一分类支持了其他一系列的等级秩序——天才/抄工，脑力/手工，主人/奴隶。这种政治学贯穿于手稿的分析研究，表现了如下的偏见：“把天才的特权赋予作家，同时认定那些负责文学之物质条件的人——比如说演员，还有抄工、出版商及造纸商等——或多或少都是可鄙的。”[②]

两位作者暗示，这些二元层级系统源于文艺复兴时期戏剧本身的发展。早在这篇文章发表五年前，斯塔利布拉斯与阿隆·怀特（Allon White）合作出版了一本书，明确了其中的历史意义：“16 世纪末出现的‘作者身份’（authorship）的象征领域是在与大众对立的基础上产生

---

① Margreta de Grazia and Peter Stallybrass, “The Materiality of the Shakespearean Text”, p. 274. 引用杰罗姆·麦甘（Jerome McGann）。

② Margreta de Grazia and Peter Stallybrass, “The Materiality of the Shakespearean Text”, p. 277. 引用麦克米林（Scott McMillin）。

的，后者体现在集市和狂欢节的节日场景中，体现在大众戏剧中。”理查德·赫尔格森（Richard Helgerson）在《舞台排他性》（Staging Exclusion）这一章节中，站在斯塔利布拉斯和怀特的主张的基础上加以补充：早期以“雅俗共赏”为特征的“演员剧”（players’ theater），被重塑为“主张差异”的“新兴的作者剧”。① 莎士比亚在实现这一转变的过程中据说发挥了核心作用：莎士比亚“帮助建立了国家历史剧这个新的戏剧门类……然后赋予该门类一种独特的焦点，既促进了……阶级与阶级之间的文化分化，又促使剧作家——即莎士比亚本人——同时作为绅士和诗人而出现”。②

斯塔利布拉斯和赫尔格森与其他许多人一起，塑造了“目前占主导地位的历史叙事，它叙述了作者取代合作者的过程”，在这种叙事中，莎士比亚被表述为“一个高明的公共财产挪用者，他力图脱离他的听众以及合作者”。我引用的是杰弗里·克纳普（Jeffrey Knapp）的话。他收集了大量的证据，表明这种标准观点从根本上说是错误的。16 世纪 90 年代以后，合著（coauthorship）的数量实际上有所增加，克纳普认为，现在的批评家被“他们自己的乌托邦式的合作观”所误导。莎士比亚远没有把自己认定为一个排他的精英，而是遵循既有的传统，同时以多样的形式创作，他是“一个多样化的作者，创作‘所有的东西来迎合所有的读者’”。克纳普评论说：“在它成为浪漫主义批评的主旋律之前，‘博学多才的’剧作家的观念曾是文艺复兴时期的理想。”③

---

① Richard Helgerson, “Staging Exclusion”, in Helgerson, *Forms of Nationhood: The Elizabethan Writing of England*, Chicago: University of Chicago Press, p. 244.

② Richard Helgerson, “Staging Exclusion”, p. 245.

③ 克纳普首次在《什么是合著者》（“What Is a Co – Author?”）中陈述了这段观点，然后在《只有莎士比亚》（*Shakespeare Only*）中将其发展。本段中的引文参见 Jeffrey Knapp, “What Is a Co – Author?”, *Representations* 89 (2005), pp. 1 – 2; Jeffrey Knapp, *Shakespeare Only*, Chicago, IL: University of Chicago Press, 2009, p. 29; Jeffrey Knapp, “What Is a Co – Author?”, p. 8; Jeffrey Knapp, *Shakespeare Only*, p. 87。

在《莎士比亚文本的物质性》中，历史的焦点从16世纪末转移到18世纪末，其中关于文艺复兴时期戏剧的起源与成立的故事被另一个关于文学研究的起源和成立的故事补充强化。其背后的价值观是相同的：文学研究与精英主义和有特权的个人相关联，将兴趣从文学研究中转移出去——把“我们的注意力从内在于文本中的孤独的天才上移开”，而把注意力放在“那些复杂的社会活动上，它们曾经塑造了，并仍然在塑造着莎士比亚文本的具有吸收性的表面”。——这是一种肯定平民和群体价值的方式。这样的故事已经在唯物论的批评家中取得了普遍共识。他们并不局限于莎士比亚研究，书籍史研究只是众多批评模式中的一种——如前面罗列的历史主义、政治、文化研究等，这些批评模式被认为优于文学研究，鉴于它们提供了“我们努力研究的对象以及我们欲求的目标”。

例如，凯瑟琳·贝尔西（Catherine Belsey）的《欲望：西方文化中的爱情故事》一书，比《莎士比亚文本的物质性》晚一年出版，书中叙述了“通俗小说”兴起的本末故事，起初这种“最没有特权的，且在某种意义上是女性的写作方式”，被理查森、菲尔丁和斯特恩“征用”（“在父权文化中，男人迅速地将女性发明的任何东西据为己有”），直到“18世纪末，浪漫主义开始将小说理想化，使之成为‘艺术’。‘文学’作为道德真理的宝库，与大歌剧和家庭价值观一起兴起”。贝尔西承认，“现在对文学正典的怀疑是十分正当的，即质疑它的狭隘性、排他性”。但她的观点并没有（像这个故事的某些版本一样）终止于呼吁抛弃这种理想化传统的人工制品，而是呼吁放弃浪漫主义的“文学”观念相关的阐释方法：

> 我们应该阅读……所有的东西。但是，我越来越相信，重要的是我们阅读（这件事情）本身……换言之：不是为了寻找作品的有机统一体，不是为了寻找文本背后的作者，最重要的是，不是为了评价而阅读——按从一到十的级别来品评作品的优劣，并做出一

个评判，而这样做的唯一结果不过是对自己的鉴赏力感到沾沾自喜。①

这种关于文学研究的起源的说法已经成为“占主导的历史叙事”，这种说法是值得怀疑的，正如克纳普对文艺复兴时期戏剧的描述。系统的文学研究随着浪漫派的出现而“诞生”，这是无可争议的，但在这项事业中归属于浪漫派的特殊价值则不然。我认为，贝尔西对浪漫主义兴趣的表述从根本上说是错误的，类似的错误表述已经成为当前批评工作的一个普遍的、决定性的特征。尽管这一主张的详细讨论将不在本书的最后两章展开，在此可以先进行概要性的预览。

贝尔西的“作品的有机统一体”暗示了“有机形式”这一观念，从而把柯勒律治视作莎士比亚批评的泉源（*fons et origo*），这也是他在莎士比亚批评史中常见的位置。但是，接下来贝尔西暗示柯勒律治是在“寻找文本背后的作者”，这个暗示合理吗？柯勒律治当然认同理想化的作者概念，从这个概念出发，莎士比亚的“作为所有时代的诗人的意向”胜过任何历史上能证实的“莎士比亚本人”的意向。② 但这个理想化的作者并不是柯勒律治所追求的对象，不是那种要“在文本背后寻找”的现象。如此设想的作者身份更像是一种启发式的手段，是创造性的力量，对它的想象会生产某种对象，而强烈的阐释兴趣可以投入其中。在这个意义上，由于作者身份的作用是描述和赋予文本本身以价值，它似乎只是将注意力重新转移到形式的一致性或“有机统一体”上，这一“有机统一体”被视为作者天才的成就（而不是通向它的窗

---

① Catherine Belsey, *Desire*: *Love Stories in Western Culture*, Oxford: Blackwell, 1994, pp. 10 – 13.

② Thomas Middleton Raysor, ed., *Coleridge*: *Shakespearean Criticism*. 2nd edn, vol. 1, London: Dent, 1960, p. 42.

口）。卢斯伯格将柯勒律治描述为形式主义者，但是正如我在前文①探讨这一问题时所作的论述，柯勒律治主要关注的不是文本属性本身，而是“内在的幻觉”（inward illusion），正如他的名言：“自愿悬置怀疑，这构成了诗意的信仰（that willing suspension of disbelief which constitutes poetic faith）。”福克斯认为：“虽然他追随施莱格尔，认为莎士比亚的戏剧具有‘有机形式’……但他将统一感内化为观众或读者的心理体验。”②柯勒律治的文学研究正是建立在这种“精神体验”（mental experience）的基础上，这种精神体验是读者与文本的能量互动时产生的强烈兴趣和丰沛的想象活动——简言之，他的文学批评是建立在观者的基础上的。

我们可以在故事中引入一个新的人物：埃德蒙·马龙，来说明唯物论者描述文学研究时是如何歪曲柯勒律治的。格蕾西亚在《莎士比亚文本的物质性》发表之前两年出版了影响深远的《莎士比亚逐字逐句》（*Shakespeare Verbatim*）。某种程度上由于这部作品的影响，人们越来越关注马龙这个人物，在格蕾西亚的论述中，马龙不再把评注视作对文本的“提升”（improvement），转而将“再现真实的文本”视为目的，从而确立了作者或原始话语的权威性对评注的客观控制。在格蕾西亚看来，马龙几乎单枪匹马地将研究的目标和复原的方法系统化，从而形成了文献学和历史学的公认的（近年来又被质疑的）规范，也就是说，他将莎士比亚的研究职业化了。

但是，格蕾西亚对马龙的分析所涉及的内容远比这种描述所暗示的要多得多。正如斯塔利布拉斯所言，《莎士比亚逐字逐句》“充分研究

---

① 此处指佩赫特《当代莎士比亚》一书的第一章。卢斯伯格认为柯勒律治误读了康德，将康德美学中的主体性原则加以转化，变为描述客体的有机形式。佩赫特则提出了不同的观点，他认为柯勒律治并没有把主体性的康德美学转化为客体性的形式主义美学，相反，柯勒律治重视主体读解文本的过程和精神体验，因而是遵循康德美学的。——译注

② R. A. Foakes, “*Hamlet*” *versus* “*Lear*”: *Cutural Politics and Shakespear's Art*, p. 136, pp. 125 - 137.

了马龙的版本对后世批评的影响”,[①] 而它的研究方式则需要将马龙登场之前的莎士比亚，定位于有机的民间轶事和传说的领域中。格蕾西亚声称：“与其说是收集文件中的事实所证实的细节，将莎士比亚个体化，不如说这些轶事将他与社群联系起来。”从这个“传统语境”出发，“在这个传统语境被浪漫主义理想化之前”，马龙就把莎士比亚“抽象化”了，“把他封闭在他自己的经验、意识和创造力中，封闭在记录历史上遥远过去的事实和文件中”。通过这种决定性的转变，即从基于群体政治团结的个体化转变为基于个人艺术复杂性和发展的个体化，马龙把莎士比亚变成了“自律的自我（autonomous self）[②] 的典型”。

格蕾西亚对马龙编辑工作背后的价值观的描绘并没有得到普遍的认可。[③] 但是，无论她的分析是否可靠，更重要的问题在于唯物论批评的倾向：认为马龙对莎士比亚的建构影响了浪漫主义文学批评，把马龙的建构视作所谓浪漫主义文学批评对作者身份的理想化的样板。斯塔利布拉斯认为：“马龙建构了柯勒律治阅读的文本。”他补充说：“柯勒律治的反应是对马龙的莎士比亚的反应。”[④] 但我们所掌握的相当多的证据表明，柯勒律治从来没有接触过马龙版本的实物，而且，他几乎没有注意到这些版本及其相关事宜，他对它们即使没有加以嘲弄和蔑视，也很少加以关注。[⑤]

---

① Margreta de Grazia and Peter Stallybrass, “Love Among the Ruins: A Response to Edward Pechter”, *Textual Practice* 11 (1997), p. 79.

② 此处或许是指康德的自律（autonomy）与自我（self）。——译注

③ Thomas Postlewait, “The Criteria for Evidence: Anecdotes in Shakespearean Biography, 1709—2000”, in W. B. Worthen, ed., with Peter Holland, *Theorizing Practice: Redefining Theatre History*, Basingstoke and New York: Palgrave Macmillan, 2003, p. 63.

④ Margreta de Grazia and Peter Stallybrass, “Love Among the Ruins: A Response to Edward Pechter”, pp. 73 – 74.

⑤ 杰克逊（H. J. Jackson）在她编辑精良的《脚注》（*Marginalia*）中，列出了柯勒律治所拥有并标明的四种莎士比亚的版本，马龙不在其中（4.684）。柯勒律

把柯勒律治推倒，让他倒向马龙，这个企图忽略了二者总体目标的根本差异。柯勒律治的重点不是检索历史的和作者的决定因素这一类技术上的技巧，而是以富有想象的方式实现文本的能量。它并不必然导向专业化，而是如霍华德·费尔佩林（Howard Felperin）所言，有可能远离专业化。19 世纪“对莎士比亚的‘观念论’或‘本质主义’的读解”不仅仅“出于单一的动机”，不仅仅是“保守主义的还原”，而是将莎士比亚“从贵族和文学精英的占有中解放出来，并首次实现了他的作品的民主潜力”。① 因此，对于后来的柯勒律治主义者而言，如布拉德利所说，“热心阅读的习惯”使“许多非学术的莎士比亚爱好者而不是莎士比亚学者成为更好的批评家”，因为优秀批评的“首要条件”是要有“鲜活而热切的想象力”。②

从这个角度看，格蕾西亚和斯塔利布拉斯可能会显得保守。一旦我们理解了柯勒律治的观点，即文学研究起源于观者，文学研究就可以被看成一门内在民主的学科，格蕾西亚和斯塔利布拉斯的研究反倒是为精英阶层的利益服务。虽然他们自认为是有包容心的、平等主义的，赋予印刷厂工人的诚实劳动以价值，但推行他们的研究的后果是将莎士比亚限制在一个特权群体中，即使在学术界内他们的研究也是具有学术独占

治用于讲授莎士比亚戏剧的许多版本已经被确认，马龙也不在其中。他用于讲授十四行诗的两个版本也已被确认，一个是 1797 年的佚名版，另一个是安德森的《英国诗人》（Kathleen Coburn, ed., *The Notebooks of Samuel Taylor Coleridge*, In Kathleen Coburn, ed., *The Collected Works of Samuel Taylor Coleridge*, Vol 3, Part 1, 1973, 3.2.3247 and 3.2.3289），马龙与这两个版本都没有关系。

① Howard Felperin, “Bardolatry Then and Now”, in Jean I. Marsden, ed., *The Appropriation of Shakespeare: Post-Renaissance Reconstructions of the Works and the Myth*, Hemel Hempstead: Harvester Wheatsheaf, 1991, p. 129. Howard Felperin, *The Uses of the Canon: Elizabethan Literature and Contemporary Theory*, Oxford: Clarendon, 1990, pp. 1-15.

② A. C. Bradley, *Shakespearean Tragedy: Lectures on "Hamlet", "Othello", "King Lear", "Macbeth"*, 1904, Rpt. London: Macmillan, 1964, pp. xiii-xiv.

性和排他的，因为他们所从事的书籍史研究所需的专业和技术知识构筑了专业的壁垒。然而，以这种方式颠覆唯物论者的叙事，不过是再现了它的过度简化的倾向。布拉德利的“鲜活而热切的想象力”不是一种遗传，而是一种后天的能力，是一种“习惯”，而维持这种习惯所需要的技能和知识本身就具有高度的技术性和专业性。因而，人们抱怨“新批评”，认为它操用的术语——反讽（ironies）、歧义（ambiguities）和谬误（fallacies）构成了一种神秘的学究行话，而新批评也是晚近的柯勒律治主义思潮。提出这些抱怨的人通常忽略了新批评的实践是如何将文本“从贵族和文学精英的占有中解放出来”，从旧历史主义者手中解放出来，但这是故事的另一面。布拉德利本人也认识到，或反思了这个问题。他说：“但这几乎是不够的。”在赋予想象力以首要地位之后，他仿佛醒悟了自己刚亲手锯掉了他作为牛津大学诗学教授所栖息的树枝。他马上补充说：“比较、分析、解剖，它们也是必要的”，只要这种解剖不是用“冷酷的理性”谋杀式地替换想象力。①

我们现在可以得出这样的结论：在决定是否坚持文学研究的时候，需要更充分地考虑到这门学科发展所经历的历史，它由多种因素决定，也需要充分考虑确定和评估其政治后果的相互矛盾的方式。这个结论是我衷心赞同的，但我之所以这么认为，不是由于为学科实践辩护的叙事是复杂的，而是因为这些叙事是无关紧要的，至少作为辩护是无关紧要的。这就是斯坦利·费什（Stanley Fish）② 在《专业正确性》（*Professional Correctness*）结尾处提出的观点：

> 人们通常说，为了使辩护有效，它不能从被辩护的活动中借用术语。只有不以被审视的活动的价值为前提，辩护才是合法的。否

---

① A. C. Bradley, *Shakespearean Tragedy*: *Lectures on* “*Hamlet*”, “*Othello*”, “*King Lear*”, “*Macbeth*”, p. xiv.

② 斯坦利·费什（1936— ），美国文学理论家，以其读者-反应理论（reader-response theory）闻名。——译注

> 则，人们就会在假装确立价值的同时，进行价值交易。然而，只有存在一种规范性结构，借助它能够评估所有的实践时，这种正当性的图景才会起作用。但如果……没有这样的结构，每一种实践都要符合隐含在其自身的历史和惯例中的规范，那么就只能在这种历史中并结合这些惯例进行证明。①

费什的论点与我上文从海登·怀特的论述中推出的关于证据的论点是一致的。由于不存在“价值中立”的境界，即费什此处所说的“规范性结构”，或怀特在另一处提到的“某种确定无疑的理论基础能使人们正当地要求一种权威性……即更具有‘实在性’”,② 所以号称为批评实践建立基础的解释性叙事，反而像证据一样，从它们号称要创立的实践中派生或生产出来。

三、消极的欲望

上文的论述先前作为单篇文章发表时，该杂志的编辑邀请格蕾西亚和斯塔利布拉斯做出回应,③ 随后的交锋也记录在案。我只想在这里回

---

① Stanley Fish, *Professional Correctness: Literary Studies and Political Change*, Oxford: Clarendon, 1995, p. 112.

② Hayden White, *Metahistory: The Historical Imagination in Nineteenth – Century Europe*, p. xii.

③ 1997 年，佩赫特在《文本实践》(*Textual Practice*) 第 11 期发表了对《莎士比亚文本的物质性》的批评论文《向我们的职业求爱，或关于〈莎士比亚文本的物质性〉的非物质性论辩》，本文的很多内容因袭自这篇论文，参 Edward Pechter, “Making Love to our Employment; or, the Immateriality of Arguments about the Materiality of the Shakespearean Text”, *Textual Practice* 11. 1 (1997), pp. 51 – 67。与此同时，格蕾西亚和斯塔利布拉斯对此文的回应《废墟中的爱情：对佩赫特的回应》也刊载在同一期，其中 69 – 72 页为格蕾西亚所写，72 – 79 页为斯塔利布拉斯所写，参 Margreta de Grazia and Peter Stallybrass, “Love among the ruins: Response to Pechter” (1997), pp. 69 – 79。——译注

顾一下其中的两段话，这两段都与欲望问题有关。

两位作者反对我关于欲望优先于知识的观点。关于“向我们的职业求爱”，格蕾西亚认为像她和斯塔利布拉斯这样的“关注物质性的批评家，也看到了作为爱好者的批评家，但被爱的文本在哪里”。她补充说：“文学研究的问题在于它假定了研究对象的同一性。”① 斯塔利布拉斯重申了这一反对意见，他认为《莎士比亚文本的物质性》“试图理解我们爱的对象究竟是什么”。他提醒说：“在黑暗中接吻确实不错，但有时你真的想知道你是在亲吻你的枕头还是在亲吻你的情人。”②

在这场争论中，没有人试图用现象学的术语来描述阐释活动。问题不在于我们到底在做什么，而在于我们如何将我们正在做的事情概念化。但如果我们在问题上达成一致，就会在答案上产生分歧。两位作者否认了我的论点的基础假设，颠倒了欲望与知识之间的先后关系。他们说，是知识优先而不是欲望优先。我后来重申了我的主要前提，来回应他们的否定：“激发和维持一种实践的关键因素是欲望，而不是对对象本身真实存在的知识。激发和维持实践的不是我们‘真正想知道’的东西，而是我们‘真正想知道’的东西。”③

如果论战继续下去，两位作者无疑会想否定我对他们的否定，就像哑剧演出中演员和观众之间的仪式化交流——“哦，是的，是这样!”“哦，不，它不是!”这个过程会一直持续，直到其中一方筋疲力尽。很多批评界的论辩都是这样进行的。它看起来似乎很可耻，但这种“哑剧”已经存在了很长时间，满足了无数演员和观众的欲望，所以我们可

① Margreta de Grazia and Peter Stallybrass, “Love Among the Ruins: A Response to Edward Pechter”, p. 70.

② Margreta de Grazia and Peter Stallybrass, “Love Among the Ruins: A Response to Edward Pechter”, p. 72.

③ Edward Pechter, “All You Need Is Love (dah dahdah dahdah): a Response to de Grazia, Stallybrass, Holderness, Loughrey and Murphy”, *Textual Practice* 11 (1997), p. 333.

能会犹豫是否要断然否定它。但无论如何，问题的关键在于，在首要原则上的争论似乎并不能使我们取得任何进展，正如罗蒂所说，这不是那种“我们都应该参与并努力解决”的问题。所以我们不妨放下论辩换个话题。我拒绝继续辩论，是重申我的信念，即理性的争论不是决定性的因素，这当然也是继续辩论的一种方式。

我所认为的“欲望普遍先行”的观点不仅遭到格蕾西亚和斯塔利布拉斯的辩驳，他们还否定了我“强行套用”在他们身上的特殊欲望。格蕾西亚认为，任何认为他们“想要敦促大家放弃文学研究”的说法“都是错误的”。① “我们要重申，”斯塔利布拉斯维护道，“我们并不是要‘宣布放弃文学研究’。”② 不过，如果把这些免责声明与他们明确宣说的内容放在一起，就会显得很奇怪。例如，他们写道，将“莎士比亚的价值”定位在“文本的内部”是从“合作写作”的角度来“重新思考莎士比亚”的最大“障碍”;③ 而在文章的结尾，他们以富于修辞的方式提出，我们应该“把我们的注意力从内在于文本中的孤独的天才上移开”，而专注于它作为“我们欲望”的“对象”的“具有吸收性的表面”。④

两位作者一再保证他们没有反对文学研究的企图，他们的保证虽不能立即让人放心，但也不应该断然加以否定。我认为，他们的观点并不是反对文学研究本身，而是反对文学研究赋予“孤独的天才”相对于“复杂的社会活动”的特权。⑤ 然而，如果说他们要求我们放弃的是

---

① Margreta de Grazia and Peter Stallybrass, “Love Among the Ruins: A Response to Edward Pechter”, p. 71.

② Margreta de Grazia and Peter Stallybrass, “Love Among the Ruins: A Response to Edward Pechter”, p. 79.

③ Margreta de Grazia and Peter Stallybrass, “The Materiality of the Shakespearean Text”, pp. 279 – 280.

④ Margreta de Grazia and Peter Stallybrass, “The Materiality of the Shakespearean Text”, p. 283.

⑤ Margreta de Grazia and Peter Stallybrass, “The Materiality of the Shakespearean Text”, p. 283.

“这种政治学”（this politics）[1]，那么它实际上是一种商品，其物质性难以把握。在莱文（Levin）看来，事实上在《莎士比亚文本的物质性》中并不存在政治，而政治的缺失是区分“莎士比亚的新旧物质化”的关键所在：旧的唯物论“常常充当马克思主义的代名词”，它从马克思主义中衍生出公开的“进步的或革命的”目标，而“新的物质研究者没有明显的政治目标”来指导他们的研究。[2]

用另一种方式来表述莱文的观点，可以说《莎士比亚文本的物质性》中的政治是“在认识论的层面上”发挥作用的。这是约翰·杰洛瑞（John Guillory）的说法，他描述了物质研究著作中广泛存在的信念：“认识论立场与政治立场之间有着必然的联系。”[3] 具体地说，“反实在论的认识论立场（也可表述为反基础论或相对主义）是任何进步政治的必要条件；反过来说，实在论、基础论或普遍主义是我们社会中一切倒退现象的认识论基础”。[4] 杰洛瑞认为这是属于心怀不满的人文学者的信条，他们通过狂妄地夸大自己对外界的影响来弥补自己在大学内日益减弱的力量。

杰洛瑞将其视为“院系冲突中的失败策略”，只会“使文学和文化研究更加极端地边缘化”，他的结论是，我们应该“一劳永逸地消解认识论和政治之间所谓的必然联系”。[5]如果这个结论是有说服力的（而且当前一些最有影响力的批评家也持有这种观点，包括理查德·罗蒂、乔

---

① Margreta de Grazia and Peter Stallybrass, “The Materiality of the Shakespearean Text”, p. 277.

② Richard Levin, “The Old and the New Materialising of Shakespeare”, pp. 87, 101.

③ John Guillory, “The Sokal Affair and the History of Criticism”, *Critical Inquiry* 28 (2002), p. 475.

④ John Guillory, “The Sokal Affair and the History of Criticism”, p. 476.

⑤ John Guillory, “The Sokal Affair and the History of Criticism”, pp. 501, 506, 501.

纳森·多利莫尔和斯坦利·费什①），那么格蕾西亚和斯塔利布拉斯就没有根据将文学研究的方法与精英主义的个人主义相提并论，或将物质研究的方法等同于大众集体，更不能声称从一套方法到另一套方法的兴趣转移将对世界权力结构产生可预见的影响，无论欲求的或不欲求的，或者说压根产生不了任何影响。这种主张，就像那些把解构主义说成拆解菲勒斯—逻各斯中心主义（phallogocentrism）或废黜启蒙个人主义的主张一样，都是宏大而空洞的姿态。政治的口号“在认识论的层面”并不能替代“可辨别的政治目的”的缺失，它们是同一件事。

那么，再回到我在开头提出的建议：浮士德的反复无常与当前批评工作中兴奋和失望之间的波动是十分相似的。我想再次强调，这个类比是松散的。物质主义（materialism）并不内在地或必然地由否定的精灵激发。物质研究者（materialists）提出了一种“彻底的变革”，提出“莎士比亚研究将不再是从前的研究了”。他们认为应该停止他们反对的批评实践，他们对这种转向的前景感到兴奋。而这种兴奋至少有可能源于他们的某种欲望，一种想做其他事情的欲望，无论这项新的事业被描述得多么模糊或夸张。此外，在其最近的化身——书籍史（格蕾西亚和斯塔利布拉斯的文章所预示的新研究方向）中，文本唯物主义（textual materialism）位于当前舞台上一些最引人注目的批评表演的幕后。这些项目除了少数莎士比亚学者之外，无法引起任何一个人的长期兴趣（由于我在上文提出的原因，书籍史—物质研究的一般方法必然会继续

① 罗蒂承认：“没有理由认为法西斯主义者不可能是实用主义者。”参 Richard Rorty, *Philosophy and Social Hope*, London: Penguin, 1999, p. 23。多利莫尔（Jonathan Dollimore）承认：“没有什么可以阻止恐同者……挪用建制派的观点。”参 Jonathan Dollimore, “Shakespeare, Cultural Materialism, Feminism, and Marxist Humanism”, *New Literary History* 21（1990）, p. 478。费什关于“没有结果”的观点，参 Stanley Fish, *Doing What Comes Naturally: Change, Rhetoric, and the Practice of Theory in Literary and Legal Studies*, Durham and London: Duke University Press, 1989, pp. 315 – 467。

囿于学科整体中的特殊亚文化内)。但这种研究的前景,作为一个不断更新的搜索引擎,就像罗蒂式的保持对话的想法一样,绝不是令人沮丧的。

不过,风险在于停止(stopping)本身,它可能会成为纯粹消极欲望的完全表达,而不是新的事业预兆来临的序幕。这样的发展过程在圣经诠释史上是有先例的,莎士比亚研究(以及所有的文学研究)可以说都由此而生。汉斯·弗瑞(Hans Frei)在他的权威著作《圣经叙事的日蚀》(*Eclipse of Biblical Narrative*)一书中,将现代圣经诠释的起源追溯到启蒙运动,并将之描述为"形象解读"的传统与新的唯物主义历史主义方法之间的对抗,前者的"主要用途"是"用于统一正典",弥合"不同的文化层次和情况",后者则专注于决定原始文献的"特定历史环境"。① "一方面,[他们]一直在探讨《圣经》的文本起源问题,以及《圣经》在某些方面的可靠性问题。另一方面,他们一直在探究这些著作可能具有哪些持久意义或价值。"② 在《伟大的代码》(*The Great Code*)中,诺斯洛普·弗莱也以同样的方式表述了这个领域的断裂:

> 《圣经》的学术研究一直有两种方向,即批判性的方向和传统的方向……批判性的方法是确立文本,研究历史和文化背景,传统的方法是根据神学和教会权威的共识来解释它的含义。③

但是,弗瑞通过公正的斡旋来规范地回应这种处境,"为这两个浅

---

① Hans W. Frei, *The Eclipse of Biblical Narrative: A Study in Eighteenth and Nineteenth Century Hermeneutics*, New Haven and London: Yale University Press, 1974, p. 7.

② Hans W. Frei, *The Eclipse of Biblical Narrative: A Study in Eighteenth and Nineteenth Century Hermeneutics*, p. 17.

③ Northrop Frye, *The Great Code: The Bible and Literature.* 1983, Rpt. in Alvin A. Lee, ed. *The Collected Works of Northrop Frye*, Toronto, Buffalo and London: University of Toronto Press, 2006, vol. 19, p. 11.

滩之间的狭窄航道绘制一张图表”。① 而从弗莱的角度来看，“分析和历史方法，主导了一个多世纪以来的圣经批评”，其结果则无疑是贫乏的。② 历史方法将阐释工作限制在推测“文本发展的一些假设性的萌芽期”，并将《圣经》“神话和隐喻方面的内容”视为“可以删除，因此应该被删除的元素”。因而，历史方法已经预先阻止了理解以下这些方面的努力：“为什么《圣经》各书以现在的形式存在”，以及经文如何在几个世纪以来成功地吸引了这么多读者的热情兴趣。③ 弗莱认为：“文献学（Textual Scholarship），从来没有真正发展出在19世纪引起如此轰动的‘高级’批评。它没有从初级的批评或文本研究中走出来，反而大多钻进了更低的，乃至于低至地下二层的批评，在这种批评中，消解文本本身就成了目的。”④

就我的目的而言，弗莱分析中最有趣的方面是他提出的解决问题的方法。弗莱基于他的信念，即“文学批评是‘高级’批评，是应该在做了一定的文本研究之后才开始的批评”，他声称，推动圣经批评事业向前发展的方法是弥补“圣经学者在文学批评方面的不足”，即“接受整本圣经是神话和隐喻的想象力的统一体，看看这个假设会产生什么”。⑤ 弗莱为我们展现的前景，即文学批评可能会把圣经批评从低迷中解放出来，看起来是马修·阿诺德预言诗歌将取代宗教的另一种版本。

---

① Hans W., Frei, *The Eclipse of Biblical Narrative: A Study in Eighteenth and Nineteenth Century Hermeneutics*, p. 17.

② Northrop Frye, *The Great Code: The Bible and Literature*, p. 11.

③ Northrop Frye, “History and Myth in the Bible”, 1976, Rpt. in Alvin A. Lee and Jean O’Grady, eds., *Northrop Frye on Religion, Excluding “The Great Code” and “Words with Power”*, *The Collected Works of Northrop Frye*, University of Toronto Press, 2000, vol. 4, pp. 17-18.

④ Northrop Frye, *The Great Code: The Bible and Literature*, p. 11.

⑤ Northrop Frye, “History and Myth in the Bible”, pp. 17, 18.

阿诺德在《诗歌研究》的第一句话中就宣称:“诗歌的前途是远大的。”然后他说:

> 在诗歌中,在它配得上其崇高命运的地方,我们的种族,随着时间的推移,将找到越来越可靠的支柱。没有一个信条不被动摇,没有一个公认的教条不被证明是有问题的,没有一个公认的传统不面临解体的威胁。我们的宗教在事实中把自己物质化了(materialised),它把自己的情感寄托于事实上,现在事实却使它失败了。但对诗歌来说,观念就是一切,其余的都是虚幻的世界,是神的幻觉。诗歌把它的情感寄托于观念上,观念就是事实。我们今天的宗教最强的部分就是它的无意识的诗歌。①

阿诺德期望诗歌能够填补枯竭的宗教所留下的真空,这显然远远不是不证自明的。弗莱在 1983 年想象的文学批评拯救圣经学的可能性,从本章讨论的那种物质研究批评来看,也不可能有更好的表现。

比尔·布朗(Bill Brown)强调了这种不可能。受《现代语言协会会刊》(*PMLA*)编辑的邀请,布朗在该杂志 2010 年的一期上以专文介绍了一系列“文本唯物主义”(Textual Materialism)的文章。其中他描述了唯物论的“书籍史”,因为它同样关注的是弗瑞和弗莱所描述的“特定历史环境”和“文本发展的萌芽阶段”。他认为它“提请人们注意那些决定因素(从版面设计到法律问题),这些因素在特定的时间和地点为特定的读者群提供了稳定的语义体验”。可以肯定的是,布朗承认:“文学作品”可以“被说成是‘超越’对象的(热奈特所言)”。比如,尽管“对《远大前程》的经验在不同的物质形式中是不同的,我们通常仍然情愿承认,每一种经验都是《远大前程》的经验。在这

---

① Matthew Arnold, "The Study of Poetry", 1880, Rpt. in R. H. Super, ed. *English Literature and Irish Politics. Complete Prose Works of Matthew Arnold*, vol IX, Ann Arbor: University of Michigan Press, 1973, p. 161.

些截然不同的媒介中，小说在某种意义上仍然是相同的”。布朗总结说，其后果“仅仅是假设，文本的经验……相当于一场辩证戏剧（dialectical drama）①，关于不透明和透明，物质基础和认知传递，作为对象的再现和作为行为的再现”。②

但与大多数辩证戏剧不同，比如与弗瑞描述的对两种阐释传统的斡旋过程不同，布朗的表述明显是片面的。不透明性和物质基础明显地支配着透明度和认知传递，就像弗莱的“低级”批评一样。文本唯物主义主要对“特定的读者群”和“特定的时间和地点”感兴趣，这本书或那本书是为了特定的读者在特定的时间地点产生的，也就是那些我们必然会感到疏离的特殊偶然性。文本唯物主义对那些使“文学作品”能够在一段时间内吸引受众，并在此时此地继续吸引我们的连续性要素不感兴趣。“‘超越’对象”中的单引号的作用是将文学力量包含在这样的空间里，在这里，只有说着他人“该怎么说”才有信心（萨特：“他人即地狱”［*l'enfer, c'est le discours des autres*］）。关于超越的观念早已普遍流行，无论是否遗憾，因此，将其归之于热拉尔·热奈特（Gérald Genette）似乎是不必要的。但这种引用有一个直截了当的效果：文学被进一步剥夺了任何残余的合法性和声望，因为它与过时的叙事学中的形式主义的过度相关联。（谁想要昨天的报纸？）③

至此，一个巨大的反讽应当是显而易见的了。过去三十多年来的文学批评非但没有把圣经批评提升为一种有目的的批评活动，反而陷入了弗莱认为它可能会挽回的“徒劳的程序”。④ 因为“瓦解文本本身就成了目的”，与此同时，上文提出的假设性的风险似乎已经变成现实：作

---

① 指布莱希特的辩证戏剧理论。——译注

② Bill Brown, “Introduction: Textual Materialism”, *PMLA* 125 (2010), pp. 24 - 26.

③ 原文为：who wants yesterday's papers? 或许出自滚石的一首著名同名歌曲。——译注

④ Northrop Frye, “History and Myth in the Bible”, p. 18.

为纯粹消极的唯物论，其推动力只有一种消极的欲望，就是重申自己对文学力量的不满，“除了文学，哪儿都可以（*n' importe où hors du littéraire*）。”① 这种非同寻常的动机，业已设法占据了目前莎士比亚批评实践的最有影响力的中心。

作者简介：

爱德华·佩赫特（Edward Pechter），加拿大康考迪亚大学（Concordia University）荣休杰出教授，曾在美国、英格兰、加拿大的高校中任教。他是《奥赛罗》诺顿评注本（Norton Critical Editions）的编者，著有《〈奥赛罗〉与诠释传统》（*Othello and Interpretive Traditions*）、《德莱顿的经典文学理论》（*Dryden's Classical Theory of Literature*）、《当代莎士比亚研究：失落的浪漫主义》（*Shakespeare Studies Today: Romanticism Lost*）。他曾经撰文批评新历史主义、物质研究等新兴研究思潮。

译者简介：

张译仁，复旦大学中国语言文学系比较文学与世界文学专业在读硕士研究生。通讯地址：上海市邯郸路220号复旦大学；邮编：200433。

① 此处可能化用了波德莱尔的《除了世界，哪儿都可以》（*N'importe où hors du monde*）。——译注

古典学与中世纪研究

赫西俄德对塔耳塔罗斯的描述（《神谱》行721－819）*

大卫·约翰逊　著　李璇　译　杨诗卉　校

内容摘要　赫西俄德在《神谱》中对地下世界的描述有着不少令人困惑的矛盾之处，以至于当代学者认为其中有部分并非出自赫西俄德之手，而是后期篡插而成。本文通过对《神谱》中描述塔耳塔罗斯的神话和语词进行分析，试图理清地下世界的地形构造及其功用，最终理解赫西俄德的创作意图和宇宙观。

关键词　赫西俄德　《神谱》　塔耳塔罗斯 神话

---

* 原文载于 *Phoenix*, Vol. 53, No. 1/2 (Spring - Summer, 1999), pp. 8－28，原文较长，译者根据内容分为五个部分，方便读者阅读。因文中引用文献数量较多，参考文献置于文末，采用文内注或页下注，列出著者、年份和页码。译文中引用的《神谱》中文诗行，参见赫西俄德，《神谱》，吴雅凌译笺，北京：华夏出版社，2010。《劳作与时日》中文诗行，参见吴雅凌译笺，北京：华夏出版社，2015。——译注

Hesiod's Descriptions of Tartarus
(*Theogony* 721–819)

David M. Johnson

Abstract: There are several puzzling contradictions in Hesiod's description of the underground in his *Theogony* while many modern scholars considered them as interpolations. By analyzing the myths and words describing Tartarus, this paper tries to clarify the topographical structure and the function of the underground world, and understand Hesiod's intention of creating this world, which would help us understand his cosmology.

Key words: Hesiod; *Theogony*; Tartarus; Myth

一

当学者们怀疑古典诗歌中的某个部分是后期篡插（interpolations）时，无论该处篡插有何作用，它都将成为学术上的疑难问题。如此看来，在赫西俄德的《神谱》这部本就令人难以理解的诗歌中，相比大多数段落，其中关于地下神界的描述部分尤其让学者们困惑（*Theogony*，行721–819）。这一疑难之处持续影响着许多现代笺注者：韦斯特（West 1966: 50）认为该段落是《神谱》在古风时代即被篡改的最好例证，索尔姆森（Solmsen 1982: 14–18）则怀疑这些篡插应该是赫西俄德本人设计的。但是，我们很难从《神谱》的文本中找到令人信服的坚实依据，甚至无法相信我们能从这部早期叙事诗对地下神界的大量描述中找出确定的篡插部分。① 即便站在折中立场上，假设赫西俄德在不

---

① 对比更易接受的索尔姆森（Solmsen 1949: 60, n. 197）的早期观点："可以肯定的是，赫西俄德的整个描述是独一无二的；这种认识应使我们做好准备接受他独特的'文体特征'。"

同时期对塔耳塔罗斯（Tartarus）做出了不同描述，这也不能算是令人心悦诚服的答复：我们仍需思考为什么赫西俄德在最终版本中留下了互相矛盾的段落。因此，虽然这令人畏惧，但我们的第一步仍应是尝试理解现有的文本。尽管赫西俄德描述塔耳塔罗斯的段落晦涩难懂，但鉴于这个段落在《神谱》中的内在作用，及其对关于宇宙结构的后世希腊思想产生的深远影响，它仍值得我们勉力解读。塔耳塔罗斯是羁押提坦神的囚牢，也是某些继续在地上为恶的夜神后代的居所，因此它在赫西俄德的“宙斯崛起”和“凡人始终面对着负面力量”的两种叙事中都发挥着重要作用。只有透彻理解了赫西俄德对塔耳塔罗斯的源头、边界以及深渊的描述，我们才能全面评价他的宇宙观。

人们普遍认为，塔耳塔罗斯的结构是确保这段诗全部或大部分真实性的重要论据，[①] 有些学者的这种结构论证已经过犹不及，不过这段诗还是环形结构与代表赫西俄德笔法的并列结构（juxtaposition）的统一体。除了施瓦布勒（Schwabl 1966：97 – 106），还没人能在诗行与诗行之间建立系列对应关系（correspondence）。提坦之战（Titanomachy）在哪里结束，对塔耳塔罗斯的描写从何处开始，诗中并没有一个明确的分水岭——注意到这一点，就轻而易举地挫败了任何寻章摘句（line – counting）的尝试。不过，转折不分明也体现了描述塔耳塔罗斯的部分与其他部分融为一体，浑然天成。总的来说，塔耳塔罗斯被描述为某个百手神们看守提坦诸神的地方。这部分诗歌反复提到提坦大战，关于源头和尽头的两段诗句又全然一模一样（行 736 – 739，807 – 810），由此构建了这部分段落基础的环形结构。从行 721 到行 744，我们得知提坦们被关在塔耳塔罗斯深处，此处高墙广筑，有无尽深渊、青铜门槛和铿

① 对此斯托克斯（Stokes 1962：22 – 24）、韦斯特（West 1966：357 – 358）、施瓦布勒（Schwabl 1966：97 – 106）、诺斯若普（Northrup 1979：34 – 35）、巴尔布里加（Ballabriga 1986：257 – 258）、索尔姆森（Solmsen 1968：324，n. 1）各持不同意见。

亮的大门，是万物的源头与尽头所在。正如我们看到的，提坦们必须越过广袤大地的边缘才能脱逃。行807至行819再次以并不完全相同的顺序简短地告知了我们同一件事。地下世界的构造确保提坦们会继续被囚禁，并且，赫西俄德通过该部分的基础环形结构巧妙地强调了这一点，围绕着他对地下神界的描述，以及对标志着地下边界的宇宙结构的描述，我们确定提坦们必然永困地下。

塔耳塔罗斯其他部分的描述也包含在这个环形结构内，但是塔耳塔罗斯本身并没有被归入其他更大的文本结构中。不过，这一环形结构中的不同个体要么通过谱系或功能，要么通过统一各段或衔接邻段的文体特征，都建立了足够明晰的彼此联系。“黑夜”作为卡俄斯（Chaos）第一批出生的女儿之一，也是赫西俄德世界中颇为重要的夜神世系的母亲，她是诗人在塔耳塔罗斯段落里描述提坦神及其守卫之后提到的第一位神（行744－757）。既然提到了黑夜，赫西俄德顺势描述了阿特拉斯（Atlas）在夜神居所前面背负苍天（行746－748），作为宇宙支柱的阿特拉斯在这段诗歌中必有一席之地。黑夜与她的女儿白昼同住，她们对大地的影响很容易让人联想到黑夜的孩子睡神与死神，紧接着在下文（行755－757）就对他们进行了描述，同时也为我们提供了这两位夜神之子的共同居所，由此完成了对夜神世家的叙述。在赫西俄德的描述中，白昼和黑夜绝不会同时在家，他还补充道，灿烂阳光（Helios）从不照在睡神和死神身上（行759－761）。随后诗人讲述了夜神之子在人间的角色——一个带来睡眠，一个带来死亡——由此过渡到哈得斯（Hades），死亡的伙伴、另一个死神（行767－773）。冥犬刻耳柏洛斯（Cerberus）守卫着哈得斯的殿堂，死神似乎从不让囚犯离开，冥犬也阻止冥府的死者离开，这段结尾呼应了上一段结尾（行773，参行765）①。

接下来，我们来看看斯梯克斯（Styx，行775－806）。赫西俄德叙

① 我省略了大多数原稿中没有的行774（＝768）。

述她的篇幅比叙述任何一个住在塔耳塔罗斯的神都长。不过这并不奇怪，这可是斯梯克斯，在赫西俄德描述的地下神界中，斯梯克斯与天上神界的神明休戚相关，而天神正是赫西俄德关注的首要对象。同死神一样，斯梯克斯也是被永生神们所憎恶的神（行775，参行766），因为（暂且不论词源学上的意义）斯梯克斯之水导致的沉睡是永生神所知最接近死亡的事物，所以发伪誓者受其震吓。斯梯克斯确属地下神界，对她的描述自然跟在惩罚那些企图逃走的死人后面，① 实际上赫西俄德此处讲述的细节是为了和他前文对有死凡人的争端的处理方式相称。当神起了冲突，对着斯梯克斯之水起誓的方式取代了神明之间的直接争斗，斯梯克斯之水使发伪誓的神暂时昏迷和遭到流放，这样的惩罚取代了提坦神在塔耳塔罗斯遭受的那种永久监禁。②

尽管此类对诗歌的段落结构的整体性评述，以及与之相关的《神谱》的常见主题的评述为论证《神谱》真实性提供了初步证据，但是都不足以支持深度阐释。接下来，我们的任务是从段落细节中梳理出合乎逻辑的意义。正如大多数人所认同的那样，这种意义绝不是简单直接的空间意义。③ 我们很难从诗中找到帮我们定位位置的语词标记。

---

① 行732－793的“ἔρις - νεῖκος - ψεύδηται - ὅρκον - πῆμα - ἐπίορκον… ἐπομόσσῃ”和行226－232的“Ἔρις - Νείκεα - Ψεύδεα - Ὅρκον - πημαίνει - ἐπίορκον ὀμόσσῃ”一致。施文（Schwenn 1934：28）注意到这一模式，但是奇怪的是他没用作反对前文的证据。韦斯特（West 1996：357）则认为将这些平行结构视为无意识更合理，并且是证明冥界斯梯克斯的真实性的证据。

② 关于斯梯克斯及其孩子们是《神谱》中宙斯的正义的最好例证，见布里克曼（Blickman 1987）；关于斯梯克斯象征原始的水的力量，见鲁德哈特（Rudhardt 1971：93－97）。当然，宙斯与提丰的激烈大战在塔耳塔罗斯的段落之后，但是诗歌通篇昭示了宙斯统治的最终秩序。作为赫西俄德宇宙学的原则的“无目的的合目的”现象，参见克莱（Clay 1992：138－139）。

③ 因此，韦斯特（West 1996：358）、腓力肯－恩格尔（Pellikan－Engel 1974）、诺斯若普（Northrup 1979）的确试图构建塔耳塔罗斯的结构关联；我们也会在下文中看到他们所遇到的问题。

"ἔνθα"在诗中多次出现（行 729，734，736，758，767，775，807，811），但是它的意义仅是"在那里"（there），即"在塔耳塔罗斯"。这一语词可能只是告诉我们，从空间关系上看，塔耳塔罗斯的各个结构之间彼此接近，但是正如我们看到的那样，其中有价值的东西不多。更麻烦的是，塔耳塔罗斯中的许多结构是如此类似，以至于经常难以说清这类结构到底有多少。诗中出现了一次"屏障"（ἕρκος 726），一次"高墙"（τεῖχος 733），三次"大门"（πύλαι 741，773，811），出现了至少一次"重重大门"（θύραι 732；cf. 750），两次"门槛"（οὐδός 749，811）。我们也知道了黑夜神与白昼神，睡神与死神，哈得斯，斯梯克斯，百手神们（οἰκία 744，758；δόμος 751，753，767；δώματα 777，816）的居所。夜神以多种伪装形态出现（行 726，744，748，757，758，788），很难清晰地辨识它们彼此。正如我们所见，这一段落的开头和结尾构成了一个粗略的闭环，这一结构并不能为我们绘制塔尔塔罗斯的地图提供有所帮助的诗行对应关系。如果我们坚持要在赫西俄德对塔耳塔罗斯的描述中追寻某种地理上的意义，那么我们只能断言赫西俄德在这方面做得很糟糕，或者是他的文本已经遭遇了无可救药的篡改。

二

弗兰克尔（Fränkel）通过研究赫西俄德叙述中的死亡、哈得斯和冥犬，对赫西俄德的风格做出了大体观察，找到了一个更合适的答案：

> 相同的事物会出现不同的化身，死亡可化为死神，化作哈得斯的领域，也可化作冥犬。原始的思维模式不会直截了当地论述某一事物，更不会简要扬弃；相反，它更习惯于绕着圈地描述，以便于在不断变换的角度中重新观察事物。赫西俄德的《神谱》在细节和整体上都体现了这一模式。（Fränkel 1975：105）

无论我们认不认同弗兰克尔所概括的“原始思维模式”，都会发现赫西俄德在《劳作与时日》行 106 - 108 中告诉我们他有着不同的看法：

如果你愿意，我再扼要讲个故事，
恰当而巧妙，你要记在心上：
神们和有死的人类有同一个起源。

人类五纪神话和普罗米修斯神话都解释了为什么人类曾经像神们一样轻松，而现在却如此艰难；但是这两种神话在细节处仍然不一致，赫西俄德也没在这两者之中做出选择。① 赫西俄德描述宙斯的崛起时也是如此，宙斯之所以能取得胜利，似乎是因为独眼巨人给予的武器（在行 687，这变成了他自身的神力），又似乎是因为斯梯克斯的孩子们以及百手神们的参战。② 当读者接受这种描述方式，就能理解塔耳塔罗斯那些似是而非的细节，促使人们将这些不同的描述视为同一根本存在的多重表述。以这种方式解读，关于塔耳塔罗斯的描述段落才具有连贯统一性，不是作为“一”张涵盖地下神界种种结构的地图，而是作为“一”系列深居地下的互补意象。对塔耳塔罗斯的描述是一个突出例子，也许是赫西俄德惯于对一个事物展开多元描述的最极致例子，正是这个原因使得分析文本如此困难。③

---

① 福特豪斯（Fontenrose 1974：1 - 2）；罗（Rowe 1983：132 - 133）。

② 弗兰克尔（Fränkel 1975：98 - 101）、罗（Rowe 1983：131 - 132）、蒙迪（Mondi 1984）都认为多记叙导致了多来源，怀疑赫西俄德只是一个编者，但我们的问题并没解决，只是将赫西俄德的身份疑云从作者变为编者。

③ 罗（Rowe 1983）为赫西俄德的多重形式阅读提供了绝佳的导读，除了弗兰克尔（Fränkel）之外，罗（Rowe）的资料来源还包括劳埃德（Lloyd 1966：202）对荷马的睡眠的处理和威尔逊（Wilson 1967：53 - 54）对埃及人对天空的多种看法。后一个可能同赫西俄德地下神界类似。对埃及人而言，天空可能架在墙或柱子上，或被神明托举；它可以像一头母牛或一位女神，既托举她自己，又为一位男神所支撑。大多数研究赫西俄德关于塔耳塔罗斯描述的学者都承认这些多重性描述：比如罗（Rowe 1983：131，n. 60）认为这段文本可以看作一系列写意变体。桑顿

此处的“多元描述”是针对什么事物呢？弗兰克尔把终极对象归结为形而上的真理：诗人对开端和起源的描述，就像《神谱》中的一般性意象一样，用来“掩盖诗人不可名状之物”（Fränkel 1975：98）。举例来说，第740行将万物的起源和边界放置于深渊（即浑沌）边上就是一种本体论主张：

> 用我们的话来说，这意味着无论从空间、时间还是逻辑上来看，世间万物都是虚实相生的。事物的形态由他者的边界——即虚空决定。（Fränkel 1975：105－106）

这种由虚到实的发展方式的危险之处在于，在将其转化成“我们的语言”时会折损许多内涵。赫西俄德的意象不仅仅是一种表达后起科学抽象真理的艰难尝试，我们必须接受他自成一派的术语。罗（Rowe）倾向于认为，赫西俄德的诗行不该被描述为“原始的”或“先前的”，而应是“非科学的”或“非理性的”，这里的所谓“理性的”和“科学的”指的是倾向于在不同表现形式中做出批判性的选择。罗的想法似乎更正确，赫西俄德的思想在某种意义上是否“原始”是一个问题，但在我们搞清楚赫西俄德是如何构想之前必须先搁置争议。当我们展开研究时，应该避免想当然，不能站在现代人优于古代人的进步论假设上粗暴地将赫西俄德归为“原始的”，也不能假设他意图让读者探知他的言外之意——无论是将“宙斯的崛起”并入一个单一连贯情节的叙事性联系，还是定位塔耳塔罗斯布局的空间性联系。

赫西俄德描述的塔耳塔罗斯的形象是多样的，因为地下神界肩负着多个任务。地下神界中的大部分意象都相互补充，整个地下神界被描述

（Thornton 1962：16－21）关于这些段落的叙述很完整，他使之成为希腊语中“同位表达”的最佳范例。如我们将在下文看到的，一些人认为众多居所中的一个或另一个能代表整个地下神界。但是大部分人的意见被保留为附加意见，据我所知，没有人能轻易反驳我的说法，即塔耳塔罗斯的全部构造是对整个地下神界的描述。

为一处宽广、黑暗且封闭之地，这种描述具有一定的地形学意义，也就是说，赫西俄德描述的整个地下神界是一个想象中的实体，大致相同的开头与结尾强调了这种统一性（行 721 - 744；另参行 807 - 819）。但是我们也可以用三种不同功能来区分三种基本的意象类型：对提坦而言，塔耳塔罗斯是一个高墙围绕的无法逃离的监牢；对夜神、白昼神和死神而言，这是他们进出的家；它也可以被视作一个巨大峡谷，作为赫西俄德叙述的万物的开端与尽头，它是深渊，是斯梯克斯那洞穴般的居所。这三种意象可以重叠：峡谷的邃远深度保证了提坦远离大地；哈得斯本人出入自由的殿堂却是死者有进无回的监狱；冥河的巨大洞穴也是斯梯克斯的居所。居所和监狱的高墙、门槛和大门描述的并不是不同的结构，但都规定和限制了整个地下世界的通路。不过，这三种意象服务于三类不同的目的，赫西俄德将深渊这一意象视作物质世界的起源，以此阐明了自己的宇宙论。他还用监狱作为战败的神和死去的凡人的终极长眠之地。作为诸神的居所，赫西俄德描绘了黑夜、白昼、睡眠和死亡诸神在居所循环往复的意象。除此之外，塔耳塔罗斯在线性发展和周期轮转之间游移，它既是万物之始，又是万物的现在的具象化，它既是提坦的流放和凡人的死亡终局、黑夜白昼的周期运动，又是凡人和神明的沉眠。塔耳塔罗斯是“过去”之地，也是不断重演的“现在”之地，从这一意义上说，它既关于空间，也关于时间。

三

让我们从这些概述中折返回来，看看这种多重论述如何将这一段落中恼人的细节阐释清楚。提坦大战结束了，对塔耳塔罗斯的描述即始于赫西俄德对提坦坠落深渊的讲述：铁砧要在第十天才能从天落到地，从大地到塔耳塔罗斯也一样远。长久以来人们一直怀疑赫西俄德用来计量深度的铁砧背后隐藏着什么用意。印欧语系中同源词“石头”（stone）

也有“天空”（sky）、“陨石”（meteorite）、“雷电”（thunderbolt）的意思，认为天空是由石头或金属构造的想法可能源于早期人们对陨石的观察，陨石被认为是雷电燃尽的残留物。① 阿克蒙神（Akmon）在卡利马科斯（Callimachus）的提坦大战中表现为“一种幽微的宇宙力量”的碎片。② 从某种意义上说，这些联系可能解释为什么铁砧坠落此处，以及为什么在《伊利亚特》（15.19）中铁砧挂在赫拉的脚上。但是，正如惠特曼（Whitman 1970：41）所言，“荷马和赫西俄德并不知道阿克蒙神”，韦斯特（West 1966：360）认为，无论是在怎样的神话背景里，铁砧在《神谱》和《伊利亚特》中都作为人类感知重力的首选物体出现。亚里士多德（*de Caelo* 1.6 273b30－274a3）和伽利略同时代的大多数人们都秉信质量越大的物体坠落得越快。在华纳兄弟的动画电影中也是以同样的理由出现了坠落的铁砧。有时候，人们不讲究其初始的神话意义，铁砧只不过是铁砧本身。在这里，赫西俄德的主要观点是：塔耳塔罗斯和大地之间相距甚远，因此他只能用天地之遥和“铁砧经过十天才能落下”的远距离来类比这个距离，正是这样的深度才能保证提坦们难以逃脱。③

---

① 我对这一主题的解释基于扬科（Janko 1992：29－231）关于《伊利亚特》15.18－31 赫拉脚上系上石块的论述，见惠特曼（Whitman 1970）。关于乌拉诺斯的不同叙述，见沃森（Worthen 1988）。

② 扬科（Janko 1992：230），关于《提坦大战》残篇（*Titanomachy* fr. 2B），卡利马科斯的残篇（Callimachus fr. 498），阿尔克曼的残篇（Alcman fr. 6），安提马库斯的残篇（Antimachus fr. 44）。

③ 一开始，天地之间的距离和塔耳塔罗斯到大地的距离的对称性是一种次要观点，尽管赫西俄德对这一对称性的思考要比他对距离的描述要长得多（特别是假如所有的过渡句都保留的话，我认为没理由删除它们）。与之相似的还有行 126－128，天空和大地一样大不仅仅是出于对称性的考虑，而是让天空覆盖大地，并成为天神们的稳固宝座。荷马通过宙斯的恫吓扭曲了这一对称性，宙斯威胁把所有不服从宙斯神权的神放逐，扔到像大地到天空一样遥远的哈得斯的幽深之下（《伊利亚特》8.13－16）。尽管宙斯也许只是虚张声势，或是荷马将哈得斯设置在靠近大地表层的地方，参见斯托克斯（Stokes 1962：5－6），卡尔（Karl 1967：75－77）。对于早期对称性的经典描述见沃拉斯托斯（Vlastos 1947：169）。

之所以将提坦们困在远离大地的塔耳塔罗斯，或者说是大地的边缘，是因为塔耳塔罗斯有时被认为是大地的一部分，例如行 731 写提坦被囚禁在大地最深处。把提坦们和上层神界用极远距离分隔有助于维护宙斯的统治，所以行 726 中，围墙（ἕρκος）围绕着整个塔耳塔罗斯。整个塔耳塔罗斯都是关押提坦的监狱。对于赫西俄德而言，无论如何都不应认为塔耳塔罗斯只是地下神界的一部分，相反，塔耳塔罗斯和大地、天空和海洋共同构建了赫西俄德的宇宙。

大多数人认为行 727 的“δειρή”意思是塔耳塔罗斯的细颈或咽喉，可类比维吉尔所说的“下颚”（fauces Orci，《埃涅阿斯纪》6. 273）。[①] 赫西俄德也许将塔耳塔罗斯的入口视作一个跟其他部分全然不同的地方，这种差别会帮助我们理解地下神界的相对位置。地下神界及其入口在读者脑海中的形象犹如一个张大嘴的无底洞：想想行 740 提到的深渊和行 773 冥犬刻耳柏洛斯（Cerberus）的吞食。韦斯特（West 1966：360）认为也可以将入口比作罐子，如此可援引陶罐葬（pithos burials）来支持这一观点。但是“细颈/咽喉”论的支持者引用的并非希腊语词语，引用拉丁语中的概念更容易理解，因为“fauces”是用来指示罗马房屋中的狭窄通道的术语（维特鲁威，《建筑十书》Vitr. 6. 4. 6）。读到此处通向地面的“细颈”之时，我们也得以从行 725 的塔耳塔罗斯底部一跃至它的顶部，而没有经过下一分句中出现的如“ὕπερθε”（“从那上面……”）的预示。正如巴尔布里加（Ballabriga 1986：258，3）的解释，[②] 从语词的地形学意

---

① 这种解释可以追溯到古注（Scholia），支持者引用了“βιβρώσκω”和“βέρεθρον”的词源学联系，然而这“在赫西俄德时代已经不再能感觉到”（West 1966：360）。参见斯托克斯（Stoke 1962：9），以及相关罗马词语概念，见福特（Fauth 1974）。

② 品达（Pindar）两次用地形学意义上的“δειρή”的复数形式（*Ol.* 3. 27，5. 29）。虽然品达的译者（至少在英语中）倾向于用“山脊”这一词来表达，但是这不太可能，因为“neck”和“pass”的词根有清晰的联系，正如拉丁语“col”（《希英词典》LSJ 补充）。毫无疑问的是品达的两次用词指向山区地形，同时包含

义上理解“关口”（col）和“峡谷”（glen）似乎更稳妥一些。在这种情况下，峡谷就象征着整个塔耳塔罗斯，正如我们对行726的后半部分的解读那样，塔耳塔罗斯是“*μιν*”的前身，峡谷的形象进一步表明了“细颈”（*δειρή*）相当于第740行的“深渊”（*χάσμα*）。夜神的巡游经过整个峡谷，也就是整个地下神界。①

通过大地和大海之根（Roots，行727－728），我们见识到了不同的区域，据说这些区域都处于塔耳塔罗斯之上，至少在“细颈”之上。但是无论是将“细颈”当成整个塔耳塔罗斯，还是作为塔耳塔罗斯的大门，根部至少是“已成长的”（*πεφύασι*），处于塔耳塔罗斯的上方，因此这对我们了解塔耳塔罗斯的内部分布没有帮助。可以肯定的是，根部与行736－739的大地、海洋、塔耳塔罗斯和天空的源头与尽头有关，但这种关系究竟是什么还不清楚。② 我认为行736－739的两组至少在垂直方向上来说，大概处在同一位置，因为源头和尽头都在地之缘、天之际，而且其根部（至少是起始点）在塔耳塔罗斯上面。毫无疑问，一提到“根”首先想到它和大地有关，然后与大海毗连，行738的“源头”（*πηγαί*）除了适用于大海，还适用于大地、塔耳塔罗斯和天空。源头与尽头具有宇宙学（cosmogonical）的意义，我在下文中也认

山脊和山谷，后者的意义（单数）似乎由尼坎德（Nicander *Th.* 502）证实，生长植被的“*δειρή*”据说是“*νάπος*”。可能在赫尔迈西亚纳克斯（Hermesianax）作品中最后一次作为地理词语使用了该词，“*δειρή*”是向海倾斜的某物（*δειρῇ κεκλιμένην*；见LSJ *κλίνω Il.* 5）。由此可见“*δειρή*”与“*δειράς*”不同，后者意思是山脊，与“*δειρή*”在词源学上截然不同。

① 巴尔布里加（Ballabriga 1986：5：2，n.3）指出行726的“*ἀμφί*”和第727行的“*περί*”都指夜神的统领领域——夜神不受环境限制。

② 索尔姆森（Solmsen 1950：242），韦斯特（West 1966：363－364），腓力肯－恩格尔（Pellikan－Engel 1974：24），弗兰克尔（Fränkel 1975：105），诺斯若普（Northrup 1979：25－26）和科克（Kirk 1956－57：11和Kirk，Raven，and Schofield 1983：40）都认为这两个部分是有关系的，但斯托克斯（Stokes 1962：10，27）持不同意见。我认为这些根和下文行811－813里的门槛有联系。

同这一点。不过“根”的案例就没这么清楚明确了。“根”是一个常见的宇宙学譬喻，最著名的例子在恩培多克勒（Empedocles）的四元素（ῥιζώματα，DK B6）里。[①] 但是《劳作与时日》行 19 的大地之根并没有任何明显的宇宙学意味，“根”保证了世界各大构成部分的稳定，可以展现关押提坦的监狱的安全性，这是赫西俄德关注的重点，而此形象的任何宇宙学功能都是背景板。[②] 这一点在第 812 行里的“连绵的老根”表现得更明显，它们在段落结构中处于相似位置。

我没有足够的证据区分波塞冬的大门（θύρας，行 732）、周围的高墙（τεῖχος，行 732）和行 726 的围栏（ϱκος），它们都被用来阻拦提坦出逃。“ἕρκος”（围栏）一词应该是指一个比“τεῖχος”（高墙）更小的围墙，但是“ἕρκος”（围栏）围着整个塔耳塔罗斯，“τεῖχος”（高墙）却不能圈围更大的地方。虽然行 726 没有行 733 里说得那么明显，但是看起来很有可能设计这些围墙就是用来囚困提坦的，因此我们应该明辨它们。[③] 我认为也不应该区分行 732 的“θύραι”和行 741 的“πύλαι”的“大门”。[④] 学者希望找出关押提坦的监狱大门在地下神界的重重大门中的定位，辨析语义对他们的工作将有助益，但是有一组手抄稿的第 732 行出现了“πύλαι”，导致这种论证不可靠。此外，也没有其他迹象表明，行 732 中的结构一定比行 741 中的规模小，所以我们尚没有充分的理由在“围墙”一词的两个变体中做出取舍。

提坦们堕落到铁砧下坠十日才能落下的地方，大概就是塔耳塔罗斯

---

① 关于譬喻，请参见海德尔（Heidel 1912: 222 – 223），韦斯特（West 1966: 361，暂定）和米勒（Miller 1977: 447）其中的宇宙。

② 参见斯托克斯（Stokes 1962: 15）。

③ 斯托克斯（Stokes 1962: 15），韦斯特（West 1966: 362），卡尔（Karl 1967: 81）。诺斯若普（Northrup 1979: 24 with n. 13）和巴尔布里加（Ballabriga 1986: 259）都区分了围墙（fence）和墙（wall）。

④ 韦斯特（West 1966: 363）和巴尔布里加（Ballabriga 1986: 259）也是此意见，同意诺斯若普（Northrup 1979: 27, n. 24）的观点。

的最底端，那么监狱是被安置在塔耳塔罗斯较深的区域。但是如果说这些围墙环绕整个塔耳塔罗斯，意味着它们位于地下神界的入口，也就是说，围墙的上端与地上世界相交于地平线。这里似乎就是行 734 中百手神们出现的位置，行 816 中还提到他们住在大洋最深处。根据行 741 对大门的描述，我们可以确定这就是地下神界的入口。其他的暂且不说，地下神界是用围墙囚困提坦们的地方；如果上面对“δειρή”（细颈）的解释是正确的，那么“监狱”也是“峡谷”，我们当然不能将峡谷或监狱归属在峡谷之内。

四

我们来到了对地下神界的描述中最有争议的部分：行 736 – 740 中的源头、尽头和深渊。我们最好先搞清楚赫西俄德对“πείρατα”（尽头）的定义，再讨论“πηγαί”（源头）背后可能隐藏的宇宙学。幸运的是，斯托克斯已经对此处大部分的地形学现象进行了描述（Stokes 1962：16，25 – 32）。正如索尔姆森（Solmsen 1950：243）所言，大地、塔耳塔罗斯、海洋和天空的尽头只能在一个地方，那就是地平线，也就是天空、大地和海洋交汇的地方。地下神界的入口被设在西边，在那里落日离开了天空，所以我们足以认为地下神界与大地在地平线接壤，一如天空与大地在此交汇。[①] 科克（Kirk 1956—1957：11）认为，把天空的边界放在塔耳塔罗斯是欠妥的。科克的观点是对“**在那里**”（ἔνθα）的过度解读，这种观点含糊地将我们置于异世界；正在阅读行 736 – 740 的我们并没有身处塔耳塔罗斯内部，而是在位于大地边缘的塔耳塔罗斯入口处，在一个诡异的地狱边缘——你无法将它锁定在世界的任何一个位置。

① 斯托克斯（Stokes 1962：26 – 27）提出了关于地球和海洋的源头和尽头都在地平线的问题的解决办法，在地平线上天空只与其中一个，或者与海洋相交。在我看来，把“大地和海洋”等同为我们所生活的宇宙不成问题。

行740中的深渊（χάσμα）看起来就相当于万物的源头和尽头。① 从语法上讲，这种阐释是生硬的，但正如斯托克斯（Stokes 1962：11）指出的那样，“把‘深渊’（χάσμα）和‘万物的源头和尽头’（πηγαί καί πείρατα）并列不会造成任何理解上的困难，因为作为希腊人的赫西俄德所知的任何‘深渊’概念，似乎都指洞穴和裂缝这样的形式，这个思路已经非常清楚”。然而，当我们克服了语法的困难后，又遭遇了新的困惑：一个人走一整年都走不到塔耳塔罗斯底部，但是在行725可知，铁砧经过十天即可落到底。② 这导致一些研究者质疑，这些跟行725不一致的句

① 卡尔（Karl 1967：83）和诺斯若普（Northrup 1979：27）认为最好不要如此解读行740，他们的办法是让行736的“ἔνθα”（在那里）成为从属的：在那里，在源头和尽头的范围内，是一个巨大的深渊。但这样解读行736的“ἔνθα”，跟这些段落中此词的其他用法就不一样了。

② 这不是唯一存在的问题。继蒙多尔夫（Mondolfo）之后，巴尔布里加（Ballabriga 1986：259－261）将“πάντα”视作“ἵκοιτο”的主语，而不是学者和大多数编辑者认为的不定式“τις”。巴尔布里加提供了两个论据。首先，“πάντα”如果用于修饰“πολλὸν γὰρ ἀπὸ πλυνοί εἰσι πόληος”，那它就是多余的，这种文法虽合乎逻辑，但绝非赫西俄德的风格，赫西俄德在另外的地方使用过类似的混乱时间表达（参更复杂的行58－59）；其次，文中的第三人称单数主格在更可信的标准语法中非常少见。在这里，巴尔布里加（Balabriga）提出一个有价值的观点：一旦撇开比较常见的形式，即用分词或者不定式作主语时，本来就不常见的样例中就不能提供不定式的主语存在的确切例证了（作为克里特法律中的专门法律术语），如瓦格纳格尔（Wackernagel 1926：111－113），尚特兰（Chantraine 1953：8）以及基纳和盖斯（Kiihner and Gerth 1955：1.35）所提供的不常见例子。《劳动与时日》行291，荷马的《伊利亚特》卷十三行287和《奥德赛》卷二十行88中的例子通常被解释为存在作主语的不定式，但是这些例子中，主语往往存在于上下文中。但是蒙多尔夫和巴尔布里加的解读也有自己的问题，想必他俩都想把这段文本解释为“谁都不能到达底部”，但是我没有从希腊文中读出这层意思。“πάντα”肯定能用于史诗（《劳作与时日》563，《伊利亚特》14.246），作为否定形式时，它的意思应该是“不是所有的”，即“只有一些”；“οὐ πᾶς”指“一个都没有”的用法是后来形成的，至少《希英词典》（LSJ）中认为，这种用法最早出现在希腊文的《旧约全书》（πᾶς D. VI）中。而在此处，唯一可能的理解方式是认为句中的动词是否定形式，而非“πάντα”是否定形式——“并不是所有东西都能到底”。即便在塔耳塔罗斯中，想象“所有东西”都掉下深渊也是荒谬的。

子是否出自赫西俄德之手，另一些研究者则认为赫西俄德描写了一个无限的深渊——至少是他所能想象到的最深的深渊。① 但是这两种观点都不成立。在行725，之所以铁砧下坠得很快，是因为体积小质量大的铁砧会快速垂直下坠，此画面生动地展现了塔耳塔罗斯的无限深度。而一个人会被风吹得失去平衡，才会一整年都到不了底部。在这里，赫西俄德强调的是深渊里的强风，而不是其深度。② 因此，没必要把深渊和塔耳塔罗斯完全区分开。除去其他方面的因素，地下神界是一个狂风劲吹的深渊。究竟是怎么样的深渊能作为大地、海洋、天空和塔耳塔罗斯的源头和尽头，这个问题要待我们简要探讨赫西俄德的宇宙学之后再考虑。

行744引入夜神的住所相当突兀，以至于很多人认为行744－745应该被删去，即使保留了这段上下的诗句。③ 否定这段的一个常见论点是它们预告了下一段的内容，但这是对赫西俄德式行文的过度揣测。另一个问题是，找不到任何字眼来确定夜神住所的位置。④ 然而，赫西俄

① 质疑者包括韦斯特（West 1966：364）。他提到在《奥德赛》（3.319－321）中有“奇怪的回声”，在我看来它们并不是那么奇怪，但是如果韦斯特所听到的回声是真的，如果行740是一个篡插之句，那么这的确很奇怪；尽管有人跟韦斯特一样认为赫西俄德在荷马之前，行740可能确实是一个较早的篡插。深渊是（几乎）无限的观点，见索尔姆森（Solmsen 1950：245－246）和巴尔布里加（Ballabriga 1986：259－261）。

② 见诺斯若普（Northrup 1979：29）。《凤凰》（*Phoenix*）的一位匿名读者注意到行742的“ἀλλά”的重要性：差别不在是否能到达底部，而在垂直下坠和被风翻卷之间。赫菲斯托斯从奥林匹斯山坠落到利姆诺斯岛花了一天的时间（《伊利亚特》1.592－594），因为这里的风比较小。有没有可能坠落的铁砧跟使用过铁砧的神的坠落有关呢？

③ 韦斯特（West 1966：365）怀疑行744－745是“一个篡插中的篡插”；斯托克斯（Stokes 1962：11－12）剔除了行743－745。

④ 还存在其他问题，比如韦斯特（West 1966：365）就发现了许多问题。“它一点都没有史诗风格，在第二次提到某物时，用了‘τοῦτο τέρας’这样的短语来再次提到它，‘τέρας’的用法就很罕见。”但是鉴于“τέρας”在《伊利亚特》卷十八行

德考虑的不是地形，而是意象，因此他把房子描绘成包裹在乌云中的样子，这一图景可以和行 742 －743 的狂风衔接上。① 我们仍然无法在地下神界中定位出这一居所的位置。诺斯若普（Northrup）认为行 741 提到的"*οὐδος*"（门槛）能带我们下到深渊底部，但是据我们所知，那个倒霉蛋还没掉到谷底，所以这是不可信的。② 斯托克斯（Stokes 1962：11，note 7）认为，删除行 744 － 745 的唯一选择是"把夜神的居所（*Νυκτὸς οἰκία*）视作整个塔耳塔罗斯"。这个举措使行 746 中阿特拉斯的位置和行 748 －749 中房子的门槛都变得合情合理。

阿特拉斯出现在对塔耳塔罗斯的描述中，这部分长期以来都是一个难题，因为赫西俄德在行 517 －519 提到阿特拉斯和赫斯珀里特斯姐妹位于遥远的西方。所以这种明显的矛盾一直是质疑塔耳塔罗斯描述段落全部或部分是篡插的有力论据，花时间理清楚阿特拉斯的位置是有价值的。大多数研究者要么假设赫西俄德绝不会混淆西方和东方，并认为这一段落是后人增改的，要么承认这段的真实性并为之辩护，认为赫西俄德或是对此也糊涂了，或是觉得无关紧要，或只是改变了自己的想法，于是在不同时间给了阿特拉斯不同的描述。③ 这两种解释都不能完全令人信服，前者通过消灭问题的存在来解决问题，后者则使问题悬而未决。

---

484 中的用于星体的情况，它的用法也没那么奇怪。深渊发出的征兆是令人既敬又畏的，就像被称为"*τέρας*"的怪兽发出的征兆一样。"*δεινὸν δὲ καὶ ἀθανάτοισι θεοῖσι*""听起来好像是打算作为段落的尾声"是千真万确的，但是如果行 743 不加句号从而形成一个进行中的跨行连续，这种做法也很常见。

① 乌云、风的联系，我参考了《凤凰》杂志的匿名读者的意见。

② 诺斯若普（Northrup 1979：30）和腓力肯－恩格尔（Pellikan－Engel 1974：26）的观点相似，尽管她将居所设置在深渊深处，但是不一定在最底层。

③ 斯托克斯（Stokes 1962：18－21）列举出一些学者，他们在塔耳塔罗斯段落找出了一些篡插。但是通过与其他文化中的类似表述对比，斯托克斯认为赫西俄德对此也并不清楚。韦斯特（West 1966：399，366）更倾向于赫西俄德认为这个无关紧要。诺斯若普（Northrup 1979：30，n. 31）则认为是赫西俄德改变了想法。

更大胆的解读否定了文本是混乱的或经过篡改的。卡尔（Karl 1967：77－86）将行746的阿特拉斯放置在遥远的西方，他认为赫西俄德像荷马一样，不会混淆西方和地下神界，而是把塔耳塔罗斯同时放在大地之下和西方，放在遥远西方的深渊底部。卡尔（Karl 1964：80）认为，赫西俄德所描述的克洛诺斯驱逐百手神清楚地表明了这点：

> 把他们藏在道路通阔的大地之下，
> 在那儿，他们在地下住所里苦不堪言，
> 受困于世界的尽头，广袤大地的边缘。（行620－622）

百手神肯定是在大地之下，但是"ἐπ ἐσχατιῆ"（"尽头"）和"ἐν πείρασι γαίης"（"大地的边缘"）的意思却不太清楚。其他段落中的类似词语明确指向西方的大地边缘。"ἐσχατιῆ πρὸς Νυκτός"（"夜的边缘"，行275）表示戈耳工姐妹（Gorgons）靠近赫斯珀里特斯姐妹（Hesperids），行518再次出现的"πείρατα"和赫斯珀里特斯姐妹一起处于西方。而且行736－739和行807－810出现的"πείρατα"都是大地边缘。但也没理由说这些词必然指大地的西部边界和尽头，因为大地和西方的尽头一样低（《伊利亚特》8.478）。[①] 没有任何明确的证据表明地下神界既在西方又在大地之下很深的地方，卡尔的观点也立不住脚。对行717－725最自然的解释是，塔耳塔罗斯的方位是垂直向下的，就像天空垂直向上。[②] 天空与地下世界的对称性让我们认为，地下世界在大地之下延绵很远，但是也与之交汇于地平线。

---

① 参见韦斯特（West 1966：258－259，339）。"πείρατα"参见奥尼安斯（Onians 1951：310－334）。行731的"πελώρης σχατα γαίης"可能是关于地平线，也可能是塔耳塔罗斯深处。

② 斯托克斯（Stokes 1962：15）、腓力肯－恩格尔（Pellikan－Engel 1974：22）、卡尔（Karl 1967：7）认为赫西俄德在那里强调了天空和塔耳塔罗斯之间的垂直距离，以便更好地展示宙斯的胜利，确实如此，但如果他们真的被流放得那么远，为什么不说提坦们被放到了水平边缘上来表达同样的意思呢？

巴尔布里加（Ballabriga 1986：77）和卡尔一样，认为地下世界既在西方又在地下，但不同于卡尔的是，他把阿特拉斯置于地下。卡尔尝试将赫西俄德的空间置入直角坐标中，而巴尔布里加则设想在一个相对的天体结构上建立它的模型。不仅是西方和地下神界相交，尤其是以阿特拉斯为中心：东方与西方、周边与中心也都相互交叠。在巴尔布里加看来，唯一可行的方法是设定一个宇宙最低点，既然定位在哪里都可以，就定在塔耳塔罗斯深处。① 那些让其他研究者头痛的含混庞杂的古代资料，对巴尔布里加而言是模糊驳杂的神话空间概念的珍贵样例。本文不拟评价巴尔布里加关于古代世界观中对立因素之统一的整套复杂论证，但在阿特拉斯这个案例上，我们应当考虑一下他的观点。

巴尔布里加（Ballabriga 1986：81 – 89）关于阿特拉斯含糊不明的位置的许多论证都在《神谱》之上展开。他引用的前两段，行 215 – 216 和行 274 – 275 只表现了赫斯珀里特斯姐妹的花园靠近阿特拉斯站立的地方，还靠近夜神家族的边缘，这跟遥远的西方方位一致。行 334 – 335 似乎对他的论点有所支撑，刻托（Keto）生下的蛇妖即在大地深处、世界的尽头，“*ὃς ἐρεμνῆς κεύθεσιγαίης/ πείρασιν ἐνμεγάλοις παγχρύσεα μῆλα φυλάσσει*”。巴尔布里加（Ballabriga 1986：82 – 83）认为*ἐρεμνῆς κεύθεσι γαίης*（“黑色大地的深处”）是对地下神界的援引，并把这些诗句当作宇宙垂直和水平向端点重合的例证。② 但是正如韦斯特（West 1966：250）所指出的那

---

① 最低点和宇宙天体的类比，参见巴尔布里加（Ballabriga 1986：290 – 291）；相对论，参见巴尔布里加（Ballabriga 1986：128）。由于错误理解，腓力肯 – 恩格尔（Pellikan – Engel 1974：15 – 17）赞同球形天空，在行 127 “*ἵνα μιν περὶ πάντα καλύπτοι*” 表明天空笼罩了大地的上端和下端。尚不确定荷马时代和赫西俄德时代的天空是不是半球体，韦斯特（West 1966：168）对这一普遍观点提出了异议。

② 短语 “*πείρασιν ἐν μεγάλοις*” 本身也引来了评论，但是，正如韦斯特（West 1966：258）所言，这个词在改编中被移植到行 622 处 “*μεγάλης ἐν πείρασι γαίης*”。因此不需要像杜尔森（Dührsen 1994 – 1995：89）和奥尼安斯（Onians 1951：316）那样用 “*πείρατα*” 指代盘绕的蛇，因为 “*πείρατα γαίης*” 相对来说比较常用，并且也没有可以别的例子用来证明 “*πελώρης σχατα*” 形容蛇。

样，这是对大地深处（κεύθεα γαίης）的过度阐释，这一语词在行300和行483中只是指大地上的普通洞穴。我们处理的是一个西方大地上的洞穴，而不是地下世界的某处，这个引证只能论证赫斯珀里特斯姐妹位于遥远的西方。

实际上，几乎没有任何文学和艺术作品证明阿特拉斯在地下神界。巴尔布里加（Ballabriga 1986：83－84）提及欧里庇得斯的《赫拉克勒斯》（*Heracles*）中行393－407，歌队讲述了赫拉克勒斯偷金苹果和支撑众神星光灿烂的家，也是他让海角得以安全航行。① 但是《奥德赛》卷一行52－54中提到，阿特拉斯位于与大洋深处相关的某个地方（见《奥德赛》4.385－386的普罗透斯）。② 但是大洋深处并不是地下神界，这混淆了哈得斯和波塞冬的领地。《古典神话图像学词典》（*LIMC*）记录的希腊和伊特鲁里亚艺术目录中有29条阿特拉斯的记录，通常他身处遥远西方，而大部分他的出场都是在赫拉克勒斯智取金苹果的叙事中。大多数艺术家并没有详细阐明他到底在支撑什么，但是有6幅画表明他在支撑天空，这天空是用群星或其他方式明确指代的（*LIMC* 1，6，7，12，13，17）。然而，另外有4幅描绘他在支撑大地或同时背负大地与天空，因此认为他处在地下神界。一枚公元前4世纪的希腊镜子背面描绘了阿特拉斯递给赫拉克勒斯一根近似横梁的东西，有人解释他们所

---

① 欧里庇得斯的《赫拉克勒斯》也很奇怪，它没有把赫拉克勒斯偷金苹果（这里说是他自己亲手摘下金苹果）跟赫拉克勒斯代替阿特拉斯支撑天空联系起来，在这两段之间插入了赫拉克勒斯平定海盗的内容，这也许是向西穿越地中海过程中发生的事，但是很难说这块水域靠近赫斯珀里特斯姐妹的花园。邦德（Bond 1988：165）通过分析这段文本的时态得出了这一结论。除了巴尔布里加以外，没人认为垂直的端点（海洋深处）和水平的端点（赫斯珀里特斯姐妹的花园）可以合并。

② 在《奥德赛》中，阿特拉斯的职责并不确定，但考虑到他在其他地方的职责，他很可能支撑着使天空和大地分开的柱子，而不是同时支撑天空和大地的柱子。

在的地方是地狱，认为那根横梁代表大地，但上述说法我都不认同。① 在一枚公元前5世纪中叶的伊特鲁里亚（Etruscan）镜子中，阿特拉斯托着一个上面似乎画有植被的球体，除非那些植被其实是画工粗糙的星星，否则画的就应该是地球。如果真要想象阿特拉斯站在某地的话，该地必然是地下神界。② 另外两个例子据说来自泡赛尼阿斯（Pausanias），在其中一例中，泡赛尼阿斯很可能说错了，他说阿特拉斯同时背负天空和大地。从这两个案例我们可以推测，在泡赛尼阿斯的时代，人们想象中阿特拉斯所背负的天体包括大地和天空，而不仅仅是天空。③ 不过一枚伊特鲁里亚镜子和两项泡赛尼阿斯的谬误并不能说明什么，因此最好还是让赫西俄德的阿特拉斯留在西方。

通过对塔耳塔罗斯段落中西方和地下神界混淆之处的研究，我们既没能找出相宜的共同点，也没能找到合理的解释。但是，如果我们将夜神之家看作整个地下神界，再想到阿特拉斯是站在夜神之家的前面，那么阿特拉斯就肯定不在地下神界了。塔耳塔罗斯既在下界又在西方，因

---

① *LIMC* Atlas 11 = New York, MMA 06.1228. 德·格里尼奥和奥尔莫斯（De Griño and Olmos 1986：6）声称“地线的不规则性暗示着岩石的裂缝，也许这是地下世界的区域”。但大地右侧的地面均匀地隆起，能够让赫拉克勒斯在撑天放置他的大棒和弓箭。在其他地方，阿特拉斯都是被描述为支撑着托起代表天空的横梁，而不是大地。（*LIMC* Atlas 7, Athens Nat. Mus. 1132——包括星辰月亮。）所以认为横梁代表圆盘状大地的观点不太可靠。

② *LIMC* Atlas 15 = Vatican 12.242. 比兹利（Beazley）看出了植被和大地，其他人认为这些弯弯曲曲的三角形指代星星。

③ 泡赛尼阿斯（Pausanias 5.18.4）在描述奥林匹亚的库普塞罗斯（Cypselus ca 550 B.C.）的胸部时，说阿特拉斯“随着故事发展”（*κατά τὰ λεγόμενα*）支撑天空和大地。但是“随着故事发展”说明泡赛尼阿斯是根据传统判断的，而不是基于亲眼目睹，而且泡赛尼阿斯所引用的行文只提到了天空“*Ατλας οὐρανὸν οὗτος ἔχει, τὰδὲ μᾶλα μεθήσει*”（*Th.* 517）。在5.11.5-6中，泡赛尼阿斯描述了一幅奥林匹亚的图画中阿特拉斯背负大地和天空。泡赛尼阿斯这里并没有增添“随着故事发展”的限定语，我们也没有碑文来核对他的文章。但是可能这里的描述再次让我们了解泡赛尼阿斯，而不是他所看到的形象。

为它就像上面对应的乌拉诺斯一样广阔，因此，它既可以在大地表层之下向深处延伸，也可以延伸至地平线。由于西方是神明和人类通往地下神界的入口，人们自然而然会将西方视作与地下神界关系最紧密的地方。阿特拉斯的位置还是让人有些疑惑。人们通常认为站在房子前面的人会以水平移动的方式进入其中，但阿特拉斯若是在这样的位置，那夜神之家未免过于偏西，甚至超出了阿特拉斯及其所支撑的天空。因此，当一个人进入夜神之家，他要向下走，而不是简单地向屋内走，在行741中，当一个人跨进重重大门时正是如此。毕竟夜神和白昼神回家就是这样向下走的——如果“καταβήσεται”（行750）还保持着向下移动的意思。

我们发现阿特拉斯站立的地方就是夜神和白昼神在青铜大门碰面交接的地点。而大门的位置对我们来说又是一个谜。① 佩利（Paley 1883：251）认为黑夜与白昼于西方交会后背道而驰，白昼沉入西方，而黑夜于此升起。这个说法具有极好的地形学意义，但是就事物日常现象而言却毫无意义，在日常现象里，昼夜都是东升西落。另一个由斯托克斯提出的备选方案是将夜神之家放在大地中央之下。

斯托克斯（Stokes 1962：17）可能是利用了某种“共识”来解释这个问题。首先他提出了只有一扇门的意谓——希腊房屋通常只有一扇门，而白昼和黑夜又住在同一居所下。白昼神在东边出门，夜神在西边进门。既然房子的东西长度等距，斯托克斯由此得出结论，房子只能在

---

① 这段常被拿来与荷马笔下的莱斯特律戈涅斯人（Laistrygonians）的土地相比较，但由于这段本身含义含糊，所以此处先引用巴尔布里加（Ballabriga 1986：124－126）的评注，他与克拉特斯（Crates）一样，认为门的位置在遥远的北方。卡尔（Karl 1967：104－106）将它们放在了东方。沃森（Worthen 1988：8－9，14）还比较了另一篇描写奥林匹斯山上云雾缭绕的大门的文章（《伊利亚特》5.747－751 ＝ 8.393－395）。他声称这是日夜进出的，但是在此段中的“νέφος”只简单地指云，而不指“阴霾深处”，“阴霾深处”应该是形容夜的“ζόφος”。

大地中心之下。虽然对凡人而言，跨越如此远的距离碰面是困难的，但是对女神而言不成问题，尤其是如日夜这样的大物。完全没必要把房子缩小成人类世界的维度，或者将其固定在地下神界的某一地点。但是斯托克斯的解释并不符合任何显而易见的天象，而且，赫西俄德文本中对夜神之家的其他描述是：白昼神和黑夜神交替地共享房屋，正如大地上的日夜交替。

除此之外，最佳的选择是把整个大地表层视为夜神之家的大门，让夜神和白昼神在日升日落时相逢，更确切地说是日升之前和日落之后，那时不是全然的黑夜或白昼。① 韦斯特的两组注释（尤其是旁注）通过文本变体“*ἀμφὶς ἐοῦσαι*”（being apart）（行 748）来支持这种解释。韦斯特写的“*ἆσσον ἰοῦσαι*”（being around）是常见的表达（*lectio facilior*）：相互问候的人通常先相互接近。但是变体“*ἀμφὶς ἐοῦσαι*”似乎已经经过了巴门尼德（Parmenides）的解读（DK B1. 11 – 14），并且更有可能的是，一个没有站在宇宙尺度上想象事物的人会选择改写罕见的“*ἀμφὶς ἐοῦσαι*”，而并不会篡改常见的“*ἆσσον ἰοῦσαι*”。我更愿意相信，赫西俄德意识到了这一图像之复杂，于是用“*ἀμφὶς ἐοῦσαι*”来描写夜神和白昼神分别在门槛两边彼此问候。②

---

① 韦斯特（West 1966：366 – 367）注意到这一交替，但暂且驳回了这一观点，理由是“*ὄθι*”指的是一个比较有限的区域。腓力肯 – 恩格尔（Pellikan – Engel 1974：32 – 33）将大门和地平线区分开，她把夜神之家放置在地下很深的地方，而且夜神之家的范围延展到了大地边缘，但这并没有帮助。弗兰克尔（Fränkel 1975：104）放弃了所有的物理意义而提出了一种形而上学的解释，他认为大门在空间意义上，应该既在西方也在东方。

② 韦斯特（West 1966：366）认为“*ἀμφὶς ἐοῦσαι*”也可以退一步读解为“分开”，或如古注者所阐释的“已经分开了”（未完成时）：“*χωριζόμεναι ἀπ' ἀλλήλων προσαγορεύουσιν ἀπαντῶσαι ἀλλήλας.*.”行 750 的未来“*καταβήσεται*”也有点奇怪，也许未来对门外的神而言就像“*θύραζε*”对门里的女神一样：一方降落进门，一方正要出门。

五

紧接着我们来到了睡神和死神的居所（行 758 – 766）。这里看上去十分奇特，行 756 中，睡神是在夜神臂弯里的婴儿（同句提及他的兄弟是死神）。人们尝试将这种图景与“睡神和死神（如同所有其他神那样）都是早熟的”观念相协调。但是行 756 中夜神的行为似乎属于自然规律的一部分，而不仅仅出现在睡神和死神的幼年阶段。①因此，更有可能的是，我们对睡神和死神有两种截然不同而且互不相容的描述。赫西俄德并没有尝试去找出一个睡神和死神居所相对于夜神的确切位置，这一点并不奇怪。无论赫利俄斯日升中天还是日落归西，灿烂阳光从不照耀在睡神和死神身上。这似乎跟白昼黑夜相会不一致，但是赫西俄德的意思是赫利俄斯从来没有进入地下神界去照耀在家中的睡神和死神；而当他们外出时，赫利俄斯也不在地上。白昼神与赫利俄斯有所不同，赫利俄斯升起之后，白昼能在地上世界徘徊游走；而赫利俄斯升起之前，白昼只能窥视地上世界。故而白昼神和夜神可以相会交接，赫利俄斯和夜神则不可。② 正如赫利俄斯不会照耀地下神界一丝一毫那般，我们可以让睡神和死神的居所像夜神居所一样囊括整个地下神界。

---

① 斯托克斯（Stokes 1962：12 – 13）比较了《神谱》中早生的缪斯和克洛诺斯，但是反复提及的夜神怀抱睡神带来了一个更棘手的问题。沃缪勒（Vermeule 1979：148）提出：“婴儿期的睡神某种意义上像太阳一样，每天都是新生的，又长得很快，可以拥有独立于夜神的自己的居所。”但是并没有任何迹象表明赫西俄德认为太阳或者任何神明是每日新生的。

② 此处的描写与荷马史诗中对基墨里奥伊人的描述有很多相似之处（Cimmerians《奥德赛》11. 13 – 19），他们很可能生活在遥远的西方（参见 Karl 1967：95 – 106）；相反观点见巴尔布里加（Ballabriga 1986：132 – 137）。但再一次用荷马难题来解决赫西俄德难题无疑是负薪救火（obscurum per obscurius）。在《奥德赛》（12. 377 – 386）中，赫利俄斯威胁要照耀死者，宙斯告诉他要继续照耀地上世界。只有在太阳神赫利俄斯从不照耀地下世界的前提下，这份威胁才有意义。

接下来对居所的描述依然令人难以理解，行767的“πρόσθεν”（“前面”）给了我们少有的地形信息，但是怎么处理这一信息还没达成共识。①

在那前面有地下神充满回音的殿堂，
住着强悍的哈得斯和威严的珀耳塞福涅，
一条让人害怕的狗守在门前。（行767－769）

最有力的阐释是，哈得斯的居所位于死神之前，我们已经知道死神会在大地上游走，如今他将死者送到哈得斯的居所，冥犬就守在那里（προπάροιθε，行769）。②对于死神和地狱犬的描述是相似的，死神一抓住谁就绝不撒手，而冥犬一抓住谁就吞下肚（ὅνπρῶτα λάβησιν，行765；vf. ὅν κε λάβησι，行733）。死神在夜里离开居所从地上带回死者，哈得斯和冥犬负责保证没有一个死者能逃离地下神界。死亡本身是一个周期性现象，而从个体的角度看待死亡时它则是线性的；赫西俄德基于两个不同的角度对死亡的这两个层面进行描述。死神离开自己的家——地下神界，然后带着每晚的猎物返回哈得斯的殿堂——地下神界。宙斯的兄

① 除了我在下文中给出的解释之外，还有至少四种解释，有两种把“πρόσθεν”当作副词，另外两种把“πρόσθεν”和“θεοῦ χθονίου”一起当作介词。在副词的解释中，哈得斯的居所处在睡神和死神的居所前方，但是我们前文探讨过的是睡神和死神在大地之上的巡游，并非他们的居所，重提前文已经提到的东西有些奇怪。有些人认为“πρόσθεν”是“在前面”（beyond）的意思（West 1966：370；Northrup 1979：32），但这是对行370和行813的“πρόσθεν”的特别解释（Ballabriga 1986：266）。要是把“πρόσθεν”看作介词，倒是可以将哈得斯确定为冥界之神（正如埃德温·布朗［Edwin Brown］向我建议的那样），但（假如舍弃行768）要么使哈得斯殿堂的位置悬而未定，要么使哈得斯尴尬地做“θεοῦ χθονίου πρόσθεν”中介词的宾语以及行768中的所有格。最终可能克洛诺斯倒成了冥界之神（Karl 1967：87－89），不过克洛诺斯已经退场太久了，这一解释难以成立。

② 我衷心感谢从《凤凰》杂志的一位匿名读者那里获得了这一观点，当阅读这一段落时，可以略去行768，它出现在我们的所有手稿中，除一例外，就是整个《神谱》中只有一篇遗漏了。或者将其视为对无名的“θεοῦ χθονίου”的定义和扩展。

弟哈得斯恰如其分承担着保证死亡不可逆的职责，正如宙斯的使命是建立一个新的政权，终结每一代神权都被自己的后裔推翻的继承制度。

最后我们来到冥河斯梯克斯。赫西俄德对冥河的描写很可能有部分来自某条真实存在的瀑布，比如位于阿卡狄亚（Arcadia）的挪纳克里斯（Nonacris），但是韦斯特（West 1966：372）认为："赫西俄德描述的是一条神话中的河，而且他可能并不知晓其他什么河流。"斯梯克斯的"华美的寓所"（*κλυτὰ δώματα*，行 777）被描绘成巨大的岩穴，而同样的修辞也被用于描述厄客德娜（Echidna）的居处（行 303）。银色的柱子是冥河的一部分，而赫西俄德也在行 791 之后的几行中提到过海中银色的涡流，由此证实了这一点。正是因为这些柱子，斯梯克斯的居所才升高至天际；垂直的水柱在大地边缘将屋顶升向天空（*πρὸς οὐρνὸν ἐδτήρικται*，行 779），而冥河的源头——大洋，也在大地边缘流淌。[①] 被强调的"*ἀμφὶ δὲ πάντη*"（行 778）表明冥河在地平线上环绕，它接近天空或与天空相连。当冥河离开大洋以后，它在幽深的地下流淌（行 787），[②] 穿过可能在行 727 中包覆着细颈（*δειρή*）的夜（行 788）。这表明冥河以垂直和环绕的形式流经地下神界的大部分区域。行 786 和行 792 提到的一片独特的山岩为冥河确定了源头，那或许是彩虹女神伊利斯（Iris）为神明立誓取水的地方。然而其源头与海洋的联系尚不明晰，与环绕世界流动的那些水柱的联系也不明晰。如果我们想要设想一幅图景的话，我们可以说冥河是发源于大地边缘的一条溪流，可能在西方，然后向下分出众多支流。在关于冥河的最后的描写中，赫西

---

① 所以韦斯特（West 1966：372）的理由是"设想赫西俄德的想法是完全确定的"。"*ἐστήριλται*"的确切意义不能确定。韦斯特推测该词也许只简单意味着"到达"（reach），但是柱子通常支撑着某物，不过整个居所都由柱子支撑令人难以置信，所以我认为只是冥河居所的天顶被抬高了。

② 词序更可能是"*πολλὸν ὑπὸ χθονός*"的意思，虽然出现了节律的停顿，仍可理解为"数量很多"。参见韦斯特（West 1966：373）引用《奥德赛》6.40 的"*πολλὸν γὰρ ἀπὸ πλυνοί εἰσι πόληος*"以支持前一种解释。

俄德声称这条河流流经一块崎岖不平的土地（行806），如果关于冥河发源于地平线的推测是正确的，那这一行就是一个预证，因为其后几行不断提到的塔耳塔罗斯的根基、源头、浑沌以及相应的行740的深渊，都的确是崎岖不平的地域。冥河像其他事物一样源于大地边缘。

经过行807－810的重复之后，我们再次见到大门、门槛、根基和浑沌。这些大门是“闪耀的”（shining，μαρμάρεαι），它们被安置在地平线上，这也是地下神界中唯一一处需要门的地方了。① 这处大门是“自生的”（self－born，αὐτοφυής），和波塞冬设置的那些门不同（ἐπέθηκε，行732），这处大门最先存在，用于囚禁提坦神们。如上所述，如果地下神界的门是地平线，那么很难说它不是自然生成的。② 我没有发现任何证据来推翻此处大门之根和行728中描述的大地和海洋之根的同源关系，在两处描写中这些都存在于提坦神族之前，而且应该始于地下神界的地平线之上。提坦们就住在大门和根基的前面（πρόσθεν，行813），或者说在门外。我们可能曾期望证明他们是在门内的，但是此处的大门是用来保证提坦们远离地上世界和其他神族的，所以在门外比较合理。“πέρην χάεος ζοφεροῖο”也非常令人困惑，假设这里的浑沌与行740提到的深渊是一致的，那么提坦们怎么能既穿越它，又能守在地缘的大门之前呢？③ 而且大门被描述为与其根基一同深入地下神界，所以我们只能折

---

① 这是荷马史诗中出现三次的“μαρμάρεος”的意思，如巴尔布里加（Ballabriga 1986：273）所指出的，如果有确切的门的材质，我会更希望是金属不是石头。

② 在我看来，巴尔布里加（Ballabriga 1986：271）对门过度阐释了，他认为这个门是自生的，甚至先于浑沌。“αὐτοφυής”仅意味着这个门不像其他大多数门，它不是神或人创造的，而是自然生成的。

③ 这种差异使韦斯特（West 1966：370）对行767的“πρόσθεν”提出了他的“前面”（beyond）一说，尽管巴尔布里加（Ballabriga 1986：265－266）就“πρόσθεν”对韦斯特做出了正确批评，但他好像对“πέρην”漠不关心，他将其解释为“对立”（opposite），认为最好将浑沌放在塔耳塔罗斯下面。但是“πέρην”的一些早期引文很少将其表示为“前方”。他举了《伊利亚特》2.235中的例子，从荷马式叙述的常规艾奥尼亚视角看，罗克里斯人（Locrians）生活在厄里玻亚（Euboea）前面，参见巴

中一下，把提坦们放在这一团乱麻的前面。此处情况看起来和一开始对塔耳塔罗斯的描述很相似（行 729），在描述完大地和大海之根就开始描述提坦，他们坠下的塔耳塔罗斯底层也在大地和大海之根以下。地下神界是巨大的，但是一旦描述它的意象融合了人为属性或与之相匹的自然特征，它就只能以一个较小的范围呈现。

如果我们能意识到，赫西俄德并没有试图给出一幅包含多重结构的地下神界分布图，而是将它视作一个整体又分别刻画，那么许多有关塔耳塔罗斯的问题就能迎刃而解。但是在回到地上世界之前，我们要简短考虑一下塔耳塔罗斯的宇宙学特征。这里再一次申明，我基本上同意斯托克斯（Strokes 1962：25 –33）的观念，并由此展开：源头与尽头都是宇宙学意义上的，就像对深渊的相关注释一样，且深渊与行 814 提到的浑沌（chaos）以及 116 行的卡俄斯（Chaos）都有关联。但与斯托克斯的主要不同是我不想放下赫西俄德转向阿那西曼德（Anaximander）或者阿那克西美尼（Anaximenes）。深渊如何能成为大地、塔耳塔罗斯、海洋和天空的源头呢？对我而言，与其将卡俄斯比作某种原始的万物之源，我们不妨从大地边缘的深渊这一意象中寻找答案。一再重复的几个词源“χάος”“χάσκω”和“χάσμα”遭到了质疑，① 但对赫西俄德进行科学的词源学解读并不是一件至关重要的事：赫西俄德有一套自己的词源学，比如在行 740 他用“χάσμα”来给“χάος”注解。赫西俄德的创世起源于一条鸿沟（gap），为他的《神谱》的演化提供了一幅主题明晰的图像：少量的基本元素逐步演进分化（progressive differentiation）成了我们所经验的复杂世界。分离形塑了分化。

尔布里加（Ballabriga 1986：18）。《伊利亚特》2. 626 和 24. 752 也有类似的词语用法，《希英词典》（*LSJ*）中没有列出泡赛尼阿斯之前的其他类似用法的例子。

① 参见卡尔（Karl 1967：11）；蒙迪（Mondi 1989：7）。蒙迪（Mondi 1989：23 – 25）通过能够确定的同源词“χαῦνος”，竭力将“Χάος”解释为不明确且缺少词形，这是没有说服力的。“χαῦνος”的事物可能是无实体的，但在蒙迪列举的例子中（以锁骨或软木为例），也有更多的是空洞的或多孔的，而不是无形状的。

对于赫西俄德而言，卡俄斯不仅仅是一个反映形而上学真理的意象，而且还是物质世界中真实存在的一部分。你可以在地平线上看见卡俄斯，那里的天空、大地和地下神界不但相接，同时也开始分离。宏伟的宇宙便是从此地开始分化，且一直在持续。正因如此，卡俄斯可以同时作为万物的起源和世界的一部分存在。赫西俄德也把卡俄斯和塔耳塔罗斯联系在了一起。从行 814 和行 740 的深渊（如果它始于地平线，那么肯定会深入大地之下）来看，这一点十分清楚。这与行 116 的例子也是一致的，至少，假如我们把此处的“*Τάρταρα*”当作主格（nominative），并把大地和塔耳塔罗斯之间的深渊认作第一条鸿沟。① 赫西俄德这么做自有他的理由，在初始之地中，卡俄斯是世上最早诞生的事物，同时也是属于过去的，而地下神界正是属于过去的地方。那么卡俄斯的后代，也就是令人不快的夜神和纷争神的女儿们，也是地下神界的一支。当然，把卡俄斯当作隔开大地与天空的鸿沟尚存争议，其中一个令人印象深刻的事实最早出现在赫西俄德之外的作品中，最初致使天与地分离的也的确是卡俄斯，② 这种情况合情合理。如果天空的源头位于地平线上的话，我们也会发现卡俄斯与天空存在某种联系，就像大地与塔

① 对原诗第 118 – 119 行的解读及其真实性具有争议，这很正常。针对保留第 119 行以及把“*Τάρταρα*”作为主格进行解读的过程中，争论最大的地方在于塔耳塔罗斯在《神谱》中所起到的作用过于巨大，不仅在我们讨论的这段诗行中，而且还在原诗第 822 行（还存疑，真是遗憾），因为塔耳塔罗斯的诞生没有被提及。韦斯特（West 1966：194）进一步论述：原诗第 118 – 119 行具有真实性，而且“*Τάρταρα*”是主格；斯托克斯（Stokes 1963：1 – 3）则从反方向进行论证。斯托克斯过于重视次要传统（它只是像柏拉图选择的那样可信），他指出，不管做何种解读，依照“*μυχῷ χθονός*”，塔耳塔罗斯在空间上从属于大地；但这和独自存在观点相矛盾。对行 822 真实性的辩护，详见布莱斯（Blaise 1992：357 – 359）。

② 由于康福德（Cornford 1952：194），该理论得以兴起，随后经由科克（Kirk）、雷文（Raven）和斯科菲尔德（Schofield 1983：34 – 46）的说明，该理论几乎成了权威。在诗行 700，浑沌的方位存在争议，关于这一点在我看来，科克的观点（浑沌一定在大地之上，参 Kirk、Raven 和 Schofield 1983：37 – 38）与蒙迪的观点（浑沌一定在大地之下）可谓是势均力敌。

耳塔罗斯的源头一样。在描述塔耳塔罗斯时，深渊和浑沌体现的是世界形成和分化的过程，而万物的根基与阿特拉斯为分化的世界提供了稳定性。如果大地为众神与人类提供了一片坚实的座席，那么他们最应感谢的是为所有神和人提供了充足的生长空间的那狂风阵阵的深渊（windy gap）。

地下神界的幽微以及其所激发出的强烈情感，对赫西俄德来说是十分灵活有效的工具，但是对于寻找地形关联性的人来说，这样的特征则充满迷惑性。只要我们停止采用看似截然相反，却同样具有误导性的方法——如试图找出篡插的内容并删去，或是增添赫西俄德没有提供的地形关联——我们就可以欣赏赫西俄德对塔耳塔罗斯的多样性描述，以及他笔下的地下神界的种种功用。塔耳塔罗斯对战败的众神和死者来说是固若金汤的牢狱，于后者而言，其作用并不仅仅是致人哀伤，对畏惧死灵力量的生者而言，它也是一种安慰。塔耳塔罗斯为循环不息的天象，包括昼和夜、睡眠和死亡提供居所，因此我们可以将死神和他那更使人愉悦的“兄长”（睡神）、“姨母”（白昼神），以及与他众所周知的母亲联系起来，帮助我们学会面对有去无回的死亡。最后，地下神界在它的边缘承载着万物的起源和分离，就像它包容着众神和亡者一样。它教给我们很多东西——关于宇宙的起源和稳固、宙斯的统治，以及昼夜、睡眠与死亡的不休循环。只有死者才需要地下神界的地图，而赫西俄德提供给我们的图像在当下仍有借鉴意义。①

参考文献

1. Ballabriga, A. 1986. *Le Soleil et le Tartare: L' Image mythique du*

① 本研究最初是北卡罗来纳大学教堂山分校文学硕士论文的一部分，在此期间我得到了埃德温·布朗（Edwin Brown）和彼得·史密斯（Peter M. Smith）的帮助，他们令我获益匪浅。《凤凰》杂志的某位匿名读者也同样提出了许多有益评论。

monde en Grace archaique. Paris. Blaise, F. 1992. "L'Episode de Typhee dans la *Theogonie* d'Hesiode (v. 820 – 885): La Stabilisation du monde", REG 105: 349 – 370.

2. Blickman, D. R. 1987. "Styx and the Justice of Zeus in Hesiod's *Theogony*", *Phoenix* 41: 341 – 355.

3. Bond, G. W. ed. 1988. *Euripides*: Heracles. Oxford.

4. Chantraine, P. 1953. *Grammaire homerique. Tome II: Syntaxe.* Paris.

5. Clay, D. 1992. "The World of Hesiod", *Ramus* 21: 131 – 155.

6. Cornford, F. M. 1952. *Principium sapientiae.* Cambridge.

7. De Griño, B. and R. Olmos. 1986. "Atlas", *LIMC* 3: 2 – 16.

8. Dührsen, N. C. 1994 – 95. "5. " *πείϱασιν ἐν μεγάλοις* (Hes. Th. 335)", *WürzJbb* 20: 87 – 90.

9. Fauth, W. 1974. "Der Schlund des Orcus", *Numen* 21: 105 – 127.

10. Fontenrose, J. 1974. "Work, Justice, and Hesiod's Five Ages", *CP* 69: 1 – 16.

11. Fränkel, H. 1975. *Early Greek Poetry and Philosophy: A History of Greek Epic, Lyric, and Prose to the Middle of the Fifth Century.* Oxford.

12. Heidel, W. A. 1912. "On Anaximander", *CP* 7: 212 – 234.

13. Janko, R. ed. 1992. The Iliad: *A Commentary. Volume IV – Books* 13 – 16. Cambridge.

14. Karl, W. 1967. *Chaos und Tartaros in Hesiods Theogonie.* Erlangen.

15. Kiihner, R. and B. Gerth. 1955 [1904]. *Ausführliche Grammatik der griechishen Sprache. Zweiter Teil: Satzlehre* 3. Hanover.

16. Kirk, G. S. 1956 – 57. "The Interpretation of Hesiod, *Theogony* 736ff", *PCPS* 184: 10 – 12.

17. Kirk, G. S., J. E. Raven, and M. Schofield. 1983. *The Presocratic Philosophers* 2. Cambridge.

18. Lloyd, G. E. R. 1966. *Polarity and Analogy.* Cambridge.

19. Miller, M. H. 1977. "La Logique implicite de la cosmogonie d'Hesiode", *Revue de métaphysique et de morale* 4: 433 –456.

20. Mondi, R. 1984. "The Ascension of Zeus and the Composition of Hesiod's Theogony", GRBS 25: 325 –344; 1989. "*Χάος* and the Hesiodic Cosmogony", *HSCP* 93: 1 –41.

21. Northrup, M. 1979. "Tartarus Revisited: A Reconsideration of *Theogony* 711 –819", *WS* 13: 22 –36.

22. Onians, R. B. 1951. *The Origins of European Thought about the Body, the Mind, the Soul, the World, Time, and Fate.* Cambridge.

23. Paley, F. A. ed. 1883. *The Epics of Hesiod.* London.

24. Pellikan – Engel, M. E. 1974. *Hesiod and Parmenides: A New View on Their Cosmologies and on Parmenides' Proem.* Amsterdam.

25. Rowe, C. J. 1983. "Archaic Thought in Hesiod", *JHS* 103: 124 –135.

26. Rudhardt, J. 1971. *Le Thame de l'eau primordiale dans la mythologiegrecque.* Bern.

27. Schwabl, H. 1966. *Hesiods Theogonie: Eine unitarischeAnalyse.* Vienna.

28. Schwenn, F. 1934. *Die Theogonie des Hesiodos.* Heidelberg.

29. Solmsen, F. 1949. *Hesiod and Aeschylus.* Ithaca, N. Y.

1950. "Chaos and Apeiron", *Studi italiani difilologia classica* 24: 235 –248.

1968. "Review of West 1966", *Gnomon* 40: 321 –329.

1982. "The Earliest Stages in the History of Hesiod's Text", *HSCP* 86: 1 –31.

30. Stokes, M. C. 1962. "Hesiodic and Milesian Cosmogonies – I",

Phronesis 7：1 – 37：1963. "Hesiodic and Milesian Cosmogonies – II", *Phronesis* 8：1 –34.

31. Thornton, H. and A. 1962. *Time and Style*：*A Psycho – Linguistic Essay in Classical Literature*. London.

32. Vermeule, E. 1979. *Aspects of Death in Early Greek Art and Poetry*. Berkeley.

33. Vlastos, G. 1947. "Equality and Justice in Early Greek Cosmologies", *CP* 42：156 –178.

34. Wackernagel, J. 1926. *Vorlesungen tiber Syntax*, *mit besonderer Beriicksichtigung von Griechisch*, *Lateinisch und Deutsch* 2 1. Basel.

35. West, M. L. 1966. *Hesiod*：Theogony. Oxford.

36. Whitman, C. H. 1970. "Hera's Anvils", *HSCP* 74：37 –42.

37. Wilson, J. A. 1967 [1946]. "Egypt：The Nature of the Universe", in H. and H. A.

38. Frankfort, J. A. Wilson, and T. Jacobsen, *Before Philosophy*：*The Intellectual Adventure of Ancient Man*. Baltimore. 37 –133.

39. Worthen, T. 1988. "The Idea of 'sky' in Archaic Greek Poetry：*ἐν δὲ τὰ τείρεα πάντα, τά τ' οὐρανὸς*, *ἐστεφάνωται*", *Glotta* 66：1 –1.

作者简介：

大卫·M·约翰逊，南伊利诺伊大学（SIUC）古典学系副教授，曾出版专著《苏格拉底与阿尔喀比亚德》（*Socrates and Alcibiades*：*Four Texts*，2003）、《苏格拉底与雅典》（*Socrates and Athens*，2011）。

译者简介：

李璇，北京语言大学比较文学与世界文学在读硕士研究生。

校者简介：

杨诗卉，北京语言大学比较文学与世界文学在读博士研究生。

特里斯丹的竖琴

——基于思想史对特里斯丹传统的一个再考量

梅笑寒

内容摘要 在中世纪罗曼司《特里斯丹与伊瑟》之中，特里斯丹的竖琴是罗曼司文学史中重要的意象。竖琴在特里斯丹罗曼司中与主人公的身份、形象、命运、言说等诸方面都具有紧密的联系。特里斯丹与竖琴的关系继承了两希文明中竖琴的思想内涵和文学价值，突出了竖琴在思想史中的独特位置，使得竖琴在中世纪文学中拥有了重要地位。因此，有必要将竖琴这一意象置于思想史之中，从而厘清围绕着特里斯丹的竖琴所展开的罗曼司的艺术特征、特里斯丹的竖琴在思想史和文学史之中的独特地位。

关键词 特里斯丹罗曼司；中世纪罗曼司；竖琴；世俗化；角色身份

Tristan's Harp:

Rethinking Tristanian Romance Circle Based on the History of Ideas

Mei Xiaohan

Abstract: In the Medieval Romance *Tristan and Isolde*, Tristan's harp is an important image in the history of Romance. The harp's role closely connects with the Tristan's identity, image, fate, discourse in Tristan Romance circle. The relationship between Tristan and the harp inherits the ideological connotation and literary value of the harp in the Greek and Hebrew civilization. It then highlights the unique position of the harp in the history of thought and makes it play an important role in medieval literature. Therefore, it is necessary to locate the image of the harp in the history of thoughts to clarify the artistic characteristics of Tristan Romance around Tristan's harp and the unique status of Tristan's harp in the history of thought and literary history.

Key words: Tristan Romance Circle; Medieval Romance; harp; secularization; character's identity

引言：竖琴与罗曼司传统

在欧洲文学传统中，竖琴以及琴师是文学作品中数见不鲜的意象。在罗曼司文学诞生以前，西方文学与神学，无论是古希腊传统还是圣经传统中，都已经有了诸如埃拉托（Erato）和俄尔甫斯，或是犹八（Jubal）与大卫这样的琴师形象。而在罗曼司文学前后，也产生了诸如奥菲欧爵士（Sir Orfeo），霍恩王（King Horn）以及哈弗洛克（Havlock the Dane）这样的“琴师”形象。本内特将其归纳为神话、史诗与罗曼司传统中的世俗化的“职业琴师与业余琴师”的二分传统。①

① Alana Bennett, “‘For musike meueþ affeccions’: Interpreting Harp Performance in Medieval Romance”, *Cerœ*, NO. 2, (Sept. 2015), p. 3.

罗曼司作品对竖琴这一意象的使用，不仅仅是文学性创造，更是继承自古希腊至中世纪以竖琴为核心的弦乐器的思想史脉络中的重要一环。作为音乐哲学的核心呈现方式之一，罗曼司文学对竖琴的使用，在其之前的哲学、文学、神学作品中，都能找到其思想史踪迹。在特里斯丹罗曼司中，竖琴明显居于中心地位，研究特里斯丹的竖琴对把握罗曼司的艺术价值，以及竖琴在中世纪思想中的地位、内涵的变化都具有重要的意义。欧美学界在研究特里斯丹罗曼司时，或将竖琴作为类型学的标志进行分析，将其视为特里斯丹罗曼司继承和打破欧陆文学传统的工具，或将其作为简单的史料用以反证竖琴在欧洲的流变与沿革，并未深入竖琴在西方思想史中所具有的独特地位和哲学意蕴，忽视了竖琴本身在美学、哲学、神学等多种层面的意义以及特里斯丹罗曼司的价值。

关于特里斯丹的故事主要分为两部分，一部分讲述“特里斯丹与伊瑟”，一部分讲述“疯狂的特里斯丹”，两个故事有着先后相承的关系。前部分讲述特里斯丹由降生到成为骑士，在决斗中重伤了伊瑟的哥哥莫赫尔特而后前往爱尔兰，教授伊瑟竖琴技艺并接受治疗，而后再次前往爱尔兰，迎回伊瑟，最后与其发生“宫廷之恋”的故事；而后一部分讲述特里斯丹与伊瑟被迫分开后，携带竖琴，佯装疯诗人进入宫廷与伊瑟相见，最后被迫离开，客死他乡的故事。在整部作品中，竖琴是贯穿整部罗曼司的意象，从特里斯丹降生直至其最后与伊瑟分别，竖琴频繁地在不同场面中出现，不同的角色在使用竖琴时情境也不尽相同。因此，竖琴在罗曼司作品中往往具有多重作用。通过对不同场景中的竖琴的分析可以看出，特里斯丹罗曼司中的竖琴的意蕴与其在思想史中的地位密切相关。通过对竖琴意象进行分析，我们不仅能够厘清竖琴在特里斯丹罗曼司中的重要位置，从更深的层面表明竖琴所具有的多层次的意蕴，同时也能更进一步分析在特里斯丹罗曼司中围绕竖琴所表达出的丰富的思想传统，探求罗曼司作品对神圣与世俗问题的独特思考。

本文的研究主要基于贝鲁尔（Beroul）、斯特拉斯堡的高特弗里德

(Gottfried Von Strassburg)、托马斯 (Thomas) 和贝蒂耶 (Joseph Bedier) 所叙写的特里斯丹的罗曼司文本，对其中的“竖琴”这一意象进行分析。① 本研究意图表明，特里斯丹的故事中的竖琴形象，包含了中期罗曼司文学对主人公的身份、记忆、话语等多重要素的思考，是对竖琴意象在前代思想史中所具有的意义的继承和突破性使用，在与主人公的共身、创造性别模糊的平行角色以及突出主人公的逻各斯和对属神话语的运用等诸多方面带有独特的艺术效果，并最终帮助竖琴完成了世俗化转向，使其成为同时具有形式上的世俗性与精神上的神圣性特征的乐器。

一、竖琴与特里斯丹的“器具化身份”②

在特里斯丹罗曼司中，竖琴与特里斯丹的身份问题密切相关。竖琴

---

① 关于特里斯丹的故事在国内已有全译本，但均依照贝蒂耶版本译出，参见约瑟夫·贝迪耶，《特里斯丹和绮瑟殉情记》，陈双璧译，北京：中国广播出版社，1982；约瑟夫·贝迪耶，《特里斯当与伊瑟》，罗新璋译，北京：人民文学出版社，1991。本文引用之文本主要来自高特弗里德与托马斯版的特里斯丹故事，故而未参考中译本译文。本文所依照的三个版本为：Beroul, *The Romance of Tristan*, translated by Fedrick, Alan S., Penguin, 1970; Thomas, *Sir Tristrem*, edited by Lupack, Alan, Western Michigan University Press, 1997; Joseph Bedier, Gottfried Von Strassburg, *Tristan and Iseult*, translated by Hilaire Belloc & Jessie L. Weston, Digireads Publishing, 2012。本文中罗曼司作品引文，均为作者自译。

② 在此我化用了希克斯的“器具化身体”的提法，并将其拓展到身份的问题中，从而造出“器具化身份”这一说法。这一考量一方面出自特里斯丹罗曼司中竖琴与身份相互交织的复杂情形，一方面来自希克斯自己所使用的术语的结构，“Instrumental Body”或是“Instrumentalized Body”，借以描述柏拉图所谓的与某种器具不能分割的身体，见 Andrew James Hicks, *Harmony in the Medieval Platonic Cosmos*, Oxford University Press, 2017, p. 138, 247。而在特里斯丹罗曼司中，身体问题与身份问题在不同阶段各自成为具有优先级的问题，有时柏拉图描述的乐器和身体不可分割的状况仍然存在，而有时身份问题远比身体问题明显得多，因此我用“器具化身份”表明竖琴与身份不能分割的状况。关于竖琴与身体之间的和谐关系问题，亦参见 Paul R. Kolbet, “Athanasius, the Psalms, and the Reformation of the Self”, *The Harvard Theological Review*, (Jan. 2006), pp. 85 - 101。

既是特里斯丹受到的骑士教育的象征，使其学习到了身为骑士应当遵守的律令，促使其走上了骑士之路；又成为遮蔽主人公身份的工具，混淆了作为吟游诗人的“丹特里斯”与作为骑士的“特里斯丹”之间的身份差异。但与此同时，竖琴的作用又不限于器具性的使用模式，通过在其生命的不同阶段塑造特里斯丹不同的身份，竖琴完成了特里斯丹的“器具化身份”，从而与特里斯丹的身体、身份紧密相连，因此具有了与罗曼司传统中其他的器具相异的价值。

竖琴作为贵族身份的象征主要表现在贵族教育的过程中对道德和律法的规定之中。特里斯丹的出身极为高贵，在年轻时就受到了良好的教育，到十五岁时，忠诚的洛翰德（Rohand the trewe）爵士“教会了他每一支乐曲和每一种音乐的风格，以及每一种与人合奏的方式，还有旧规以及新律。他还常常外出打猎，去践行他那刚习得的律令”，这完全符合从希腊时期开始的对竖琴学习在教育中的作用的观念。① 在柏拉图看来，

> 音乐教师通过类似的方法来灌输自制，使年轻人不敢作恶。当他们学习弹竖琴时，老师教他们另一类好诗人的作品，亦即抒情诗，在竖琴的伴奏下，孩子们的心灵熟悉了节奏和旋律。通过这种方式，他们变得越来越文明，越来越公平，能够比较好地调整自我，变得更有能力说话和做事，因为节奏与和谐的调节对整个人生来说都是基本的。②

和谐的音乐是柏拉图道德论的核心之一，但年轻人无法通过自己聆听竖琴的乐曲获得道德教化，因而在此过程中需要老师的引导。只有老师在教育的过程中，将和谐的琴曲和有益的话语结合在一起时，

① Thomas, *Sir Tristrem*, p. 164.

② 柏拉图，《普罗泰戈拉篇》，《柏拉图全集》第一卷，王晓朝译，北京：人民文学出版社，2002，第 447 页。

孩童的心灵才能获得助益。特里斯丹不仅学习一人独奏，还学习了与人合奏，以及一些生活中会使用的律令，这与柏拉图所称的道德感密切相关。作为秩序与和谐的象征，倘若仅顾及自身的演奏，而不重视与他人合奏所产生的共鸣，以及与之相伴随的“旧规新律”，则显然无法践行竖琴曲所具有的传播思想与教化的特征，也不符合中世纪时所重视的多声部合奏所具有的音韵美的特征。而在打猎时践行的道德律令，则是特里斯丹将这一由竖琴带来的秩序推演至其他活动中的象征：通过利用竖琴所具有的律令来规范自己在世界中的所有活动，竖琴所带来的秩序性特征被用于普遍领域之中。同时，正是由于年轻时学习了竖琴弹奏的技巧和律令，特里斯丹深刻意识到了自己的骑士贵族的身份，从而选择帮助叔父马克王，与来自爱尔兰的莫霍尔特决斗。

然而，当竖琴为特里斯丹带来身份疑难时，竖琴的秩序感问题就显得相对复杂。希克斯（Andrew Hicks）注意到《斐多篇》中竖琴与身份的相互依存性：通过将被使用物（也即乐师手中的竖琴）与乐师自身的身体相联系，并将二者划归同一范畴，人们的身体的一部分也同工具或乐器画上了等号。希克斯将这一现象称为“器具化的身体（instrumental body）”。[①] 在《阿尔喀比亚德》中，柏拉图也指出，竖琴师应当被理解为运用竖琴的人，而竖琴则需要被竖琴师使用，两者在身份的确立和身体的使用过程中相互依存。[②] 因此，在中古时期的文学作品中，琴师和竖琴的形象往往同时出现，琴师的身份也和竖琴同时在场。在此情况下，竖琴的秩序性与和谐感向工具性让渡，从而使得竖琴变成身份与身体不可分割的部分，在此过程中，竖琴不仅在现实层面成为一处明显的标志，能够让罗曼司中的角色与读者对角色进行辨认，同样也在身

① Andrew Hicks, *Harmony in the Medieval Platonic Cosmos*, p. 138.

② 参见柏拉图，《阿尔喀比亚德》，梁中和译，北京：华夏出版社，2009。

份的角度上界定了角色的所属。① 特里斯丹第一次前往爱尔兰时只携带了一把竖琴，在离岸前他对送行的众人说："我就要迎来死亡，我于这土地再无价值，在那里（thare）只要有竖琴得以演奏就已足够。"② 原文中的"thare"（在那里）有两层含义，既可以指特里斯丹希望在最后的人生旅途中可以有乐器弹奏，也可以指他希望在生者的世界的"彼处"，也能够有竖琴相伴。海上漂泊时期，"拨动他的竖琴"是他唯一能够把握的活动，这样的活动赋予竖琴以唯一性。③ 在丧失行为掌握能力，身份被抛弃的海上之旅中，竖琴与身体的不可分割性为特里斯丹赋予了唯一的确定性特征。伴随着离开英格兰的行为，世俗化秩序对特里斯丹不再有规训作用，取而代之的是"器具化身体"对自身的规训：竖琴所拥有的秩序性特征取代了世俗律令，为特里斯丹的行为提供合理性与合规性，世俗身份仅仅在特里斯丹的行为中占据有限的部分。随着罗曼司的进展，特里斯丹并未脱离世俗世界，但他却摆脱了世俗教条的严格规制，④ 这从反面进一步强化了"器具化身体"在特里斯丹的活动中的重要性。

然而"器具化身体"所具有的确定性效果仅仅停留在对行动秩序

---

① 单纯在身份和身体层面的区分同样会造成一定的问题，也就是本文下一小节中要谈到的特里斯丹与伊瑟的"平行角色"的问题：同样拥有竖琴作为身体和身份标志，显然会造成不小的误解和读者的争议。

② Thomas, *Sir Tristrem*, p. 164, 188.

③ Joseph Bedier, Gottfried Von Strassburg, *Tristan and Iseult*, p. 9.

④ 有丰富的证据证明，这一时期尽管严格完整的法律条文已经开始渐渐完善，国家制度已经开始进入稳固期，但是，基于日耳曼传统的欧洲整体所遵循的君主—骑士的约束制度在这一时期仍旧相当严苛，带有道德观色彩的政治制度不仅没有弱化，反而强化了国家、君主对骑士的管理，详见陈思贤，《西洋政治思想史 中世纪篇》，吉林：吉林出版集团责任有限公司，2008，第 33 – 36 页；J. M. 本内特、C. W. 霍利斯特，《欧洲中世纪史》，杨宁、李韵译，上海：上海社会科学院出版社，2007，第 288 – 310 页；J. 尼尔森，《王权与帝国》，选自 J. H. 伯恩斯主编《剑桥中世纪政治思想史：350 年至 1450 年》，程志敏等译，北京：三联书店，2008，第 285 – 345 页。

的合理性的把握和自身身体的知觉之中，在辨明身份的领域并不能实现柏拉图围绕竖琴所制定的身份辨异的标准。对柏拉图而言，最终决定身份的并不是器具，而是人围绕器具施展的技艺。① 因此决定特里斯丹的身份的并不仅仅是行动，更重要的是这一行动的合理性本身的来源，也即特里斯丹的身份的合理性，这一点对他而言不可或缺，倘若缺少合理的身份，那么就连本身的安全也无法得到保障，之后的活动也就无从谈起。因此，特里斯丹通过自己的行为与言说，不仅确认了自身对“器具化身体”的掌握，也完成了向“器具化身份”的转变。

特里斯丹在出航到爱尔兰之后“抛弃了特里斯丹这个名字，而称自己为丹特里斯”,② 并宣称“我曾是一个吟游诗人，工于世上所有的乐曲，但在这嬉笑与娱乐之间，却充满朝堂上所需的仪礼；因此我腰缠万贯，也受到了交口称赞”。③ 他公开否认自己生活的场所的固定性，并且称自己以唱歌弹琴为生，从而表现出吟游诗人所具有的世俗性而非骑士所注重的世俗荣耀。然而他的竖琴技艺却让众人赞不绝口，这与普通琴师的身份又有不同：由于竖琴的琴弦与所奏的音符数量众多，因此柏拉图认为单纯的竖琴演奏会带来“调值变换、不稳定性，以及［…］感官的愉悦”，这与竖琴在道德上应当拥有的和谐感不相符合。④ 然而特里斯丹的竖琴曲不仅带有精神上的净化作用，同时还合乎自己的仪礼，“他用如此完美的气魄和如此勇敢的灵魂歌唱，赢得了在场所有人的心”。⑤ 这种气势既不断提醒读者特里斯丹曾经具有的骑士身份，也标志着弹奏竖琴的技艺中重要的一环：作为吟游诗人（minstrel）的特里斯丹既是音乐的演奏者，也是故事的讲述者，因而具有了超然的地

① 参见柏拉图，《欧绪德谟篇》，《柏拉图全集》第二卷，王晓朝译，北京：人民文学出版社，2003，第1－55页。

② Thomas, *Sir Tristrem*, p. 189.

③ Joseph Bedier, Gottfried Von Strassburg, *Tristan and Iseult*, p. 61.

④ Curt Sachs, *The History of Musical Instruments*, W. W. Norton, 1940, p. 135.

⑤ Joseph Bedier, Gottfried Von Strassburg, *Tristan and Iseult*, p. 62.

位。竖琴所拥有的广阔音域符合中世纪对杂多的美感的钦慕，但作为纯粹的音乐而言并不能让人满意：音乐应当伴以言说，才能形成完整的审美对象。但尽管如此，特里斯丹也表现出内在的高贵与外表的去高贵的同时在场，形容上的不和谐感与其内在的和谐感存在巨大的反差，这也是竖琴的精神性所带来的反差：竖琴的秩序感，极大程度来源于宽广音域有秩序性的排列，但这也决定了竖琴本身是不同精神气质混合的实体，因此使用竖琴的人也应当具有复杂的精神气质，否则无法与竖琴产生和谐共鸣。特里斯丹的精神气质的复杂性无疑能使他具有掌握竖琴不同音域的技艺，以及将其表现出来的能力，甚至将竖琴当作与他精神特质产生共鸣的器具。而伴随着竖琴的歌唱，表演的复杂性加深：由于音乐表演与故事言说同属于一人，因此他就与其他的乐师有了区分，成为真正掌握竖琴的人，也只有他才享有着确认自己的“器具化身份”的能力。

特里斯丹不仅在行动上表现出对技艺的展现，也在观念上对竖琴与自身的统一性有所自觉：“正是因为我长于竖琴，当我告知他人我仅是一名竖琴师时，他们在我的央求之下给我了一只小船，以及助我活到现在的食物若干。”① 特里斯丹意识到自己生命的维系并不在于立下了辉煌的功勋，或为英格兰带来了如何的荣耀，而在于自己拥有弹奏竖琴的技艺。尽管这是为了遮掩身份，但他意识到了竖琴与自身的不可分割性既属于身体层面，也属于身份层面，这构成了特里斯丹的“器具化身份”的核心本质：特里斯丹的身份在作品中不断受到威胁，不断因为各式的目的而寻求其他身份的遮掩，而身份威胁又会带来潜在的对身体的威胁，特里斯丹十分清楚，“倘若她知道（自己是她的仇人，是杀死了她哥哥的人），她就会将自己杀死而非将自己拯救”，身体的安全和身

① Joseph Bedier, Gottfried Von Strassburg, *Tristan and Iseult*, p. 61.

份的安全是一致的。① 但之所以本文称他的身份是“器具化身份”，是因为在其身份的转换过程中，尽管受到了各式的威胁，但竖琴与其身份的关系始终稳固。在整部罗曼司中，作为技艺的竖琴始终伴随他的各种身份及其相应的思想观念：无论特里斯丹是一名吟游诗人还是一名骑士，他通过竖琴学习所获得的对秩序感的追求和对律令的遵守都始终与其言行息息相关。而他的“器具化身份”之所以在整部罗曼司中出现，也正依赖于竖琴所代表的秩序感，以及其与神之间的和谐关系：特里斯丹通过竖琴演奏获得了神对竖琴与自身身份的关系的许可，从而确立了器具与身份的不可分的关系。

二、特里斯丹与伊瑟：基于竖琴的混同身份与平行角色

迪克森（Morgan Dickson）在对关于托马斯版本的罗曼司中特里斯丹在都柏林时的文本的图像学研究中谈到，保存于牛津大学图书馆的编号为 MS Fr. d. 16，fol10r 的插画——一位带有头巾身着长袍的女士正在弹奏竖琴——曾经带给了学界长久的疑难：这幅插画之中所画的弹琴者究竟是谁?② 依照迪克森提供的研究谱系，有许多学者认为这幅画中所画的是特里斯丹。③ 这样的推断是合理的，因为即便在妇女解放运动走在先列的法国，提出女性自由也已经是 14 世纪了，晚于高特弗里德一百余年。但对作品中的诗行的解码翻译表明，这幅画所画的是“一日，女王坐在她的房中弹琴”，因此画中人实为伊瑟。但辨明特里斯丹与伊

① Joseph Bedier, Gottfried Von Strassburg, *Tristan and Iseult*, p. 62.

② 该插图见 Morgan Dickson, “The Image of the Knightly Harper: Symbolism and Resonance”, *Medieval Romance and Material Culture*, edited by Nicholas Perkins, D. S. Brewer, 2015. p. 212。因为该图版权问题本文并未引用。

③ Dickson, Morgan. “The Image of the Knightly Harper: Symbolism and Resonance”, *Medieval Romance And Material Culture*, edited by Nicholas Perkins, D. S. Brewer, 2015, pp. 199 – 214.

瑟的形象并非如迪克森所言，是为了勘除之前的误读。辨明画中人的身份，这种对二人之间的身份差别的过度明晰，无疑是对这一围绕竖琴所建立的角色的重合性的破坏。更重要的是，对这幅画的误读为我们提供了如下值得肯定的思路：作为琴师的特里斯丹和伊瑟，他们之间的身份不应当以性别、尊卑来进行区分，而是在某一时刻，或是某一场景下，透过演奏竖琴，他们的形象之间的差异得到了弥合，只有这样才能表现出两名优秀的琴师之间的身份的一致性，以及角色地位的平行特征，从而在本质上实现竖琴演奏的和谐感。

依照赫伊津哈的考察，“中世纪的人们对对称有着强烈的喜好，这就要求这个英雄系列（即对“九杰”的崇拜传统）应当有一个女性的对应才显得完整”。[①] 尽管我们并不能就此而认为在特里斯丹的罗曼司体系中，伊瑟已经被视作与特里斯丹相对应的女英雄，但在掌握竖琴技艺以及善歌方面，即便特里斯丹也未必能比伊瑟做得更好。几乎同一时期，相对的概念被引入艺术领域之中，这是由于《圣经》的《诗篇》中许多篇目由应答形式完成，因此唱诗班需要以对歌的形式将其展现。由于奥古斯丁“一方面把音乐视为宗教的媒介，一方面又把它当成纯感官兴趣的来源”，[②] 因此，单一种类的演奏无法满足两种功能同时存在的要求，故而音乐势必会分化为两种对立形式：为神圣服务的宗教音乐，和为世俗服务的宴飨音乐。然而竖琴对基督教而言具有极为复杂的含义：一方面由于大卫的成长过程中始终有竖琴的伴随，因此竖琴天然带有神圣性；但另一方面，“弦乐的技巧被教会认为是淫荡的，迎合人性的低劣情绪”。[③] 因此，拉斯马森（A. M. Rasmussen）将伊瑟和塞壬

① J. 赫伊津哈，《中世纪的衰落》，刘军、舒炜译，北京：北京大学出版社，2014，第 56 页。

② J. 尤德金，《欧洲中世纪音乐》，余志刚译，北京：中央音乐学院出版社，2005，第 34 页。

③ 修海林，《音乐美学通论》，上海：上海音乐出版社，1999，第 196 页。

进行了比较，认为在特里斯丹罗曼司传统中的伊瑟的琴声“拥有无法拒绝的力量，可以抓住听众的最隐秘的想法和期望”。① 但这样的考察在特里斯丹罗曼司中未必可行，因为作品中单纯的乐师形象并不足以概括特里斯丹和伊瑟的形象特征，他们既是竖琴使用者，也是吟游诗人，因而两种艺术形式并非在二人身上分别呈现，而是同时在场，从而形成完整的角色特征和两种形象的和谐。

在整部特里斯丹罗曼司中，伊瑟是唯一一名女性琴师。她不仅在特里斯丹漂洋过海来到都柏林时就已经“学到了一些唱歌吟诗的手段”，② 并且已经达到了一定的程度：“（她）既渴望聆听所有的乐曲，所有的故事都业已熟读。”③ 此处对伊瑟的描述是罗曼司体系中对出身高贵的角色的极高评价：由于女性很难参加狩猎，因此伊瑟几乎已经掌握了出身高贵的人所应有的全部才能，因此女王才会要求特里斯丹教授她一些“比她的老师和我所知道的更多的东西”。④ 尽管在接受特里斯丹的教导之前，伊瑟“已经知道了许多东西；法语和拉丁语业已熟稔，鲁特琴与竖琴都了如指掌，口中的歌声甜美非常”，⑤ 但在蒙受特里斯丹半年的教导之后，伊瑟的技艺无疑更为精湛，让所有来到他父亲的宫廷之中的陌生人都“为她的歌声感到惊奇”，并且认识到“无论小曲还是颂辞，牧歌还是圆舞，她都样样精通，这一点毫无秘密可言”。⑥ 伊瑟让人能够赞叹不已的原因主要在于她所掌握的艺术形式的扩充，从原来掌握的叙事性故事到之后的不同曲式和诗歌形式，这是划分一般与优秀的竖琴

---

① Ann Marie Rasmussen, “The Female Figures in Gottfried's *Tristan and Isolde*”, *A Companion to Gottfried von Strassburg's Tristan*, edited by Hasty, Will, Camden House, 2003, pp. 150 – 151.

② Joseph Bedier, Gottfried Von Strassburg, *Tristan and Iseult*, p. 62.

③ Thomas, *Sir Tristrem*, p. 191.

④ Joseph Bedier, Gottfried Von Strassburg, *Tristan and Iseult*, p. 62.

⑤ Joseph Bedier, Gottfried Von Strassburg, *Tristan and Iseult*, p. 63.

⑥ Joseph Bedier, Gottfried Von Strassburg, *Tristan and Iseult*, p. 63.

使用者的标准。通过竖琴表演技艺的提升，伊瑟完成了艺术上与角色上的双重进步，从一名普通的受教育者变成了令人尊重的琴师，完成了对多种技艺的学习与协调。

而这种平行角色的特征在特里斯丹罗曼司传统中的“疯狂的特里斯丹”这段故事情节中表现得也极为明显。在特里斯丹回到城堡与伊瑟相认后，“她们拿出了竖琴，轮流歌唱那些有关爱情与热恋的轻快的莱曲（Lai）；现在，特里斯丹能够弹拨琴弦，而由伊瑟来歌唱。而后又由伊瑟来弹奏，而特里斯丹的声音伴着音符紧随其后”。[①] 从形式上看，这无疑是一幕宗教意味极强的场景，两人轮流演唱的方式采纳了中世纪教会的“相对圣歌”的演唱方式，模拟了圣经《诗篇》中部分篇目所采用的问答－唱和的讲述逻辑。但更为重要的是，在这幕场景中，弹琴歌唱的主体陷入了不确定之中：有时这个主体切实存在，但却在两人之间来回变换；而有时这一主体并不存在，而由两人共同完成这一活动。由于单纯的演奏与歌唱都不构成竖琴艺术所具有的对和谐秩序构建的能力，因此在这一幕场景中，两者被同时置于和谐场景之中：特里斯丹冒死回到伊瑟的城堡，困难重重，但却能在伊瑟的居室中弹琴，这构成了故事场景的和谐；两人分别歌唱历史上的以及同时代的爱情悲剧，既是对两人之前情感故事的回溯，也是对两人未来爱情悲剧的预示，从而完成了个人与历史的和谐；最终两人的爱情故事由竖琴演奏开始，又最终要以竖琴演奏作结，两人从师徒关系变成平行关系，但最后却无奈分别，从而形成了命运观的和谐。竖琴在整部故事中所营造的整体和谐都浓缩于这最后一次竖琴演奏的场景中：只有具有平行的角色与混同的身份的两人，在高度集中的场景中，才能实现这一和谐的最终完成。

伊瑟成了优秀的琴师，是对史诗和罗曼司传统中的琴师角色的极大动摇和反叛，也是对作品中之前仅仅为特里斯丹所独占的竖琴的使用者

① Joseph Bedier, Gottfried Von Strassburg, *Tristan and Iseult*, p. 105.

的角色的入侵。伊瑟成了作品中唯一能够与特里斯丹进行唱和的角色，从而使特里斯丹的地位不再居于单一。特里斯丹和伊瑟在使用竖琴时，没有技艺的高下之分：特里斯丹的倾囊相授弥合了二人之间的差异。两人同样都能吟诵诗歌，同样都知晓相当多的音乐，这符合良好的竖琴使用者的一切标准。由于两者之间的差异与和谐的相互补充，他们时刻保持着一种混同与平行的张力。这一张力经历了疯狂的特里斯丹的动摇，但仍旧没有被彻底打破，反而又在最后一幕竖琴演奏的场景中获得了最高和谐：这是唯有借助符合规则的竖琴才能达到的和谐。

三、特里斯丹的竖琴与世俗的“言说”

在围绕着竖琴的思想史中，竖琴演奏与言说的不可分割性是其中重要的一环。无论吟游诗人叙述或是歌唱，竖琴演奏总是与言说分不开。沃迪（Robert Wardy）在《修辞术的诞生》中区分了古希腊时期的三种言说，分别是真理（alēthēs）性的言说，这是一种“具有说服力的言辞”；逻各斯，这是讲述真理的“逻辑性和理性”的言说；以及建构（kosmos）的言说，表现了语言本身以及语言构成的作品的复杂性。①然而 kosmos 的话语同样也具有“时间性的，现象世界”的话语的意味，因而也可以理解成属人的话语。② 沃迪尤其区别了逻各斯的言辞与论证问题，指出逻各斯同样具有这样两种性质：“言辞等于通常的说话、演说或‘说服’，是语言的日常使用，直接使用；论证则是一元论的理性推导，语言的反思性使用。后者试图纯化前者以达到非个人或无人称的语言境界”，这其中的后一种意义，在事实上形成了中世纪时期认为的

① R. 沃迪，《修辞术的诞生：高尔吉亚、柏拉图及其传人》，何博超译，南京：译林出版社，2015，第 10 页，第 12 页。

② 宋继杰，《逻各斯的技术——古希腊思想的语言哲学透视》，北京：清华大学出版社，2013，第 37 页。

上帝语言对世界的构造的思想。①

特里斯丹罗曼司中，歌唱是极为独特的言说方式，它与角色对竖琴的演奏往往有着紧密联系，这不仅使得歌唱在作品中与角色间的对话有着截然不同的特征，也使得作为言说的歌唱成为竖琴所具有的独特思想内涵的来源之一。

在特里斯丹七岁时，一群挪威商人发现了他口才上的天赋，于是将特里斯丹带到了英格兰，那时特里斯丹对自己的身世一无所知，也没有经受系统的教育，但他在马克王的宫廷中听到"一位琴师在国王面前唱一支莱曲。特里斯丹聆听着这美妙的音符，直到他再也无法保持宁静"，罗曼司中的第一次竖琴演奏和第一次歌唱以一种共同在场的方式激发了特里斯丹的激情，而之后特里斯丹又说"你弹奏得如此美妙，这甚至就是莱曲应有的声音"，② 表明竖琴的音乐与莱曲的演唱具有的同质性：特里斯丹将这两者放在一起共同评价，是因为音乐与歌唱应当拥有和谐的音韵，而不应相互对抗。

紧接着，那位琴师似有所想，于是：

> 而后那位琴师将琴交予特里斯丹，让他唱一支曲，于是特里斯丹将琴拿在手中，技艺十分娴熟，他奏着轻盈的音符，唱着格拉伦与他的傲慢女士的莱曲；马克王坐在他的宝座上认真倾听，为他的技艺感到震惊，的确，依照我们的古老的罗曼司，还没有一位骑士能够如特里斯丹一般奏曲歌唱，直至今日，我们仍然保有一些特里斯丹所唱的莱曲。所有的庭臣都上前倾听，因为他们不知孰者更为甜蜜，是他的竖琴还是他的歌声。③

特里斯丹并不是在"弹一支曲"，而是在"唱一支曲"，这一表演

① R. 沃迪，《修辞术的诞生：高尔吉亚、柏拉图及其传人》，第 12 页。

② Joseph Bedier, Gottfried Von Strassburg, *Tristan and Iseult*, p. 51.

③ Joseph Bedier, Gottfried Von Strassburg, *Tristan and Iseult*, p. 52.

具有强烈的迷惑性，人们要同时对许多东西进行分辨：叙事的莱曲所叙述的故事、竖琴演奏的音乐、特里斯丹的歌声，声音与行为的杂多使得特里斯丹的竖琴表演既让人难以把握，也同时带来了丰富的审美内涵，因此才促使着人们去辨明“孰者更为甜蜜”，而非简单地驱使人们去单一地欣赏音乐，或是演奏者的表演行为。与此同时，罗曼司的叙述者还提醒读者，特里斯丹所唱的一些莱曲被保留了下来，保存的原因与其叙事性特征有着紧密的联系。

说与唱不分的表演形式固然有其音乐史根据：从古希腊开始的音乐理论认为只有将曲调、歌唱、动作等诸种形式结合在一起才能被称为合格的音乐。但另一方面，这种音乐理论又有其来源：音乐的创作和演奏是缪斯的赠予，而音乐演奏者们的责任则是将这样的和谐在世俗中表现出来，音乐演奏同时也是宇宙的理性的一部分，而这种理性也就是“一个神圣的逻各斯，这逻各斯就是神的理性”。① 这种音乐演奏与言说的形式与行吟诗人的功用在本质上相同，因为行吟诗人的目的是替神在世间说话，他们自己“作诗或说出神示”，而一定要凭借“神意”，即被动地成为神的代言人。② 因此，一个诗人想要吟出美妙的诗作，就必须使“神智处于非常状态”，要能“沉浸在乐调和节奏之中”，诗人是神的言说的媒介，而音乐则是这一媒介有效的技术，两者之间缺一不可，一旦有一者缺失，也就同样意味着神的言说的无效。③ 上文的场景集中体现了歌唱作为一种言说的特征：在形式上两者共同出现，在价值上两者难分高下。

柏拉图对行吟诗人的定义有助于我们厘清作为歌唱的言说的本质究

---

① 章雪富，《基督教的柏拉图主义——亚历山大学派的逻各斯基督论》，北京：中国社会科学出版社，2012，第 68 页。

② 柏拉图，《伊翁》，王双洪译，上海：华东师范大学出版社，2008，第 305 页。

③ 柏拉图，《伊翁》，王双洪译，第 47 页。

竟是怎样的。从作品本身而言，这种言说十分含混：莱曲的形式上是叙事话语，但兼有教化的意味；同样，莱曲是神的创造，而后借助诗人在世俗社会讲述；但同样，一旦这种话语进入了世界之后，人类就有权利对其进行讲述和改变，因而这又是属于感性世界的话语。然而到了中世纪，亚历山大学派的奥利金指出："不存在至高的逻各斯和神治愈不了的恶，因为逻各斯和他内面的治疗权能要比灵魂中间的恶更强大。逻各斯根据神的意志把这种权能用到每一个体身上，治愈的结果便是废除恶。"① 通过对大卫的竖琴演奏进行考量我们可以发现，其实竖琴演奏从本质上而言就是一种没有言说参与的逻各斯，从阿波罗开始的竖琴传统已经向我们证明，竖琴演奏是对恶的祛除，而大卫则将这种祛除恶的能力带进了世俗社会。而特里斯丹和爱尔兰女王都自觉意识到了竖琴这一祛除恶的效果："女王说道：'我将会给你最好的回报，给予你生命，治愈你的四肢完好而无损，这全都在我的掌握之中'……吟游诗人（即特里斯丹）说：'如果是这样，我就将被我的歌唱治愈，而后，经过上帝的帮助，我将完全康复！'"② 大卫的竖琴为他人祛除恶的能力在这里变为了治愈自身的力量，并且仅仅有竖琴表演尚且不够，还要能够歌唱，这无疑是对亚历山大派的逻各斯神学的进一步纠正：无言说的竖琴演奏不足以成为世俗社会的逻各斯，只有和吟游诗人的言说——这种语言的艺术——相结合，才能够完成对逻各斯的最终呈现。特里斯丹对这一点有着清醒的认识，他意识到，只有作为上帝语言所呈现的竖琴，才能够将自己从这样的凡人回天乏术的情境之中拯救出来，他所面对的并非世俗问题，而是在与逻各斯的纯粹的神圣性打交道，自己作为凡人只有自觉充当逻各斯的媒介才能够获得重生。

但逻各斯并非总是善的，而与善的逻各斯相对立的就是高尔吉亚所

---

① 章雪富，《基督教的柏拉图主义——亚历山大学派的逻各斯基督论》，第270－271页。

② Joseph Bedier, Gottfried Von Strassburg, *Tristan and Iseult*, p. 62.

推崇的欺骗的逻各斯。这种逻各斯利用了人们对逻各斯的“快乐的敏感”，从而使人们“心甘情愿地默许了这种欺骗”，而他的《海伦颂》显然也在强化这一论题：逻各斯总是有多种面目，而不会仅仅以一种方式呈现。[①] 显然，在特里斯丹罗曼司中，竖琴和歌唱往往都以欺骗的逻各斯的形式呈现：特里斯丹所有的演唱行为，最终都有一个目的，让爱尔兰的国王和王后以及伊瑟相信，自己确实是一个吟游诗人，而伊瑟也确实乐于接受这一逻各斯的快乐的敏感的诱惑，因为特里斯丹“教会伊瑟，辨识人们弹奏的乐曲中的故事”，也即教会伊瑟辨别各式各样多变的逻各斯，这其中当然也包括了欺骗性的逻各斯。[②] 但伊瑟对此毫无知觉：她与特里斯丹在起居室中共同学习了二十天，而伊瑟对特里斯丹隐瞒的真相毫无知觉，因为她对特里斯丹的吟游诗人身份——这一逻各斯的代言人，深信不疑。这一欺骗一直到特里斯丹第二次来到爱尔兰之后也没有消失，因为正是伊瑟向他学习了竖琴和歌唱的技艺，也即学习了逻各斯的技艺，并且这一技艺拯救了特里斯丹的生命，因此伊瑟感受到了不同形式的逻各斯——作为善的逻各斯和作为欺骗的逻各斯——之间的巨大悖谬，这两种完全不同的逻各斯从属于一人，而自己则无力打破这种悖谬，因此她选择了放弃行动。尽管并不能因此就说伊瑟主动选择了被逻各斯欺骗，但在事实上，伊瑟的确遭遇了高尔吉亚在《海伦颂》中所提出的疑难：海伦受到了不公平的待遇，因为“说服者，[③] 因为他在强迫，因此他是有罪的，而被说服者，她被逻各斯强迫，于是不公平地有了坏名声”。[④] 而特里斯丹显然不是强迫者，因此他也并无罪孽，但伊瑟因为接受了多变的逻各斯所带来的悖论，因此

---

① R. 沃迪，《修辞术的诞生：高尔吉亚、柏拉图及其传人》，何博超译，第42页。

② Joseph Bedier, Gottfried Von Strassburg, *Tristan and Iseult*, p. 192.

③ 即将海伦带到特洛伊的帕里斯。

④ Gorgias, *Encomium of Helen*, translated by D. M. MacDowell, Bristol Classics Press, 1982, p. 27.

丧失了行动的意愿，这无疑表明，即便是作为欺骗性的逻各斯的竖琴演奏和歌唱，也同样具有逻各斯本身拥有的对世俗社会行为的规训作用。也正是由于逻各斯作为属神的语言的特殊性，特里斯丹的欺骗才总能奏效。

特里斯丹罗曼司中，欺骗性逻各斯还表现在欺骗马克王的情节中。马克王收到特里斯丹和伊瑟幽会的消息之后，他来到了那里，爬上树梢，“听到特里斯丹复述起自己让他进行的那次战斗”。① 正是这次冲突中，特里斯丹重创了莫霍尔特，并让自己同伊瑟结仇。因此马克王相信两人之间的关系是清白的，因为两人结有如此仇怨，但这只不过是因为特里斯丹察觉到了马克王的行踪，从而故意讲述的欺骗性的逻各斯。在这里展现了贝鲁尔版本的一个特征，即竖琴的不在场之在场。无论是上面的一幕场景中特里斯丹向伊瑟复述故事，还是在之后的场景中特里斯丹在树林中向伊瑟讲述自己的身世，尽管贝鲁尔都使用了讲述而没有使用歌唱，但是读者毫不怀疑特里斯丹在讲述故事的时候，完全有可能会使用竖琴进行伴奏，这一方面来源于特里斯丹根深蒂固的乐师形象，而另一方面在于，高特弗里德在写作的时候依照的正是贝鲁尔的完整的底本，而在这一过程中，他没有任何理由全新添加特里斯丹对竖琴的使用，因此将特里斯丹用竖琴伴奏理解为贝鲁尔最初就已提及的内容似乎更为合理。而在之后，特里斯丹通过竖琴的演奏欺骗了马克王，最终获得了进入城堡的许可，并且见到了伊瑟。竖琴作为欺骗性的逻各斯的表现方式，贯穿于特里斯丹罗曼司的始终，其根本目的仍然是使他人相信某种欺骗性的言说，从而最终达到目的。虽然特里斯丹欺骗的对象有所不同，所要达到的目的有所不同，但他仍旧不失为一位优秀的修辞学家：特里斯丹在弹奏时的歌唱，是对欺骗性逻各斯的第一次创造性使用。他在正反两个方面，将有德行的逻各斯和欺骗性的逻各斯通过竖琴

① Beroul, *The Romance of Tristan*, p. 57.

表演同时带入了世俗社会之中，从而成为基督教体系中俄尔甫斯的优秀的继承者以及对上帝的逻各斯的优秀的转述者。

结 语

在特里斯丹罗曼司中，竖琴始终处在作品的核心部分。不同于中世纪罗曼司中的其他英雄，特里斯丹的竖琴唯一而特殊。围绕着器具化的身份、平行的角色、世俗言说对逻各斯的转述这三种情形，以及竖琴在特里斯丹罗曼司中整体趋向世俗化的特征，竖琴对特里斯丹本人以及其后的罗曼司作品都具有重要意义。维特尔在对罗曼司进行类型学考察时着重强调了特里斯丹罗曼司的特殊性，认为它是“罗曼司与史诗的主题性的混杂”。① 特里斯丹罗曼司的故事向上继承了俄耳甫斯与大卫的竖琴使用者的形象，成为两希传统汇集的焦点，而又向下开启了中世纪罗曼司中形形色色的琴师形象的谱系，成为中世纪罗曼司体系中重要的一环。虽然琴师身份在特里斯丹的命运中占有核心地位，但特里斯丹并未因此而切实地寻找到神圣的救赎，他对逻各斯的转述最终只能使他认识到世界的矛盾，而不能解决这一矛盾，这是特里斯丹最后的悲剧的原因。但爱尔兰的吟游诗人的生涯也使特里斯丹的骑士精神发生了改变：由于演奏竖琴这一神圣行为，特里斯丹的世俗功利的一面被祛除。通观整个特里斯丹的罗曼司体系，特里斯丹从来没有处于恒常状态之中，他的身份、形象、神圣与世俗的精神内核都在不断发生变化，甚至有着断裂，而只有特里斯丹随身携带的植根于思想史脉络中的竖琴，才能让人们感受到这些碎片中不变的主旋律。

---

① K. S. Whetter, *Understanding Genre and Medieval Romance*, Ashgate Press, 2008, p. 51.

作者简介：

梅笑寒，复旦大学比较文学与世界文学硕士，研究方向为19世纪美国文学，文学与哲学，比较诗学。

经典新译

论宗教改革的政治后果（上）*

理查德·胡克 著 姚啸宇 译

内容摘要 《论教会政治体的法则》是16世纪英国政治思想家理查德·胡克的代表作，其目的在于抵抗激进的清教运动对英国政治秩序的破坏，论证英国国教政制的正当性。在该书的“序言”部分，胡克细致分析了欧陆宗教改革在英国造

---

* 本文译自 John Keble 版《胡克著作集》（John Keble ed., *The Works of That Learned and Judicious Divine, Mr. Richard Hooker*, rev. R. W. Church and F. Paget, 7th ed., 3 vols., Oxford: Clarendon Press, 1888）中的《论教会政治体的法则》（*Of the Laws of Ecclesiastical Polity*），同时参考了《福尔杰图书馆版胡克著作集》（W. Speed Hill ed., *The Folger Library Edition of The Works of Richard Hooker*, gen. ed. W. Speed Hill, Vols. 1–5, Cambridge: Belknap Press of Harvard University Press. Vols. 1–7, Binghamton, NY: Medieval & Renaissance Texts & Studies, 1977–1998）和 A. S. McGrade 主编的哈佛版《论教会政治体的法则》（A. S. McGrade ed., *Of the Laws of Ecclesiastical Polity: A critical edition with modern spelling*, ed. A. S. McGrade, Oxford: Oxford University Press, 2013）。本文是《论教会政治体的法则》“序言”的前半部分（因字数较长，“序言”后半部分拟在本刊下期刊出），译者根据“序言”主旨重新拟定了标题，“序言”原标题为“致那些试图对英格兰教会的法律和教会规制进行所谓改革的人们”。“序言”原文自然段落过长，不便于阅读，译者重新划分了自然段，原自然段落用方括号标出，供读者查核原文。——译者

成的政治后果。在胡克看来，脱胎于欧陆宗教改革的清教意识形态塑造出了一种危险的“政治人”类型：他们既不服从尘世的合法权柄，也不尊重公共的法律，仅凭自己的私人意志，便要颠覆国家既有的政治秩序，将符合他们理想的制度强加到整个政治共同体之上。之所以如此，是因为他们偏执地相信自己直接获得了圣灵的特殊启示，对于他们而言，理性、传统以及客观的法律制度，都无法与他们个人良心的权威相提并论。胡克认为，倘若不遏制清教运动的扩张，放任清教徒推行自己的“改革”计划，必将造成极其严重的政治后果。

关键词 胡克 英国国教 宗教改革 清教运动

On the Political Consequences of Reformation (Ⅰ)

Richard Hooker

Abstract: *Of the Laws of Ecclesiastical Polity* is the representative work of Richard Hooker, a British political thinker in the 16th century. Its purpose is to resist the radical Puritan movement's destruction of the British political order and to demonstrate the legitimacy of the Anglicanism regime. In the Preface of the book, Hooker analyzes the political consequences of European Reformation in England. In Hooker's view, Puritan ideology, born out of the European Reformation, has created a dangerous type of "political man", that is, he neither obeys the legitimate authority of the world nor respects the public law, and only by his own private will, he wants to subvert the existing political order of the country and imposes the system in line with his ideals on the whole political community. The reason for this is he is paranoid to believe that he has directly received the special revelation of the Holy Spirit. For him, reason, tradition and objective legal system cannot be compared with the authority of his personal conscience. Hooker believed that if the expansion of the Puritan movement was not curbed and the Puritans were allowed to carry out their own "eformation" plan, it would cause extremely serious political consequences.

Key words: Richard Hooker; Anglicanism; Reformation; Puritan movement

背景介绍:

1588 年，在女王伊丽莎白一世的领导下，英国海军击溃西班牙的“无敌舰队”，粉碎了这个天主教大国的入侵计划。经此一役，英国消除了外部最严重的地缘政治威胁，开始崛起为真正的欧洲强国。与此同时，一场政治危机已经在国内酝酿：英国清教徒的势力正迅速膨胀，他们猛烈地抨击都铎王朝的国教制度，反对国王对英国教会的统治，并试图发动一场激进的“改革”运动以革新英国的政制。

16 世纪的清教徒是天主教的死敌，他们也对英国在抵抗外敌时的胜利感到欢欣鼓舞，但是他们却要将斗争的矛头指向国王。这是因为，清教徒的政治观念深受欧陆宗教改革，尤其是加尔文派的影响。加尔文宣扬神权政治，反对政治权威对教会事务的干预，追随加尔文的英国清教徒自然不会承认国王拥有对于英国教会的至高统治权。否认国王对教会的至高权威，无疑就是否认英国国教政制的正当性。17 世纪，当霍布斯面对饱受内战蹂躏的祖国，在《比希莫特》(*Behemoth*) 中探索这场灾难的源头时，他将那些主张长老治教，抵制国王统治，甚至力倡国家和教会分离的清教徒视为引发内战的罪魁祸首。在霍布斯看来，内战的种子早在都铎王朝时期就已经埋下，只不过在伊丽莎白时代，女王的威严尚能遏制长老派的气焰。但是，一旦女王离世，他们便趁机壮大声势，与议会当中的反对派合流，向王权发起挑战。

本文作者理查德·胡克 (Richard Hooker, 1554—1600) 在 16 世纪时就已经对清教徒政治观念的危险性洞若观火。胡克出生时，英国正处于玛丽一世的天主教复辟统治之下，但在胡克四岁的时候，玛丽便驾崩了。继位的是另一位女王——玛丽的妹妹伊丽莎白一世。伊丽莎白次年便颁布了新的《至尊法案》(*Act of Supremacy*)、《划一法》(*Act of Uni-*

formity）以及《公祷书》（*Book of Common Prayer*），再次与罗马教廷断绝关系，重新巩固了国王在英国教会中的至尊地位，统一了国教的礼仪。它们和其他文件一起，史称“伊丽莎白决议”（Elizabethan Settlement）。

在伊丽莎白女王统治的前期，对英国王权的最大威胁主要来自国内外的天主教势力。但是，随着伊丽莎白挫败国内政敌的密谋，并在1588年战胜西班牙的“无敌舰队”，来自天主教的威胁便基本解除了。此后，清教徒便成了英国国教政体的首要对手。这些加尔文的信奉者认为，英国教会尽管已经在制度层面脱离了和罗马教廷的联系，但是这样的改革仍不彻底，英国教会应当继续推进“改革”（reformation），恢复到圣经中记载的原始教会的洁净状态。

此时，胡克已经完成了牛津大学的学业，成为一名正式的国教会牧师，在履行职责的过程中，他不但亲历了如火如荼的清教运动，而且还与清教“长老派”中的领袖人物特拉弗斯（Walter Travers）进行过面对面的交锋论战。但是，作为一名神职人员，他关心的问题却不仅限于宗教领域。在他看来，清教徒所鼓吹的教会改革实质上是对英国政制的彻底颠覆，因为这些不从国教者（dissenter）试图将教会从英格兰这个“政治体”（polity）当中分离出去，从而分裂作为整体的国家。

正是为了在清教徒的激进诉求面前捍卫英国政制的正当性，胡克才于1591年后动笔写作《论教会政治体的法则》（*Of the Laws of Ecclesiastical Polity*）。这部著作由八卷本和一篇“序言”组成，全书篇幅共1400余页。“序言”和前四卷于1593年出版，此后，胡克又在1597年出版了篇幅最长的第五卷。然而，最后三卷未及面世，胡克便染病去世了（1600年）。当讨论英国王权问题的第八卷付梓之时，已经是1648年，在这卷为英国君主制辩护的作品面世之后的第二年，英国人就斩落了查理一世的头颅——无人可以设想，这八卷书假如都能在英国内战爆发前出版，将会如何影响英国的政局和历史的走向。

“序言”虽未被列入《论教会政治体的法则》的正文，但是，作为全书的开篇，胡克在这一部分讨论了几个至关重要的问题——路德、加尔文等人领导的欧陆宗教改革在英国造成了怎样的政治后果？激进的清教意识形态如何俘获英国的广大普通信徒和少数智识人？它对英国的和平与安定造成了怎样的威胁？因此，透过“序言”，我们不但能够理解胡克写作《论教会政治体的法则》的意图，也能看到胡克对16世纪英国乃至欧洲面临的政教危机的诊断。

一、之所以要处理这些事情的缘由，在其中我们可以期望什么，为此人们已经付出了巨大的辛劳

[1] 就算不存在其他的原因，以下理由也是足够的：后人能够知道，我们没有轻率而悄无声息地让事情在梦中逝去。将会有很多人了解，在我们中间建立的上帝教会的现状，以及他们为了维护它所做的谨慎努力。在你们——我们的主和救世主耶稣基督心爱的人手中（因为在他之中，我们对他所生的一切人所抱有的热爱，不是你们的怨恨和苦涩之海所能淹没的），我唯一不得不去寻找的，就是你们用自己的方式强加到不同意你们的观点和判断的人身上的东西。但是，尽管人的天性对于无礼的咒骂过于缺乏耐心，我还是希望，为了我们渴望完成的工作，和平的上帝能让我们可以平静甚至喜乐地承受这一切。

[2] 在你们身上有一种奇妙的热情，凭借着它，你们起身抵抗这个教会已经为人所接纳的规制（orders）。正是这种热忱，首先触动我开始思索：是否（正如你们所有已发表的著作专横地坚持的那样）每个敬畏上帝的基督徒，都必然会和你们一起，推进尔等所谓的主的戒律（the Lord’s Discipline）。对于这个问题，我必须坦率地对你们承认，在我为此考察你们各种各样的宣言之前，我确实没有办法进行思考。我只能认为，毫无疑问，有如此之多原本受到恰当影响、最具虔敬品性的心灵

也受到了一些不可思议而又合乎情理的引诱，使得他们无比坚定地走上了那条道路。可是，只要在我绵薄之能力能够发挥作用的地方，我就不辞辛劳、悉心细致地遵从使徒的教诲："凡事查验。"到目前为止，我只剩另外一条诫命需要满足了，这诫命便是"凡善美的要持守"。在我浅薄贫乏的理解中，唯一的办法就是写下这段话作为我最后的坚定信念：

> 毫无疑问，当前教会政府的形式是由这片国土上的法律所奠定的。无论是神法，还是人的理性，都不足以证明，它们的确不好，而又竭力抗拒变革。

相反，

> 我们被要求接受另一种教会政府的形式，以取代之前的那一种。可那仅仅是一种错讹与浅薄幻想的产物，却被称为耶稣基督的诫命，然而，尚未有任何证据清楚地表明它的确如此。

[3] 我很乐意将对两者的解释告诉你们，甚至用耶稣基督的温柔来衷心地恳求你们，我相信你们是爱他的：在你们使教会的和平与安宁变得岌岌可危之时，如果你们身上有高尚的谦卑之心（那是基督徒心灵的冠冕的荣耀），如果你们的灵魂、内心与良知（在个人方面，对真理的拒斥很难与真正正直的灵魂并存）——对此我并不怀疑——是你们最为珍视的东西，就"不要让你对我们的主耶稣基督的信奉"（《雅各书》2：1）① 受到"偏见"的玷污。不要关心话是谁说的，只需要考量话的内容是什么。不要觉得，你们眼前这些文字的作者把自己变成了你们所信奉的真理的敌手，其实，他想要和你们一起信奉相同的真理（如果那的确是真理的话），而且，因为那个原因（上帝知道，这是唯一的原因），他已经担负起了这种繁重的、令人不快的讨论工作。为了找到一

---

① 中译参考和合本《圣经》，下同。——译注

条通向那里的平坦道路，就请允许我刨根究底吧，我要搞清楚你们的戒律是在谁的手上培育出来的，又是如何培育的。它的第一次试验，就是在这个时候，在我们生活的这个时代开始的。

二、加尔文先生在日内瓦教会的事业首次确立了新的戒律，它在我们当中引起了冲突和争吵

［1］在我看来，新戒律的这位创立者，自法国教会拥有他的那一刻起，他就是法国教会有史以来最为明智、无可匹敌的一位。他的教养体现在民政法（Civil Law）的研习当中。他所积累的神圣知识，与其说是通过聆听和阅读获得的，不如说是通过教导别人而得到的。因此，尽管成千上万的人从他那里得到了这种知识，但他所应感念的，却只有上帝，而非其他任何人。上帝生出了至福的源泉，写就了生命之书，创造出令人钦佩的机智，还提供了其他学识作为他的向导：直到他被迫离开法国，沦落到日内瓦的土地上。不久之前，（如有些人所断言的）该城的主教和圣职者抛弃了这座城市，他们或许被民众废除教宗宗教（popish religion）① 的突然尝试吓坏了：他们认为，在此处继续等待事态的发展是不安全的。当加尔文抵达之时，他们的民政统制（civil regiment）的形式是广受欢迎的，并且一直延续到今天；无论国王、公爵，还是贵族，都没有任何凌驾于人民之上的权威或权力，只有人民一年一度从自己当中选出的官员，在公众同意（public consent）的基础上，对一切事务发号施令。对于属灵的政府（spiritual government），他们根本没有一致同意的法律，只是做着他们灵魂的牧师用劝说的方式赢得他们认可的事情。

加尔文被接纳为他们的一位传道人，一名神学讲读者。他考虑到，

---

① 此处的 popish religion 直译为“教宗宗教”，实际上就是罗马天主教。——译注

假如听从愚众的喜好，让他们拥有随心所欲改变一切事情的权力，那么整个教会的产业就被系在一条纤细的绳索之上，这是多么危险啊。于是，在争取到另外两位牧师①的支持之后（尽管其他人均持反对态度），他们采取了行动。最后，他们竭尽全力说服人民用庄严的誓约约束自己——首先，再也不会承认教宗对于他们的权威；其次，他们要遵行有关他们的宗教仪典和教会政府形式的规制，那是他们忠实于上帝之道的牧师为了实现这个目标而依照圣经订立的。

[2] 在这些措施投入实施的时候，人民（他们自己最清楚是什么促使他们走到了这一步）也已经开始后悔他们所做的一切，忿怒地咀嚼着被他们塞进嘴里的马嚼子;② 而且由于这一革新，他们逐渐开始嫌恶周围的一些教会,③ 在过去，他们的国家是不能缺少与这些教会的友谊所带来的利益的。

（无论是由于人们渴望独自享受他们事业的荣光，还是因为情势的倏忽变幻要求立即行动）在每个特定教会的内部，被一小部分人认为是好的做法，就被他们拿来指导其他的所有人——这也是那些时代人们的行事方式。当时存在着数量众多的教会，尽管在它们内部是自由的，但事先举行一次小规模的共同会议，本可以让他们免除许多事后的麻烦。而这又造成了一个更大的不便，后来每个教会都试图在某种程度上摆脱与罗马教会的一致，并且要比之前其他的教会走得更远。这就产生了不可思议的巨大分歧，而且由于这个原因，嫉恨、不满、不和与冲突也在它们当中蔓延开来。然而，这些灾祸原本是很容易被防范的——只要不是每个教会都独断专行地在高压之下确立起它们认为合适且有利于自己

① 此处指的是法雷尔（Guillaume Farel）和另外一位主张改革的牧师库劳德（Elie Courald）。——译注

② 此处为直译，意思是日内瓦的民众开始后悔接受施加在自己身上的各种束缚。——译注

③ 此处指的是瑞士城市伯尔尼（Berne），以及它的附属城市洛桑（Lausanne）。——译注

的规制，并把它们颁布给人民，就像万军之王的律法的永恒命令那样，没有任何例外可言。这就导致一个教会必然控诉和谴责另一个教会，必然谴责对方在存在显著分歧的事情上违背了基督的意志。但我认为以下方案既避免了可能引起其他人厌恶的一切情况，也为那些创始人保留了今后进一步磋商的更大自由，即虽然允许这些规制，但是却以一种更加谨慎和悬而未定的方式将它们建立起来，也就是说，它们将一直保持效力，直到上帝授权召开一次普遍会议，讨论接下来怎么做，才能对每个教会都最为有利。尽管这一方案从来没有像现在这般如此必要，但是，他们也不可能轻易地接受它，而不用担心自己的信誉受到损害：因此，一旦他们开始行动，就会坚持不懈地做下去。

于是，加尔文和他的另外两位同僚强硬地拒绝主持圣餐礼，不肯平静且不带矛盾与怨言地服从于他们庄严的誓言要求他们服从的规制。在这场纷争中，他们被逐出了这座城市。

[3] 日内瓦人民的几个牧师职位陷入了空置状态（这些人民就是如此轻率）。他们曾经想要摆脱这位博学的牧师，可几年之后，他们却更加急切地希望把他从款待了他的地方请回来。而那些不愿意和他分离的人，又尚未摆出不可抗拒的真诚态度。城里的一位牧师曾经目睹了人民以何种方式一心想要废除加尔文的职位，现在他又注意到了人们的此类情感：

议会里总共有两百名议员，他们都渴望加尔文的回归。第二天的一个常规会议上，他们又像这样哭喊着：我们需要加尔文，那个博学的好人、基督的牧师！

他说：

当我理解这一点的时候，我只能赞美上帝，也只能如此判断：“这是主的作为，在我们眼里那是不可思议的”，而且“匠人所弃的石头，已作了房角的头块石头”。(《路加福音》20：17)

而那两位（和加尔文一起）被驱逐的牧师，已经满足于享受流亡生活。有很多原因导致日内瓦人更加渴望加尔文归来。首先，加尔文在一件事情上向他们低了头，这或许让他们感到心情愉悦且充满希望，长此以往，他还会轻易地俯就他们。在加尔文离开的时间里，他已经说服了那些他能够劝服的人，让他们相信，虽然他自己更喜欢在圣餐中使用普通面包，但是他们应当接受另外一种面包，而不该为此在教会中惹出任何麻烦。此外，他们还发现加尔文在国外也愈发名声大噪了，于是，他们的丑行，亦即轻率、幼稚地放逐加尔文这件事，也随着加尔文的名声而散播开来。不仅如此，他在世上的声誉可能在许多方面对这座可怜的城市起到很大的作用：正如事实所表明的，他们的牧师在国外获得的尊敬已经成为他们的篱笆中最好的一根木桩。① 然而无论什么不为人知的因素触动了他们，为了满足他们的心意，加尔文（随着他成为另一个图利［Tully］②）回到了他过去的家园。③

［4］加尔文深思熟虑过，他以及像他这样智慧而又庄重的人，与这样一些民众生活在一起，作为他们的牧师寄人篱下，受其驱使，该是多么令人不悦的一件事情。为了解决这个不便，他开诚布公地告知他们，如果他再次成为他们的教师，那么日内瓦人必须完整地接受全部的戒律。日内瓦人以及他们的牧师应当立刻庄严地宣誓，保证从今往后永远遵从它。这套戒律的主要部分如下所示：要设立一个长期的教会法

---

① 此为直译，意思是加尔文在国外得到的尊敬成为日内瓦人的最有利的条件。——译注

② 在遭到罗马放逐，并得到多个希腊城市的慷慨接待之后，西塞罗（Marcus Tullius Cicero）在公元前57年回到了罗马，并且受到了热烈的欢迎。——译注

③ 基勒姆派（Guillermins，法雷尔的追随者）在1540年夏天掌握了日内瓦政府的控制权，随着小议会（the Little Council，“小议会”是当时日内瓦的最高权力机构）在9月投票决定召回加尔文，他们就开始努力劝说加尔文从斯特拉斯堡回来。此时，加尔文已经花费了这数年中的大部分光阴在John Sturm的学园中担任圣经讲师，同时还担任法国教堂会众的牧师。在克服了最初的不情愿之后，加尔文在1541年9月回到了日内瓦。——译注

庭；由教会牧师们担任法庭终身法官；每年要从其他人当中选出两倍的人来，和牧师们在法庭上一同担任法官：这两类人关注日内瓦所有人的生活方式，他们掌握着决定一切教会案件的权力，拥有召集、管理、惩罚，乃至将任何人革除教籍（excommunication）的权威。任何人，无论其身份的尊卑贵贱，只要法官们认为合适，都无法豁免于法官的权威。

如果我们充分考虑一下当时日内瓦的现状需要什么，那么我看不出那时候最有智慧的人还能对这一设计做出什么改进。因为他们的主教和教会的神职人员（如前所述）已经悄悄地逃走了，不管怎样，他们都已经离开了；想要选出另外一个主教，已经全然没有可能。对于日内瓦的牧师而言，如果他们试图独占凌驾于整个教会之上的强制性权威，这样的行为，在当时也是很难得到理解的。可是，当有人如此直率地提议，每一名牧师，都应当与两个来自人民的成员在宗教法院里一同列席，并表达看法和观点，他们又怎么可能轻易发现他们或许无法随时补救的不便呢？

然而（头脑更加简单的人总是如此，哪怕看不到明显的理由，他们还是会对更具智慧者的隐秘意图与目的心生疑忌），他的提议在某种意义上的确给他们造成了麻烦。当加尔文不在的时候，一些牧师们留在了这座城里，当知道人民想要召回加尔文的迫切心情，他们其中的一些人就事先写好了表示归顺的信件，并向加尔文保证，如果他乐于倾听公众的诉求，那么从今往后他们也会永远忠诚。

但是，如果这套戒律真的推行下去，就会有人对可能发生的事情产生疑虑；他们反对将之作为其他改革教会的范例，即便没有它，那些教会也井然有序地运作着。一些地位不凡、广受拥戴的平信徒更加倾向于表达他们的判断——这套戒律不过是改头换面之后，施加在他们身上的另一种教宗僭政（Popish tyranny）罢了。这类人可能担心，让数量如此庞大的平信徒占据宗教法官的席位，只是为了取悦人民而已，到最后他们或许会觉得自己确实有几分影响力。不过，当这些安排在实践中经受检验之时，他们牧师的学问，随时都有强行说服头脑简单之人的力量。后者知道自己的职务任期十分短暂，所以总是对牧师的终身权威充满畏惧。

在这些牧师当中，有一位迄今为止享有了超出同侪的尊荣，其他人在发出自己的声音时，往往都带有一种对于他的隐秘的依赖和敬畏。因此，表面上是一个了不起的、冷静持中的宗教议会在进行统治，但实际上，只有一个人作为其余人的精神和灵魂完成了所有的一切。

可是这些虚妄的猜测有何助益呢？他们现在面临着如此严峻的困境，即他们必须在两条路当中选择一条。也就是说，他们要么无休止地丢人现眼，愚蠢而轻率地赶走加尔文——他们曾无助地渴望他的归来；不然的话，他们就得服从加尔文的要求。在这一点上，加尔文的态度斩钉截铁：要么推行自己的方案，要么和日内瓦人分道扬镳。日内瓦人觉得，在国内受到微乎其微的束缚，总好过在国外名誉扫地、永世不得翻身。所以到最后，这些规制得到了各方的赞同。① 他们提出一些条件，比如希望加尔文给予他们有限的优势地位，彼时他们和那些无法继续坚持的城市一样，是欣然接受这一切的。

[5] 还没过几年，这些已经两次起誓的人们就冒险对这套戒律的堡垒发起了最后一次也是最猛烈一次的攻击；经议会全体同意，并由他们的城市所批准，日内瓦人幼稚地允许宽恕一个名叫贝尔特利耶（Bertelier）的人，② 而此人之前已经被长老们革除了教籍；不仅如此，他们还颁布了一条荒谬离奇的法令，赋予了议会在有关革除教籍事务上的最终裁决权，而且允许议会赦免为他们所喜的人。这显然违背了他们先前的誓约。

---

① 此事件发生于公元1541年。

② 贝尔特利耶（Philibert Bertelier）是一位与之同名的日内瓦爱国者的儿子，他强烈反对加尔文对该城的统治。——译注

加尔文立刻听闻了有关这条法令的报告。他说："在这法令生效之前，签署它的，要么是我的鲜血，要么是我的放逐。"在举行圣餐仪式之前的两天，加尔文的演讲也起到了类似的公共效果：

> 那些人被教会判为藐视者，这只手若伸向他们的圣物，就杀了我吧。

于是，由于惧怕产生骚乱，那位贝尔特利耶的朋友建议他，在他们看清事态进一步的动向之前，暂且不要使用议会赋予他的自由，也不要在教会当中现身。后来圣餐礼平静地进行，而且那些麻烦事也有可能和平解决，不再节外生枝。可就在这一切结束之后的那天下午，出乎所有人意料的事情发生了，加尔文结束了他的常规布道，并告诉人们，因为他既没有学过也不曾教导别人对抗掌权者，"所以情况就成了现在这个样子，让我把使徒的话赠予你们吧，'我把你们交托给神和他恩惠的道'①"。于是他就坚定地与所有人告别了。

[6] 有的时候，明智之人若想获胜，最容易的办法就是转身离去。这次加尔文主动而且出人意料地提出要立刻离开，马上就使得议会（因为按照他们惯常的做派，他们只会继续保持那种反复无常的态度）被召集了起来，并暂时中止了他们的法令。他们让一切都一如往常，直到那四座瑞士城市②就引发纷争的事务所做的判决传到他们耳中为止。在同意任何命令之前，他们首先采取这种做法，这在某种程度上体现了他们的才智和谨慎；但是，现在采取这种行动，实际上就等于是说，他们要在舞台上发挥自己的作用了。

于是，加尔文立刻向这些城市的首席牧师写信，热切地渴望获得他们的帮助。他在信中推重这项事业，认为整个教会的宗教和虔敬状态都

---

① 出自《使徒行传》20：32。——译注

② 苏黎世（Zurich）、伯尔尼、沙夫豪森（Schaffhausen）和巴塞尔（Basel）。——译注

极度依赖于它。所以，除非当这起案件被呈到他们面前时，他们能够和日内瓦的牧师们一起做出正确的裁决，否则上帝和所有的好人现在都不可避免地要遭受践踏。他们就是这样判决的，事实上，该判决可能包含两项内容：首先，他们绝对认可，日内瓦的戒律与上帝之道完全一致，没有任何限制、前提条件或例外；此外，他们还真诚地告诫，不要革新或改变这套戒律。

加尔文涉及两方面的激烈要求都得到了满足。因为，虽然上文提到的几个瑞士教会从未遵守过那套戒律，但是日内瓦议会却要求他们对以下三个问题做出裁决：第一，“依据圣经和纯洁无瑕的宗教，在借着上帝的诫命执行革除教籍的惩罚时，应采取何种方式”；第二，“是否只有宗教法院（the Consistory）能执行这项惩罚”；第三，“在此情况下，他们教会的用处是什么”。① 上述教会答复道：

> 他们在听说了那些宗教法院的法律之后，认为后者的确是神圣的法令，是指向上帝之言的诫命。因此，他们认为，对日内瓦教会而言，通过革新来改变这些法律不是一件好事，应当让它们保持原样。

尽管没有回应之前的诉求，但是，就加尔文先生认为他们必须回答的问题而言，这些答案还是被接纳了，而日内瓦方面也没有再做出进一步的回复。这是因为他们清楚地认识到，肚腹无法和智慧匹敌。于是，他们先前的论战热情熄灭了。

[7] 我希望如今的日内瓦居民，不要把我们揭露日内瓦人民过失的行为视为罪恶。因为，他们的博学的向导与牧师同样认为有必要向世界展示这些错误。这整个故事，也是我从他们的书籍和著作中搜集而来。到最后，我们或许就能发现，那套戒律以何种方式在他们当中被培

① John Calvin, *Epistolae*, 1576, no. 166, p. 279.

育出来，为了它，我们之间已经产生了数不清的争论。正如贝萨（Beza）① 本人所证实，促使加尔文在这件事上如此认真热切的原因，“是因为他认识到，为那座城市套上缰绳是多么必要”。他的明智让他意识到，必须要由伟大的智慧来指引那些人民。

可是，智慧的人仍然是人，而真理就是真理。加尔文为了确立他的戒律所做的事情，似乎比他为了使这套已被确立的戒律获得拥护而教导的内容更加值得称赞。自然（Nature）使我们所有人都热爱我们自己的意见，与他人的矛盾冲突则会激发这种热爱。我们的爱熊熊燃烧，令我们坚持自己曾经的所作所为，它使我们的智力变得更加敏锐，为我们的行为争吵、辩论，并用尽一切手段来为之论证。因此，假如一个能力如此出众，并且受到激励、渴望在一切方面推进他的事业的人，在阅遍上帝的圣经之后，竟无法从中发现只言片语，以此来培育一种至少具有或然性的看法，认为神圣权威在某种程度上和他站在同一边——那才是咄咄怪事呢。通过筛选最极端的语句，即便是加尔文的才智也只能从中推论出一些言辞，对他而言，这些言辞似乎的确暗示了：所有的基督教教会都应该赋予他们的长老（Elderships）革除教籍的权力，而且，每个地方都要遵循他为日内瓦规定的模式，即一部分长老应当从平信徒中遴选出来。但是，你们凭什么论据能够表明——加尔文曾经借此证明了这一点——圣经中的每一个字句，都必然对这些事情或其他事务提出了强制性的要求呢？在所有此类事情上，你们的意见和加尔文保持一致，却与你们自己的教会规制为敌。

［8］如果我们贬损被他们辛辛苦苦塑造成大师的那个人，那么我们就会伤害美德本身。有两件关键的事情，使加尔文理所应当地举世闻

---

① 贝萨（Theodore Beza，1519—1605），加尔文的传记作家，其信件的编辑者，也是加尔文日内瓦首席牧师职位继任者，同时还是一位杰出的圣经学者和神学家。贝萨是长老会政体当时仍然健在的主要权威，胡克的戒律主义反对者认为这种政体是真正教会的标志。——译注

名：首先，是他在创作《基督教要义》时付出的巨大努力；其次，是加尔文根据这一体系对圣经做出的阐释，他为此贡献的心血，并不亚于前者。在这两件事上，无论什么人，都只能在加尔文的身后耕耘劳作。当他们反对加尔文的时候，加尔文从对他们的偏见中获得优势；如果他们赞成加尔文，加尔文则能收获超过他们的荣耀。

一旦有关那套戒律的问题被提出来，在这之后，他发表的著作就从不曾放过任何一个机会，来颂扬戒律的用处和非凡的必要性。加尔文在改革派教会（reformed Churches）的传道人那里赢得的赞誉，与罗马教会对格言大师（Master of sentences）① 的形容一样，甚至超过了后者：所以，加尔文就在自己的著作中，用最娴熟的笔法，评价他们是最完美的神学家。他的著作几乎成为评判教义和戒律的准则。无论是在其他国家，还是在他们自己的国家中，法国人的教会都遵循了加尔文的模式。在建立自己的改革组织时，苏格兰教会也采取了同样的模式。一开始，这戒律是如此虚弱无力，它没有得到圣职者的赞同，这些人自己不服从于戒律，也未能让其他人服从它；如今，它终于开始要求普遍的服从，并且与那些在极端的绝境中救济过它的教会发生了公开的冲突。

[9] 这些教会以最和平的方式生活，其中既有许多在别的专业领域拥有非凡学识的人，也有举世无匹的神学家。有一个教会受瓜尔特尔（Gualter）② 戒律的命令，而不遵循日内瓦崇拜的戒律。有一人③来到这

---

① 彼得·伦巴德（Peter Lombard，1100—1160），又称为伦巴第人彼得，著名中世纪神学家，经院哲学的代表人物之一，活跃于巴黎大学。于1159年被任命为巴黎主教。他最重要的成就是编纂《四部语录》（*Sententiarum libri quatuor*），收集教父们的文章成集，此书也成为基督教系统神学当时的主要教科书。正是这项成就，为他赢得了“格言大师”（Magister sententiarum）的称号。——译注

② 瓜尔特尔（Rudolph Gualter，1519—1586）是布林格的伙伴，也是苏黎世首席牧师职位的继承人。——译注

③ 此人是英国人威瑟（George Wither，1540—1605），剑桥大学毕业生。——译注

个海德堡（Heidelberg）的教会，并渴望获准进行公开的争论。带着对他们的政府的公然蔑视，他辩护说：

> 神法赋予一个拥有长老职分的牧师革除任何人教籍的权力，哪怕对方是国王和君主本人。

此处播下的种子，引发了贝萨和埃拉斯都（Erastus）[①] 之间关于革除教籍问题的争论：是否在所有的教会中，长老都拥有革除教籍的权力，以及是否为了这个目的，必须从平信徒中选出一部分长老。在我看来，在这场论战中，他们将真理分割成了相等的两部分。贝萨至为正确地坚持了革除教籍的必要性，而埃拉斯都也同样正确地认定，没有必要让平信徒长老（lay elders）成为教会的牧师。

[10] 在爱德华国王（King Edward）统治的岁月里，我们之间有的问题是由一部分人对某些事情的顾虑引起的。玛丽女王（Queen Mary）在位期间，不少人流亡海外，有的人在国外仍使用他们在国内采用的祈祷书，这些祈祷书在他们离开王国之前就已经得到了许可；其他人则更偏好日内瓦教会翻译的公祷书。这便加剧了之前已经开始的小规模的争论。

如今，在女王陛下[②]的幸福统治下，在指向议会高等法院的"劝诫"面世之前，一时最富争议的事务，就是穿戴帽子（Cap）和白色法衣（Surplice）的问题。这份文件的作者隐匿了自己的姓名，认为展示出自己的思想和情感就足够光荣了。而他们的思想和情感，已经普遍地热衷于反对这个教会中与日内瓦的纲领不一致的规制和法律。对于这些

---

① 埃拉斯都（Thomas Erastus，1524—1583），瑞士神学家、医学家，生于巴登。曾在意大利波洛尼亚和帕多瓦研习神学、哲学和医学。他在宗教改革运动中属苏黎世派，尊崇茨温利的学说；曾对加尔文利用教会权力以异端罪名处人死刑表示异议，认为判罪和处刑均属于国家权限，教会不应涉足；反对教会革除信徒的教籍，著有《关于革除教籍问题的说明》（*A Treatise of Excommunication*）。——译注

② "女王陛下"指的是伊丽莎白一世（Elizabeth I，1533—1603）。——译注

劝诫的辩护人，我想说的无非是以下这些话：

> 这一天将会到来，到那时，比起用倨傲而锐利的智慧写出的浩繁卷帙，以仁慈和温顺说出的只言片语，将得到更多的福佑和奖赏。

但是，假如人们看似掌握了真理，那么他们的写作方式就一定不会使我们的内心与真理疏远。那位辩护人的追随者们便是这般理解他的，怀着这种信念，他们追随着他。他也以同样的方式追随着加尔文、贝萨等人。他抱持着同样的信念，认为他们在这件事情上掌握了真理。另一方面，我们则完全被说服了，相信必须依靠某种试验才能发现哪一方陷入了谬误。

三、何以如此之多的人被训练得热爱那套戒律

［1］自然教导人们在法和其他事物中辨别善恶的第一种手段，就是他们自己的斟酌（discretion）能力。所以，圣保罗（Saint Paul）经常提到他的听众要思考他的讲话。“我好像对明白人说的，你们要审查我的话。”（《哥林多前书》10：15）之后他又说：“你们自己审察，女人祷告上帝不蒙着头，是合宜的吗？”（《哥林多前书》11：13）我们的救主也要求犹太人锻炼这种判断力（《路加福音》12：56－57）。对于庇哩亚（Berea）的犹太人，圣经便是如此推荐的。最后，无论我们做什么，哪怕这事情本身可被允许，但倘若我们隐秘的判断力（secret judgement）认为这样做不合适或不好，那么该行为对我们而言就是罪恶（sin）。因此，总的来说，圣保罗的规则就是，对于自己所允准或者已经做了的事情，“各人心里要意见坚定”（《罗马书》14：5）。

［2］有些事物是如此常见，又是如此清楚明白，即便能力平平的人也能轻而易举地从中区分对错善恶。具有此种性质的，绝大多数是对于所有人的得救而言必不可少的事物。对于此类事情，我们要么保留它们，

要么拒斥它们；要么做到它们，要么避免它们。因此，圣奥古斯丁（Saint Augustine）承认它们不仅被记了下来，而且被明明白白地写在了圣经里。于是，任何听到或读到圣经的人，都可以毫不费力地理解它们。

还有其他的一些事情，尽管没有那么重要，但同样属于基督徒的职责。由于它们更加含混晦涩，对它们的判断就更为复杂和困难。所以上帝便指定了一些人，让他们穷尽一生光阴，主攻神圣事物的研究。到最后，在这些更为疑难的问题上，他们的理解力就能成为指引他人的明灯。那位大医学家①说道：

> 假如灵魂的理解力就像肉体的视力一样，并非所有人都同样敏锐，那么，就像视线昏暗的人能够在视野清晰之人的引导下感受到可见的事物，同样，在事关更为艰深的论述时，智慧的心灵也能让天真愚钝的心灵看到他脚下的路——还有比这更合适的吗？②

在我们关于法（law）的疑难问题上，还有谁看不到，让那些掌握了相关技艺的专业人士担任我们的向导是多么必要？对于其他所有类型的知识而言亦是如此。在这类事上，主也照样指示我们："祭司的嘴里当存知识，人也当由他口中寻求真理"，因为"他是万军之耶和华的使者"（《玛拉基书》2：7）。人民恣意傲慢地控制这类人的判断力，对此拿先斯的贵格利（Gregory Nazianzen）感到十分不悦。在他看来，在此情形下，人民应当交出自己的判断，通过诚心诚意地恳求，设法让自己待在他们的边界之内：

> 不要擅自以为，你们这些羊群可以引领那些应当做你们向导的

① 指医学家盖伦（Claudius Galen，129—199），他是希腊人，被罗马皇帝所雇佣，是古罗马时期最著名的医学大师。他写了许多有关逻辑学、伦理学、语法和医学的著作。——译注

② Claudius Galen, *De optimo docendi genere*, Basel, 1538, t. 1, p. 8.

人，也不要试图越过他们为你们扎好的羊栏。如果你们能够有序地安排好自己，这对你们来说就已经足够了。不要审判你们的法官，也不要让他们服从于你们的律法，他们应当成为你们的律法，因为上帝不是暴动和混乱的神，而是秩序与和平的神。①

［3］但是你们会说，如果人民的向导瞎了，那么普通人就不能闭上自己的双眼，被他们带着走（《马太福音》15：14）；如果祭司在律法上瞻循情面，那么羊群就一定不能偏离真理之道，不能天真地屈膝臣服，因为他的地位和高高在上的官职而对他亦步亦趋（《玛拉基书》2：9）。虽然就其本身而言，你们的话是正确无误的，但是，用来为你们自己辩护却不够有力：因为尽管在你们心目中，你们看到并以为自己的道路是真实的，但是这个问题已经得到的考虑，比你们五百人当中的任何一个所以为的都要深入得多。

你们当中的粗浅之辈应当明白，即便在这项事业最细微的方面，都无法像他们那样做出定论，为了检验其正确与否所做的工作，远远超出他们的想象。我写下这些，并不是为了羞辱那些受到引导的、头脑极其简单的人，可是，我还是乐于让他们知道这项事业的性质是怎样的——他们认为自己在这件事情上得到了彻底的指导，但事实并非如此；他们感觉不到自身的危险，就这样每天驱使着自己。他们的所作所为便如使徒所判决过的那类坏人一样，“毁谤他们无知的事”（《犹大书》1：10；《彼得后书》2：12）。

［4］如果我们认可，在不诉诸公共协商的情况下，由私人（private men）来争论哪种才是公民政治体的最佳状态（对于此类争论，我认为他的意思就是想要引入另外一种政体，以取代他们自己国家的政体）是不合法的；如果我们承认，由于他们当中的大部分人都处于特定的情势之下，所以他们无法轻率地对这件充满疑难的问题做出决断，并且每一

---

① Gregory of Nazianzen, *Oratio qua se excusat*, Basel, 1550, p. 154.

种政体都能提出在数量上不亚于其他政体的理由；① 那么，为什么还能说他们可以更好地判断哪种教会统制（regiment Ecclesiastical）最为合适？因为在公民国家中所需要的洞察力，以及处理此类事务所必需的经验，已经远远超出了他们可能获得的程度。当他们在笔端为你们的戒律辩护，并且颇为狡猾地将它推荐给至高者（the Highest）时，他们还是被迫承认，“他们不知道”，也不确定“谁掌握了真理”；② 在这个问题上，大众又能有什么确定性或知识呢？

[5] 请你们衡量一下，是什么促使普通人如此热衷于这些革新。你们很快就能发现，大众从来不曾也不可能认为，你们所声称的用以支撑你们某些观点的特定理由拥有完全的说服力。但是，还是有某种一般的诱惑，能够让你们的事业赢得普遍的青睐。而且，一旦有人对它产生了幻想，任何不起眼的特殊声明，都将有助于引领这些已经有所倾向和准备的心灵。

[6] 为了赢得人民对“那项事业”（the cause）——因为这就是你们给它的称呼——的普遍热忱，他们采取了如下的办法。首先，他们在群众面前，尤其严厉和尖锐地谴责身居高位者犯下的错误；经常这样做，就会给那些不停谴责罪孽的人带来一种正直、热诚和圣洁的良好感觉，亦即除非他们特别虔敬，否则他们绝不会对罪恶感到如此愤怒。

[7] 第二步，就是将充斥尘世的所有错误和腐化堕落，都归咎于现有的教会政府。就像之前那样，通过谴责错误，他们为自己和群众挣得了美德的名声；而由于找到了这些原因，他们就被断定拥有超出其他人的智慧；然而，事实上，借助于类似的推理表演，他们甚至能把[以色列]先知们对国家统治者的责备，归罪到由我们的主亲自建立（他们也都承认这一点）的犹太政体上去。他们也这样对待英格兰的教会统

---

① John Calvin, *Institutes of the Christian Religion*, 4. 20. 8.（中译本参见加尔文，《基督教要义》，钱曜诚等译，北京：三联书店，2010，第 1545 – 1547 页。——译注）

② *A Petition directed to her most excellent Majestie*, 1591 – 1592, p. 3.

制（在另外一种意义上，也是上帝亲自创造了它）以及我们国家暴露出的污点和瑕疵，而后者的根源在于人类自身的软弱和腐败。无论采取怎样的政府形式，它们都会遭到抱怨，这种情形不仅现在如此，并且长久以来基本都是如此，（为了我们所知的不遂他们心意的事情）这种抱怨将一直持续下去，直到世界终末的那一天。

［8］在充分控制人们的心灵之后，第三步就是推出他们自己的教会政府形式，作为荡涤所有邪恶的唯一救世良方，而且他们还要尽可能地为之装点一切光荣的头衔。他们在本性上就像躯体染病的人，以及那些神志癫狂、厌恶且不满于现状的人，想象随便什么东西（他们听到有人赞扬这些事物的美德）都能够帮到自己。然而，对于那些获得最多称赞的东西，他们付出的实践却是最少的。

［9］引诱的第四步，就是以这种方式塑造人们心中的观念和概念，让他们在阅读圣经的时候，认为自己耳中的每一个字都指向戒律的进展，而与之对立的事情则是完全的耻辱。毕达哥拉斯（Pythagoras）用关于数字的理论知识培养自己的学生，使他们的概念的力量变得如此强大，以至于当他们开始沉思自然事物的时候，他们就想象，在用他们的眼睛看到的每一个如其所是的具体事物中，数字的要素是如何为自然的作品赋予本质和存在的。① 经由他们错误塑造的先入之见，原本在理性看来不可能的事情，现在也显得毋庸置疑了，就像自然已经把它写进了所有上帝造物的脑子里一样。

一旦那些“爱之家”（family of love）② 的成员脑海中有了这种观

① Aristotle, *Metaphysics*, Bk. 1, ch. 5.（中译本参见亚里士多德，《形而上学》，吴寿彭译，北京：商务印书馆，1995，第 12 – 16 页。——译注）

② 爱之家（Familia Caritatis），又称家庭派（familists），是 16 世纪由尼克莱斯（Hendrick Niclas）创立的一个神秘主义教派，被认为是德国再洗礼派的分支。它号召所有“热爱真理的人”团结在一个伟大的、和平的基督教大团契内。该派信徒以英格兰人最多，其作品也在那里私下出版。1580 年伊丽莎白女王曾颁布一项宣言反对该教派。——译注

念，那么基督就不意味着任何一个位格，而是一种被许多人分有的品质；“复活”也不是别的意思，而是和这种品质一同再生，或被赋予这种品质；而“审判”，就是此种品质的拥有者和缺乏者的分离得以在此实现的那一刻；他们何以清楚地想象圣经的话语到处都在支持他们的宗派呢？那事业使得单纯无知的人们以为自己看到了上帝之言现在是如何在你们这一边运行的，毫无疑问，它通过教导，抢先占领了他们的心灵、扭曲了他们的观念；它将“长老”（elder）说成只能担任教会管理官职的平信徒；“博士”（doctor）则只能进行教学，既不能传道，也不可主持圣礼；“执事”（deacon）只能管理布施箱，除此之外，再无其他职责；基督的“权棍”“节杖”“王座”和“王国”，则成了只由牧师、长老、博士与执事支配的一类统制形式；借助于一种神秘的类比，锡安山和耶路撒冷就是接受了这种统制形式的教会，而撒玛利亚和巴比伦则代表了质疑上述统制形式的教会。类似的说法还教导着他们，要运用以斯得拉（Esdras）、尼希米（Nehemiah）和其他人说过的一切关于修复上帝的垣墙、坍圮的城市和神殿的话：仿佛圣灵已经特意地预示了，那些创作了致议会的劝诫文、对枢密院的恳求信、对女王陛下的请愿书的人以及其他类似文件的人，应当作为他们事业的代表，要么采取行动，要么忍受苦难。

［10］从这里，他们迈向了一个更高的阶段，亦即去说服那些轻信的人们，这些人非常容易犯下一种令人愉快的错误——圣灵的特殊光照。借助着这种特殊的光照，他们能够在圣言中分辨出其他读者看不到的东西。圣约翰（St. John）说：“亲爱的弟兄啊，一切的灵，你们不可都信。”（《约翰一书》4：1）但是，这灵仍然通过两种方式将人引向全部的真理：一种是特殊的，另一种则是一般的；一种只属于少数人，另一种则将自身的范围扩展到属上帝的所有人；一种我们称之为特殊且无比神圣的启示，另一种则被称作理性。

如果借着这样的启示，那个灵让他们从圣经中发现了这套戒律的秘密，他们一定会宣称他们当中的所有人（无论男人、女人还是儿童）都是先知。或者，假如那个灵借助理性之手来引导他们，由于建立在理性之上的信念的强与弱，取决于作为其根基的理由本身的力量，所以，他们当中的每个人——从最伟大的到最渺小的——就一定能够为其中的每一项条款说出某种特殊的理由，而他们在此类事情上的热忱信念，就和他们所持有的理由同样强大。那些信念的过剩力量若不是来源于其他地方，这一切又如何可能呢？毋庸置疑，当人们的意见被情感所塑造时，他们为谬误辩护时的认真劲头，（在大多数情况下）比那些明智可靠的信徒们要强烈得多，后者依据圣经提供的证据的性质，坚持着他们所理解的真理。在一些事情上，这些证据是清楚明白的，在有关基督教教义的原则问题上便是如此；而对于另一些事情，比如那些关于戒律的问题，它们则显得更为模糊和可疑。相应地，这些证据塑造着内心的同意，而上帝那最仁慈的灵就是借助着这内心的同意而运作的，正如借助着他最有效的工具那样。因此，内心之同意的基础，不是他们的信念当中所包含的炽烈的热忱，而是那些理由自身的准确可靠。后者必须宣称，他们在这些事情上的意见是由圣灵铸就的，而不是由邪灵的虚谎（《帖撒罗尼迦后书》2：11）造成的，哪怕这邪灵拥有强大的幻象。

［11］在这之后，普通人的幻想一旦彻底认识到是那个灵创造了他们关于戒律的信念，那么，这种幻想就会逐渐渗透进他们的内心，让他们以为就是这灵引导他们获得了这种意见，进而为他们打上了上帝的子女的印记。在现今的情况下，能够将他们作为上帝的子女识别出来，并且与其他人加以区别的最特殊的记号，就是他们那种最为热忱的情感。这已然使他们与世界的其他部分高度地分离（separation），通过这种分离，其中一种人被称为那些弟兄、那些虔诚者，等等；而其他的人，则被叫作凡夫俗子、趋炎附势者、取悦人而非取悦神的家伙，诸如此类。

［12］于是，他们很容易认为，为了防止熄灭那个好的灵，就极有必要采取一切手段，使这个灵在他们自身当中得到加强，同时也要对其

他人清楚地显现出来。这使他们孜孜不倦地听从那些众所周知具有此类倾向的人；这使他们渴望寻找并抓住一切机会与他们举行秘密会议；这使他们乐于在所有重要的事情上（比如合同、遗嘱等等）将那些人当作自己的顾问和导师；并且，由于无比迫切地想要从这个团体的主宰那里得到指导，这使得他们不再关心与他们的产业最密切相关的事务，并且觉得自己就像玛利亚（Mary）那样，因为选择了那更好的部分而值得称赞。最后，这还让他们承担起了那些人的生计和救济，有时甚至为此苛责自己，生怕没有人注意到他们对这项事业的热情。在如此强大的煽动力之下，那些可怜的、受骗的灵魂有什么事情是做不出来的呢？

［13］在这一方面，我们还注意到，最多的努力被用来赢得某些人对这项事业的长久支持。而这些被争取的人，因为其性别的原因，她们的判断力通常又是最弱的。即便妇女不像圣保罗所说的那样“担负罪恶”（《提摩太后书》3：6），而且（因为我们在大多数情况下都非常尊重她们）容易在善好的事物中得到圣洁的启迪，不易于受人蛊惑，在任何一种罪孽与邪恶中沉沦堕落——这些人进入她们的屋子，目的是在那里种下对于那套戒律的热情和热爱——但是，某些情形还是可以让人们思考，假如这项事业的进展是通过可靠的证明所获得的，并且以之作为自身的基础，那么它就不会竭尽全力地想要在判断力最薄弱的人们那里占得上风了。

因此，为了使妇女改变信仰所投入的工夫明显多于用在男性那里的，这是因为，妇女被认为更容易在这项事业中成为他们的工具和帮手。之所以会如此，是由于她们的那种渴望的情感，这种渴望使得她们用尽一切手段，费尽心力地把她们的丈夫、孩子、仆人、朋友和伙伴领到同一条路上来；是由于她们易于同情的自然倾向，使妇女在面对他们当中那些经受着贫困之苦的传道人时，比男性更多一分慷慨之情；是由于妇女们尤其拥有各种各样的机会，来为她们的众弟兄争取鼓励；最后，还是因为当她们苦心孤诣地思考，如何让身边的所有人都受到这项事业的影响时，她们能够从中获得一种独特的快乐。

［14］然而，不管男人还是女人，一旦他尝到了其中滋味，那么无论哪个与他意见相反的人开口劝说，他都会紧紧捂住自己的双耳。他们不会考虑对方给出的理由，而一律答之以约翰的话："我们是属上帝的，认识上帝的就听从我们。"（《约翰一书》4：6）至于其余的人，你们是属世的，所以论到你们所说的这世上的浮华与虚妄，世人也听从你们。当上帝的官长的尊严、权威和荣誉坚持反对他们的时候，他们的事业和再洗礼派（Anabaptists）① 的事业一样适用于这种托词。一旦向这些热心的人们表明，他们并没有能力在此类问题上做出判断，他们就会回答说："上帝拣选了世上愚拙的。"（《哥林多前书》1：27）一旦让他们明白，他们干下的荒唐事是如此昭然若揭，就连五尺竖子也要对他们大加斥责，他们就用下面的话来为自己辩护："基督自己的使徒也被认为是癫狂的"，"世人总是断定最好的人偏离了正确的心智"。②

［15］当教导对他们没有好处时，一旦让他们感受到最轻微、最仁慈温和的严厉对待，他们就把无论在哪里找到的、任何对嗜血的残忍之人所说的话，用来责备上帝设在尘世的代理人。而且他们还会把圣经中一切有利于为了真理而受迫害的无辜者的语句都用在自己身上。和那些古代的扰乱者一样，他们为自己应当遭受的痛苦而感到骄傲。对于古代的扰乱者，圣奥古斯丁这样写道：

---

① 再洗礼派是欧洲中世纪基督教的一个派别，16 世纪欧洲宗教改革运动中出现在德国、瑞士、荷兰等地。参加者主要是农民和城市平民。该派主张原来教会的洗礼因为没有信心和圣灵的降临，因此信徒需要成年后重新接受洗礼，故得此名。——译注

② 《使徒行传》26：24。《所罗门智训》5：4："我们这些愚拙的人竟以为他的生活癫狂。"另见三倍伟大的赫尔墨斯，《对阿斯克勒庇俄斯：论思想和感觉》；拉克唐修，《论正义》（《神圣原理》，第 5 卷，第 16 章）。

那些人们被正确地称作殉道者，他们受苦并非因为他们的混乱无序，也不是因为他们以亵渎的方式破坏了基督教的团结，而是由于为了公义的缘故而遭到迫害。夏甲（Hagar）也在撒拉（Sarah）的手上遭受迫害，① 而那个施加迫害的人是圣洁的，承受重负的人则是不义的。同样的道理，主和盗贼一起被钉十字架，他们所受的痛苦是相同的，但是他们受苦的原因确实截然不同的。② 假如非要说真正的教会只能忍受迫害，而不能施加迫害，那么就让他们问问使徒，当撒拉令自己的侍女受苦的时候，她代表了怎样的教会。因为即便是我们自由的母亲，那天国的耶路撒冷，也就是上帝的真正教会——正如他所说的那样——也是在那个严厉地处罚了自己的女奴的女人身上得到预表的。然而如果我们仔细了解了所有事情，我们会发现事实的真相是，相比撒拉对她的严厉惩罚，夏甲通过骄傲的反抗对撒拉施加了更多的迫害。③

［16］这就是你们普通人走过的道路，这就是你们踏过的台阶，以及你们的向导在那个学校当中训练你们时经过的几个明显的阶段：让你们的耳朵特别习惯于针对你们统治者的责备；把这些错误都归咎于你们生活于其中的属灵统制；大胆地保证他们的戒律拥有治愈一切邪恶的力量；塑造你们的观念，让你们臆想圣经中的每一句话都有利于那套戒律；说服你们相信，你们之所以能够在圣经中发现这一点，是由于灵的光照，这个灵正是你们接近上帝的标志，你们要用尽一切办法在自身当中滋养它、见证它，并且在各个方面强化你们的心灵，以抵御任何可能将它从你们身边夺走的力量。

---

① 参见《创世记》16：1－6。——译注

② 参见《路加福音》23：39－43。——译注

③ Augustine, Epistle 50.（见 *Patrologiae curcus completus*, *series Latina*, Vol. 32, ed. J. P. Migne, Paris: Imprimerie Catholique, 1841, pp. 796－797。——译注）

四、是什么原因使得许多博学之士也赞同那套戒律

［1］所以，接下来要谈一谈你们。你们的判断力乃是指引其他人的明灯，因此，也正是你们塑造了人民的心灵。（我很乐意说服自己相信）你们这样做，并非完全出于政治的目的，不过，你们自己首先被更伟大之人的判断压得喘不过气来，那么，在你们的肩上就承担着论证你们事业的义务。为了这个目的，你们念出了各种各样的出自上帝之言的语句，但是，当我们讨论这些语句的时候——它总会以某种方式被讨论——我们发现，那些被视作完全必要，并被你们用来敦促我们的东西，却只不过是被你们用贫乏而又不可思议的脆弱猜想推论出来的。

我不需要对这样被宣称的任何一句话提出例证，因为我觉得为这样的话语举例是不容易的。有一件事着实怪异，你们口中的戒律应当是基督和他的使徒以上帝之言教导的，但是直到现在为止，没有哪个教会发现了它，也没有任何一个教会接受了它。相反，你们所屈从的政府，在基督教世界中却世世代代，随处可见。从来没有哪个教会发现上帝之言是与之对立的。我们要求你们在这整个大地上找到哪怕一个已经受你们戒律规制的教会，或者说不受我们的制度管辖的教会。我们的制度，也就是主教的统制，从神圣的使徒所熟悉的时代开始，就已经存在了。

［2］你们引入了很多古代的东西，好像教会最纯净的时代曾经服从过你们所要求的规制；仿佛你们的欲求就是，我们应当追随那些古老教会的模式，甚至要以之为镜鉴，从中我们能够看到你们在圣经当中找到的那些模式的实践。但事实上，你们表达的不过是这样一种意思：如今的一切都只是出于时髦的缘故，你们对它大加抱怨，将它视作一种伤害，认为人们理应主动地去寻求过去时代政府

的范例或模式。① 你们直白地主张，从使徒的时代一直到你们认为自己已经找到了正确戒律模式的当下，无论追随哪一个时代，都是不安全的。于是你们就竭力证明这一点。你们引用尤西比乌斯（Eusebius）的话：据赫格西普斯（Egesippus）记载，尽管当使徒们活着的时候，教会一直保持着纯洁，但是，一旦他们死去，一旦这些被上帝赐予了聆听神圣智慧之能力的使徒离开了这个世界，邪恶的错误就开始出现在教会当中了。② 在其他地方，克莱门（Clement）也证实，在使徒的时代过后，立刻就出现了教义的腐化，他还说出了那句格言："子不类父。"③ 苏格拉底（Socrates）④ 也谈及了罗马和亚历山大城的教会，它们是使徒时代最具盛名的教会，但是到了 430 年，罗马和亚历山大城的主教们就背离了神圣的职责，堕落到世俗的统治和支配中去了。⑤ 于是，你们就得出结论，从除了使徒时代以外的任何时代寻找我们政府［的形式］，都是不安全的。

［3］顺带一提，我们应当注意，当你们把使徒时代提出来作为教会应当遵循的模式之时，尽管你们有相同的愿望，但是你们的意旨和目标却并不统一。平信徒改革者们最主要的吁求，就是圣职者（the Cler-

---

① Thomas Cartwright, *A Reply to An answer Made of Master Doctor Whitgift Against the Admonition*, 2nd. edn., Hemel Hempstead, 1573, p. 97.

② Eusebius, *Ecclesiastical History*, Bk 3, ch. 32.（见 *Patrologiae curcus completus*, *series Graeca*, Vol. 20, ed. J. P. Migne, Paris: Imprimerie Catholique, 1857, p. 284。——译注）

③ Clement of Alexandria, *Miscellanies* 的开头。（见 *Patrologiae curcus completus*, *series Graeca*, Vol. 8, ed. J. P. Migne, Paris: Imprimerie Catholique, 1857, p. 700。——译注）

④ 此处的苏格拉底并非那位著名的古希腊哲人，而是史学家苏格拉底（Socrates Scholasticus, 380? —450），他是君士坦丁堡本地人，续写了尤西比乌斯的教会史，包含了 305 至 439 年这一时间段。——译注

⑤ Socrates, *Ecclesiastical History*, Bk 7, ch. 11.（见 *Patrologiae curcus completus*, *series Graeca*, Vol. 67, ed. J. P. Migne, Paris: Imprimerie Catholique, 1857, p. 757。——译注）

gy）可以保持和使徒同样的处境和条件，亦即像基督的使徒们一样清贫。如果他们将此种环境想象得如此完美，那么他们肯定认为拥有众多托钵修士①的教会在这方面是最幸福的。②

假如为了上帝的荣耀和他的教会的好处，圣职者真的应该像使徒一样衣不蔽体，既没有拐杖，也没有口袋，③ 那么我希望，那位将使徒的处境赋予他们的上帝，也会赋予他们和那位圣洁的使徒同样的情感。这位使徒所说的话，“知道怎样处缺乏，也知道怎样处丰富”（《腓立比书》4：12），道出了他心中正直且高洁的满足，这才是最恰当的主教箴言。基督的教会是一个奥秘之体（body mystical）。除非它的各个部分保持均衡，否则这个身体就无法维持下去。所以，假如对这两种人都提出要求，让圣职者像使徒那样，身处卑贱粗劣的环境，并且也要求平信徒们和曾经生活在使徒照管之下的人们一样——那么，这样的改革虽然没有包含多少智慧，但起码还算是中立无偏的。

［4］可是，你们有关圣职者的改革（如果这样不冒犯你们，我应该说你们也属于圣职者）似乎有着更为远大的目标。你们认为，无论谁若要进行完善的改革，都必须要将那种教会戒律的形式引入它所在的国家。这件事既不可能，亦无把握，同时还一点都不方便。

就第一点而言，圣经并未充分说明使徒时代所使用的［戒律］是怎样的，所以当你们将他们的时代当作教会政治体的规制和典章时，你们就构造了一种不可能被完全了解的规制，正如它不可能被维持一样。

此外，即便在使徒自己的时代，也有一些事情是后人考虑到，而前人未曾料想的，因此，当你们笼统地鼓吹使徒时代的时候，我们就不能

---

① 胡克这里是在反讽。这些修士在贫穷上的虚荣做作经常被人嘲弄，在整个欧洲的新教共同体当中，他们一直有着缺乏纪律、生活散漫和在讲道时诡计多端的名声。——译注

② 此处所指的就是胡克那个时代的罗马教会。——译注

③ 参见《马太福音》10：10 或《路加福音》9：3。——译注

确定应当遵循什么。你们尤其让我们感到怀疑，你们到底在多大的程度上认可这些时代。因为你们说，敌基督者高楼的天窗①虽不是当时所立的，但是它的根基却隐秘地藏于地底，并且在使徒的时代就已经奠定了：因此，令人讶异的是，你们明确地拒斥其他所有的时代，而当你们赞同使徒自己的时代之时，也带着满满的疑虑。于是，你们就令使徒时代的教会模式变得错综复杂而且令人生疑，而我们却要遵循这种模式。

第三，普通群众的错误是只考虑什么东西是古老的，而且——假如它的确古老——只在乎它是否仍然得以延续；假如并非如此，他们就谴责现存的事物，永远不去寻找使变化得以产生的基础和原因。这种粗野的习性不可能出现在你们这些天资优异的人们身上，你们的学识和判断力让你们能够更为可靠地分辨出，教会的时代与规制可以在没有过犯的前提下发生多大的变动。的确，宗教的仪式越古老越好;② 但是，这句话并不是绝对正确且没有例外的，只有当这些不同的年代与事物的状态——那些仪轨、规制和典礼最初就是为了它们而建立的——相一致时，这个判断才具有真实性。在使徒的时代，这一切都是无害的，但是如果在今天复活它们，就是一件可耻且丢人的事情。他们的 oscula sancta ［圣吻礼］③

---

① 天窗（louver）是开在房子屋顶的一个口子，让烟能够排出去。在英格兰的北部，天窗则开在鸽舍的顶部。胡克引用卡特莱特的话，这里的天窗指的是罗马教宗。——译注

② Arnobius, p. 746.（胡克所引用的文献信息不详。亚挪比乌［Arnobius］是公元3—4世纪的一位基督教护教者。但是胡克这里提到的文字其实出自公元2世纪的罗马作家菲利克斯［Minucius Felix］的护教对话录《奥克塔维厄斯》［*Octavius*］。见 Minucius Felix, *Octavius*, London: Harvard University Press, 1931, pp. 328 - 329。——译注）

③ 《罗马书》16：16，《哥林多后书》13：12，《帖撒罗尼迦前书》5：26，《彼得前书》5：14。在他们侍奉上帝的集会上，他们的规矩是最后要用亲吻的方式相互行礼，用他们的话说就是："平安与你同在。"因此，德尔图良（Tertullian）称其为 signaculum orationis，即"祷告的标志"。见《论祷告》，18.1。

就是这样的例子。使徒所创立的爱席（feasts of charity），① 曾经在教会中保留了很长一段时间，但是到了现在，也没有哪个地方还需要它了。向圣职者供给什一税（tithes），为穷人提供的济贫所，让人民分别归属他们各自的教区，还有许多其他的措施，它们都确立于当下，不可能存在于使徒的时代。比起为了符合最古老、最原初的时代而将其废除，这些措施对于基督的教会有利得多也适合得多——哪个拥有理解力的人不能看到这显白昭彰的道理呢?

［5］所以，人们并不会大力提倡在使徒时代得到遵守的规制，并将其视作一条普遍充分或必要的规则。就算真的有人这样看待它们，你们也仍然需要更好地证明，那被你们冠以使徒之名的戒律形式，在使徒的时代得到过施行。因为在这件事上，你们甚至不能触及你们最看重的、被视作戒律之本质的事物——我指的是你们的平信徒长老们的权力，以及在所有教会中，你们的博士与牧师的区别。因此，总而言之，我们可以大胆地得出结论：除了你们近来的几次糟糕透顶的实践之外——之所以会这样，是因为你们傲慢、骄傲且无礼地蔑视所有优良的秩序——就再也没有什么能让你们做出真实的断言，号称你们的戒律曾以完整的形式，或在实质上得到过施行。

［6］古代的证据无法帮助你们，于是你们就去求靠博学之士的判

---

① 《犹大书》1：12。关于这种宴席，金口约翰有言：

> 在固定的日子里，他们让大家共享餐桌。在完成了礼拜仪式，结束了奥秘的圣餐礼之后，他们就会召开宴席，富人为宴席提供食物，一文不名的穷人反倒受到邀请。(《有关〈哥林多前书〉的布道》，27)

关于这种宴席，德尔图良也有类似的描述：

> 我们的晚餐的性质就展示在它的名称里。因为它被叫作ἀγάπη，在希腊人当中，这就是“爱”的意思。无论花费多大，都被认为是以虔敬的名义得到的收获。(《护教篇》，第 39 章)

断，似乎他们的著作主张，所有的基督教会都应当接受你们的戒律，并舍弃我们的。你们堆砌了许多可敬之人的名讳，所以你们提及的人物众多。然而你们之所以这样做，是为了争取那些无知粗俗之人，他们衡量事情的砝码，是流言和传闻，而非事物本身的分量。如果有人真的了解这些人物的品质和价值，就一定会认为，你们引来的不过是一些糟粕渣滓。可是，即便他们都被视为最优异和最重要的人物，对于我们而言，他们既不会也不应该做出如下断言，认为英格兰教会的法律应当屈服于他们的意见或猜想。更不用说，他们从来都没有一致赞同那个观点；而在那些意见一致的人当中，大多数人也由于受到殷勤的引诱，将某一个人作为他们追随的向导；最后，这个人自己也完全有可能改变立场。

假如有人碰巧说过在使徒的时代或许存在平信徒的长老；或者并不反感让他们一直存在于教会之中；或者断言，主教最初只是一个名称，而不是一种与长老不同的权柄；或者对没有主教统制的那些教会表达过一些赞赏；又或者对滥用这一职司的错误加以责备——你们就为了和你们有同样信念的人将这些话记下来，你们都相信所有受上帝律法约束的基督教会都应当消灭主教，代之以长老职位，并批准你们在每个教区的政府中都设立这样的职位。于是，他们深受欺骗，以为在这项事业的支持者中，那些你们提到名讳的人物，都一致赞同上述的裁断。

［7］不过我们承认，国外改革派教会的许多神学家在涉及你们戒律的一些关键问题上达成了一致。首先，为了效仿日内瓦教会过去的做法，其他一些教会中的博学之士就必定需要更为强烈的意愿，他们采取了类似的方式——不是借助于公共权威的缓慢而沉闷的程序，而是利用人民更为迅捷的努力来寻求改变。在这样的紧急情况下，我看不到他们怎么可能停下脚步，仔细思考一下其他类型的统制，而不是那种已经被他们设计好了的制度，后者曾在类似的情况下得到过实施，可以轻而易举地被迅速建立起来，而且由于它将某种影响力赋予了人民，所以最能够让人民感到满意。所以，当一个教会的范例最初几乎是靠着一种强制

或必然性而被许多教会效法，那么，它们对于同一政体的某些关键问题持有相同的信念也就不令人感到奇怪了。对此我们不会感到讶异，如果这些教会都做了同样的事情，那么它们也易于用相同的观点来看待自己的所作所为。

[8] 除此之外，我还请求你们留意盖伦（Galen）在哲学问题上的洞见，因为甚至在有关更高知识的问题上，也发生了类似的事情。① 人们的意见就像流言和传闻一样，常常会出现这种情况。一个可靠之人所说的话，很容易让被他说服的人们感到信任。但是，如果两个人，或三个人，或四个人都一致同意一条传闻，他们也都会认为这是无可争议的。于是，由于缺乏应有的考虑，人们就会经常犯错；要么是某种共同的原因将人们引向谬误，要么某一个人利用了众人的轻信而蒙骗了他们。对于任何事情，即便有十个人被带来作证，但是如果他们关于将要作证的事物的知识，尽是出自其中的某人之口，并在他们当中口耳相传，那么他们所有人的话加起来也只有一条证言的效力而已。

我们的情况也没有什么不同，在这里，作为女儿的诸教会一起说着她们母亲的方言，许多人合唱同一首歌曲，因为他②担任着这个歌队的指挥——即便在最伟大的神学家中，他也有应得的权威，关于这一点，我们已经谈过不少了。你们或许会问，若非论证的必然性的强迫，又是什么促使众多博学之士服膺于一个人的判断呢？其实你们自己已经回答了这个问题。在你们眼里，有些人和使徒时代以来的其他人一样，已经在教义的一切问题上获得了完备的知识，你们不愿意认为他们会在有关戒律的问题上犯错误。③ 我们非常敬佩那些从事伟大事务的人物，这是我们的一种自然而然的情感；我们不愿意相信他们会做错任何事情。其

① Claudius Galen, *De cujusque animi peccatorum notitia atque medela*, Basil, 1538, t. 1, p. 366.

② 此处的“他”应指宗教改革家约翰·加尔文。——译注

③ *A Petition directed to her most excellent Majestie*, p. 14.

原因在于，正如几只死苍蝇能使做香料者的膏油发霉变臭，一点点愚昧也能败坏智慧的尊荣（《传道书》10：1）。在每一个赋予了少数人的判断过多权威的基督教支派中，都会出现这样的状况。德国人已经让路德（Luther）变成了这样的人，而在许多其他的教会当中，加尔文则在所有事情上一言九鼎。对于这一点，难道我们还是不能确定吗？哪怕是为了防止我们过高地评价某个人，上帝的智慧（他在圣经中为我们树立了众多令人钦佩的美德的典范，他们当中没有哪一个不曾看到自己的过错，到最后，唯有上帝才能永远得到我们承认："你才是圣洁的，你才是公义的。"）也会允许承载其荣耀的珍贵器皿在一些事情上遭到人性弱点的玷污。

五、他们要求通过辩论进行裁断

［1］尽管如此，你们所能说的，似乎远远多于你们的著作向世人揭示的东西，你们热切地要求借助公共的辩论进行裁断。假如你们所渴望的，不过就是公开辩论那些有争议的事务，那么（就我所知）大学的学院集会（schools）将为你们敞开大门，它们会举办一年一度的学位授予仪式。除了常规和偶尔举行的辩论之外，我们教会戒律的部分内容也常常被提交上去，以供考察。近年来，人们注意到，你们当中那些最为博学的人很少或从未缺席那些规模较大的集会；而在此类场合，即便他人以适当的方式提出的观点是你们所反对的（据我所知，这是他们给予陌生人的属于经院学者的礼遇），你们也从来不曾（正如我所认为的），且永远不会（我是这样假定的）拒绝他们的这种善意。

［2］但是如果你们想要举行声势浩大的集会，还指望现有的法律对你们熟视无睹、不加干预，直到你们在数千人的听证会上，一致承认自己的错误，并且宣布放弃对你们事业的进一步诉求为止；那么，好在他们——为了满足你们的要求，他们的权威是必需的——不仅认为允许将

分歧的心灵集合在一起的做法是危险的，而且他们也不觉得法律可以屈尊降贵，悬置自身而不对你们发生作用，直到某位辩士能说服你们服从它为止。［因为］法律一旦被庄严地确立，就应当要求所有人的服从，并约束他们。一条法律乃是整个政治体的行动，假如你们认为自己是这个政治体的一部分，那么这法律也就是你们的行动。在这种情况下，恳求诸位听众推翻他们自己的行为已经批准的东西，这是合理的吗？（没有人怀疑）已经被批准的法律可以再次被废止，而且为此目的，立法者们也可以对它提出争议。但此时是那个整体对每个部分都应当服从的法律深思熟虑，而不是某一个部分拒斥那已经被整体有序地认可的法律。

［3］既然我们所主张的事业并不需要回避任何裁断（这要感谢上帝），那么他们会愿意在这件事上过分地屈就你们吗？要知道，在这个问题上，他们的认可和批准是不可或缺的。我衷心地希望，不管你们是要满足自己，还是要满足别人，从而把他们变成你们的同盟，你们都能够以有序、平静的方式，在严肃的协商讨论中进行论证。但是，由于你们总是首先要摧毁掉那已经生效的事物，引入尚未被我们所接纳的东西；试图把那些在我们看来并无约束力的事物强加给我们，并且想要推翻我们所拥有的东西，因此，在此类会议上，你们只能要求成为申诉方或反对方，会议则必须包含对两件事情的证明：其一是我们的规制——你们对它提出谴责，认为我们应当将它废除，其二则是你们的规制——你们要求我们接受它，以代替之前的规制。

其次，倘若我们陷入具体的细节中，那么我们将要争论的问题就会非常繁多。所以，为了使论辩的程序更为简易有序，我们首先要讨论最具一般性的问题，不要遗留任何疑问；在每一个问题上，都不要只审查某些论证，而放弃对其他论证的检控，直到通过你来我往的答复，使相关的问题在双方那里都得到同样充分的推论、阅读和承认，进而从中产生出清晰明白的结论。

第三，为了避免平常且无准备的辩论所固有的许多麻烦，也因为倘若你们逐一地进行辩论，在每个人的智慧都充分发挥的情况下，其他人也会觉得另外某个人或许可以做得更多——于是，你们当中最重要的人物都赞同这种做法，也就是你们要选择一个发言人，他带入公开辩论中的观点是得到你们所有人认可的，他提出的不是他自己的主张，而是你们的观点。你们一致同意这种观点，并要求他以你们所有人的名义将它陈述出来。接着，一位公证人将取得你们主张的一个真实准确的副本，并允许他人在合理的时间内以类似的形式向你们做出答复。

第四，我们看到不少有关其他事务的会议并没有取得足够有效的成功，原因在于会议结束后面向世人公开发表的报告是带有偏见且有悖事实的，为了防止这种不幸，在一开始，双方就得发表郑重的声明，同意出版一本著作，而不再出版其他的书籍。在这本书中，目前经过他们授权的公证人要把相关的内容完全记录下来，但不再附加别的东西。他们要通过公开的证言，确认那被记录下来并被人读到的东西，是属于他们自己的观点。

至于与之相关的其他条件，无论是时间、地点和语言①的选择，抑或是为了防止无礼和不必要的发言，又或者是为了别的什么目的，在情况允许的情况下，这些问题也可以得到考虑。

我本不该情愿以这种方式提出自己关于公共行动秩序的私人观念（尽管我的做法仍然服从另一些人的纠正，他们的庄重和智慧应当在此情形下行使否决权），但是我发现，这种大胆冒失之举如今已经司空见惯。因此，我怀揣着一个美好的希望：但愿在一个允许所有人冒犯其他人的场合，不要有人让自己显得像一个尖刻的指控者。

六、除非双方都服从某个最终的裁决，否则争论将永无止境

［1］我们无法断定，上帝会让这种讨论或争辩获得怎样的成功。

---

① 指在辩论中选择使用拉丁文或是英文。——译注

但是对此我们可以确定的是，自然、圣经和经验自身都教导世人，为了终止争论，要将争论提交给某个司法性的、最终的裁断，对于此裁决，论战中的任何一方都不得凭靠任何借口或粉饰，拒绝接受。这一裁决必须是有效且强劲有力的，而缺少此种最终裁决的其他办法则罕见成功。因此，我想知道，为了结束这些烦人的冲突，你们和你们的追随者，是否真的会和教会当中得到授权的向导以及服从他们命令的其他人正式决裂；你们是否愿意将你们的事业提交给任何一个比你们自己更高的判决，还是打算坚持下去，继续你们已经开始的事业，直到你们被说服去谴责自己为止。如果你们的决定是后者，我们只能遗憾地说，尔等理应受到这样的对待，上帝曾亲自对你们这样的人做出宣判："和平的路，你们未曾知道。"（《罗马书》3：17）

［2］和平地达致结论的道路只有两条：其一是由我们内部指定的权威所做出的司法判决；另一种办法，则是由更具普遍性的权威做出的类似裁决。上帝在律法中亲自规定了前一条道路；他的圣灵则指引尘世中最初的基督教会使用后一种方法。上帝在律法中的诫命是这样的：

> 你城中若起了争讼的事，或因流血，或因争竞等等，是你难断的案件，你就当起来，往耶和华你上帝所选择的地方，去见祭司利未人，并当时的审判官，他们必将判语指示你。他们在耶和华所选择的地方指示你的判语，你必照着他们所指教你的一切话谨守遵行。要按他们所指教你的律法，照他们所断定的去行，他们所指示你的判语，你不可偏离左右。若有人擅敢不听从那侍立在耶和华你上帝面前的祭司，或不听从审判官，那人就必治死。这样，便将那恶从以色列中除掉。（《申命记》17：8）

后来在基督的教会中也出现了问题：有信心的外邦人是否也可以得救，尽管他们不遵循摩西的规矩施行割礼，也不遵守约束犹太人的其他合于律法的仪式和典礼（《使徒行传》15）？在经过了激烈的争吵和辩论之后，他们最终对上述问题得出结论，要让耶路撒冷的裁断来进行决定：为此目的，在耶路撒冷召开了一次会议，并做出了相应的判决。你们能够提出任何正当且充分的理由，证明你们绝对不应在这场争论中屈服，使你们的判断遭到某种最终裁断（无论它最后是赞成还是反对你们，都能为这场冗长而沉闷的争论画上句号）的否决吗？

［3］你们或许会回答说，由于你们相信自己已经触及了你们事业的真理，你们就不会去倾听任何判决，即便是天使的话也不例外，正如神佑的使徒自己的榜样所教导的那样；① 你们还会说，人和会议都有可能犯错；而且，除非给出的判决让你们的内心满意，除非再也无法对它做出进一步的反驳，总而言之，除非你们自己认识到并且承认它与上帝之道相合，如果固执地拒斥它则会与良心相悖（否则你们就不会承认这个判决）。

但是我请求你们首先考虑一下有关使徒的问题，他怎么会如此斩钉截铁地说，我们的主耶稣基督通过直观的启示向他显明，在这当中不可能有任何的谬误。那使你们信服的东西，不过是借助你们或然性的推论（probable collection）而获得的，所以，这种大胆的断言尽管在使徒那里是可敬的，但从你们的嘴里说出来，就只是鲁莽的辩驳罢了。那些被上帝委任在争议性事务中进行裁断的祭司和审判官，他们都有可能而且时常在他们的裁决中受到蒙蔽。上帝并非不知道这一点。然而根据上帝的理解，有时候还是应当让那个错误的最终判决获胜，直到做出这一判罚的那个权威察觉到了这一疏忽为止。他之后可能修正或推翻原先的判决，这样总比让冲突与不和有了滋生的土壤，且迟迟无法结束要好。

我们并不希望人们去做他们内心相信不应当做的事，但是（我们说）以下信念应当在他们的心中扎根，这个信念就是：上帝的意旨就是要他们去做司法判决和最终决议所确定的一切事情，哪怕在他们的私人

---

① 《加拉太书》1：8。——译注

意见看来，这决定彻底偏离了正道。毫无疑问，犹太人的许多判决，在当事各方看来都具有争议。然而在这种情形下，上帝也允许他们去做那些在他们的私人判断看来，也许确实是法律所禁止的事情。因为如果上帝不是混乱的创造者，而是和平的创造者，那么上帝也就不会让我们拒绝某种最终的判决，而是要我们满意地接受它。没有这种判决，我们就几乎不可能避免混乱，也永远不能指望可以获得和平。

耶路撒冷的会议曾为了某些微小的目标而被召集，一旦会议做出了决定，人们之后还是可以捍卫他们先前的意见。所以，当他们给出了他们的最终判决，所有的争论就都结束了。在他们做出决定之前，人们就事情进行争论，但是在决定做出之后，就不再有争论，而只有服从。① 这一判决结束了他们的纷争，这是在判决之前，他们的争论所无法做到的。在这基础之上，它足以使任何理性之人的良心建立起服从的义务，无论在涉及之前的争议问题时，他自己的意见是怎样的。我们的天性中充满了任性和自爱，以至于倘若没有某个最终的、能够成立的裁决，以及在这之后施加于双方之上的、使他们噤声的必然性，那么迄今为止发生的冲突，在短期内结束的可能性是微乎其微的。

［4］你们是否可以满足于任何已经建立的、一直以来获得授权的法庭——就像上帝亲自在犹太人当中建立的法庭那样——的判决，以决定所有的争论？现在问你们这样的问题纯属徒劳之举：“若有人擅敢不听从那侍立在耶和华你上帝面前的祭司，或不听从审判官，那人就必治死。”② 你们已经让我们明白，你们关于女王陛下的宗教事务高等法院（Court of high Commission）的那部分观点。它的性质和犹太人中的法庭是一样的，尽管权力没有后者那么大。你们可能更加喜欢另一种办法，

---

① 这段话的意思是，一旦会议做出了最终的判决，那么公开的争论就宣告终结。人们尽管可以私下里保留自己的个人意见，但是在外在行动上必须服从最终判决的决定。——译注

② 参见《申命记》17：12。——译注

因为贝萨大师在他最后一部著作中，曾经提到这些问题，他宣称自己已经厌倦了那样的争斗和冲突，无论是口头的还是笔端的，因为他发现那些争论不过就是大吵大叫罢了，因此，他希望："教会的某个合法的公共集会能够立即对这些纷争做出决定。"①

［5］那么，到那时会不会无事可"做"？并非如此。存在着"那律法上更重的事情，就是公义、怜悯、信实"（《马太福音》23：23）。这些事是我们应当做的；而对于这些事情，尽管我们较少争论，却没有去践行。当我们的主降临之时，他会看到，"做"这些事情的人，将比争论"博士、长老和执事"的人们更加幸福。或者说是否没有其他的解决办法，你们必须去做为了推进你们的戒律而需要做的事情？也就是要听从那些智慧之人，他们觉得应当废除这个王国的某些法规，而不是让它继续生效，而且习惯于在诉诸议会这个立法机构之前就采取行动。这也就是说，你们要花费时间，更加充分地重新考察你们的事业，并且更加彻底地考虑你们致力于推翻的东西。至于那些已经确立的规制，既然平衡与理性，以及自然、神和人的法则都赞同现存的制度，直到反对它的判决以合于秩序的方式被宣布为止，仅仅是正义在苛求你们，你们若不顺服，就当是悖逆。

［6］我并不认为，如果人们内心深信某些法律是违背神法的，那么还可以去遵守这些法律，然而，在这一情形下，你们的信念都必须暂时悬置起来，否则，一旦你们践行了自己的信念，就会在没有任何正当或必要理由的情况下扰乱上帝的教会，从而触犯上帝。确实有一些原因诱使你们几乎不去思考我们的法律。这些原因是自明的吗，是必然的吗，抑或仅仅是或然的？一个必然和自明的论证是这样的，当它被提交给任何人并得到理解的时候，心灵只能选择发自内心地赞同它。当这样

① Beza, *Tractatus pius et moderatus de vrea excommunicatione, et christiano presbyterio*, London and Geneva, 1590, Preface.

的理由被提出来的时候，我的良心都会允准它，并给予它充分的自由。因为对于那些既定的事情，这整个教会之体给出的公共许可仅仅赋予了它们或然性的善。所以，如果有一种必然性论证足以证明它是不好的，那么在此类论证面前，上述的公共许可必须让位。

但是，如果你们当中最有见识的人能够表明，你们迄今为止写下的所有著作可以提供随便一个具有这种性质的论证，那就请给出实例来吧。至于或然性（probabilities），有什么事情是一直以来都与可靠的理性如此一致，但仍然存在与之对立的或然情况呢？难道是这样的情况：当事物被公开地接纳，并且已经生效，倘若这个或那个个人在某种或然性观念的驱使下对它提出公开的异议，“我彼得或约翰不准许它们，并宣布它们什么都不是”,① 因此就应当终止强制要求人们对它的普遍服从？在此情况下，你们将这样回答：在有关我们教会的法律的问题上，对它们进行谴责的，不仅是“一个私人的意见，而是数千人的意见”，甚至“还包括那些掌握公共职司与权威的人”。② 好像当整体的公共同意确立起某样东西的时候，每个人的判断与之相比，就不是私人的，无论他的天职是否属于某种公共职司。所以，除非每个政治体或政治社会全体的或然性的声音，能够压制住其自身当中具有同样性质的所有私人的声音，否则，和平与安宁就绝无可能到来。这件事有效地证明了，既然上帝在教会中创造和平而非混乱，那么他也必定要创造出这些人的和平决议，在这些事情上，他们已经决定要让自己像教会所命令的那样思考和行动，直到他们发现必然的理由强制他们去做相反的事情。

---

① 此处的“彼得”和“约翰”指的并不是圣经中的使徒，而是基督教世界中极其普通、随处可见的两个名字，类似于中文语境下的“张三”“李四”，用来指代随便哪个普通人。——译注

② Thomas Cartwright, *The Second Reply of Thomas Cartwright: Against Master Whitgift's Second Answer*, Heidelberg, 1575, p. 181.

作者简介：

理查德·胡克（Richard Hooker，1554—1600），英国神学家、政治思想家，曾撰写八卷本著作《论教会政治体的法则》以论证英国国教政制的正当性，因此，胡克被后人视作英国国教（安立甘宗）的理论奠基人。除此以外，他的学说也对17世纪以来的西方政治思想传统产生了深远影响。

译者简介：

姚啸宇，中国人民大学古典学博士，中国社会科学院大学政府管理学院讲师。

经典与阐释

《比萨诗章》中的汉字书写与视觉图形特征*

刘燕　　邵伊凡

内容摘要　庞德的《华夏集》(1915)、《诗章》(1915—1970)开启了英语现代主义诗歌的新纪元。本文以《比萨诗章》(1948)为个案，运用“视觉图形艺术”的研究方法，旨在考察庞德如何通过汉字拆分、汉语书写、版式设计等艺术技巧，建立汉语与英语诗行之间的视觉对比、并置与互文性关系。受中国书写文字的影响，庞德提出了有关“表意文字法”“形诗”“意象并置”“意象叠加”的汉字诗学。尽管庞德对汉字及其承载的儒家文化的理解有文化误读之处，但他从艺术审美与诗学创新方面展现了汉字图形特征对现代主义文本设计所具有的影响力。作为中西跨文化交流的硕果，《比萨诗章》成为庞德实践其汉字诗学理想的最佳典范。本研究有助于我们从

* 本文系国家留学基金委项目“庞德与乔伊斯：英美现代主义文学中的汉字图形书写”(编号CSC201808110011)、北京对外文化传播研究基地/北京市社会科学基金项目“北京作家郑敏在海内外的译介与传播研究”(编号17JDWXB001)阶段性成果。

他者视角，反观汉字承载的审美意蕴及其对中西现代诗学的启示。

关键词 埃兹拉·庞德 《比萨诗章》 表意文字法 形诗 汉字诗学 视觉图形艺术

Chinese Writing and Its Vision Graphic Characteristics In *The Pisan Cantos*

Liu Yan; Shao Yifan

Abstract: A new page of creation of English modernism poem began during the period which Pound published *Cathy* (1915) and *Cantos* (1915 - 1970). In this thesis, the authors use *The Pisan Cantos* (1948) as an example to analyze how Pound established visual contrast, juxtaposition of images and intertextuality between Chinese poetry and English poetry through ways of separating, calligraphy of Chinese writing language and format designing from perspective of vision graphic arts. Influenced by Chinese written language, Pound put forward with poetics of Chinese characters for ideogrammic method, phanopoeia, juxtaposition of images, superposition of images. Despite cultural misreading when Pound tried to understand Chinese characters and the Confucianism, he revealed the influence of Chinese graphic writing to modernism page from artistic aesthetics and innovation of poetics. *The Pisan Cantos* is not only a great achievement of cross - culture communication between Chinese culture and western culture, but also the best model for Pound to put his Chinese characters poetics into practice. It provides an example for us to reflect Chinese written character and its aesthetic meaning and to establish Chinese modern poetics from the others' perspective.

Key words: Ezra Pound, *The Pisan Cantos*, Ideogrammic Method, Phanopoeia, Poetics of Chinese Characters, Vision Graphic Arts

埃兹拉·庞德（Ezra Pound，1885—1972）是20世纪初英美意象派诗歌运动的领军人物，也是后期象征主义的“教父”级诗人。众所周知，庞德通过编辑、改写美国汉学家费诺罗萨（Ernest Fenollosa，1853—1908）的中文诗歌译稿，了解到中国古诗的技巧和汉字作为艺术媒介的审美特征，自此与汉字、汉文化结下了不解之缘。1915 年，庞德出版的《华夏集》（*Cathay*）开启了英诗革新的新纪元，T·S·艾略特在为《庞德诗选》（*Selected Poems of Ezra Pound*，1928）所写的序中，称赞“庞德的中国诗歌翻译丰富了英语诗歌”，他是我们时代“中国诗的发明者”（The inventor of Chinese poetry）。① 在编辑费诺罗萨的遗作《作为诗歌手段的中国文字》（*The Chinese Written Character as a Medium for Poetry*）中，庞德曾如此评价这位美国同胞：“他的头脑中总是充满了东西艺术之间异同的比较。对其而言，异国的东西总是颇有裨益。他盼望见到一个美国的文艺复兴。”② 这句话同样适合用来评价庞德本人，他借助于来自“异国”的各种灵感，开启了“美国的文艺复兴”，为创新变革中的 20 世纪现代主义诗歌运动推波助澜。

在 1915 至 1970 年期间，庞德先后创作出多部长诗，合为长达两万三千多行的鸿篇巨制《诗章》（*Cantos*），其中较多涉及中国的有《中国诗章》（*The China Cantos*，第 52 – 61 章）和《比萨诗章》（*The Pisan Cantos*，1948）。在《比萨诗章》中，汉字频繁呈现，儒家经典以字、词、句的方式，置于诗歌文本的醒目之处。汉字在《诗章》中占有的比例之高，这在悠久的西方文学传统中是一种前所未有的现象，也激发庞德研究者们致力于探究东方对于西方的现代主义文学运动起源的催化作用，尤其是近三十年来，从外观、图形、多媒介（电影、绘画或音乐等）视觉方面“观看”（watch）或“凝视”（gaze）现代主义篇章

---

① T. S. Eliot，“Introduction”，in *Selected Poems of Ezra Pound*，London：Faber and Faber，1959. p. 13，p. 14.

② Ernest Fenollosa，*The Chinese Written Character as a Medium for Poetry*，London：Stanley Nott，1936，p. 12.

(page)，成为当代学者重新阐释、探究现代主义文学特质的跨学科研究视角，引人瞩目。① 本文以《比萨诗章》为个案，运用“视觉图形艺术”（Vision Graphic Arts）的方法，旨在考察庞德提出的“表意文字法”(ideogrammic method)、“意象叠加”、“意象并置”、“形诗”（Phanopoeia）等艺术技巧及其建构的汉字诗学内涵。庞德通过对关键汉字的拆分与重组，把它们嵌入现代英语诗歌的行列中，建立起汉语与英语诗行之间的对比、叠加、并置与互文性关系，赋予了现代诗歌文本以诗画交融的视觉图形特征。《比萨诗章》的异质性的“汉字图形书写”(Chinese graphic writing)，为英美现代主义与后现代主义诗歌的创新提供了最佳典范。同时，庞德的“汉字诗学”也有助于我们从中西跨文化交流过程中的他者视角，反思汉字承载的审美意蕴及其对中西现代诗学的启示。

一、《比萨诗章》中的汉字书写及其呈现方式

史诗般的《诗章》共有117章，研究者根据不同章节的不同主题来命名，如：第52－61章为《中国诗章》(1939)、第85－95章为《挖掘机诗章》、第74－84章为《比萨诗章》。1944年8月庞德因在电台吹捧法西斯主义者墨索里尼而被意大利游击队抓捕，他被拘留在位于比萨市附近的美军“整纪营”，在狱中写下了《比萨诗章》。这本诗集于1948年出版，次年（1949）就获得了由艾略特等著名诗人参与评定、美国国会图书馆颁发的博林根诗歌奖

① 该领域的研究论著有：杰罗姆·麦克甘恩（Jerome McGann）的《文本境况》（*Textual Condition*，1991）、乔治·伯恩斯坦（George Bornstein）的《物质现代主义》(*Material Modernism*，2001)、乔哈纳·德鲁克（Johanna Drucker）的《猜字》（*Figuring the Word*，1998）与《图形设计理论》（*Graphic Design Theory*，2009）等等。

(Bollingen Prize for Poetry)，但因庞德的“叛国罪”，此事一度在美国文坛引起很大的争议。①

(一)《比萨诗章》中汉字频率的统计分析

在早期《诗章》涉及中国的第13章（孔子诗章）中，庞德并没有使用汉字，主要内容参考法译本《四书》。直到1937年，庞德才开始认真学习汉语，在《中国诗章》中出现了几个零星的汉字。在《比萨诗章》开启的《诗章》后期章节中，汉字的引用率突增，汉字作为独特的意象贯穿始终。《比萨诗章》中呈现的汉字及其出现频率，如下表所示：

中	4次	何	3次	遠（远）	3次	非	3次
其	3次	鬼	3次	而	3次	祭	3次
之	3次	諂（谄）	3次	也	3次	符	2次
先	2次	後（后）	2次	旦	2次	口	2次
成	2次	志	1次	節（节）	1次	顯（显）	1次
莫	1次	誠（诚）	1次	辭（辞）	1次	達（达）	1次
黄	1次	鳥（鸟）	1次	止	1次	仁	1次
勿	1次	助	1次	長（长）	1次	明	1次
犬	1次	道	1次				

由上表可见，《比萨诗章》中的汉字总计34个（不包括重复出现在诗歌正文中的汉字，后面的频率统计包括文中注释在内），多为在早期《诗章》中未出现过的新字，且关键字“中”的频率最多，有4次；

① 1946年1月，庞德被押回美国，以“叛国罪”受审。后在精神病医生的诊治下，陪审团因其“精神不健全”“无法在任何一个问题上集中精神五分钟”“无责任能力”等，判处庞德在华盛顿的伊丽莎白精神病院接受治疗。后在艾略特、弗罗斯特等作家的不断呼吁下，庞德终于在1958年被释放，他晚年定居威尼斯，直到去世。

其次是“何”“遠”“鬼”“祭”“諂”等，分别为3次；“志”“旦”“誠”“道”等为1次。据统计，《诗章》总共出现了93个汉字，出现5次及以上的汉字有14个：“正”14次；“明”10次；“本”10次；“止”9次；“新”8次；“靈（灵）”8次；“旦”8次；“人”8次；“仁”7次；“端”7次；“顯（显）”6次；“日”7次；“中”7次；“周”5次。

《比萨诗章》中的汉字占《诗章》全部汉字的三分之一以上。显然，庞德使用这些高频率出现的汉字或词语，并不是为了故意吓唬把汉字视为天书的西方读者，而是以字寓意，通过精心选择的一个汉字来表达诗歌所要呈现的意象及其思想内涵，庞德因此也被誉为“一字儒”。结合《比萨诗章》的创作背景，庞德在被抓捕入狱时，毫无思想准备，只是匆匆携带了一本上海商务馆出版的理雅各（James Legge，1915—1997）英译的中英对照版《四书》（以及一本中英词典），这成为失去人身自由的庞德的“救命符”，使之免于精神崩溃，他后来说正是这本“圣经”救了他。“在《比萨诗章》里，我们看到庞德引用《大学》2次，《中庸》4次，《论语》21次，《孟子》9次。”① 庞德在囚禁中痛苦地反思二次世界大战之后的西方文化危机，坚定地相信以《大学》为代表的儒家文化才能救世解弊，建立一个“地上的乐园”。

（二）《比萨诗章》中汉字的呈现方式

《比萨诗章》中汉字的呈现方式主要分为两类：一为单独呈现，二为组合呈现。以单字形式呈现的汉字，共有15个，“中”字作为高频核心词，以单独的形式在正文中出现了3次，加上注释，共4次。如下所示：②

---

① 蒋洪新、郑燕红，《庞德学术史研究》，南京：译林出版社，2014，第136页。

② Ezra Pound, *The Cantos of Ezra Pound*, London: Faber and Faber, 1975. p. 454.

la pigrizia   to know the ground and the dew
but to keep 'em three weeks   Chung
we doubt it

and in government not to lie down on it
the word is made
perfect 
better gift can no man make to a nation
than the sense of Kung fu Tseu
who was called Chung Ni
nor in historiography nor in making anthologies

(b   h yr/progress)
each one in the name of his god

图 1

诗人写道：“我们怀疑中/政府不会信赖这个中/‘誠’这个字已造得/ 完美无缺/ 献给国家的礼物莫过于/ 孔夫子的悟性/ 那名叫仲尼的人。”① 《说文解字》把“中”注为：“内也。从口。丨，下上通也。”② “中”的原意是两军对峙间的非军事地带，但这个含义逐渐消失。后来“中”的词性非常多，作名词时，“中”代表一个居中状态；作动词时，代表合乎、到位与表示贬义的“受到”；作形容词时，表示居于平均水平；作副词时，表示在一半的位置上。在庞德看来，“仲尼”中的“仲”与“中”谐音，他是“中”的体现者。在《美国诗章》，“中”与“正名”等字也是一再出现。③ 庞德同时期在把《中庸》翻译为英语时，对标题进行了拆分，他认为“中”字是“一个动作过程，一个某物围绕旋转的轴”，并把“君子而时中”译为“The master man's axis

① 伊兹拉·庞德，《庞德诗选——比萨诗章》，黄运特译，桂林：漓江出版社，1998，第 59 页。以下所引该书，皆出自此版，只标注页码。

② 许慎撰、段玉裁注、段惟贤整理，《说文解字注》，南京：凤凰出版社，2007，第 33 页。以下所引该书，皆出自此版，只标注页码。

③ Ezra Pound, *The Cantos of Ezra Pound*, London: Faber and Faber, 1975.（分别出现在第 60、66 和 68 章等。）本文所引英文，皆出自此版。

does not wobble”（君子的轴不摇动）。[①] 由此可见，“中”“誠（诚）”被儒家视为一种社会和谐的理想境界，代表着一种平衡与公正、不偏不倚、真诚可靠。

值得注意的是，庞德对单独呈现的汉字会注音，并根据字形给予释义。例如，庞德对“旦”的解释是“闪耀的黎明在茅屋上”；[②] 而“口”是“太阳——神之口”；[③]“道”是“在一个国家或制度里/ 按照使用和磨损的程度/定量消除”；[④]“黃鳥止”三个字在释义的基础上则构成了组合意象群。

庞德将多个表达同一含义的词语放在一起，并将汉语拆解之后融入其中，使得诗歌语言充满了力量，不同语言之间产生了一种博弈，使得各段跳跃性、破碎化的诗行之间充满了张力。当汉字以更为直观的图式方式直接呈现在英语诗行的文页中时，其帅气挺拔、晦涩难懂的形象必然给西方文化背景下的读者留下深刻的印象，形成了一定的视觉冲击感，以一种迥异于西方语言与文化的方式，显示中国文明所孕育的古老而强大的生命力。

从排版上来看，以组合方式呈现的汉字（词汇或句子）带来的视觉冲击，远远大于单个汉字。《比萨诗章》中以词组呈现的汉字有六组，二字为“先後”“何遠”“符節”“辭達”；二字以上为“勿助长”与“非其鬼而祭之諂也”，出自《中庸》《论语》等儒家经典。例如，“先後”表示一种次序。“何遠”本身并不是词组，取自《论语·子罕》中“夫何遠之有”，原文中的“夫”是语气助词，“何”表示疑问，“遠”表示“遥远 ”。“辭達”指言辞的表述明白畅达。“符節”是古代

---

① Ezra Pound, *Confucius*: *The Greatest Digest*, *The Unwobbling Pivot*, *The Analects*, New York: New Directions Publishing Corporation , 1969. p. 103.

② 庞德，《庞德诗选：比萨诗章》，第 79 页。

③ 庞德，《庞德诗选：比萨诗章》，第 80 页。

④ 庞德，《庞德诗选：比萨诗章》，第 110 页。

派遣使者或调兵时用作凭证的东西。此外，在《比萨诗章》末尾，庞德还给出了每个字的英语翻译及其内涵，如图 2 所示。① 庞德对“中”的英文释义为“middle”，对“非”的英文释义为“not”。通过使用汉字及其释义，庞德把异质的儒家文化纳入现代主义诗歌文本中，这也是对他早期提出的“表意文字法”的集中展现，体现了他力图以儒家文化救赎危机中的现代西方文明的乌托邦想象。

图 2

（三）《比萨诗章》中汉字的拆析方式

许慎在《说文解字》中对汉字的“六书”进行了阐述，他指出：“一曰指事，指事者，视而可识，察而见意，上下是也；二曰象形，象形者，画成其物，随体诘诎，日月是也；三曰形声，形声者，以事为

① Ezra Pound, *The Cantos of Ezra Pound*, p. 476.

名，取譬相成，江河是也；四曰会意，会意者，比类合谊，以见指撝……”① 由此可见，汉字具有可视性、可拆解性与可会意性，这些特点正是庞德对汉字进行拆分的理论基础。

在意象派时期，美国新诗运动的诗人艾米·罗威尔（Amy Lowell）认为汉字是意象（image）的组合，甚至提出了一套“拆分法”（split - up）。与此类似，庞德在《比萨诗章》中对单个汉字或组合汉字进行了拆分，并融会了对汉字的个人理解与诗意化的阐发。也就是说，构成汉字的每个部分都被庞德赋予了特殊的意义，并通过某个特定的意象呈现出来。

《比萨诗章》中的多数汉字单独呈现时，在一定程度上脱离了具体的中文语境。庞德往往根据该字的结构、形状和含义，分别赋予其一个意象或者一组意象。一些汉字偏重象形，一些汉字偏重会意，更多的是象形与会意并行，主要涉及“顯”“旦”“志”等。如“志”字：②

图 3

《说文解字注》对“志”的注解：“意也。从心㞢。㞢亦聲。……哀公問注曰：志讀爲識。識，知也。今之識字，志韵與職韵分二解，而古不分二音，則二解義亦相通。古文作志，則志者，記也，知也。”③ 庞德在《比萨诗章》第 77 章引入“志”字，将其描述为“志向所指，若心之士”。④ 在英语原文中，庞德用“as lord over the heart”来表现“志”的含义，⑤“志”是“志向”，是一个“士”深埋在“心”中的

① 许慎撰、许铉校订，《说文解字》，上海：上海教育出版社，2007，第 1 页。

② Ezra Pound, *The Cantos of Ezra Pound*, p. 467.

③ 许慎撰、段玉裁注、段惟贤整理，《说文解字注》，第 876 页。

④ 庞德，《庞德诗选：比萨诗章》，第 84 页。

⑤ Ezra Pound, *The Cantos of Ezra Pound*, p. 467.

信念，支撑着“士”向前。他认为“志”是心之“主”。于是，庞德将自己化身为“士”，意欲探寻自己的心之所向。这也表现出庞德推崇孔子以人为本的观点，呈现出基督教思想与儒家思想之间的碰撞与对话：吾心即吾主。

《比萨诗章》中以组合方式（词组或句式）呈现的汉字被限定在一定的语境内，庞德对这些组合汉字进行了会意，融入诗行中，它们在排版上的图视化效果更为醒目。如下所示：①

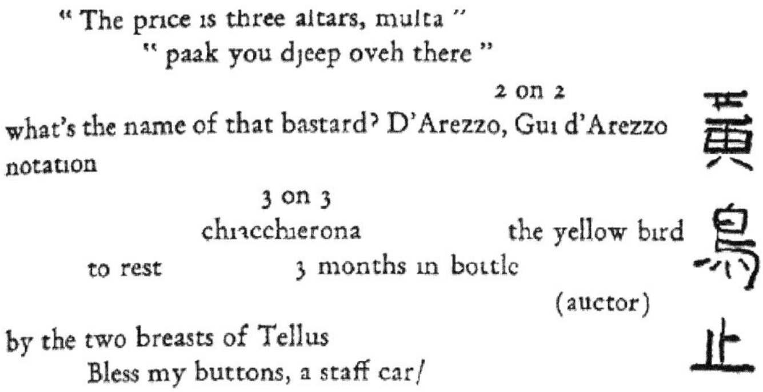

"The price is three altars, multa"
" paak you djeep oveh there "
2 on 2
what's the name of that bastard? D'Arezzo, Gui d'Arezzo
notation
3 on 3
chiacchierona the yellow bird
to rest 3 months in bottle
(auctor)
by the two breasts of Tellus
Bless my buttons, a staff car/
黄
鳥
止

图 4

“黄鳥止”三个字出自朱熹对《大学》作注时引用《诗经·秦风·黄鸟》：“交交黄鸟，止于荆。”《比萨诗章》第 79 章写道：“三只鸟在三根电线上/婉转的，黄鸟/飞落　在瓶中三个月。”② 诗行中的汉字“黄”的上半部分看起来像汉字“三”，对应诗歌中的“三只黄鸟”；而下半部分的“由”字中呈现了三横，对应诗歌中的“在三根电线上”。“鳥”的繁体字从字形来看，中间的四个点形似“雀尾”。在此，诗人有关“鸟”的意象与想象，既与汉字的拆分字形有关，也与在狱中透过窗户观察天空自由飞翔的鸟儿，引发了对自身困境的感叹与无奈有关。

---

① Ezra Pound, *The Cantos of Ezra Pound*, p. 487.

② 庞德，《庞德诗选：比萨诗章》，第 121 页。

概言之，庞德尝试着将汉字作为一个意象或者一组意象集合，将汉字作为形式与内容的统一体，以此表达自己向往儒家理想与世界太平的志向。他从费诺罗萨那里学到了如何洞察汉字作为艺术媒介时所贮存的秘密能量："我们在诗中需要成千上万个活动的字，每一个字尽其所能显示动力和生命力。……诗的思维靠的是暗示，靠将最大限度的意义放进一个短语，这个短语从内部受孕，充电，发光。在中文里，每个字都积累这种能量。"① 毫无疑问，庞德在《比萨诗章》中使用的每一个汉字都是深思熟虑的选择，都是充满能量的、具有爆破力和暗示性的意象。这些汉字在英语文化中呈现的视觉性与图式性，让西方读者目睹汉文化的独特审美形态。无疑，这种诗歌语言实验上的创新打破了线性的拼音语言的局限，让汉字作为别具一格的语言符号在西方语境中熠熠生辉，赋予其超越时空的现代意味。

二、《比萨诗章》中汉字书写的视觉图形效果

汉字具有表意性功能，本身就具有图形符码的视觉美感，这契合了现代主义者对语言的可视性的追求。克里斯托夫·布什（C. Bush）在《表意现代主义：中国、书写与媒介》（*Ideographic Modernism*：*China*，*Writing*，*Media*，2010）中提出了"表意现代主义"（Ideographic Modernism）这个概念，用以描述现代主义的表意化趋势。他肯定汉字的"表意"对现代主义运动产生了视觉性的影响，并将中国镌刻在"文学现代性文本"之上，进而恢复中国对于现代主义文学的历史解读意义。②

---

① 欧内斯特·费诺罗萨，《作为诗歌手段的中国文字》，赵毅衡译，载《庞德诗选：比萨诗章》，第252页。

② I. B. 纳达尔，《现代主义书页：乔伊斯与汉字书写的图形设计》，载《詹姆斯·乔伊斯与东方：批评读本》，刘燕主编，福州：福建教育出版社，2018，第99页。

在形形色色的现代主义者中，一直热衷于汉字实验并钟情于孔子的庞德成为该领域的先锋者，他通过对汉字的拆解与意象处理，使之嵌入英语文本之中，激发了汉字的视觉图形效果，导致了现代诗歌文本的多语言的并置、交织与杂糅，开创了20世纪英美诗歌的新前景。难怪美国批评家休·肯纳（Hugh Kenner）把为庞德写下的传记命名为“庞德时代”（The Pound Era）。①

（一）汉字的可视性与排版的视觉化

与传统的浪漫主义或现实主义文学相比而言，现代主义文学在页面形式方面更追求创新，承载着概念意义与语言意义。因此，文本的视觉性也界定了其主体性，杰罗姆·麦克甘恩（Jerome McGann）在《黑色骑士：现代主义语言的可视性》（*Black Riders: The Visible Language of Modernism*，1993）中提到现代主义文页形式（如多语种、大写、斜体、分段等）是体现图形及语意的一些重要标志，与其要传达的内容高度一致。② 安德鲁·萨克尔（Andrew Thacker）也指出以庞德为代表的意象派诗人的创作体现为对“中国视觉和语言文化”的高度关注。③ 庞德在创作《比萨诗章》的过程中以英文为主要书写语言，除了插入汉字、日语、古希腊文、拉丁语、意大利语、法语等多种语言，还加入了其他媒介的画面，包括整张的乐谱。在此，醒目的图式象形汉字、大写字体、多媒介拼贴以一种独具匠心的印刷版式呈现在读者眼前，具有了不同于传统文学形态的现代空间视觉效果。

陶乃侃认为庞德在写作过程中运用了“视觉诗艺”（phanopieia，又

---

① Hugh Kenner, *The Pound Era*, Berkeley and Los Angeles: University of California Press, 1971.

② I. B. 纳达尔，《现代主义书页：乔伊斯与汉字书写的图形设计》，第97页。

③ Andrew Thacker, *Imagist Poets: Writers and Their Work*, Liverpool: Liverpool University Press, 2011, p. 66.

译“形诗”)，即绘画形式和拼贴（collage）技巧。① 现代主义文本非常讲究页面形式与外观呈现，这包括印刷排版、页面尺寸、书写形式、字体大小、标点符号等等。例如，乔伊斯在意识流巨著《尤利西斯》（*Ulysess*，1922）的最后一章描写了女主人公莫莉的意识流，使用的是没有标点的一气呵成的文体，在文页上呈现出意识绵延、如流水般的特质（据说乔伊斯在某种程度上受到了中国古代典籍没有标点的启发）。叙述中不断出现的“yes”和最后一个黑点不仅仅是停顿的节奏或具有句号的功能，也是一个充满肯定的团圆的安静时刻。② 在此，文本的印刷形式构成了现代主义追求的创新风格与视觉美学特征。由此而言，庞德在《比萨诗章》中插入的汉字使用毛笔手写体，漂亮端正，字体被放大加粗，排列的方式也多种多样，有些置于左边，有些居中，有些置于右边，有些甚至以句子从上而下的竖排方式排为一列。汉字在英语的字里行间突兀耸立，具有可视化的图形特征。如“口”字与现实中“口”的形状一致，引发了诗人对于“上帝之口”的想象，如图 5 所示：③

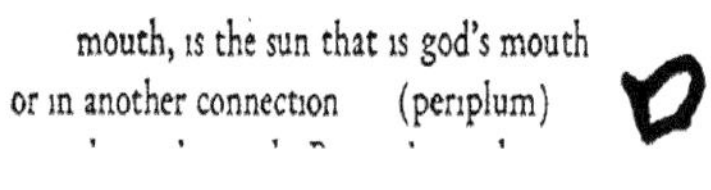

图 5

每一个汉字在文本页面上的空间呈现，都增强了诗歌的表意性与视觉性。每一句被引用的汉语意象或形象，都会打破英语诗歌话语在行与行、节与节之间的连续性，切断传统意义上的诗歌内部的逻辑关系。同时，庞德把各种异质的文本词句、片段整合到一个更大的诗歌话语结构中，使破碎的语言重组，获得了诗与画交融的空间视觉效果。通过英语（及其承载的文化）与汉语（及其承载的文化）的并置、互文关联，《比

---

① 陶乃侃，《庞德与中国文化》，北京：首都师范大学出版社，2006，第 117 页。

② James Joyce, *Ulysses*, London: Wordsworth Editions Limited, 2010, p. 682.

③ Ezra Pound, *The Cantos of Ezra Pound*, p. 466.

萨诗章》迫使不懂汉语的读者游离于不同语言所编织的神秘的异域氛围中，对自身文化之外的“他文化”产生好奇与陌生的体验，进而激发着读者发挥积极的主动性，参与对文本的阅读与对意义的思考。虽然大部分读者对这些奇奇怪怪的汉字之本意一无所知（只能通过诗人的阐释加以咀嚼猜测），但它们以表意形态彰显的某种姿势、意象、符号美感，闪烁在眼前，扑朔迷离，引发读者对东方文化的好奇心与探索欲望。

（二）汉字的诗画效果与版式设计

庞德是对东方文化，尤其是东方视觉艺术较早作出回应的具有跨文化视角的先锋作家，他曾旅行或居住在费城、伦敦、巴黎、罗马等国际大都市，长时间在欧洲文化中心生活与创作，有机会接触到来自世界各地的艺术品和文化思潮，而中国绘画、陶瓷、屏风、雕刻及其形象对他的写作风格的形成是一个必不可少的催化剂。钱兆明在探讨庞德诗歌中的华夏遗产时提及，庞德推崇王维诗歌的“浓郁的意象主义—漩涡主义气质——画面感、简洁、含蓄、超然”。① 这个评价也可以用于理解庞德的诗歌特点。当汉字与英文这两种不同的语言形式并置出现时，它们在视觉上和表意上突破了英语诗歌的传统格式，呈现出相互对照、话语杂糅与对话的特点。相比而言，艾略特在《荒原》（*The Waste Land*，1922）中虽然也使用了英、法、德、拉丁、意大利、希腊、梵文等多种语言，但这些文字都属于拼音字母文字，来自印度的梵语也属于闪米特文字系统的古代语言，与属于象形文字体系的汉字具有截然不同的视觉效果。

从印刷版式上来看，在拼音文字中插入书法体的黑色大写汉字，必然打断英语读者的连贯阅读惯性，迫使他们重新寻找一种新的阅读方

① 钱兆明，《“东方主义”与现代主义：庞德和威廉姆斯诗歌中的华夏遗产》，徐长生、王凤元译，杭州：浙江大学出版社，2016，第 90 页。

式，一种可视化、绘画性的阅读体验。例如，第 77 章，左边是英语诗行，右边是竖版的八个汉字（一句话）“非其鬼而祭之諂也”,[①] 随后在文本中重复了两次，如图 6 所示：[②]

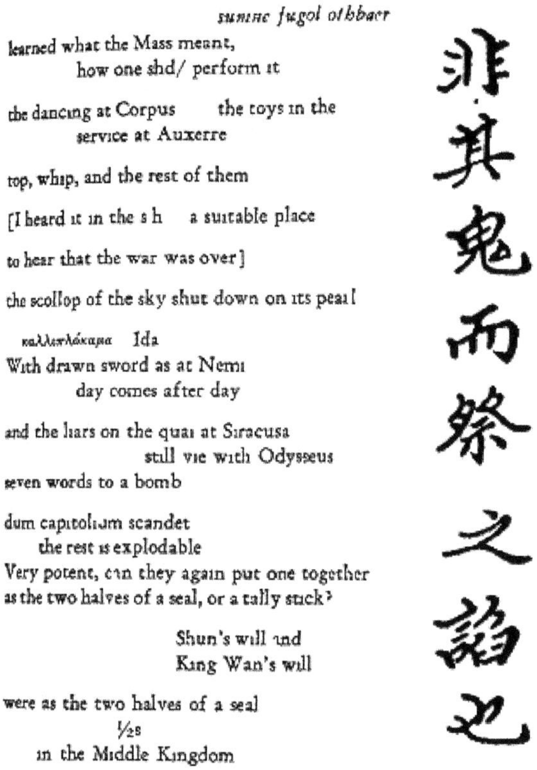

sunne fugol othbaer

learned what the Mass meant,
how one shd/ perform it

the dancing at Corpus the toys in the
service at Auxerre

top, whip, and the rest of them

[I heard it in the s h a suitable place

to hear that the war was over]

the scollop of the sky shut down on its pearl

καλλιπλόκαμα Ida
With drawn sword as at Nemi
day comes after day

and the liars on the quai at Siracusa
still vie with Odysseus
seven words to a bomb

dum capitolium scandet
the rest is explodable
Very potent, can they again put one together
as the two halves of a seal, or a tally stick?

Shun's will and
King Wan's will

were as the two halves of a seal
½s
in the Middle Kingdom

非其鬼而祭之諂也

图 6

庞德以英汉并置的排版方式，让两种语言及其表达的意义形成对话关系，构成了视觉上的互文性，将其所要表达的诗歌主题与思想情感微妙地传达出来。左边的横排英语诗行，表达了庞德对当时政府的不满，他认为执政者没有关心国民，反而将注意力转移到高利贷等不正义的事情上。右边黑色醒目的一句竖排汉字，从视觉效果与意义传达两个方面

① 庞德，《庞德诗选：比萨诗章》，第 82 页。

② Ezra Pound, *The Cantos of Ezra Pound*, p. 467.

呼应了庞德的解决之道：西方政府官员应该好好倾听来自儒家圣人的告诫。在第 77 章中，庞德再次把描写爆炸的原子弹的英语诗行与竖排的中文“非其鬼而祭之諂也”同时并置。① 原子弹的爆炸是战争时期动荡的表现，庞德认为这是政府的失职；“非其鬼而祭之諂也”是儒家思想中对“无勇”之人的讽刺，在此体现了庞德对当时西方统治者的讽刺。

当两个跨越时间、空间、文化、语言的画面或意象并置在一起，超越二者之上的新画面凸显了诗人所要表达的含混或多重意味。“由象形文字巧妙建构的‘画面感’已经不满足于语法和修辞的推助，更广阔的想象空间从来都是以‘形象’开始并覆盖思想和观念的全部演绎。从某种意义上说，汉字比当时西方任何一个艺术形式都更现实和具体，却拥有更多戏剧性。”② 英语读者在阅读庞德的《比萨诗章》时，必然在视觉上受到不同于拼音文字所带来的汉字的干扰与冲击，甚至不得不停顿下来，猜想这些汉字图形所要表达的意蕴，体会诗人的复杂情感。庞德以对比、拼贴、杂糅的诗歌创新形式，通过视觉化的图形排版方式，试图说服读者，现代西方文明陷入了巨大的危机与困境中，而儒家经典蕴含着可能的拯救之道。

（三）汉字的“蒙太奇”与“意象叠加”

“蒙太奇”（Montage）原本是建筑术语，意为构成、装配，可以解释为时空上的、人为的拼接与并置。后来“蒙太奇”成为电影艺术中常用的一个术语，指把不同时间或地点的各种镜头重新组合或进行穿插，来表达主题的流动性和混杂性。爱森斯坦（S. M. Eisenstein）认为，“蒙太奇”将两个镜头叠加起来所获得的效果要超过分别呈现两个

---

① 庞德，《庞德诗选：比萨诗章》，第 83 页。

② 倪静，《二十世纪先锋派诗歌的视觉呈像》，载《江苏社会科学》2018 年第 6 期，第 237 页。

镜头的效果之和。① 在文学创作中，蒙太奇被当作一种视觉化的艺术技巧，通过呈现一系列的形象来构建一个主题或一种氛围。与影视不同，文学文本多为单纯的文字呈现，辅以图片，且多为黑白印刷，很少给读者色彩上的冲击。而影视则可以从视觉、听觉、色觉三个方面对观众产生刺激。现代艺术中的“拼贴”（Collage）与“蒙太奇”一致，这个词来自法语“Coller”，即两个不相关的“项目”被粘贴在一起。在视觉艺术中，这是一种将照片、插片、报纸或其他媒体并置在新的表面上的技术，被广泛认为是现代主义艺术的标志。② 不难发现，以庞德为代表的先锋派诗人把电影中的“蒙太奇”或绘画中的“拼贴”技法同样运用在诗歌中，使之更具视觉与图画效果。

1914 年，庞德在《爆炸》（*Blast*）杂志上发表了《漩涡》一文，对“漩涡主义”（Vorticism）论述道：“每一个概念，每一种情感均以某种基本的形式把自己呈现给清晰的意识。”对于诗歌而言，这种基本的形式与要素就是“意象”（image），它是“在刹那间表现出来的理性与情感的情结”。③《比萨诗章》交替呈现了多种语言，包括希腊语、希伯来语、拉丁语、意大利语、法语、汉语、日语等，它们都可以视为某一种“意象”。当诗人将表达同一意义的词并列在一起，这是一个意象（思想）与另一个意象（思想）的“叠加”（superposition）或“并置”（juxtaposition），它们构成了空间上的同时性关系，尤其是汉字所具有的形式感与图画感，比任何其他文字更为生动而具体。正如钱兆明指出的：“《诗章》的现代主义风格是一种‘叠加’的风格——不仅有意象与情感的叠加，还有王维和古尔蒙/拉法格的叠加，孔子和马拉泰斯塔/亚当斯的叠

---

① 让·米特里，《蒙太奇形式概论》，崔君衍译，载《世界电影》1983 年第 1 期，第 41 页。

② 倪静，《二十世纪先锋派诗歌的视觉呈像》，第 235 页。

③ 庞德，《漩涡》，载《庞德诗选：比萨诗章》，第 218－219 页。（《漩涡》为黄运特在《比萨诗章》中的文章译名。）

加——简言之，过去与现在的叠加，东方文化与西方文化的叠加。”①

爱森斯坦强调，在蒙太奇中追求的是由两个镜头的关系而产生的情绪冲击，这种关系虽然具有创意性，但是也要符合当时的动作和情景。②庞德在拆解汉字时的创新与爱森斯坦有关蒙太奇的论述一致。例如，他在拆解“顯”字的意义时，将其与希腊文表示光明的词语并置；这符合诗句所要表达的“情绪”“动作”与“情景”。它们之间的并置、互文与对话，构成了超越二者的具有言外之意的第三种关系。如图7所示：③

plowed in the sacred field and unwound the silk worms early
in tensile 顯
in the light of light is the *virtu*
"sunt lumina" said Erigena Scotus
as of Shun on Mt Taishan
and in the hall of the forebears
as from the beginning of wonders
the paraclete that was present in Yao, the precision
in Shun the compassionate
in Yu the guider of waters

图 7

此外，诗人反复运用某一个或某一组意象去表现某一个复杂含混的主题。例如《比萨诗章》中“光”的意象在不同的语境中体现为不同的意义：一方面是现实世界的具体的“光”，庞德创作时期的环境十分恶劣，被拘押在露天监狱中，每天被曝晒，这样的“光”对他来说是一种折磨；但另一方面，“光”也是一个抽象概念，当时美国的法庭还没有对庞德进行审判，所以诗人表现出了对自己未来的迷茫，这时候他需要“光”来指引自己，而这里的“光”就是拯救西方精神文明危机的儒家思想。如：“三个月不知道饭菜的味道/在齐国听到

① 钱兆明，《东方主义与现代主义：庞德与威廉姆斯诗歌中的中国遗产》，第99页。

② 让·米特里，《蒙太奇形式概论》，第41-66页。

③ Ezra Pound, *The Cantos of Ezra Pound*, p. 429.

韶乐/这是同太阳一道在其光辉下音阶偏高的歌/清越而嘹亮";① "金秋的九天《韶》/和太阳一道其旋律之下/向着感应的九天"。② "韶"字之中，包含着"日立"(太阳升起)，同时它也是音乐的名称。在此，庞德想象中的儒家和谐社会与西方处于战乱中行将崩溃的世界形成鲜明的对比：东方文明所在的时空井然有序，西方文明所在的时空混乱颓废。

庞德崇尚儒家经典中的"仁""诚""中"思想，与西方世界当时盛行的主流价值观相差甚远。在其笔下，儒家思想引领下的东方世界平静美好，与动荡不安的西方世界形成一种极其鲜明的对比。庞德旨在把以汉字为载体的儒家文化引入西方文化，进行东西两种异质文化之间的沟通、互补与对话，这种致力于平等基础上的跨文化交流的世界视野，为我们这个时代留下了珍贵的启示。

三、庞德的"日日新"：从汉字书写到汉字诗学

具有图画性的汉字启发了庞德对汉字诗学的视觉性与可见性的进一步阐发。他后来开始了漫长的学习汉语的过程，甚至借助字典和参考书籍，翻译了《论语》等儒家典籍。对汉字的创造性运用不仅表现出庞德对儒家思想的吸收，同时还推动了他在诗学上的不断创新，提出了"表意文字法"与"形诗"等主张。"汉字诗学"不仅打破了西方读者的期待视野，造成了阅读过程中的停滞与晦涩感，同时也形成了一种现代主义与后现代主义的新的审美风格。

(一) 庞德诗学中的"表意文字法"

在20世纪20年代，庞德认真阅读了费诺罗萨在《作为诗歌手段的

---

① 庞德，《庞德诗选：比萨诗章》，第32页。

② 庞德，《庞德诗选：比萨诗章》，第33页。

中国文字》中提出汉字的艺术观，研读王维、李白等中国古典诗歌、日本俳句，同时也参与了以伦敦、巴黎为中心的各种先锋派艺术思潮，他尝试在意象派诗歌中运用合并、省略、间断、破碎、并置、叠加、典故、互文性等技巧，但他直到 1927 年左右才提出了“表意文字法”（ideogrammic method）的概念，即把汉字作为意象直接运用到诗歌创作中，这为现代主义的诗歌创新者提供了一种新的视觉化方向。庞德后来评价自己的贡献时说道：“如果我对文学批评有任何贡献的话，那就是我介绍了表意文字体系。”①

汉字具有普遍可知性，读者可以通过对汉字的观察、凝视来了解汉字所表现的含义。在《比萨诗章》中，大量汉字或中国文化形象散落于每一页面的印刷空间中，穿梭、嵌入、渗透在英语为主导的诗行里，构成了来自西方与东方相互对峙、并行不悖的话语喧哗与争辩。庞德试图通过这些可视化的汉字意象和异质性的中国形象，使其所要表达的诗歌思想具象化与图形化。但是对于以英语等拼音文字为母语的西方读者来说，在阅读庞德的诗歌过程中必然要面对来自汉字与汉文化的挑战。读者的阅读过程不断被陌生的、图式的汉字所打断，这也迫使他们从比较的视角去领悟庞德的诗歌所要表达的跨文化意义，并获得了一种全新的阅读体验。例如在第 80 章中，庞德运用了“犬”字，如图 8 所示：②

人与狗
在东南角地平线上
我们看到西边的狗在猎人前面
而当然在东边的那猎人如果
正向右方走去③

---

① Ezra Pound, *A Visiting Card*, 1942, p. 42，参见赵毅衡，《诗神远游：中国如何改变了美国现代诗》，上海：上海译文出版社，2003，第 254 页。

② Ezra Pound, *The Cantos of Ezra Pound*, p. 499.

③ 庞德，《庞德诗选：比萨诗章》，第 142 页。

Till finally the moon rose like a blue p c
of Bingen on the Rhine
round as Perkeo's tub
then glaring Eos stared the moon in the face
(Pistol packin' Jones with an olive branch)
man and dog
on the S E horizon

图 8

人与犬分别代表猎人座与天狼星。在此，庞德用汉字呈现西方的星座，将“犬”字中的“人”单独分离出来（如图 8），呈现出东西两种文化之间的相遇与碰撞。庞德将美国政府比作在战争森林中无法分辨方向的猎人，将儒家思想比作可以带领他们走出战争阴影的聪敏猎犬。庞德希望美国政府的当权者可以接受自己的建议，学习儒家思想，结束当前混乱的局面，建立一个有秩序的新社会。虽然在个别之处，庞德对汉字和儒家思想的解读难免“为赋新词强说愁”，不乏个人的主观误读或误释，但这的确丰富了西方现代诗歌的表达方式与美学意蕴。庞德强调诗人的使命是要解放人的心智，将读者从传统体验中解放出来。不难看出，他对汉字和汉文化的大量运用正是要解放英语诗歌的束缚，为其注入新鲜活力。

（二）“形诗”中的“视觉想象”

1929 年，庞德提出诗分三类：声诗（Melopoeia）、形诗（Phanopoeia）和理诗（Logopoeia）。他把“形诗”解释为“把意象浇铸在视觉想象上”。① 1934 年，庞德将“三诗观”进一步解释为赋予诗歌含义的三种创作手法。“形诗”的关键在于通过视觉想象赋予语言以意义，同时将语言意象化、诗句视觉化。庞德对汉字诗学的贡献正在于此。他利

① 庞德，《诗的种类》，载《庞德诗选：比萨诗章》，第 227 页。

用汉字的表意特征，将其作为意象本身，赋予汉字以诗学内涵。同时，庞德在《比萨诗章》的写作中不断践行“形诗”的创作手法。第 74 章出现了一个汉字“莫”，如图 9 所示：①

Pisa, in the 23rd year of the effort in sight of the tower
and Till was hung yesterday
for murder and rape with trimmings plus Cholkis
plus mythology, thought he was Zeus ram or another one
Hey Snag wots in the bibl'?
wot are the books ov the bible?
Name 'em, don't bullshit ME.
莫 OY TIΣ
a man on whom the sun has gone down
the ewe, he said had such a pretty look in her eyes;

图 9

在这一章中，“莫”字以一种挺拔的孤傲姿态出现在英语诗行之中靠右的位置，在排版上占据了（英语三行）的大空间，其右上角是一个希腊词，即“无人”（它是希腊英雄奥德赛的另一个名字）；左下边是一行英语的解释“日落西山的人”（a man on whom the sun has gone down）。从象形的汉字“莫”来看，中间的“日”（夕阳）坠落于“草”之下；“大”可以拆解为“一人”；一人凝视着浮于地平线上的“日”。这个场景以印刷上的非常醒目的视觉方式呈现了庞德当时的抑郁愁苦心境，他自比陷入巨人洞穴中落难的奥德赛，满腹日薄西山之荒凉感。结合《比萨诗章》的创作背景，读者更能感受到庞德在狱中创作这首诗歌时的落寞无助、孤独悲切的复杂心境。由此可见，《比萨诗章》中对汉字的创造性运用，不仅赋予诗歌视觉化、异质性的陌生化审美效果，同时也是庞德在人生失意、英雄末路之际，在汉字中寄予了心灵的无限渴望与精神皈依。

在当代中西诗歌中，出现了“图形诗”，这是对庞德提出的“形

① Ezra Pound, *The Cantos of Ezra Pound*, p. 430.

诗”的进一步发展，也就是说，诗人非常讲究诗歌的形式、排行、字体、标点、行距、形式感，关注诗句的空间排列所要传达的意义、视觉效果与独特美感。比如，“九叶派”（或“中国新诗派”）诗人郑敏也提出“形组诗”的概念，这类实验诗之一是“让诗有画的形象，好像将水装在各种容器里，诗就成了时间空间结合的艺术。这样的诗可以悬挂起来，走出书籍，走进居室，使你和它生活在一个空间里。诗获得了线条节奏，诗行获得更多的感性，诗成为流动中的具象”。① 中国诗歌悠久的诗画结合、诗与书法结合的艺术传统可以在新诗中获得延续，庞德、郑敏等中西诗人皆致力于现代诗歌的“形式美”与“绘画感”，从彼此的文化中吸取滋养，在诗歌的艺术形式上不断探索。

（三）从汉字诗学到象形诗学

周发祥在《西方文论与中国文学》中指出，从20世纪开始，西方学者就开始通过对汉字的字形研究延伸出意象的层次进而试图建立一种新的诗学理论——“汉字诗学”。② 在某种意义上，费诺罗萨、庞德是建构“汉字诗学”理论的主要发明者与实践者。赵毅衡认为庞德创新的目的就是要“建立一种诗学，这种诗学要求语言直接表现物象以及物象本身包含的意蕴”，“为现代诗的（‘科学的’、非逻辑的）组合方式寻找理论支持”。③ 显然，正是汉字为庞德的汉字诗学提供了坚实的理论依据。

有趣的是，法国解构主义哲学家德里达（Jacques Derrida，1930—2004）评价庞德建构了一种“无可取代的象形诗学”，其意义同“尼采

---

① 郑敏，《诗与形组诗》，载《郑敏文集：诗歌卷（下）》，北京：北京师范大学出版社，2012，第503页。

② 周发祥，《西方文论与中国文学》，南京：江苏教育出版社，2000，第69页。

③ 赵毅衡，《诗神远游：中国如何改变了美国现代诗》，第249页。

哲学和玛拉美诗学”一样重要：“动摇了先验论的权威，是最顽固的西方传统中的首要突破。中国表意文字的魅力也因在庞德写作中显现而获其历史意义。”[1] 显然，庞德的求新求异的“汉字诗学”“象形诗学”在后现代主义哲学或文学中继续得到了传承与播撒。受汉字启发，德里达造出“grammatology”（文字学）一词：“我们通常用文字来表示这些东西：不仅表示书面铭文（inscription）、象形文字或表意文字、表音文字的物质形态，而且表示使它成为可能的东西的总体。”[2] 在《论文字学》（*De La Grammatologie*）中，德里达描述道：“中国文化精神的超稳定性在于它的象形文字书写，这种书写占据一种独一无二的精神文化，象形文字的书写也属于一种像中国文化那样稳定的哲学。”[3] 在他看来，汉字是非语音中心的象形文字，不需要逻各斯的参与，可以弥补以语音为中心的欧洲表音文字的缺憾。

从培根、莱布尼茨到费诺罗萨、庞德、德里达等西方哲学家、汉学家或作家，都赞叹汉语的象形特质与超稳定性结构，把汉字取象类比的思维方式视为一种诗性的审美特点。加拿大学者 I. B. 纳达尔认为：“在欧洲世界，人们迫切地想要将汉字视为一种纯粹的语言指代形式来解读，并试图对其语言符号进行系统化归纳。……汉字代表一种系统的非拼音书写体系，不像拼音文字的语言是对声音随意组合的描述，它富有内在逻辑性和视觉上与所表达意义的关联性。”[4] 虽然对汉语的某种理想化的误读源自西方人对语言巴别塔的乌托邦渴望，但汉字所激发出来的迥异于欧洲语言的“表意文字幻想”及其异质性的审美追求，对庞

---

① 转引自陶乃侃，《庞德与中国文化》，自序第 7 页。

② 雅克·德里达，《论文字学》，汪堂家译，上海：上海译文出版社，1999，第 13 页。

③ Jacques Derrida, *Margins of Philosophy*, translated by Alan Bass, Brighton: The Harvester Press, 1982. p. 104.

④ I. B. 纳达尔，《现代主义书页：乔伊斯与汉字书写的图形设计》，第 96－97 页。

德式的现代主义先锋者具有很大的诱惑，在一种迥异于拼音文字体系的图形空间中开拓、延伸了他们对于文学语言的乌托邦想象。

庞德、德里达借助中国汉字书写与象形诗学的爆破力与异质性，旨在突破封闭僵化的欧洲语言文化的体系，进而解构欧洲文化中心主义。对于这种通过借助东方而进入西方的思考方式，法国汉学家于连（F. Jullien）将它归纳为“迂回与进入”：“这在遥远国度进行的意义微妙性的旅行促使我们回溯到我们自己的思想。”① 不过，在此过程中，我们也应反思西方人对汉字与中国文化的过度溢美“崇拜”之情或浪漫天真的乌托邦想象，因为汉字并非全为象形或表意，其中也有巨大的表音功能。在东西文化的两种异质文明的交流与传播中，存在着各种文化误读的现象。因此，当我们“回溯”庞德的诗歌创新与中国文化之间的复杂关系时，既要谨慎地看到西方作家对汉字与汉文化的创造性解读或故意误读所激发的想象力（旨在解决自身文化的疾弊），同时也应警惕他们对东方的过度美化或傲慢贬斥，这两种倾向皆是欧洲文化中心主义或显或隐的体现。

结　论

在《比萨诗章》的写作中，庞德大量地嵌入汉字、源自儒家经典的字句以及中国形象，其本意在于创造一种全新的汉字诗学形式，以此为载体，用理想中的儒家思想去涤除西方文化中的积弊，拯救危机中的摇摇欲坠的西方文明。在某些方面，庞德并没有准确地理解汉字，他对儒家思想几乎是不加掩饰地全盘肯定与美化，难免陷入赛义德所谓的“东方主义”与异国情调的思维定式之中。不过，从另一方面而言，庞

① 弗朗索瓦·于连，《迂回与进入》，杜小真译，北京：三联书店，1998，前言第3－4页。

德对中国文化的创造性误读与艺术创新的确收获了一串串跨文化交流之硕果。无心栽柳柳成荫，庞德在20世纪西方文化占主导地位的传统中独辟蹊径，弃耶从孔，在儒家文化中挖掘不同于西方文化的道德力量，进而开辟了现代诗歌发展的新路径。

汉字的图形与表意特质启发了庞德提出“表意文字法”、“形诗”、意象并置、意象叠加等汉字诗学，激发着这位追求“日日新”的诗人在现代英语诗歌的多语并置、互文性、视觉化、图形化方面进行有益的尝试，让诗歌获得与绘画、电影、音乐等视听艺术一样的跨媒介效果，这为英美现代主义与后现代主义诗歌的创新提供了诸多启示。在美国的“垮掉的一代”（Beat Generation）和“深度意象派”（Deep Imagism）中，我们不难窥见庞德开拓的汉字诗学传统延续至今。受其熏染与影响，艾伦·金斯伯格（Allen Ginsberg）、加里·斯奈德（Gary Snyder）、王红公（Kenneth Rexroth）、罗伯特·布莱（Robert Bly）、詹姆斯·赖特（James Wright）、路易斯·辛普森（Louis Simpson）等美国当代诗人不仅热衷于研读中国古典诗歌，书写“中国风”、中国形象或中国境界，还喜欢与中国古代诗人进行超越时空的灵魂应答与精神共振，追求诗歌中的诗画效果与东方禅味，正如赵毅衡评价的：“庞德对全世界，尤其是中国文化的热情，是对欧洲中心式文化保守主义的抨击；他的求新不止的异端诗学和创作实践，也为美国诗歌突破新批评——艾略特——学院派的束缚进入后现代的开放式姿态，提供了经典的前导。”①

另一方面，庞德的现代诗歌与诗学思想在20世纪被翻译、介绍到中国文坛之后，也在诗人倾心神往的现代中国影响并激发了胡适、闻一多、梁实秋等推动的中国新诗（白话诗）运动与中国现代诗学的建构，

① 赵毅衡，《儒者庞德——后期〈诗章〉中的中国》，载《庞德诗选：比萨诗章》，第315页。

促使不少中国学者与作家寻根问道，从他者视角或中西比较文化视域重思中国古典诗歌的现代性议题。[①] “庞德时代”虽已远逝，但在中西文化频繁交流与融汇的全球化语境中，我们越来越意识到庞德的汉字诗学及其包容万象的《诗章》显示出的卓越创造力与文化洞见。时光荏苒，我们似乎听见历经人世间的纷纷扰扰、最终长眠于意大利的庞德，以一种感伤而神秘的声音低吟着他一生梦寐以求的梦想：

杏花
从东方吹到西方
我一直努力不让花凋落。[②]

作者简介：

刘燕：北京第二外国语学院文化与传播学院教授，文学博士；曾在爱尔兰都柏林大学、美国密歇根大学做访问学者；主要从事世界文学与比较文学、现代主义文学、女性文学、海外汉学等领域的研究。通讯地址：北京第二外国语学院文化与传播学院；邮编：100024。

邵伊凡：北京第二外国语学院文化与传播学院硕士研究生。通讯地址：北京第二外国语学院文化与传播学院；邮编：100024。

① 关于庞德与中国新诗运动关系的研究，可参见蒋洪新、郑燕红，《庞德学术史研究》，第136－137页。

② 出自《诗章》第13章，参见《庞德诗选：比萨诗章》，第318页。

布鲁克斯关于诗歌复杂性结构的批评方法

盛海燕

内容摘要 克林斯·布鲁克斯是美国新批评的核心人物。他关注现代诗歌的本质结构，逐步建立了一个术语系统来描述诗歌结构的复杂性。纵观布鲁克斯的术语系统，本文提出“结构”这一表述至少有五点思想值得深究。在其著名的《荒原：神话的批评》诗评中，他成功地分析了艾略特的长诗《荒原》，本文将其批评方法总结为结构型“多层反讽”模式。布鲁克斯的批评方法提醒我们，批评要回归到研究作品自身作为一个整体的规律性及艺术价值的领域，避免科学主义和外部研究对原本整一的艺术结构进行过度的抽象和拆解。

关键词 克林斯·布鲁克斯 诗歌 复杂性 结构 多层反讽

Cleanth Brooks' Poetic Theory about "A Complex Unity"

Sheng Haiyan

Abstract: Cleanth Brooks is the core figure of American New Criticism. He pays attention to the essential structure of modern poetry and gradually establishes a terminological system to describe the complexity of the "structure" of poetry. The paper suggests that the expression of "structure" should have five connotations at least. From his successful critique of Eliot's long poem *The Waste Land* in "The Waste Land: A Criticism of Myth", this paper summarizes his critical approach as a structural "multi - tier irony" model. The approach might remind us that criticism should return to the study of artistic course and value of the work itself as a whole, and should avoid excessive abstraction and deconstruction of the integrated structure of art by scientism and external research.

Key words: Cleanth Brooks; poetry; complexity; structure; multi - tier irony

引　言

克林斯·布鲁克斯（1906—1994）是美国新批评的核心人物。他的著述丰厚，诗歌理论和方法影响深远。他关注现代诗歌的本质结构。纵观布鲁克斯的术语系统，本文提出“结构”这一表述至少有五点思想值得深究。一、在结构中，对立的关系无所不在：既存在于作者对各种经验的整合、一首诗作的整体结构及同类成分关系中，也存在于各种意义、经验、态度、语调、力量之间。二、不是说单独这些对立或异质的要素和关系就可以造就一首好诗，而是同时，一首好诗能够协调各种冲突对立，臻于平衡、达到整一。三、结构的“复杂性”原则超越了“形式—内容二分法”思想。四、这种复杂性使诗歌作为“精微深奥的媒介”成为唯一能准确传达诗人所要表达的东西的语言工具。[①] 五、批评始于关注统一性（即整一性）问题，即“文学作品是否形成了这一整体，以及构建这一整体时各部分彼此之间的关系”。[②] 在布鲁克斯著名的《荒原：神话的批评》[③] 诗评中，他成功地分析了艾略特的长诗《荒原》的整体结构。

一、超越“内容—形式二分法”的“复杂性”结构

布鲁克斯一贯反对内容—形式二分法（dichotomy）。在传统意义上，诗的“内容”与“形式”往往是分离的：“内容”与诗人使用的素材有关，因此千变万化（various），诗所共有的内容一般被认为是“诗意的”题材、措辞或意象；“形式”被视为“包裹”“内容”的外壳（a kind of envelope which “contains” the “content”）。[④] 布鲁克斯认为他同时代的一些文论家表面上有所推进，实际上还是老调重弹。例如他的老师约翰·克劳·兰色姆（John Crowe Ransom）提出诗歌是由逻辑结构（logical structure）和局部肌理（local texture）构成的实体（entity）；结构是可以用散文释义的部分，与之相反的肌理是诗歌的本质和精髓。布鲁克斯认为：诗可释义的部分根本不是诗歌的结构，它应属于外在于诗歌的东西，类似于“脚手架”。他称这种“结构—肌

---

① Cleanth Brooks, *The Well Wrought Urn: Studies in the Structure of Poetry*, New York: Reynal and Hitchcock, 1947, pp. 68 – 69.

② Cleanth Brooks, “The Formalist Critics”, *The Kenyon Review* Vol. 13, No. 1, 1951, p. 72.

③ 该诗评的中译文来自笔者译文。载于《当代比较文学》第三辑，北京：华夏出版社，2018，第 99 – 134 页。

④ Cleanth Brooks, *The Well Wrought Urn: Studies in the Structure of Poetry*, pp. 177 – 178.

理”二分法为“类似陈旧的内容—形式二元论”。① 伊沃尔·温特斯（Yvor Winters）提出诗本身固然大于其释义内容，然而许多无法被释义的诗在结构上具有缺陷。② 布鲁克斯反驳道：事实是“任何一首好诗原本都是拒绝那些释义的企图的”。③ 对于 F. A. 波特尔提出的结构即散文要素的观点，布鲁克斯称之为古老的“形式—内容二元论”（the old form - content dualism）的变体，即通过考察某一部分适用于理性分析还是非理性欣赏来区分形式（结构）与内容。④ 布鲁克斯的观点是：“在一部作品中，形式和内容不可分。”⑤ 他说，如果我们将诗归结为“理性意义”、释义或陈述，也就是把诗“割裂”为形式与内容两部分，会导致用真伪或逻辑的量尺去判断诗歌，导致诗歌参与到与科学、哲学或神学的不实竞争中。他认为当时诗歌研究的困境归根结底源于上述异说，因此他力图用结构—意义的研究导向克服“内容—形式二分法”的弊端。

实际上，其他新批评家们探讨诗歌时常常谈及结构—意义。我们不妨按照复杂程度将这些讨论分为三类。第一类认为诗的结构中不同或对立的要素无法调和，以温特斯和肯尼斯·伯克（Kenneth Burke）为代表。温特斯不认可那类具有双重基调结构（或称反讽结构）的诗，说它们暴露了诗人未经细心审视的矛盾内心，因此诗人应该“密切审视自己的情感并做出修正（to scrutinize his feelings and correct them）”。⑥ 他

① 雷纳·韦勒克，《近代文学批评史》（第六卷），杨自伍译，上海：上海译文出版社，2009，第 363 页。

② Yvor Winters, *In Defense of Reason*, Denver: Swallow Press, 1987, p. 31.

③ Cleanth Brooks, *The Well Wrought Urn: Studies in the Structure of Poetry*, p. 180.

④ Cleanth Brooks, *The Well Wrought Urn: Studies in the Structure of Poetry*, p. 209.

⑤ Cleanth Brooks, “The Formalist Critics”, p. 72.

⑥ Yvor Winters, *In Defense of Reason*, Denver: Swallow Press, 1987, p. 72.

以拜伦的诗歌为例，认为诗人通常制造一种夸张，再用讽刺或滑稽的反高潮将它破坏，这样的诗生硬而拙劣。肯尼斯·伯克在《反驳陈述》中提出：反讽由于统一了各种杂乱矛盾的态度，表现出一种摇摆、矛盾的心态，它有局外人的冷静和警觉，但又摆脱不了怀旧情怀，从而对头脑简单的人们具有的那种自信保持远观的敬畏，同时又心存自责。① 上述两位批评家对反讽的界定停留在单一对峙冲突的关系上，停留在两种心境交错的状态。

第二类包括瑞恰慈、艾略特、维姆萨特，他们进一步看到平衡和调和的可能性。瑞恰慈（I. A. Richards）对桑塔亚那（George Santayana）的包容与排斥概念进行了翻新，提出“包容诗”是“相反相成的冲动”达到“平衡的自持”（balanced poise）的诗歌，这种“平衡的自持”存在于我们的心理反应而不是“引起刺激反应的物体”（stimulating object）的结构里。② 在《完美的批评家》一文中，艾略特声明在真正有鉴赏力的头脑里，各种感知观念（perceptions）通过归纳形成一个结构——与整个“文学传统”紧密相关的、系统化的鉴赏标准。艾略特在《雪莱与济慈》（“Shelley and Keats”）一文提出两种创作观念：一种是连贯、成熟的（coherent，mature），它建于经验的各种事实基础之上，未对读者的乐趣设置阻碍，不论读者对它持有接受或否认态度、同意或者强烈反对；另一种是被那些具有成熟健全头脑（well - developed mind）的读者们视为幼稚或优柔寡断的（childish or feeble）一类。③ 布鲁克斯相信艾略特由此把诗歌批评引向“结构”研究：考察一首诗，应该从考察其信条是不是真理转向探究“这首诗的结构”，即“从诗之

---

① Kenneth Burke, *Counterstatement*, Oakland: University of California Press, 1968, p. 231.

② I. A. Richards, *Principles of Literary Criticism*, London: Routledge, 2001, p. 232.

③ T. S. Eliot, *The Use of Poetry and The Use of Criticism*, London: Faber and Faber, 1950, p. 96.

所言转到诗是什么”。[①] 维姆萨特（W. K. Wimsatt）在《浪漫主义关于自然的意象之结构》一文中总结出浪漫主义诗歌的结构，即以一种平行过程（a parallel process）展开本体和喻体，其本体很可能是主观回忆或悲伤等感情；诗中那种“异质间的张力”（tension in disparity）元素没有像在玄学派诗歌里显得那样重要。[②] 大致上说，瑞恰慈、艾略特和维姆萨特的探究方向一致，都是讨论诗歌的整体结构并明确认可其中异质成分的重要作用。尤其是瑞恰慈所言“相反相成的冲动”达到“平衡的自持”、艾略特的“连贯、成熟的”诗与维姆萨特的“异质间的张力”，可视为同义。

第三类强调意义阐释的多样性，揭示更复杂的情形。这一类包括燕卜荪和布鲁克斯。瑞恰慈的学生燕卜荪，1930 年出版了《复义七型》(*Seven Types of Ambiguity*)，因其研究语言多义性问题而著名。他归纳出七种“复义”现象（也译为歧义或朦胧），并运用语言学的词法（verbal framework）和句法学（syntax）对诗行进行“分析”。值得一提的是，“复杂性”（complexity）一词在书中总共出现了 24 次（除此之外，其形容词形式“complex”出现了 14 次，另一个表示复杂的同义形容词“complicated”出现了 22 次），覆盖每一章即所有七种复义类型，很大程度上意味着它是研究“复义”现象不可或缺的相关范畴。该书一开始就指向多义性研究：一个单词可以有几种不同的意义；这几种意义相互联系；这几种意义需要彼此补充；或者这几种意义结合起来，以使该单词指一种关系或一种过程。他声明，对于一个英语句子，没有任何解释可能列举出它全部的意义，并且总有某些暗

① Cleanth Brooks, *Modern Poetry and the Tradition*, Chapel Hill: University of North Carolina Press, 1939, p. 48.

② W. K. Wimsatt, “The Structure of Romantic Nature Imagery”, *The Verbal Icon: Studies in the Meaning of Poetry*, Lexington: University Press of Kentucky, 1982, pp. 103 –117.

含意义是无法陈述的。[①] 在文学作品里，词语更加富有表现力，那里复义可以在三种刻度或维度中得到拓展。第一个维度是逻辑或语法的无序程度；第二个是读者理解复义的意识程度；第三个是与作者心理复杂性的关联程度。[②] 这样，诗歌语言的多义性，不仅取决于诗歌文本本身，还涉及读者反应和诗人意图。总的来说，该著作在整体上洞察了一个敏感读者头脑中可能出现的多种意义阐释。燕卜荪的另一本著作《复杂词的结构》（*The Structure of Complex Words*，1951）追溯了复杂单词在历史进程中形成的各种意义，建立了四个数学等式解读作品，但不幸被布鲁克斯奚落为“无关的”甚至“奇怪的”非专业读法。[③]

布鲁克斯意识到对立可能带来的局限性，因此在“整一”的框架下探究“结构”中持续“复杂”化的更深层面，这与燕卜荪研究词语及阐释的“多义性”在思想上有相通之处。在布鲁克斯的术语系统中有一系列相关术语探讨这一结构。他首要使用术语“反讽”，因为反讽与语境紧密相关而且承认各种不协调因素（incongruities）。他也用“悖论”和“戏剧化过程”描述这个结构：“戏剧化过程要求把记忆中各种对立的方面结合成一个实体——放入陈述语层面——就是一个悖论，断言对立面的整一。”[④] 他同时关注诗人在更高更严肃的各层面传达的复杂经验：诗人给予我们的洞察力，使我们保持整一经验，把有明显矛盾冲突的各种经验成分统一成为一个新格局。[⑤] 他继燕卜荪和艾伦·退特之后

---

① William Empson, *Seven Types of Ambiguity*, London: Chatto and Windus, 1949, pp. 5-6.

② William Empson, *Seven Types of Ambiguity*, p. 48.

③ Cleanth Brooks, "Hits and Misses", *The Kenyon Review*, Vol. 14, No. 4, 1952, p. 677.

④ Cleanth Brooks, *The Well Wrought Urn: Studies in the Structure of Poetry*, p. 195.

⑤ Cleanth Brooks, *The Well Wrought Urn: Studies in the Structure of Poetry*, p. 195.

关注“张力”，声明它是文学（包括结构、语言、意义等）的特质，因为与之相对的科学术语只有纯外延意义（pure denotations）。① 除此之外，“多种态度的复合体”② 也是布鲁克斯用来说明诗歌结构的术语。

本文认为：经常与布鲁克斯相提并论的术语“反讽”，根本体现的是“对立”“异质”的各方面达到“整一”，在本质上是初级的辩证观，但是并不能涵盖布鲁克斯对诗歌结构“复杂性”的深思。赵毅衡在专著《重访新批评》中专设一章讨论“作品的辩证构成”，首先提及布鲁克斯“用反讽论来概括诗歌的辩证结构”的努力，③ 给予本文极大启发。在此基础上，本文提出：把布鲁克斯的所有努力归结到“反讽”这一个术语，是值得商榷的。

布鲁克斯清醒地意识到，“反讽”是一个“不够充分”的术语，是一个符号。如果用奥格登和瑞恰慈提出的“语义三角”来解释，我们就会明白：反讽作为一个符号所对应的“指称物”是诗歌“结构”，两者其实并无直接联系；两者中间存在一个与语境相关的“思想或指称”，这才是与该符号直接关联的部分。这个语境指布鲁克斯的整体的诗歌批评理论。经过较为全面的考察可以得知，“反讽”仅是布鲁克斯借用来表达“结构”观点的符号之一，前言中所述五点为该符号涵盖的“思想或指称”。对于这样一个结构或者关系系统，布鲁克斯有时还用到其他术语，比如悖论、戏剧化过程、张力、“多种态度的复合体”等。

二、反讽作为稳定结构的必要条件

布鲁克斯在分析诗歌的结构状态时，首要使用了古老的术语“反

① Cleanth Brooks, *The Well Wrought Urn: Studies in the Structure of Poetry*, p. 192.

② Cleanth Brooks, *The Well Wrought Urn: Studies in the Structure of Poetry*, pp. 174 - 175.

③ 赵毅衡，《重访新批评》，成都：四川文艺出版社，2013，第 44 页。

讽”。在文章《反讽与“反讽诗”》里，布鲁克斯把艾略特的“连贯、成熟和基于经验事实”的诗与瑞恰慈的“综感诗”（poetry of synthesis）等同起来，使之成为自己反讽理论的两个基石。

布鲁克斯对“反讽”的定义是什么呢？他给这个定义时非常谨慎。在《文学门径》的附录术语表中，布鲁克斯和沃伦对反讽的最初定义是：“反讽总是涉及对比，以及在被期待的和事实之间、在表面的和真实的之间存在的不一致（discrepancy）。”① 在各种反讽类型中，布鲁克斯注重探究那些“微妙的、暗隐的”② 的层面。布鲁克斯进一步提出：“语境对于一个陈述语进行明显的歪曲和修正，我们说这个陈述语是‘反讽的’。”③ 他认为“语篇中的任何‘陈述语’都得承担语境的压力，它的意义都得受到语境的修正”；好诗经得起反讽的破坏，即“内部的压力得到平衡并且互相支持”，取得类似于穹顶结构的稳定性。

布鲁克斯认为在一个稳定向上的结构中，向下的力反而是必不可少的。他使用了两个比喻加以形象地说明：在一个穹顶结构中，那些把石块拉向地面的力量，或者纸风筝尾巴形成了把原本上升的风筝向下拖的力。这种向下的力提供了支持，和向上的力一起使结构获得稳定性。当然，借用力的比喻，布鲁克斯指的是一首诗里的各种内涵、态度、语调和意义，存在于诗各种成分中，包括隐喻、意象、象征、词语、陈述语、主题等。使用反讽这个术语，不仅强调诗是一个“意义的结构”，还强调该结构中要有不同甚至相反的“力”：不能只强调向上的、正面的力，同时向下的力也不应被削弱，需要保存它应有的强度，这样结构才能获得稳定性。“一个纸鹞有了合适的载重，鹞线上的张力保持很好，

---

① Cleanth Brooks, Robert Penn Warren and John Thibaut Purser, *An Approach to Literature: A Collection of Prose and Verse with Analyses and Discussions*, Baton Rouge: Louisiana State University Press, 1936, p. 878.

② Cleanth Brooks, *The Well Wrought Urn: Studies in the Structure of Poetry*, p. 9.

③ Cleanth Brooks, “Irony and ‘Ironic Poetry’”, *College English*, Vol. 9, No. 5, 1948, p. 232.

它就会迎着风力的冲击而稳定上升。”① 布鲁克斯认为这个结构并不是简单的“用砖砌墙”。② “用砖堆砌”的类比是反对诗歌创作中机械切割、累加而得到的简单几何结构。他认为诗歌是一个有机系统（an organic system），③ 各部分“有机联系”（organic relation to each other）④ 在一起，相互对立的成分达到了彼此平衡。

哪些是反讽诗呢？在多数读者观念中，很多诗如马维尔的《致他娇羞的女友》、沃尔特·罗利（Sir Walter Raleigh）的《少女答牧羊人》（The Nymph's Reply to the Shepherd）或者格雷的《墓畔哀歌》，语境的压力由各种明显类型的“反讽”体现出来，因此是反讽诗。抒情诗（lyrics），尤其是简单的抒情诗，常常被人们排除在反讽诗以外。但是，布鲁克斯把它们也悉数纳入反讽诗的范围：抒情诗或者最简单诗的各部分也同样受到诗的整体语境的修正，类似于明显类型的反讽效果。“一首诗的各个部分的关系，甚至是一首简单的抒情诗，往往是错综复杂的，却总是非常重要。每个部分，意象、陈述语和隐喻帮助构建总体意义，同时自身也受到整个语境的修正。在许多诗中，这种修正累积成重要的绘图中的暗影，在某些情况下，甚至完全逆转了普通意义。”⑤ 他以歌谣《谁是西尔维娅》（Who is Silvia?）为例，在诗中既出现了基督教的贞洁也出现了异教爱神丘比特，产生了一种令人愉悦又有魅力的融合。它虽然有一种抒情诗的优雅，在结构上却因为体现了相反的态度而显得复杂化了。这类诗不消除与其基调（dominant tone）明显敌对的部分，而且因为它能够熔合（fuse）无关的和不协和的成分，已与自身达

---

① Hazard Adams and Leroy Searle, *Critical Theory Since Plato*. p. 1050.

② Cleanth Brooks and Robert Penn Warren, *Understanding Poetry* (the 4th ed.), Beijing: Foreign Language Teaching and Research Press, 2004, p. 11.

③ Cleanth Brooks and Robert Penn Warren, *Understanding Poetry* (the 1st ed.), New York: Henry Holt, 1938, p. ix.

④ Cleanth Brooks, "Irony and 'Ironic Poetry'", pp. 231 – 237.

⑤ Cleanth Brooks, "Irony and 'Ironic Poetry'", p. 237.

成妥协且经得起反讽的攻击。[①] 这样，布鲁克斯就大大扩展了“反讽诗”的范围。

瑞恰慈的“综感诗”理论继承了柯勒律治的观念，把综合文学作品各部分的魔术般的力量归功于“想象力”——这种能够平衡或调和对立的或不协和的品质。他说这种想象力在于诗人能够接受更广的刺激，并且做出完整的反应，通常相互干扰而且是冲突的、对立的、相斥的那些冲动，在诗人的心里相济为用而进入一种稳定的平衡状态。与此相反，布鲁克斯并不强调想象力的综合作用，而是强调语境：只要诗中成分受到了语境的压力从而在意义上发生歪曲和修正的，就是反讽诗。反讽把相反的力带入诗，正力和反力之间的冲突和抗衡使诗获得了一个稳定结构，即对立整一的结构。

正如前言里已描述的，在布鲁克斯的术语系统中，诗的“结构”这一术语至少包括五点思想值得深究。而布鲁克斯的批评方法——结构型“反讽”——涵盖了全部五点思想，他成功地把它用于对艾略特的复杂长诗《荒原》的解读中。

三、结构型“多层反讽”模式

在布鲁克斯著名的《荒原：神话的批评》诗评中，他首先反驳了许多批评家自这首诗 1922 年发表以来对它不断进行的误释。例如埃德蒙·威尔逊（Edmund Wilson）视之为一个绝望和幻灭的说明；左翼批评家称之为“久旱的诗”（the poetry of drouth）；艾达·娄·沃尔顿（Eda Lou Walton）用“沙漠中的死亡”作为其讨论当代诗歌的论文题目；[②] 瓦尔多·弗兰克（Waldo Frank）曲解了艾略特的整体地位与人

① Cleanth Brooks, “Irony and ‘Ironic Poetry’”, p. 234.

② Eda Lou Walton, “Beyond the Wasteland”, *Nation*, No. 9, 1931, pp. 263 - 264.

格。布鲁克斯认为误释不仅仅包括上述对主题的错误解读，也包括对艾略特诗歌基本方法的错误认识。当时的流行观点是：艾略特运用反讽对比在辉煌的过去与污秽的现代之间进行对照——形成强烈反讽（crashing irony）。读者确实很容易在该诗找到这样的对照，第三章“火的说教”中有大量明显的例子：斯宾塞《贺新婚曲》描绘了伊丽莎白时代少女在优美的泰晤士河畔筹办婚礼的美好场景，然而在现代，经过夏夜狂欢后，河面上漂浮着游客丢弃的瓶子、廉价食品的包装纸、丝质手绢、纸盒和烟蒂，当年少女的朋友们现在变成了游手好闲的公子哥；在马维尔《致他娇羞的女友》中，诗人仿佛看到了“时间带翼的马车”，在约翰·戴（John Day，1574—1638）的诗里可以读到“号角与狩猎的喧闹声”，如今都被伦敦街头的“汽车和喇叭声”代替；当年伊丽莎白女王乘坐画舫缓缓行进在壮美的河面上，与现代河面上荡漾着“油腻和沥青”、街道上是“电车和覆满尘土的树”形成对照。

这些明显对照以及由此形成的表面反讽，在布鲁克斯看来只是最肤浅的解释，忽视了反讽所运作的其他维度，即“反讽逆转”。他提出：

> 《荒原》使用的基本方法可以被描述为：运用复杂性原则（the principle of complexity）。诗人运用表面平行（surface parallelisms）在现实中形成反讽对比（ironical contrasts），同时也运用表面对比（surface contrast）在现实中构建平行。（第二组产生的影响，可被描述为反讽对立面［the obverse of irony］。）两方面结合起来的效果是：把混沌的经验整理成一个新的整体，经验的现实表层被忠实地保留下来。经验的复杂性也保留下来，未受到先定构思所产生的那种明显强制力的妨碍。①

上面引文中涉及两组对比：浅层的反讽对比以及深层的“反讽逆

① Cleanth Brooks, *Modern Poetry and the Tradition*, p. 167.

转”，本文称之为“结构型多层反讽”。在分析“火的说教”中，伊丽莎白时期的爱情具有瑰丽的色彩，与现代年轻的女打字员同男友之间俗气而冷漠的约会，形成了明显对比，布鲁克斯在表面的“反讽对比”基础上进一步提出深一层反讽。按照艾略特提供的引文出处，罗伯特亲王（Lord Robert）与伊丽莎白女王闲聊，甚至他当着大主教德·夸德拉的面说，如果女王愿意，没有理由不让他们俩成婚。布鲁克斯据此认为这一段同时营造出了一种相反的效果：即便是伊丽莎白时代，爱情同样徒劳无果，带来空虚，因此伊丽莎白虽然贵为女王，但和那位现代城市中的女打字员也有相似之处。① 布鲁克斯认为本诗第二、三章多次援引伊丽莎白时代的诗歌，其原因之一或许是：事实上随着英国文艺复兴的到来，旧有的那套超自然的惩戒（supernatural sanctions）已经开始分崩离析了。

布鲁克斯使用下面的典型例子对“结构型多层反讽”予以更清晰的描述：

> “死者的葬礼”的占卜情景会令人满意地说明这一总体方法。表面上诗人再现了江湖骗子——索索斯垂丝夫人——的喋喋不休，其表面反讽是：塔罗纸牌的原初用法与索索斯垂丝夫人的滥用形成对比。然而每一细节（在“占卜者”的空谈中应验的）在这首诗的整体语境里都承担了一个新意义。在表面反讽（surface irony）以外也有索福克勒斯式反讽（a Sophoclean irony），20 世纪观众会反讽地接受“算命”这回事，随着诗歌的展开，却成真了——在夫人自己都不觉真实的意义上竟然成真了。表面反讽因而逆转，变为深层反讽。在她说话语境的言辞里，下面各项仅仅被提及一次：“有三根杖的人”“独眼商人”“成群的人，在一个圈里转”等。然而一旦转换成其他语境，它们就被加载了特殊意义。总之，所有该

① Cleanth Brooks, *Modern Poetry and the Tradition*, p. 156.

> 诗的中心象征都在这里出现；这里是唯一把它们明确结合的一章，尽管联系是松散且偶然的。随着诗歌展开，深层联系的诗行只有根据整体语境才会出现——这当然恰好是诗人意图达到的效果。①

在诗歌的第一章出现了算命家索索斯垂丝夫人。按照杰西·韦斯顿小姐（Miss Jessie Weston）在《从祭仪式到传奇》（*From Ritual to Romance*）的讲述，塔罗牌原本用来裁决那些对民众至关重要的事情，比如泉水的涌现。现代的这位算命家远远比不上她前辈的本领，而且她从事的粗俗的算命行当归属于庸俗化的文明。牌中的字符和人物没有丝毫改变。她读出诗中主人公抽取的纸牌画面是溺亡的腓尼基水手，所以警告他要避免溺水身亡。她其实并没有意识到：重生的途径或许就是死亡本身。当现代读者读到这位患了感冒的算命夫人依靠胡言乱语以谋生计，都感到其预言的荒诞性。布鲁克斯提出，随着诗歌各章逐一展开，她的预言竟然都说中了，贯穿了整首诗的布局，由此表面反讽经过逆转变成了更深层反讽。我们看到，诗人如何通过表面杂乱的诗句一步步推进关于主人公命运与水中再生的主题。在第一章“死者的葬礼”中的诗行“那些明珠曾经是他的眼睛”，明显是引用了莎士比亚《暴风雨》中精灵爱丽儿所唱的歌。飞蝶南王子听到歌声后自语到，这歌词说的是他的溺死的父亲。布鲁克斯认为死亡可以使人进入富丽奇瑰的疆域，死亡成为一种新生，主人公头脑中出现了溺亡之神：神像被抛入河水中并在下游处被捞起，象征着自然中生生不息力量的死亡与神的复活。第四章“水里的死亡”与前一章“火的说教”形成对比，布鲁克斯认为这一部分象征着牺牲以及由此获得的解脱，水里的死亡展示出强大的再生力量。这章提到的溺亡的古代腓尼基水手，描述他死亡的语调是柔和的，“海底的一股洋流/低语着啄他的骨头”，明显不同于另外一种死亡，即“火的说教”中“白骨抛弃在干燥低矮的小阁楼上，被耗子的

① Cleanth Brooks, *Modern Poetry and the Tradition*, pp. 167 - 168.

脚拨来拨去的，年复一年”。布鲁克斯进一步谨慎地指出，“水里的死亡”这一说法印证了对死亡和时间的征服，穿过死亡将会看见“有定季节的永远轮回”以及“春与秋、生与死的世界”。第五即最后一章“雷的说话”中，雷声不再是徒劳无果的，它带来了雨。布鲁克斯把主人公的命运推及整个人类以及现代文明，主人公认识到只有通过死亡才能获得重生。这首诗最后以大量的引文结束，其中被毁坏的塔或许也是那座毁圮的教堂，“只是风的家”，它也代表整个传统正在朽毁；主人公决心索回传统，使之复兴。布鲁克斯提出，虽然主人公最终没有亲眼见证荒原的复活，但是如果世俗化已经摧毁或者可能摧毁现代文明，主人公仍要履行个人责任。①

布鲁克斯指出在诗的第一章，索索斯垂丝夫人用塔罗纸牌占卜时，以下各项只提及一次：“持三根杖的人”“成群的人，在一个圈里转”以及“那绞死的人”。当这些原型进入新的语境，就被加载了特殊的意义，仔细分析得知它们是贯穿整首诗的“中心象征”。它们随主人公在伦敦的现实经历中得到应验。布鲁克斯坚持在解读中把“持三根杖的人”与《从祭仪式到传奇》中失去生育能力的渔王、“而我坐在冬日黄昏的煤气厂后，/对着污滞的河水垂钓”中的主人公自己，甚至艾略特另一首诗《空心人》中的稻草人联系在一起，揭示出那代表权力和行动的权杖无法掩饰的身体残疾和精神荒芜。“雷的说话”里“我看见成群的人，在一个圈里转”，本来是但丁《神曲》中身处地狱等待审判的人群，当艾略特将现代伦敦与波德莱尔的“拥挤的城市”以及但丁的候判所联系在一起时，诗中的相关象征“进一步复杂化”，加载了新意义。“在冬天早晨棕黄色的雾”笼罩的现代伦敦也是一座“不真实的城”：上班路上拥挤的“人群在伦敦桥上涌动，这此多，/我没有想到死亡毁灭了这么多。/叹息，隔一会短短地嘘出来，/每个人都把双眼盯

① Cleanth Brooks, *Modern Poetry and the Tradition*, p. 164.

在他的脚前”。[①]“我没有想到死亡毁灭了这么多”引自《神曲·地狱篇》第三诗章，指那些活过但无誉亦无毁的众生，他们是代表现代世界里处支配地位的世俗态度的典范；“叹息，隔一会短短地嘘出来”引自第四诗章，指死在福音传扬之前、未受洗礼的人们。一旦《神曲》里的这两个句子被诗人带入新语境，就被加载了特殊意义：《神曲》中的两个阶层——世俗化阶层与无信仰阶层，就是伦敦桥上的现代荒原居民；他们的生活就是死亡。他们的面目模糊，虽生犹死，布鲁克斯联系到诗人的另外一首诗《空心人》里的描述：“有声无形，有影无色/瘫痪了的力量，无动机的姿势。”“那绞死的人”代表弗雷泽笔下被绞死的神（包括耶稣），表达牺牲的意味，艾略特在一条注解上指出它与最后一章“雷的说话”里那位头披兜帽的人物有关。按照《新约·路加福音》第 24 章，耶稣的两个门徒得知耶稣蒙难，忧伤地去往耶路撒冷附近的村子以马忤斯，路上谈论着发生的一切，复活的耶稣头披兜帽与他们同行，但是他们的眼睛模糊了，没有认出耶稣。这位头披兜帽的人物出现在最后一章“雷的说话”，即“那总是在你身边走的第三者是谁？……/裹着棕色的斗篷蒙着头巾走着 ”。在最后一章，荒原上行走着耶稣忠实的两个信徒、用斗篷兜帽掩面的耶稣，还有“涌过莽莽的平原，跌进干裂的土地”的“那一群蒙面人”，都似乎在赶往毁圮的教堂。布鲁克斯提到，按照韦斯顿小姐的说法，拜访毁圮的教堂是个开始——即接受洗礼；可见诗人传达的涵义是明显的，即复兴信仰。布鲁克斯在该文评中引艾略特在“朗伯斯后的沉思”中的句子，“使得信仰幸存于我们面前的黑暗时代；更新和重建文明，挽救这个世界，避免它走向自我毁灭”。[②] 布鲁克斯认为艾略特的主旨是复兴一个已知的、丧

---

① T. S. Eliot, *T. S. Eliot: Collected Poems*, 1909 - 1962, New York: Harcourt, Brace & World, 1934, p. 55.

② Cleanth Brooks, *Modern Poetry and the Tradition*, p. 164.

失声誉的、包括各种信仰的体系。①

布鲁克斯对诗人所传达主旨的阐释是积极的，他精心措辞，使“反讽逆转”一语也体现出自反向正的拨正意味。反讽自从缘起就暗含反讽者地位的逆转，一开始表现得像个傻瓜、疯子或者骗子的剧中角色，反衬出对手的聪明，但是随着谈话或者情节的展开，证明这些妄语才是真理，给对手突然一击，对手反转成为被嘲笑的对象，柏拉图《对话录》中的苏格拉底就扮演了反讽者的角色。反讽者的地位经历了自反向正的拨正过程。本文注意到布鲁克斯表达“反讽逆转”的用语，不是 the reverse of irony，而是 the obverse of irony。我们知道 obverse 和 reverse 作为动词都可以表达“翻转”，但是作为名词，它们是一对反义词，分别对应硬币的正、反两面。用表示硬币正面的词语 obverse 来说明“反讽逆转”，恰好表达出“拨正”的意味。在结构型“多层反讽”模式中，“反讽逆转”是该模式的基本原型，实现由“表层反讽”到“深层反讽”的推进。正如布鲁克斯所说，该诗第一章“死者的葬礼”里面出现的占卜情景令人满意地说明了这个总体方法，按照他对该情景里表层反讽（一层反讽）与深层反讽（二层反讽）的文字描述，本文将这个基本原型绘图如下。见图 1：

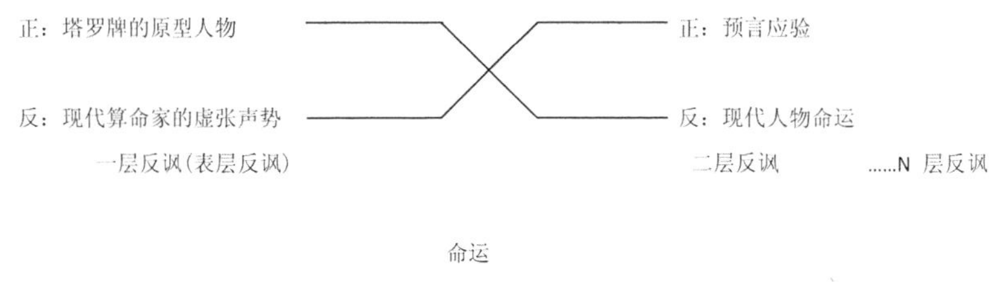

图 1

如果我们能够全面而准确地把握布鲁克斯的复杂性原则，就会明白在复杂的诗歌中，这种拨正其实并不是诗人意图的终点：江湖骗子索索

① Cleanth Brooks, *Modern Poetry and the Tradition*, p. 171.

斯垂丝夫人的妄语道出了“符号化的真相”，实现了其地位的拨正，然而“真相”包含着更为丰富深刻的反讽意味，这个真相才是诗人力图穿透诗歌表层看似随意丢放的各种混沌经验，展示给读者的真实意图和态度。在“命运”的大框架下，布鲁克斯在文中分析了一些次级反讽，使纷繁的典故、象征以及混沌经验归于次级反讽中，以展示“现实中的真相”。它们分别对应着某张塔罗纸牌。塔罗牌中画有“高塔”图案的纸牌进入新语境后象征信仰；“溺亡的水手”牌预示了主人公的身份和命运。虽然主人公并没有直白提及“恋人”牌，但该诗纷繁的典故和写实片段里有多处涉及两性关系。菲罗美的典故或许与“世界”那张牌有关。本文在这里归纳了其中四个次级多层反讽模型，分别是信仰、主人公的身份及作用、两性关系、自然/世界。布鲁克斯并未限定反讽的层数，意味着它的开放性和多维性，本文因此在一层反讽和二层反讽后面添加了字母N，表示延伸开来的多层反讽，比如分析第一个次级反讽——“信仰”时，层数变化延伸到第三层。本文进一步尝试以图示说明《荒原》诗中多层反讽结构的复杂性。正如布鲁克斯指出，各种人物间的关系表面上显得松散，材料随意丢放在一起，但随着诗向前展开，关系建立了起来。若放在诗篇的整体语境中考察，深层联系便昭然若揭；由此达到经验合一、各阶段统一的效果，进而真实地感受到该诗的总体主题。见图2。

作为描述普遍结构的术语，“反讽”建立了一种关系，它把其他纷繁跳跃的戏剧化例证组织起来，通过多层级的建构实现了一种复杂化布局，以避免单一浅层的对比阐释法所导致的简单化。本文之所以称之为结构型“多层反讽”模式，是因为布鲁克斯眼中的“反讽”不仅是表面或浅层的对比与平行，同时也带入逆转后的格局。布鲁克斯提出在真正的诗人那里，主题通过间接的方式得以展示，其形式是悖论式的。在《荒原》文评的一开始，布鲁克斯就指出，《荒原》的总体主题是一个悖论：没有意义的生命等同死亡；然而奉献，甚至牺牲，或许会赋予生命，

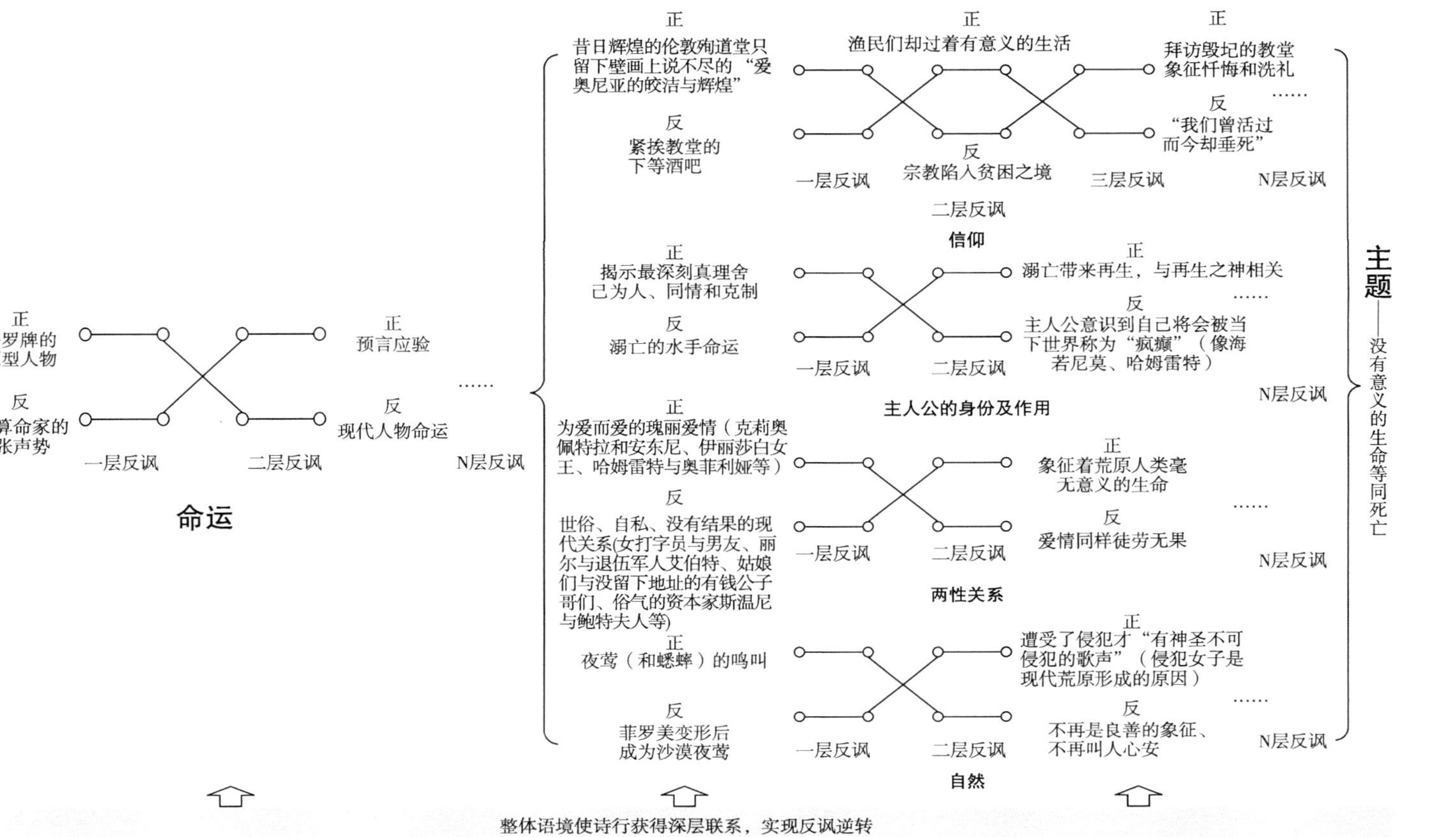

图2　结构型多层反讽示意图

唤醒生命；这首诗在很大程度上印证了这一悖论及其各种变体。① 现在我们看这一悖论表述，在表面上违背了形式逻辑，其实内含着辩证思维；比起平常的矛盾手法，“悖论”所表述的内容经过仔细的审视，因此更严密。换种情形，如果违背形式逻辑且并无辩证思维，就只能造成逻辑错误，是修辞败笔。上面的主题阐明诗人藐视没有意义的生而看重能带来新生的死，于是没有意义的生等于死，而有意义的死意味着新生。这种辩证思维的作用在于它将读者引入沉思，带来我们对生与死的新认知。在布鲁克斯术语系统中，用于描述诗歌普遍结构的术语“反讽”涵盖了揭示主题的“悖论”。

结　语

布鲁克斯笔下的诗歌本质结构是一种复杂的布局和意义结构，同时遵循结构的“整一原则”（the principle of unity）。② 本文提出，结构型“多层反讽”模式正是布鲁克斯能够成功分析艾略特这首复杂长诗的本体论批评方法。布鲁克斯一直不赞成艺术宣传的论调，他批评艺术宣传类的“天真”论调并不比维多利亚时期的说教或感伤倾向有所进步，尽管该学说在经济学方面产生了革命性影响，但是在“审美理论”方面“根本就不是革命性的”。③ 把英美新批评称为“文字分析学派”的文评家袁可嘉，指出该派“在政治思想的倾向上是不好的”，但是袁可嘉站在“一分为二、实事求是”的立场上做出了公允的评价，认可该派“对文学作品的艺术分析确实有所建树，有所发展”。④ 本文赞同袁

---

① Cleanth Brooks, *Modern Poetry and the Tradition*, p. 137.

② Cleanth Brooks, *The Well Wrought Urn: Studies in the Structure of Poetry*, p. 178.

③ Cleanth Brooks, *Modern Poetry and the Tradition*, p. 51.

④ 袁可嘉，《现代派论·英美诗论》，北京：中国社会科学出版社，1985，第58页。

可嘉的观点，研究西方文论的过程中，需要萃其精华、弃其糟粕。学习新批评派的主要人物布鲁克斯的批评方法，可以使我们认识到要回归到研究作品自身作为一个整体的规律性及艺术价值的领域，避免科学主义和外部研究对原本整一的艺术结构进行过度的抽象和拆解。

作者简介：

盛海燕，北京外国语大学比较文学与跨文化研究方向博士，北京化工大学英语系教师，曾在美国休斯敦大学英语系做访问学者。长期从事英语语言、文学教学工作，主要研究方向为英美文学、跨文化文学研究。

古希腊戏剧在日本的跨文化编演*

——以蜷川幸雄的《美狄亚》舞台呈现为中心

赵雁风

内容摘要　《美狄亚》是古希腊戏剧中的经典剧目，在多国被改编、搬演，具有世界戏剧的性质。蜷川幸雄是以使用日本方式编演西方经典名剧而著称的日本戏剧导演，他搬演了大量西方经典戏剧，其戏剧呈现跨文化的形态。《美狄亚》作为蜷川幸雄导演的首部在海外公演的作品，在保留传统希腊戏剧形式的基础上融入了大量日本传统文化元素，使古希腊戏剧与日本文化完美地结合在一起，展现出古希腊戏剧跨越东西方文化的经典性与普适性，呈现了多元文化互融下的戏剧样态。本文对蜷川幸雄于1984年导演的《美狄亚》的舞台呈现进行分析，剖析蜷川幸雄搬演西方戏剧经典的策略、秉持的导演理念及其理念的成因。

关键词　蜷川幸雄　《美狄亚》舞台呈现　跨文化戏剧

* 本文是国家社科基金重大项目“中外戏剧经典的跨文化阐释与传播”的阶段性研究成果，项目批准号20&ZD283。

The Intercultural Performance of Ancient Greek Drama in Japan: Focusing on Yukio Ninagawa' Stage Presentation of *Medea*

Zhao Yanfeng

Abstract: As a classic play in ancient Greek drama, *Medea* has been adapted and performed in many countries and has the nature of a world drama. Yukio Ninagawa, a Japanese drama director famous for his adoption of Japanese methods to perform famous Western classic dramas, has directed a large number of Western classic dramas, presenting them with various intercultural forms. *Medea* is his first play performed overseas. On the basis of preserving the traditional Greek drama form, it integrates a large number of elements of Japanese traditional culture, making the ancient Greek drama and Japanese culture perfectly combined, showing the classicality and universality of ancient Greek drama across the eastern and western cultures, and the theatric style under the mutual integration of multiple cultures. This article analyzes the staging performance of *Medea* directed by Yukio Ninagawa in 1984, and explores Yukio Ninagawa's strategy of performing western drama classics in the oriental form , his guiding ideas of directing and the origins of these ideas.

Key words: Yukio Ninagawa; *Medea*; Staging Performance; intercultural theater

引　言

2016 年 5 月 12 日，日本著名戏剧导演蜷川幸雄（Yukio Ninagawa，1935—2016）驾鹤，离开了他致力一生的戏剧舞台。他一生中导演了逾百部戏剧作品，这些作品大致可以分为两类：对以希腊戏剧和莎士比亚戏剧为主的西方经典戏剧的搬演，以及日本本土戏剧作家的作品。[①] 其中，对西方经典戏剧的搬演是成就蜷川幸雄并使其成为“世界的蜷川”且蜚声海外的重要原因。他先后导演过《罗密欧与朱丽叶》《李尔王》《麦克白》等16部莎士比亚戏剧，以及《美狄亚》《俄狄浦斯王》等多部希腊戏剧。在日本当代戏剧发展的过程中，蜷川幸雄是一个不能被忘却的名字。

《美狄亚》是希腊戏剧家欧里庇得斯（Euripides）的传世名作，被公认为最动人的希腊悲剧之一，被多国戏剧家以多种形式改编、搬演。1978年2月4日，蜷川幸雄在东京日生剧场将《美狄亚》搬上舞台，将其呈现给日本观众。[②] 1983年7月，他又携团队远赴意大利和希腊，[③] 将日本版本的《美狄亚》带到西方国家的舞台上，使其具有了跨文化的意义。

在国际戏剧界，跨文化戏剧[④]的舞台演出自20世纪后半叶以来逐渐成为一种潮流。多国艺术家都在该领域做出了积极大胆的尝试，其中既有东方导演改编西方经典剧目，如日本的蜷川幸雄和铃木忠志就以改编

---

① 林立竝，《不断破坏与重建 在地化与普世化》，《PAR表演艺术杂志》，2015年02月号，第76页。

② 美狄亚和伊阿宋分别由平干二郎和近藤洋介饰演，演员服装由辻村寿三郎设计，剧本采用高桥睦郎翻译的剧本。剧本未对欧里庇得斯的原作进行改动。蜷川幸雄、『Note 1969 – 2001 增補完全版』、東京：河出書房新社、2002年、第127頁。

③ 1983年，蜷川幸雄决定以《美狄亚》参加“罗马夏日艺术节”、意大利阿斯蒂市的“阿斯蒂剧院艺术节”和希腊的“雅典艺术节”。1983年7月4日，《美狄亚》在罗马的朱利亚别墅国立伊特鲁里亚博物馆中的剧场进行日本海外首次演出。7月14日在雅典的利卡维特斯剧场上演。1984年7月，蜷川幸雄接受雅典艺术节主办当局邀请，在希罗德·阿提库斯剧场再次上演《美狄亚》。蜷川幸雄、『Note 1969—2001 增補完全版』、第195頁。

④ 目前，何谓“跨文化戏剧”说法不一。孙惠柱认为跨文化戏剧（intercultural theater）直面不同种族文化的冲突和交流，让不同文化的观念和人物在舞台上展开碰撞和交锋。参见孙惠柱，《跨文化戏剧展现东西方文明冲突》，《社会观察》，2005年第3期，第33页。

和搬演希腊和莎士比亚戏剧而被世界所知，国内的罗锦鳞和孙惠柱用中国传统戏曲改编、搬演希腊戏剧；① 也有西方导演借用东方戏剧元素改编西方戏剧，如姆努什金（Ariane Mnouchkine）② 在改编西方经典剧目时加入东方（日本、中国、印度）的文化元素。总体而言，西方导演改编取用东方戏剧因素多为浅尝辄止的点缀，而东方导演则较多使用传统戏剧艺术或本土化主题与西方经典剧目做一定程度的结合。③ 蜷川幸雄作为日本当代戏剧导演，他导演的古希腊戏剧采用什么样的搬演策略，具体通过什么途径实现，呈现出怎样的面目？本文对蜷川幸雄于 1984 年 7 月 14 日在希腊上演的《美狄亚》④ 的舞台呈现进行分析，剖析蜷川幸雄在跨文化状态下搬演西方戏剧经典的策略，他秉持的理念以及理念的成因。

一、日本与希腊传统戏剧文化杂糅下的舞台呈现

蜷川幸雄搬演西方戏剧经典时打造的舞台，具有非常明显的个人风格。他在演绎西方故事主题时，大量借用日本传统戏剧元素，如服装、

---

① 罗锦鳞导演从 20 世纪 80 年代开始，先后以河北梆子戏的形式改编、搬演了古希腊戏剧《美狄亚》（1989）、《忒拜城》（2002），以评剧形式改编、搬演了《城邦恩仇》（2014），孙惠柱以京剧的形式改编了古希腊戏剧《王者俄狄》（2008）。参见陈戎女，《古希腊悲剧跨文化戏剧实践的历史及其意义——以中国戏曲改编和搬演为中心》，《中国文化研究》，2018 年第 02 期，第 171 – 172 页。

② 阿里亚娜·姆努什金是法国著名戏剧导演，她的剧团“太阳剧社”是全世界风格最突出的剧团之一。19 世纪 80 年代开始，姆努什金的工作重心集中到回归古典，改编了大量希腊古典戏剧和莎士比亚戏剧，并开始了对东方戏剧的探索，日本能、歌舞伎的演剧手法和程式化的中国戏剧和印度戏剧的表演形式被她运用到古典戏剧改编中。参见罗伯特·科恩，《戏剧》，费春放主译，上海：上海书店出版社，2006，第 331 页。

③ 陈戎女，《古希腊悲剧跨文化戏剧实践的历史及其意义——以中国戏剧改编和搬演为中心》，第 168 – 180 页。

④ 下文中的《美狄亚》如无特别标注，均指由蜷川幸雄导演并于 1984 年 7 月在希腊希罗德·阿提库斯剧场上演的版本。

音乐等，带给观众官能的飨宴。

在演员服装造型方面，蜷川幸雄通过舞台形象设计师辻村寿三郎打造了一位“异形”美狄亚。刚一出场的美狄亚头戴硕大、华贵的头冠，头冠上装饰有羊角状和蛇皮纹的配饰，身穿肩部膨胀夸张、下摆曳地的裙装，繁复华丽。最外层的衣服用多条和服腰带表里调换拼接而成。敞开的衣襟中，袒露出道具装饰的壮硕乳房。面部妆容如歌舞伎演员一般，用白粉敷面，上下唇间点缀黑色，眼下配以线状钻石流苏。人物的整体造型夸张、抽象，富有力量感。头冠上的羊角与希腊神话中的金羊毛相联系，体现美狄亚敢于冒险、勇于追求幸福的性格。蛇在古希腊文化中意义特殊。在早期的克里特文明时期，蛇通常和女神联系在一起，如持蛇女神等。此外，蛇还是女妖的象征，据说邪恶女妖美杜莎的头发就是一条条蛇。头冠暗示了美狄亚既是高贵的女神又是具有强大魔法的魔女的形象特点。希腊神话中“人神同形”。欧里庇得斯戏剧舞台上的美狄亚造型如何，现在已无从知晓，现存的古希腊瓶画、壁画和雕刻中的美狄亚，其外形和服饰都与普通人类并无二致。蜷川幸雄通过东西方文化的交错杂糅打造的“异形”美狄亚，突显了其既是女神又是魔女的复杂身份，表现其智慧与疯狂并存的复杂特性。

除了美狄亚，剧中其他出场人物的服装造型均融合了日本传统文化与希腊文化，造成强烈的视觉冲击。如乳母、克瑞翁、伊阿宋都身穿华丽的日式羽织或袴，但是帽子或头饰又明显区别于日式风格。16 人的歌队身穿衣褶丰富、类似西顿长袍的黑色长袍，头戴配有黑色帷幔的斗笠，和美狄亚一样用白粉敷面。与希腊原剧不同的是，蜷川幸雄的剧中出现了美狄亚的孩子，两个孩子身穿白色长袍，头戴形如羊毛的白色头套。在日本文化中，白色象征着纯洁无垢。在古希腊文化中，白色经常与母乳相联系，白色的羔羊被看作纯洁和人的牺牲的象征，暗指孩子的纯洁天性与被杀的命运。蜷川幸雄曾批评日本剧团在上演西方戏剧时“只从形象上模仿外国人的空虚性”。他讲到“包括动作、化妆等眼睛能看到的东西，每次我看到日本演员戴金发或者穿裤袜的样子，总觉得难为情。看到这种装扮容易让我出戏，因此，我必须思考一个能解决这些问题的方案”。①《美狄亚》中混合了日本传统文化与古希腊文化的人物造型，就是蜷川幸雄解决这一问题的手段。

《美狄亚》中的人物造型并不是一成不变的，而是随着剧情的发展而变化，烘托人物情感。当遇到埃勾斯并得到其收留许可后，美狄亚正式决定复仇。这时，她一边表演一边脱下奢华繁琐的外衣，露出里面的素色大摆长裙。随后，在决心亲手杀死两个孩子报复伊阿宋时，美狄亚扔掉华丽的头冠，脱掉素色长裙，只着一身红色素简衬裙。这时的美狄亚，去掉一切装饰与繁复，只剩下被愤怒烧红的躯体。舞台表演中的前后几次换装表现了美狄亚心理情感的一再变化。其实，在舞台上随着情节发展换装，也是日本歌舞伎表演中的程式化表现手段。在歌舞伎表演中，演员一边表演，一边抽掉两肩处连接里外层衣服的丝线，随着身体的移动，外层的衣服就自动脱落，露出里面其他花样的衣服，这个过程被称作“打返”（ぶっ返り），通常被用在表现人物本性之时。② 歌舞伎《鸣神》中的鸣神上人就是通过“打返”表现自己被云中绝间姬欺骗后的出离愤怒。蜷川幸雄从歌舞伎中借用了这一表现手法，以美狄亚造型的改变，推动剧情的发展，同时展现美狄亚挣扎、痛苦，但又无法抑制愤怒的复杂心理。

此外，蜷川还独辟蹊径，大胆地选用了清一色男性演员。主人公美狄亚的饰演者是极富男子气概的著名演员平干二郎。他本身是歌舞伎演员出身，以出演大河剧被观众熟知，形象英朗，声音浑厚。在欧里庇得斯的原作中歌队全部是女性，蜷川幸雄用16位年轻男性饰演歌队

---

① 蜷川幸雄，《千刃千眼》，詹慕如译，成都：四川人民出版社，2019，第82页。

② 日郡司正，《歌舞伎入门》，李墨译，北京：中国戏剧出版社，2004，第232页。

角色。在歌舞伎中，剧中所有的女性角色都由男性扮演，叫作“女形”（女形）。蜷川幸雄把歌舞伎中的“女形”化用在《美狄亚》中，一方面保留了歌舞伎的演出传统，营造出一种“东方情趣”，另一方面借用男性的力量之美，颠覆了观众既往认知中期待的美狄亚和歌队的女性形象。

蜷川幸雄还在舞台的空间表现上借用了日本传统戏剧元素。1984年《美狄亚》的舞台设立在希腊的希罗德·阿提库斯古代露天剧场，剧场中逐级而上的石造台阶将舞台自然分成两个部分。台阶下是紧临观众的舞台主体部分，是所有演员进行表演的场所。台阶上，蜷川幸雄搭建了日本神社。神社大门紧闭，舞台由此分为可见与不可见两部分。

神社是日本本土宗教——神道举行祭祀的场所。日本的神道属于泛灵多神信仰，而神社即神灵所居之地。在《美狄亚》中，美狄亚出场之前，神社是她的闺房。在“杀子”的高潮部分，神社成为美狄亚杀子的现场，紧闭的大门让杀子场景不可见，仅通过台词表现整个杀子过程。在结尾部分，美狄亚乘坐龙车离开时，龙车以及车上手持两个孩子尸体的美狄亚从神社后方逐渐飞升，此时的神社又成了美狄亚逃离的场所。蜷川幸雄让希腊神话中的女神居于日本神灵的居所，东西方宗教文化在舞台上的相互融合，不论是日本观众还是西方观众，都既能从中找到熟悉的文化氛围，又能体味到异质文化所带来的新鲜感。此外，杀子场景不可见，既符合希腊剧场表演的惯例，也符合日本传统戏剧的演出习惯。日本传统戏剧和中国戏曲一样，具有虚拟和写意的表演特点，“杀子”场景不可见是日本传统戏剧表演特点的延伸，符合东方人重含蓄、象征的审美偏向。在日本传统能剧表演场所当中，舞台被分为“镜间”（镜の间）和“本舞台”（本舞台）两个部分。“镜间”相当于后台，“本舞台”则是演员表演的主要场所。连接这两部分的斜过道叫作“桥挂”（橋掛かり）。蜷川幸雄借用能剧舞台空间区分方法，用神社代替“镜间”，美狄亚在神社里完成最后的变装，褪去一身红衣，换上银色长袍，手持两个孩子的尸体，乘坐日神派来的龙车飞升上天。此外，在能剧的舞台空间涵义上，“镜间”象征着“彼世”，也就是属于死者的“灵界”，而“本舞台”的空间象征着对于角色而言的“现世”，“桥挂”则象征着架在“现世”与“彼世”之间的桥。① 在蜷川幸雄的安排下，神社既是两个孩子的“彼世”，也是美狄亚作为弃妇的“彼世”与作为勇于抗争、不畏强权的女性的新“现世”。

除了将能剧的舞台结构巧妙化用在《美狄亚》的舞台上，灯光的使用也让舞台呈现出多维效果。《美狄亚》的舞台整体光线较暗。在戏剧开端，歌队从舞台两侧的黑暗中缓步上台，光束追随演员移动，幽暗的灯光配合干冰制造的冉冉薄雾，营造出“幽玄”之感。在能剧理论中，“只在必要的地方降下光，在隐蔽之下生成幽玄”。② 能剧大师世阿弥甚至将“幽玄”视为能剧表现的第一原理。③《美狄亚》的舞台通过灯光营造的阴翳之美与能剧理论中的“幽玄”相契合。

音乐是戏剧不可或缺的部分。古希腊戏剧诞生于“酒神的颂歌”，从而以歌队歌唱的形式来显示时空的转换以及剧情的推进。欧里庇得斯的《美狄亚》中有大量内心情感的铺陈，所以歌队就成了介绍人物关系、烘托主演情感方面不可或缺的部分。蜷川幸雄在搬演时保留了歌队，歌队人数达到了 16 人之多。在乳母交代美狄亚弑亲叛国，帮助伊阿宋夺取金羊毛逃至希腊，后被伊阿宋背叛婚姻之后，歌队第一次出场，16 人分成两列从舞台两侧一边弹奏三味线，一边缓步上台，三味

① 梅原猛，《世界中的日本宗教》，卞立强、李力译，成都：四川人民出版社，2006，第 172 页。

② 大西克礼，《日本美学 2：幽玄——薄明之森》，王向远译，新北：不二家出版社，2018，第 3 页。

③ 大西克礼，《日本美学 2：幽玄——薄明之森》，第 91 页。

线略带凄凉的音色为美狄亚的出场铺垫了悲剧气氛。三味线的演奏在《美狄亚》中前后使用了三次，都是歌队弹奏三味线，吟唱小调来烘托主人公的感情起伏。三味线是日本古典音乐最重要的乐器之一，常被用作歌舞伎的背景音乐。除了使用日本传统乐器之外，蜷川幸雄还在《美狄亚》中使用了日本当代歌手三上宽的歌曲《大感情》和17世纪巴洛克时期德国作曲家亨德尔（George Friedrich Handel）的曲子。日本现代音乐、传统音乐与西方古典音乐的混合搭配，使《美狄亚》的舞台音乐风格呈现出多元的效果，从而造就听觉上的陌生与感情上的“间离效果”。戏剧“用艺术手法描画世界图像”，让观众“从传统的是非辨识模式中和过时的认知模式中解脱出来”，① 蜷川幸雄通过多元音乐的运用，让不同的时间和不同的空间在一部戏剧中集中体现出“世界的图像”。

异文化的交汇通常会产生因“陌生”而引起的乐趣。综上可知，蜷川幸雄在《美狄亚》的舞台呈现方面将希腊文化与日本传统戏剧文化巧妙对接，异化人物形象，使观众产生一种“既陌生又熟悉”的观剧体验。“陌生化”是布莱希特戏剧理论中的重要概念。布莱希特认为“对一个场景或一个人物进行陌生化，就是要把事件或人物那些不言自明的，为人熟知的和一目了然的东西剥去，使人对之产生惊讶和好奇心”。② 异化的人物形象打破了观众的既定审美预期，产生“间离”的美学效应。灯光的使用和舞台空间的分配让《美狄亚》的舞台以东西方文化互为观照，呈现出多维的舞台空间。布莱希特认为，“戏剧舞台上不仅仅只有戏剧发生的时空背景会对舞台上的事件具有导向性意义”，舞台“表现的是世界的图像，而这个世界是按规律运动的，而且不是所

① 布莱希特，《戏剧小工具篇》，张黎、丁扬忠译，北京：北京师范大学出版社，2015，第97页。

② 布莱希特，《论实验戏剧》，丁扬忠译，载《布莱希特论戏剧》，北京：中国戏剧出版社，1990，第62页。

有的规律现在均为人所知”。[1] 陌生化的多维舞台空间，让蜷川幸雄对《美狄亚》的重新演绎获得了多向审美与理解的可能。

蜷川幸雄曾说：“我就像这样，运用眼睛所见，耳朵所听，以形形色色的方法来打造这虚假的空间。”[2] 他在改编和演出西方经典戏剧时，积极从日本传统文化中汲取养分，大胆将日本传统文化符号与西方文化多元混搭，从“眼睛所见”“耳朵所听”等多个方面展现古希腊戏剧经典可被无限延展的艺术生命力。这不仅是他搬演西方经典戏剧的手段，还包含了他对日本戏剧在当代剧场文化中如何发展的个人思考。

二、动荡时代中的思考与实践

《美狄亚》在日本之外的演出大获成功，让蜷川幸雄更加坚持自己的导演理念，此后，他导演的多部希腊戏剧和莎士比亚戏剧都积极运用了日本传统文化元素，使多元文化跨越时空互融在一起。他的这一理念源自何处？要想明晰这一问题，有必要考察蜷川幸雄的个人成长经历和20世纪50到80年代日本戏剧的发展背景和环境。

蜷川幸雄1935年出生于日本埼玉县一个普通家庭，第二次世界大战结束时，他还是个小学四年级学生。1945年，以契诃夫的《樱桃园》在东京公演为开端，日本戏剧界掀起了一股搬演西方经典剧目的热潮，易卜生的《玩偶之家》、果戈里的《钦差大臣》、费德洛夫的《幸福之家》等许多外国优秀戏剧被陆续搬上舞台。[3] 第一部在日本演出的希腊

---

① 布莱希特，《布莱希特论戏剧》，丁扬忠译，北京：中国戏剧出版社，1990，第284页。

② 蜷川幸雄，《千刃千眼》，第81页。

③ 李德纯，《丧失与复苏——论日本战后戏剧》，《剧本》，2014年第4期，第82页。

戏剧是1958年上演的索福克勒斯的《俄狄浦斯王》。① 与此同时，战争期间饱受创伤的日本传统戏剧也重新焕发生机，出现了百花盛开的文化复兴潮。蜷川幸雄就曾不止一次讲到小时候母亲经常带他去看“文乐”、歌舞伎、歌剧或芭蕾舞剧。② 年幼的蜷川“不知道为什么母亲总会带着我出门”，但是，他在年迈时回想起来，“但我深信，一定是当时的体验引导我现在从事导演工作”。③ 可见，蜷川自幼年时期就接受了日本传统戏剧文化和西方舞台艺术的双重影响，在东京这个东西方文化交汇的场域中，感受到了多元文化共生之美。高中毕业后，蜷川幸雄没有如愿进入东京艺术大学美术部油画系学习美术，机缘巧合进入了青俳剧团成为一名青年演员。青俳剧团由对“新剧”不满的电影制作人或演员创立，主要成员包括木村功和冈田英次等。所谓“新剧”，是指19世纪初，日本戏剧界受欧洲小剧场运动的直接刺激而诞生的新的戏剧形式。它脱胎于欧洲近代戏剧，崇尚西方戏剧的演出形态和戏剧理论，提倡戏剧写实主义，排斥日本传统戏剧。虽然“新剧”在发展初期取得了一些令人瞩目的成果，但是到了20世纪50年代，越来越多的戏剧人开始反抗“新剧”。青俳剧团就是在这样的环境下诞生的小剧团。由于排斥“新剧”，青俳剧团被认为是只会赚钱、把艺术家的灵魂卖给了资本主义的堕落集团。④ 蜷川幸雄正是在这样的剧团中逐渐成长起来，他与戏剧的最初相遇就是在对旧戏剧秩序的抵抗与对日本戏剧新的发展方向的思考中发生的。20世纪60年代，日本

---

① 田之仓稔，《古希腊戏剧在日本的演出》，赵志勇译，《戏剧》，2008年第1期，第51页。该期为第一届亚洲戏剧论坛专辑。日本演出希腊戏剧最早是1917年3月在东京艺术座剧场演出的索福克勒斯的《俄狄浦斯王》。但田之仓稔认为该版本不是完整版，只是删节版，故认为1958年上演的版本才是第一部在日上演的完整的古希腊戏剧。

② 蜷川幸雄，《千刃千眼》，第201，210页。

③ 蜷川幸雄，《千刃千眼》，第210页。

④ 蜷川幸雄，《千刃千眼》，第5页。

兴起“小剧场运动”,[①] 并在60到70年代达到兴盛。“小剧场运动”彻底批判一味崇尚学习西方、强调写实主义的新剧，具有强烈的反叛精神与通过戏剧改造社会的愿望，蜷川幸雄迅速投身“小剧场运动”并成为核心人物。[②] 1968年，蜷川幸雄不满足于青俳剧团的故步自封，脱离青俳剧团，创建现代人剧团并从演员转作导演。

“小剧场运动”的兴起和兴盛与当时日本的社会状况不无关系。第二次世界大战结束之后，除了屈辱和挫折，日本的战败和投降带给日本普通民众更多的是对解放和自由的向往。但是“日美安保条约”的签订以及自动续约让日本的年轻人感到绝望，进而产生出抵抗“安保”的情绪。以学生为主的“安保斗争”在1959年和1969年两次条约生效前夕达到高潮。从现实层面来讲，“安保斗争”表面上的反美，其实质是想要借否定美国来肯定日本的“自我”,[③] 强调日本要从“安保条约”中对美国的从属性质中脱离出来。这一情况反映在戏剧界，就是以“小剧场运动”为代表，对摈弃日本传统戏剧、一味崇尚西方戏剧的“新剧”的彻底反抗。在“小剧场运动”中，日本戏剧人重新认识并推崇以歌舞伎为代表的日本传统戏剧的艺术性和价值，这是60年代的日本戏剧人反抗西方、肯定自我、宣泄战后压抑情感的方式和途径。蜷川幸雄充分具备这种“反叛”精神，即使是在1974年他解散“樱社”[④]，告别小剧场戏剧，投身

① “小剧场运动”源于“小剧场戏剧”的兴起。“小剧场戏剧”在日语中称“アングラ演劇”，即“地下（underground）戏剧”，其中隐含了强烈的“反叛”精神，因此中国国内也将其翻译为“先锋戏剧”，又因其表演场地多为不固定的、狭小的场地，所以较多翻译为“小剧场戏剧”。

② 扇田昭彦，《日本现代戏剧的展望——从远征到后戏剧》，黎继德译，《中国戏剧》，2002年第9期，第60－63页。

③ 林于竝，《日本战后小剧场运动当中的“身体”与“空间”》，中国台北：台北艺术大学出版社，1998，第15－25页。

④ “樱社”是蜷川幸雄于1971年解散“现代人剧团”后，于1972年创立的剧团，该剧团于1974年解散。蜷川幸雄、山口宏子、『蜷川幸雄の仕事』、東京：株式会社新潮社、2015年、第139頁。

商业大剧场之后，这种精神依然存在。对《美狄亚》等一系列西方戏剧经典的日式演绎，就是这种精神的延续。他在导演《美狄亚》时就强调反对写实主义："我要求的是既不属于东方也不属于西方，不纯然强调风格样式绝对写实的表演。"① 在舞台装置和舞台空间方面，"所有舞台装置都强调其模型的特征，再将某些部分做得富有超现实主义风格"。② 可见，蜷川幸雄通过他的跨文化戏剧作品，强调戏剧的超现实性。

欧洲的戏剧思潮是线性的，而日本现代戏剧的发展并非线性，而是经历了一个从自我否定并全盘西化，到自我认识、自我肯定的过程。③ 蜷川幸雄作为戏剧人的一生，是与日本戏剧发展的道路相叠合的。这恰是他不断思考、探索日本戏剧发展的表现。幼时观剧的体验、青年时期和戏剧的初次接触、社会动荡时期成为导演，这些经历都直接影响到了蜷川幸雄的导演理念。他在从演员转做导演后，非常重视日本传统戏剧艺术的学习，不仅"自己阅读《歌舞伎的剧本》和《近松净琉璃》以及许多谣曲"，"喜欢读跟文乐历史相关的书"，而且认为在自己的戏剧导演成长经历中"欧洲戏剧当然是一所学校，而另一所学校就是歌舞伎和文乐。我在这所学校里学了许多东西"。蜷川幸雄不仅热衷于从日本传统戏剧"这所学校"学习，还立志要把从"这所学校"里学习到的东西运用到自己导演的作品中。他在自传《千刃千眼》中写道："30岁那年想当导演时，我下定决心，要把被'新剧'视为古旧而抛弃的传统演艺，正确导入自己的工作中。"他认为传承传统戏剧文化有助于日本现代戏剧的发展。"我相信，除了文乐的未来，我所从事的现代戏剧的未来也不能缺少传统演艺的正确传承。"此外，他对当时的导演不重

---

① 蜷川幸雄，《千刃千眼》，第206页。

② 蜷川幸雄，《千刃千眼》，第113页。

③ 赵晓柏主编，《当代外国文学纪事1980—2000日本卷》，北京：商务印书馆，2017，第581页。

视日本民族传统戏剧艺术的传承表示不满，对于日本国立剧场推行的传统演艺传承者的培养给予极高评价，并指出“除了有志于从事传统演艺的人，想投身现代剧的人也应该接受这个课程”。① 他把对日本传统戏剧文化的认知和对日本现代戏剧发展的思考，一并在搬演西方戏剧经典时进行实践，影响着日本新一代戏剧人。

三、商业时代的选择与坚守

20 世纪 70 年代，随着日本经济的快速发展，一些持有丰厚资产的大企业开始进入戏剧领域，组建了商业剧场，企业赞助、冠名的商业公演逐渐增加。同时期，不断挑战自我的蜷川幸雄做出了人生中意义重大的转向。1974 年，他解散了两年前和清水邦夫一起创建的“樱社”，接受了东宝公司的邀请，告别小剧场，走向商业大剧场。他的这一转向无疑是需要足够勇气的。20 世纪 60 到 70 年代，“小剧场运动”中的大部分剧团都被禁欲式的精神主义所支配，强烈排斥商业主义。② 因此，蜷川幸雄在决定执导商业戏剧后，遭到原来的同伴孤立。进入商业剧场的同年，蜷川幸雄导演了由东宝公司出品的《罗密欧与朱丽叶》，翌年导演了《李尔王》，1976 年又导演了《俄狄浦斯王》。③ 然而，在“小剧场戏剧”的观念中，西方戏剧是伴随着“新剧”的戏剧观念被引入日本的，搬演西方戏剧本就是“小剧场戏剧”所排斥的。这样看来，蜷川幸雄选择执导商业戏剧和搬演西方戏剧，无疑是对“小剧场运动”时期的自己的“背叛”。

① 蜷川幸雄，《千刃千眼》，第 211 页。

② 扇田昭彦、『こんな舞台を観てきた——扇田昭彦の日本現代演劇五十年史』、東京：河出書房出版社、2015 年、第 24 頁。

③ 三部戏剧均在东京日生剧场上演。蜷川幸雄、山口宏子、『蜷川幸雄の仕事』、第 139 頁。

蜷川幸雄为何要做出这样的转向？可以从两个方面进行解释。首先是“小剧场运动”的发展受阻。20世纪70年代中期之后，学生运动基本已经偃旗息鼓，年轻人脱离了政治斗争，追求娱乐。蜷川幸雄在回忆那时自己的戏剧时说：“我们开始脱离现实，我感到一股汗毛倒竖的恐惧。我们企图打造出只存在于当下的戏剧，而这刻画在时间中的戏剧，却开始与现在的时间脱轨。”面对惨淡的票房，“我对自己的才能感到绝望。我丝毫没有感觉到任何戏剧上的新意”，“而我们也确实想要重生”。① 蜷川幸雄在无奈中进行新的开拓，他把目光从小剧场转向了商业大剧场，更加注重舞台的视听效果。但是，蜷川幸雄并没有在商业大剧场中完全背离“小剧场戏剧”。他将商业戏剧追求的商业性，与“小剧场戏剧”坚持日本传统戏剧的追求相结合，在搬演西方戏剧时融入日本传统戏剧元素，让日、欧观众都能发现戏剧与自我、与时代的联系。日本著名戏剧评论家扇田昭彦在提到“小剧场运动”给日本当代戏剧带来的深远影响时就曾强调，“小剧场运动”使日本当代戏剧与传统戏剧在接触方式上发生了变化。② 蜷川幸雄在这方面一直在进行新的尝试。

另一方面是日本戏剧受西方戏剧影响过于深远。日本的戏剧现代化是在西方戏剧的影响下完成的。蜷川幸雄一方面反对日本“新剧”对西方和逻各斯中心过于崇拜，另一方面也不得不承认西方戏剧对日本戏剧的影响已经潜移默化，“日本传统戏剧形式，例如歌舞伎和能乐，都只能作为文化内借鉴的资源，无法作为回归的目标”。③ 这就使得他必须思考，如何在商业戏剧保障票房的前提下继续自己的戏剧探索，《美

---

① 蜷川幸雄，《千刃千眼》，第36–37页。

② 岡室奈子、梅山いつき、『六〇年代演劇再考』、東京：水声社、2012年、第188頁。

③ 野田学，《蜷川幸雄莎士比亚作品中的镜像和文化错位》，朱凝译，《戏剧》，2009年第4期，第47页。

狄亚》就是他探索的成果之一。“在我心中某处，总认为自己必须埋头努力证明给那些批评我舍弃小剧场走向商业戏剧的人看，我其实没有任何改变。”① 在发掘日本戏剧发展的新的可能性时，兼顾戏剧的商业性和艺术性，这是蜷川幸雄与其他同时代的戏剧人的最大区别。

相对于蜷川幸雄从“小剧场戏剧”迈向“商业大剧场”，同样是“小剧场运动”领军人物的铃木忠志则从大城市东京走向“利贺村”，注重戏剧的“身体性”。② 可以说，前者是从“边缘”走向“中心”，而后者则是从“中心”走向“边缘”。二者选择的道路并不相同，在搬演西方戏剧经典时也呈现出不同倾向。蜷川幸雄打造的舞台华丽、大气，尊重原作剧本，“很少根据自己的解释对文本进行修改”。③ 与此相对，铃木忠志大胆地对原作剧本进行改编，重新创造一个批评性的文本，并且倾向于简朴的舞台设计。④ 但是，二人对日本传统戏剧文化的态度却有着相似之处。他们都推崇日本传统戏剧，都选择从其中汲取营养来丰富自己的作品。蜷川幸雄对传统戏剧的吸收、借鉴，突显在舞台呈现方面，铃木忠志则将日本传统戏剧的技艺与演员的身体表演相结合。他从日本能剧、狂言和歌舞伎中借用“身体”概念，创造出“铃木演员训练法”，训练演员水平移动的方式、对身体重心的控制，以及呼吸和发声方式等。除了演员的身体表演方面，铃木忠志在表演理论和

---

① 蜷川幸雄，《千刃千眼》，第 61 页。

② 1976 年，在蜷川幸雄投身商业大剧场两年后，铃木忠志离开东京，选择了远离东京的富山县南砺市利贺村作为新的据点。1982 年在利贺村举办的“利贺戏剧节”是日本最早的国际戏剧节。现在，“利贺”已经成为铃木忠志戏剧的象征符号之一。参见铃木忠志，《文化就是身体》，李集庆译，上海：上海文艺出版社，2017，第 109 – 114 页；七字英辅，《概论 90 年代以来的日本现代戏剧》，陈凌红译，《上海戏剧学院学报》，2006 年第 2 期，第 33 页。

③ 澁谷義彦、『シェイクスピア異文化演劇の様式性—鈴木忠志演出「リア王」をめぐって』、県立新潟女子短期大学研究紀要、2008 年第 45 巻、第 160 頁。

④ 澁谷義彦、『シェイクスピア異文化演劇の様式性—鈴木忠志演出「リア王」をめぐって』、第 160 頁。

舞台空间上都从日本传统戏剧中获取了灵感。① 二人的相似之处，一方面可以理解为“小剧场运动”的余韵在日本当代戏剧中的绵延，另一方面则可以理解为，在当代戏剧中，传统戏剧仍然具有强大的生命力，可以通过跨文化戏剧对其进行多向度阐释。此外还可以说明，跨文化戏剧仍然具有巨大的可拓展空间。

蜷川幸雄和铃木忠志走出“小剧场戏剧”后，在不同的方向进行各自的探索。他们的探索在“大异”之外存在“小同”，这是一代日本戏剧人，面对西方戏剧的冲击和商业戏剧浪潮的来袭，适时做出的调整，他们以不同形式重新认识、阐释传统戏剧，在跨文化戏剧中寻求新的可能。

结　语

向来尊重原作剧本的蜷川幸雄在搬演希腊戏剧经典《美狄亚》时，分别从人物造型、舞台空间以及音乐使用等方面，将日本传统文化与西方文化相融合，在一部戏剧中跨越了古今的时间和东西方的空间，营造出一种戏剧意味十足的陌生感，创造出经典戏剧的“世界的图像”。在他搬演的所有西方戏剧经典中，他植入日本传统戏剧文化的要素，追求东西方文化融合的理念贯穿始终。该理念的形成不仅与蜷川幸雄自身的成长经历有关，还与20世纪日本戏剧发展的社会背景息息相关，他推崇日本传统戏剧的精华，反思日本戏剧发展。他通过自己的作品，对日本戏剧现代化过程中出现的“西方崇拜”、否定传统的现象进行反思与反拨，但同时又在时代发展浪潮中适时做出自我调整，展现了日本当代戏剧发展历程的一个侧面。在他的戏剧中，希腊文化和日本文化互相嵌

---

① 参见邹慕晨，《铃木忠志戏剧研究》，武汉大学博士论文，2015，第124－129页。

构、融合，这不仅让古希腊戏剧的生命力得以在东方世界延续，也让日本传统文化能够利用更多样的平台传播出去，在东西方戏剧交流方面有着切实的推进作用。

作者简介：

赵雁风，北京语言大学比较文学与世界文学专业博士生，宁夏师范学院外国语学院讲师；研究方向：东亚文学文化关系。通讯地址：北京市海淀区学院路15号，邮编：100083。

学术访谈

哈罗德·品特在中国舞台上的演出*

——谷亦安访谈录

李会芹　谷亦安

内容摘要　英国著名剧作家哈罗德·品特戏剧，曾被不同风格的导演们多次搬上国内舞台。谷亦安集译、编、导于一身，从跨文化戏剧角度出发，翻译并执导了品特的《背叛》和《尘归尘》两部剧。他这一身份的特殊性也为中国舞台上的品特戏剧融入了跨文化戏剧角度的新思考。通过运用极简主义、写实主义、胁迫戏剧等舞台艺术的观念和手段，谷亦安的品特戏揭露出品特戏剧日常生活场景背后的荒诞色彩，为国内戏剧界提供了一条翻译、改编和演出西方戏剧经典的独特示范之路。

关键词　谷亦安　品特　跨文化戏剧　《背叛》《尘归尘》

* 本文是国家社科基金重大项目“中外戏剧经典的跨文化阐释与传播”的阶段性研究成果，项目批准号20&ZD283；北京语言大学优秀博士学位论文培育计划资助项目。

Harold Pinter on Chinese Stage: An Interview with Gu Yi' an

Li Huiqin; Gu Yi' an

Abstract: Harold Pinter's plays have been presented on the Chinese stage by various directors in different styles. As a translator, a screenwriter as well as a director, Gu Yi' an has translated and directed Pinter's *Betrayal* and *Ashes to Ashes*. From the perspective of intercultural theater, his unique identity has brought the new thinking to Pinter's plays on Chinese stage. Through staging with style of minimalism, realism and coercion drama etc., Pinter's plays directed by Gu Yi' an reveal the absurdity behind the scenes of daily life, and provide a demonstrative way for Chinese drama to rethink how to translate, adapt and perform western theatrical classics.

Key words: Gu Yi' an; Harold Pinter; intercultural theater; *Betrayal*; *Ashes to Ashes*

一、谷亦安:“身体性”演出及心灵探索

谷亦安作为上海戏剧学院教授、学者型导演，其执导的戏剧囊括了实验戏剧、先锋戏剧、商业戏剧及校园戏剧等不同剧种，其戏剧主题常以探索人类心灵世界、柔美女性及情欲释放的作品为主。谷亦安导演追求极简主义舞台风格，擅于将呼与吸的配合运用于剧场艺术，注重表演中的“身体性”以重建演员的肉身。其作品既有海派导演的细腻魅力，同时又饱含学者的严谨之风。

李会芹（以下简称李）：谷导，您好！很荣幸您能接受我此次的采访，这次访谈主要想围绕您的戏剧执导理念及您所执导的品特戏《背叛》《尘归尘》两部剧跟您聊聊。首先想请您谈一谈：您“搬演”国外戏剧的准则是什么？

谷亦安（以下简称谷）：禅宗里讲究“容布织布”，即“让布自己去织布”（you have to let cloth weave the cloth），在戏剧中即让台词本身去编织剧情，无需做太多图解式阐释。我反对将“搬演”定义为图解式阐释（interpretation），而主张对其进行动态式转码（transformational）。我最初是做演员，之后转做导演，原因在于我认为导演可以借助别人的躯壳，去形象化地构建自己的想象，进而创造出不同的戏剧情境。

李：您的戏剧重视身体及阴性柔美特征的挖掘，您的这一创作理念从何而来呢？

谷：中国的文化常以“女性形象”示人，禅宗里有一则故事讲到一位陌生人向轿中人行礼，问及其性别时，轿中人答曰：可男可女。这一答案也暗示了他实为男性，但同时也可以女性形象示人的两面性。我注重阴性的美、女性的柔美，这大概也是我的作品常被评为“性感”的原因所在。

李：您在教学中极为注重呼与吸的配合，您能谈谈“呼吸”在戏剧中的运用吗？

谷：真正的呼吸需要先呼再吸，呼吸之间有“停顿”，停顿即会感受到胁迫的力量。吸气是本能下意识的神经动作，而呼气是有意识的输出动作。研究大脑神经学的费登奎斯在其著作《动中觉察》提及：要用最小的力度、最轻的动作去觉察，动作越慢，觉知越细腻，越丰富，越敏感。品特的戏中也充满了各种“停”的声音，同样需要慢慢地、细细地去品味。

李：您如何看待戏剧中的“停”这一要素呢？

谷：戏剧中的“停顿”并非随意设置，整个剧是一盘棋，每个人物的思想、性格、动作都是总谱中的细节。舞台上的声音包括发声的长短、音量的高低、不发声的音符（如休止符、逗号、停顿、沉默）等，每一个音的频率、震动、波动、含义又有所不同，处理每一处都要尽量使其精准。外在的声音形式如朗诵、演戏、说话都只是表达方式，内在的决定权在于作曲家或剧作家。戏剧就像音乐，舞台上的完美表演如同音乐会上精准的谱系演出。

古汉语“語”字包含了言与吾两部分，即阳性的动与阴性的动。但我们常会重视“动”中的动，但忽略“静”中的动，表演中我们的演员无法停顿，甚至不太会表演“停”这一动作。品特的戏将阴阳世界的“动”充分结合，其剧中的“停”还分为句号（full stop）、停顿（pause）、沉默（silence）、静场（long silence）等不同长度的停顿。除了“声音”外，舞台呈现时还需发挥语言、歌声、图像、声波、眼神、人物形象等不同要素的作用。

《河图》和《洛书》构成了中国的脉络，舞台上分八个方位，不同时间段、不同方位距离太阳的位置不同，阴阳关系也不同，表演中“时辰”也是需要把控的另一细节。如《麦克白》中的人物在“心经旺”（11－13点）午时被赋予了“胆量”，晚上7－9点便现出人物“犹豫”的状态。再如《堂吉诃德》呈现了在“傍晚”听到胜利消息时人物的状态，既带有上半身精神上的喜悦，又有下半身身体上的疲惫。《背叛》的第九幕艾玛与罗伯特的暧昧场景，发生于晚上7－9点，而这一时刻正是“肾经旺”的时刻，肾藏生殖之精和五脏六腑之精，肾为先天之根。人物剧中不同场景的“酒”的颜色及不同时段的饮酒也暗示了人物不同的心境。

李：您将禅宗思想、道教易经、阴阳学、时辰、古文字等博大的中国文化和哲学精神，潜移默化地融入了外国戏剧的改编和导演过程，真正体现了中西合璧的文化精神。那您如何看待极简主义这一舞台形式呢？

谷：我在排演中较为尊重原剧本，几乎一字不改，重视极简主义，舞台的简洁才能映衬出“人”的重要性，舞台越简单越容易打开观众的想象力。好的戏剧能打开（relieve）人类所压抑的不同层次的“五觉”，它不只是语言层面的，更多是灵魂层面、呼吸层面的感觉。品特戏剧注重“停”与“听”，而无声是需要技巧的，停顿时人会感到心跳、脉动的结合，此时的“空”也变成了“实”，时空会发生交错，过去也变成了现在。

李：品特的极简主义更多关注语言的简洁、停顿沉默的运用，及舞台布景上的简约，您对极简主义的理解似乎融入了更多人体感觉及心灵层面的含义。那么在排演过程中，您对演员在表演上有何要求吗？

谷：我一般建议演员要幅度小、力度慢、动作轻，要保持对过程的耐心而不是只关注结果，鼓励演员们跳出常规思维，突破原有思想、声音、身体的外壳，努力打开心灵仓库。我倡导演员们即兴做动作，不主张导演为演员做示范动作，这样反而会限制演员的表演。排练时，我会让演员针对某一情景，根据其理解即兴做六个不同的动作，然后再从中选择，演员只需要精准输入剧本的台词、声音、完成其动作即可，创作角色的事是由剧作家来完成的，而非导演及演员。

导演与演员首先要学会沟通，我喜欢通过比喻来形象化地表达某种情绪、心情或动作。演员的表演要重视关联性，表演需连接五绝（眼、耳、鼻、舌、身）、六根（眼是视根，耳是听根，鼻是嗅根，舌是味根，身是触根，意是念虑之根），要打通脉络，融会贯通，才能真正融入其中。

可塑的演员似橡皮泥或黏土，融入水才能使表演与个人风格天衣无缝地结合。文字是理解一切的基础，演员的表演首先要掌握对文字的每一处细节，表演是下意识的，而非镜头下的有意识表演。

李：您能谈谈表演中人物的肢体行为么？

谷：西方的宗教仪式使其形成了“性本恶”思维模式，而中国的儒家礼学则认为“人之初，性本善”。但是荀子曾提出“性本恶”的说法，这一思想用在戏剧表演上更多指身体朝向“下”的趋向。如男士情绪低落、女士对男士或现实生活不满时，人物多以眼神向下、垂头、身体向下倾等行为来传达其内心情绪。铃木先生认为“文化即身体”，从汉字上看，“止”与“走”的差别就在于“人”，戏剧表演中肢体语言极为重要。

二、《背叛》：“隐喻”表达与现实主义

截至目前，品特的话剧《背叛》共有三个译本，分别是2010年华明版偏书面化的文本译本，2011年谷亦安版“一语双关”的演出译本，以及2018年尚晓蕾版潮流与本土文化结合的演出译本。谷亦安两度导演《背叛》：1995年上海话剧艺术中心青年话剧团首次推出《背叛》，分别由张先衡（罗伯特）、焦晃（杰瑞）、芦小燕（艾玛）扮演剧中角色，连演45场，场场爆满；2002年谷亦安重排《背叛》，演员分别换成林栋甫（罗伯特）、周野芒（杰瑞）、陆玲（艾玛）等，2002年3月29日至4月7日在上海话剧艺术中心艺术剧院连演10场。2018年张慧执导的《背叛》上演于北京鼓楼西剧场，融入了较为现代化的诗意元素，呈现出与谷亦安导演的两个版本的《背叛》截然不同的舞台风格。谷亦安作为《背叛》的译者及导演，集译、编、演于一身，在翻译及执导过程中融入了其独有的哲学和美学思考。

李：品特的戏剧包括胁迫剧、记忆剧、政治剧等不同的风格，您当时为何只选了《背叛》和《尘归尘》两部剧，而非品特的其他戏剧呢？

谷：我个人看来，《情人》是品特早期可被图解化的概念戏，所谓的“概念戏剧”一旦被观者了解后便没有太大意义了，而富有永恒主

题的戏剧比概念戏流传的时间更为持久。《背叛》所探讨的婚姻、伦理、人性等主题是永恒的，它有可能发生在任何人身上，具有很强的现实主义色彩。《尘归尘》也不是表面化的政治戏剧，它融合了纳粹暴行、梦境与现实、逼迫行径、家庭生活不和等多层含义，说到底都是“人”的戏剧。工业革命后西方更看重“资本/商业”，而我国更重视人道主义，戏剧也始终在追求以“人”为核心的剧本。中国戏剧界缺乏像品特这样层次丰富、内涵深刻的笔触，当时想演出这两部剧并不是为了挣钱，而是因为自己是戏剧学院老师，想要做一版具有自己特色的作品，尝试对兼具形式创新和深刻内涵的戏剧作出些不同的示范性演出，使得戏剧不只靠语言还靠语言之外的多重元素来吸引观众。对我自身而言，长期看剧的习惯使得创作剧本的可能性较小，我也会担心自己所创剧本是否符合时代话语等问题，故而外国经典戏剧便成为我选择剧目的主要素材。选剧时，一方面看其价值是否能反映现实生活及当代人的情感、压力、生活现状等，另一方面也会探索形式感上有新意的剧本。在演出时我尝试从人物内心灵魂世界出发，而非仅停留于戏剧外在的表演形式。

《背叛》的女主角表演者也是我的合作译者芦小燕，归国回来后，她对国外评论界对此剧背离品特风格的批评并不认可，反而将该剧看作一部极具品特主义的戏剧。它更写实、更具象，接近电影镜头，剧中的每个动作和台词也极为细腻。相较于中国一贯的平铺直叙、记录编年史般的写作手法而言，该剧的时间顺序如分级分流的水电站一样，顺上去再顺回来，结构很新颖，对国内戏剧界有很大借鉴意义。这也是当时我和芦小燕决定翻译此剧，以及之后我将其搬上舞台的一大原因。

李：您在翻译《背叛》时有何新的翻译理念吗？

谷：翻译中我主张“真善美”，“美”不是目的，只是诱饵，千万不能丢掉翻译中的“真”，“信达雅”是其先决条件。我会尽量将要表达的意思形象具体化，避免误读或无端的解释引来歧义的理解。如最后一场提到的杰瑞是罗伯特和艾玛的“Bestman”时，为了文雅表达，我选择把它译为“傧相/男伴儿”，这一译法较为符合中国古代对“伴郎/男伴儿”的称呼。但是与演员讲戏时我会对其进行解释，在西方中世纪的确允许有女性婚前与他人发生性关系的说法，此时该词可以被理解为“最好的男人”，随着时代变迁，该词的含义也愈渐丰富。翻译时，我也充分利用了汉语“一语双关”的表达，进一步将人物隐含的关系表露出来。

李：您认为《背叛》这部剧传达的主旨是什么呢？

谷：尽管罗伯特对艾玛出轨一事心知肚明，但他并未结束婚姻而选择继续，展现了人物对爱情和婚姻心如死灰般的失望、永恒的破灭以及人性的焦虑，而焦虑这一特征本身又与品特犹太人的出身密不可分。《背叛》是一部深刻的现实主义戏剧。不同于传统单纯的讲故事结构，它呈现给观众一段生活、一段经历，让观众共同参与、共同体验。它并不是催人泪下或震撼人心的满足，而是提醒着现代的每一个人，翻看过去才会发现过去每一天对今天的意义。

李：您如何看待《背叛》这部剧的结构呢？

谷：我认为该剧结构层次丰富，若改为正序演出，戏剧会显得过于纯粹，对于演员和观众而言不够深刻。品特剧擅用“冰山理论”，外在表演幅度小，重视人物内心技巧，对演员的表演也是一种挑战。按照中国传统戏剧的风格而言，戏剧结尾似乎需要拔高思想或补充外延精神才算完成，但此剧的新意恰在于其结构的不同寻常。

李：不少评论家认为《背叛》是一部以男性为主角、女性为其战利品或替代品的戏剧，您认可这一说法吗？

谷：我不这么认为，比如说女性的白裙被滴上墨汁，对她而言是污点，只有与玷污她的人在一起，裙子才可能再次被漂白。婚姻中艾玛因出轨始终要承受来自家庭、社会、自我道德的舆论压力，这对艾玛而言也是一种惩罚，而要想获得精神上的解脱，只有与罗伯特离婚、与杰瑞再婚，一切归零重新开始。当她得知这些年罗伯特也一直有情人的时候，她的内心终获解脱，所以并不能说艾玛只是男性的替代品，她所追求的始终是灵肉合一的爱情。

李：您认为该剧中人物的语言有何特点呢？

谷：该剧体现了英国中产阶级的对话特征，含蓄、矜持又带有嘲讽的语气。如艾玛多次暗示杰瑞，他的妻子朱迪可能有外遇，她既希望杰瑞离婚，同时又强调上次见朱迪她是与一位女性朋友共餐，冷嘲热讽式地提醒杰瑞没必要吃朱迪的醋。二人的对话中总会不断地问询对方的家庭、孩子等，间接地强调了双方家庭的责任及其不可破裂性，然而二人向对方家庭的发问又各怀用意，杰瑞是出于友情的角度问询罗伯特的近况，艾玛则更多是出于吃醋或嫉妒的心理在发问。

第五场罗伯特声称，复姓一致的两人有可能是一家人也有可能是陌生人，不动声色地逼问出艾玛与杰瑞关系，他没有咆哮或发怒，却通过语言的暗示抽丝剥茧地惩罚了她，此时缩在床上的艾玛更显得是无路可退。当杰瑞得知好友已知晓这一秘密后，好比一只黄鼠狼跑进了一个装满玻璃杯的酒柜，想要逃走又害怕打碎玻璃杯，此时的罗伯特像极了惊弓之鸟。罗伯特眼中的完美家庭被好友杰瑞破坏了，他含沙射影地通过“壁球”运动、文学的讽刺等暗语教训了杰瑞，由此也可见英国中产阶级的含蓄、克制又带有讽刺的语言风格。

李：您在处理舞台表演细节时，有哪些新的想法呢？

谷：这两版都采用了现实主义舞台，主张生活化的演绎方式，尽量减少舞台腔和夸张的表演，剧中的三位演员几乎都做到了不动声色地将人物的复杂关系呈现于舞台。剧中有很多处细腻处理，比如最后一场我对“门”这一特殊背景做了细节化处理，艾玛走进卧室要梳头，杰瑞说他知道艾玛肯定会来，那此时的艾玛究竟是否知道杰瑞在卧室，艾玛假装梳头的动作以及眼神的交汇等，流露出二人既有调情又相互克制的情愫。此时我让舞台上的声音和光都随着“门”的开合而转化，门推开时灯光洒入，传入婚礼的喧闹声；门关闭时，灯光暗下，营造出二人私密的空间，此处的“门”也暗示了二人相互推搡的暧昧动作，既冲动又有收敛的细节。

李：我注意到您剧中作了几处较为细节的动作修改，如原剧中几处杰瑞“坐着”的动作被改成了“站着或焦虑地踱步”“面对面致歉”“站于窗前”等，增加了艾玛在床上发抖，罗伯特将皮鞋翘于床边，用相机记录艾玛神情的肢体动作。您对这些细节的改动有何不同的理解呢？

谷：演员的肢体动作其实更能凸显人物的内心情绪。杰瑞面对知晓真相的罗伯特时，他的一系列动作流露出其难掩的紧张和小心翼翼。第五场罗伯特揭露艾玛与杰瑞的关系时，演出第一版中罗伯特用相机拍下了这一幕，第二版他将锃亮的皮鞋翘在床上，吓得艾玛缩向床角，由此表现艾玛出轨的愧疚及面对罗伯特的畏惧心理。罗伯特的动作表现的是他想要爆发但又克制自己，看似咄咄逼人，内心又超然处之的复杂内心活动。

李：您认为《背叛》是一部性感的戏剧吗？

谷：这部戏演完后，孟京辉曾专门点评说我排的戏都很“性感”，但它并不是通过赤裸的画面感来表露，而是隐晦地传达出来。我认为真正的性感是头脑的性感，“性”源于头脑，古代真正性感的人常是才子佳人，因为她们的性感来自头脑的丰富，而非仅指身体层面的含义。

李：这部剧在国内的演出颇受人追捧，您觉得观者对该剧的理解程度如何呢？

谷：对，这部剧当时引起了很多同行的关注，如孟京辉、马伊琍等都前去观看并给予了极高的评价。国内的戏剧多以商业娱乐为目的，是喧嚣的、热闹的、主题明晰的，观众不需要动脑思考。观众是需要培养和训练的，品特的戏剧能够打开观众固有的思维，解放其想象力。不过观众对戏剧的理解也与其自身体验、经历有密不可分的关系。此剧的“成人戏”并非指情爱场面，而是期望为有一定生活阅历和人生感悟的现代都市人带去更多共鸣。

三、《尘归尘》：胁迫戏剧与“情欲”释放

在国内，品特的《尘归尘》存有两个译本，分别是2010年华明的学术译本和2011年谷亦安的舞台译本，这部剧看似是品特后期的政治剧，但谷亦安挖掘了其中所蕴含的胁迫戏剧、情欲表达、不断变换的男女关系等丰富的层面，将其呈现于舞台。作为此剧译者及导演的谷亦安，对其中人物情绪的拿捏、“停顿”的处理、肢体表演的独特性等，均有细致且准确地再现。2011年3月2日至5日，谷亦安执导的《尘归尘》在上海戏剧学院端钧剧场上演了四场。2011年6月17日至19日，此剧应邀参加了第二届北京南锣鼓巷戏剧节，在蓬蒿剧场演出了四场。

李：您能谈谈《尘归尘》这部剧的主旨思想吗？

谷：我认为该剧打破了时空概念，叠加了逼迫事件、对纳粹罪行的枉法，同时又融入了碎片化的生活、丈夫对妻子不忠的醋意、妻子对夫

妻生活的不满等多重主题，归根到底，它不只是政治戏，更是一部“人”的剧，一部关乎男女的戏，它展现了生活中的爱和日常生活状态下包裹着人物内心的不安与恐惧，每个人可从不同角度解读并映照出自己的存在和生活。舞台上更像普通中产阶级妻子与丈夫的日常对话，演绎着丈夫对妻子及其情人的审问，妻子也在不断考量着她与情人、丈夫之间的关系。

李：对于剧中瑞贝卡与德夫林关系的演变，您是如何理解的呢？

谷：该剧开演时我让两位演员保持了15分钟左右的沉默，然后女性先开口回忆她与前情人亲昵的前戏动作，这像一场催眠，促使她不得不听命于其情人。瑞贝卡将其丈夫德夫林描述成一头“猪”，间接地传达了二人夫妻生活的不和谐以及瑞贝卡对他的不满。德夫林不断挑衅她，挑唆瑞贝卡控告其情人的纳粹暴力行为及意图谋害她的罪行，但瑞贝卡都予以否认，她认为这一系列动作是出于爱情而非暴力。舞台演出时女演员的身体动作，如双腿伸直躺于椅子上，口中小声哼着“尘归尘”（ashes to ashes），流露出她面对控告视若无睹的态度。在瑞贝卡看来，任何结局都是走向死亡，控告或逼迫又能奈她何？

见到瑞贝卡对其要挟无动于衷，德夫林试图通过对现实美好生活的描绘将其拉回现实，告诫瑞贝卡要对生活抱有希望，不要总是活在回忆里。警车声音响起后，德夫林感到无望，愤怒地走向瑞贝卡，模仿起其情人的动作，他强迫瑞贝卡重复当时的话语，但她却以沉默示以反抗。我让男演员轻揉女演员的脖子，尝试像审讯官一样逼问她，瑞贝卡一一回忆了过往。然而在二人获得满足后，瑞贝卡又矢口否认，此刻的她更像是遭胁迫后，编织一个令德夫林满意的答案。

李：您能讲讲《尘归尘》当时的演出情景吗？

谷：这部剧当时是两个研究生的毕业戏，经费只有5000元，我们选在上海戏剧学院的小剧场中演出，舞台把幕关起来，重新做了看台。我从家中搬来两把椅子当道具，花了一两万买的地毯，演出的布景是用投影仪投射在大幕上，整个演出很简洁，也很独特。

李：在该剧的演出中，您是否融入了与原剧不同的新的肢体动作表演呢？当瑞贝卡回忆过去时，德夫林的回应很冷淡，他的身体偏向右方无视瑞贝卡，把头埋进手肘里，头搭在椅子上歪向侧边等，您为何如此设计男演员的这一系列动作呢？

谷：品特剧擅用“停顿”，对人物的表面情绪进行了低调处理，但内心的丰富活动却可以通过演员的眼神、肢体动作间接地表露出来。其中的肢体动作表演细节很多，如瑞贝卡的回忆中多次提到轰隆隆的火车前行的场景，演到这一幕时，我让“德夫林”走到瑞贝卡两腿中间，掐住她的喉咙，这种一呼一吸的配合动作很像火车起伏前行的动作。肢体暴力也是胁迫戏剧、残酷戏剧常见的情景。而这一幕幕不只是发生在二战后，如今的监狱中也同样存在类似的场景。男演员肢体动作的变换，表现了德夫林对瑞贝卡出轨的不满与嫉妒，他试图将妻子拉回现实但又感到无奈，他企图压制妻子又遭到反抗，他的动作呈现了试探、质疑、生气、嫉妒、煎熬、妥协等不同情绪的转变。

李：该剧结尾时由男演员演绎了瑞贝卡充满撞击的“回声”片段，您这种安排是何种用意呢？

谷：此处的回声我并未将其处理成物理的“声音”手段，而是通过男演员的“话语重复”将其再现，既似瑞贝卡的自言自语，又似她记忆中与另一位女子的对话，也似德夫林对妻子出轨罪行的审问，目的是引发观者的深度思考。

李：您的这一版演出不再局限于历史的政治回忆，而是融入了二人的家庭矛盾、男女性关系的不和谐、男性的无能与生气、丈夫对妻子外遇的拷问、爱情中的暴力和甜蜜、记忆的错乱等，被赋予了更多当下的现实意义。

四、对胁迫剧、先锋剧的评价

20 世纪 90 年代以来，国内戏剧界百花齐放，涌现出先锋戏剧、荒诞派戏剧、胁迫剧等不同风格的新剧种，在中国市场呈现出不同的流变。

李：您对国内上演的胁迫剧作何评价呢？

谷：确切地说国内的演员可能听过但没有真正看过胁迫剧，演员们对这一剧种把握得还不够准确，演出时一些肢体上的胁迫或暴力也不太会表现。

李：您观看过国内赵屹鸥导演或 2004 年徐昂导演所执导的品特戏《情人》吗？您对这两个版本何评价呢？

谷：这两个版本我都看过。我认为两位导演对《情人》的解读都还不太到位。李容监制、赵屹鸥导演的《情人》版本，演出说明书附以女性性器官的图片，并配有“丈夫同时又是嫖客，妻子同时又是妓女”的文字，这一商业戏勾起了观者的欲望，当时的演出观众多为广东打工仔。但真实的剧情只是通过“敲鼓”这一动作隐喻间接地表露出二人关系的转变，没有任何露骨的画面，演出结束后很多观者将水果皮等扔上舞台，破坏其舞台道具以示不满。我觉得赵屹鸥导演的《情人》对品特的本意略有曲解，写实主义功底较为缺乏，所面向的观众也不太符合品特式观众，略显世俗化。

2004 年徐昂版《情人》当时在北京人艺上演，这出戏的人物台词处理得不够口语化，两位演员的表演方式略显生硬，演员的情绪不太准确，观众看完后对人物仍是似懂非懂。

李：您对国内的很多先锋派导演如何评价呢？

谷：中国的大多数先锋导演模仿了西方先锋剧的外壳，在戏剧内涵阐释上还有所欠缺，仍需继续努力。

李：今天的访谈主要从谷亦安导演的执导风格这一宏观层面，以及其执导的品特戏《背叛》《尘归尘》两部剧的微观层面进行了细致访谈，既有对其翻译风格的探讨，也有舞台演出风格的交流。此访谈旨在为进一步研究品特戏剧或谷亦安导演的戏提供一定参考。再次向谷亦安导演表示谢意！

访谈时间：2020 年 4 月 20 日（下午 3：20－4：20）、4 月 22 日（晚上 8：10－9：20）

访谈方式：线上采访

受访者：谷亦安

采访者及访谈录音整理：李会芹

作者简介：

李会芹：伊犁师范大学讲师，北京语言大学比较文学与世界文学专业在读博士生。

谷亦安：上海戏剧学院表演系教授，文华奖和金狮奖获得者。

主要代表作品有：

＊ 小剧场实验戏剧：《屋里的猫头鹰》（1989），《庄周戏妻》（1994）。

＊ 搬演国内作品：《白娘娘》（1990），《大桥》（1991）。

＊ 搬演国外作品：《护照》（1991），《背叛》（1995、2002），《马》（1997），《谁杀死了国王》（1998），《安提戈涅》（1998），《乱套了》

(2001),《艺术》(2001),《牛虻》(2002),《将心比心》(2002),《爱战胜一切》(2004),《培尔金特》(2007),《尘归尘》(2011)等。

* 戏曲之沪剧:《马莉莉专场》(1991),《风雨同龄人》(1993)。

* 戏曲之京剧:《乌龙院》(2004)。

* 音乐剧:《婉蓉》(1993),《挑战 3vs3》(2002)。

《当代比较文学》征稿启事

《当代比较文学》是由北京语言大学主办、中国比较文学学会协办的综合学术辑刊，每年出版两期，主要聚焦于近年来以比较文学与世界文学为核心的人文社科研究热点和前沿讨论。如蒙赐稿，敬请注意并遵循下列约定：

一、本刊只接受首次发表的学术论文和学术译文的投稿，已发表过的论文和译文（包括网络发表），恕不接受。

二、来稿以 12，000 – 15，000 字为宜，欢迎高质量的长文。请在正文前提供中文论文摘要 200 – 300 字，关键词 3 – 5 个。同时请提供论文题目、摘要、关键词三个部分的英文译文。如所投稿件是作者承担的科研基金项目，请在标题页注明项目名称和项目编号。文末请提供作者简介，包括姓名、学位、任职机构、职称、主要研究方向等信息。

三、论文不区分注释和参考文献，采用当页脚注。脚注用上标形式①②③数字表示，每页重新编序。注释的著录项目及标注格式如下例所示（不需要加文献标识码）：

专著： 责任者与责任方式/文献题名/出版地点/出版者/出版时间/页码。

译著： 责任者与责任方式/文献题名/译者/出版地点/出版者/出版

时间/页码。

期刊论文：责任者/文献题名/期刊名/年期（或卷期，出版年月）。

报纸：责任者/篇名/报纸名称/出版年月日/版次。

析出文献：责任者/析出文献题名/文集责任者与责任方式/文集题名/出版地点/出版者/出版时间/页码。

四、脚注中的外文参考文献要用外文原文，作者、书名、杂志名字体一致采用 Times New Roman，书名、杂志名等用斜体，其余采用正体。

五、请将来稿电子本发至 ddbjwx@ 163. com。纸质本并非必要，如需寄送，地址如下：北京市海淀区学院路 15 号北京语言大学比较文学研究所　陈戎女收 邮编 100083。

六、本刊采用匿名审稿制度，审稿时长为三个月，来稿恕不退还，也不奉告评审意见，敬请海涵。

Call for Papers

Contemporary Comparative Literature (hereafter referred to as Journal), sponsored by Beijing Language and Culture University, is an academic journal published semi-annually focusing on contemporary studies of Comparative Literature and World Literature. It also covers related heated topics and frontier discussions of humanities and social sciences. The Journal welcomes submissions based on the following guidelines:

1. The Journal welcomes submissions of academic articles and translations and requests that the work is original and has not been previously published elsewhere (including online) .

2. Research paper should be limited to 12000 – 15000 words in length, but we also welcome longer ones with high quality. Research article should include abstract of 200 – 300 words and keywords of no more than 5 words in both Chinese and English. Chinese and English title, author's occupation, position and contact information should also be included at the end of the article.

3. Papers written in English should follow the MLA format.

4. Please submit the paper in electronic form to ddbjwx@ 163. com. The electronic file should be either in Microsoft Word or PDF format. The hard –

copy version is not a necessity.

5. All papers are subject to anonymous peer review which will last 3 months.

6. Inquiries are to be directed to ddbjwx@163. com or to this address:

Editor of Contemporary Comparative Literature

Institute of Comparative Literature

Beijing Language and Culture University

15 Xueyuan Road, Haidian District

Beijing 100083, P. R. China.